威略将军传

吴绵普 著

厦门大学出版社
XIAMEN UNIVERSITY PRESS
国家一级出版社
全国百佳图书出版单位

但使虎貔常赫濯

不教山海有烟尘

現仍供奉在廈門"大觀院"內的吳英將軍塑像
(塑像系廈門市民雕奉，香火長此鼎盛不衰)

▲ 康熙四十二年欽賜的"作萬人敵"匾額，嵌九條龍。中央博物館曾專門來莆田黃石定莊復制陳列于中央博物館。

　　康熙四十六年（1707年），皇帝表彰了因底定臺灣有功的吳英將軍，爲他題聯："但使虎貔常赫濯，不教山海有烟塵"，加封"威略將軍"，風光一時。因此，先建了"吳英將軍祠"，春秋祭祀，同時碑、匾林立，石獅雙雙對對。百餘年後，廈門市衆包括吳氏族人中有許多下南洋謀生的。把西洋文化帶回故鄉，也應用于重新擴建將軍祠前面牌坊、牌樓，時清皇敕封（二道石匾額）："勛崇山海""欽賜祭葬"分立于牌坊樓之顛。廈門淪陷后，吳姓的碼頭工人與愛國民衆因抵制日軍海上運輸，日軍心懷不滿，且日本鬼子發現吳英將軍祠貼有抗日標語，因此不由分説，放火燒了將軍祠。

　　廈門將軍祠的建築風格是全球唯一的中西合璧的典型宗祠，是古建築文化史上的範例，現遺址在廈門將軍祠路50-58號，這座文化遺產極具歷史價值，是見證三百多年來臺海戰役中的英雄，吳英深受崇敬和愛國基因傳播下的抗戰壯歌之史實。今日維修和保護經受抗戰洗禮的將軍祠，辟爲愛國主義教育基地，甚爲迫切和重要。

晋江大浯塘吴英将军故居遗址（据神道碑记载：茔室作艮向坤兼寅申，中前后三层，西边护厝大小共计二十六间，东至真人宫边，西至蔡家巷路，南至田坑，北至后山埔届）

晋江大浯塘保生大帝殿内的吴大王塑像（振耀）
（吴英之叔公）

大浯塘吴英将军与蔡夫人塑像

公元2007年九月三十日，吴绵普、吴燕辉、吴建源、吴金龙等在吴英墓上合影
（莆田灵川桂山三门裏一洞天）

吴英撰吴氏祖墓神道残碑
（现尚存晋江）

◀ 晋江小浯塘吴氏宗祠树的吴英水陆提督匾额

◀ 保存在莆田黄石定莊,充满神奇的无字嵌龍神碑,令人费解其中玄文。

廈門八景之一《虎溪岩寺》選照

清康熙四十年（1701年），福建水師提督吳英，捐俸建廈門虎溪岩，延聘晉江籍的元飛和尚來寺主持營建。

錄：虎溪岩寺簡介

現存臺灣供奉的吳英將軍神像雕塑　　莆田定莊吳英將軍被後人供奉爲"臺灣公"

臺灣·東安坊\吳耀旭 攝

莆田定莊村保存的吳英府門前的一對石獅

莆田定莊吳府尚保存一塊從臺灣運回嶙峋仙氣的海礁『七星石』。定莊村老人說：早年每當夜晚來臨『七星石』就會發出奇光、出現七顆星鬥。

吳英將軍參與捐俸修建的泉州文廟

高叢在仙游楓亭街中雄偉壯觀的康熙御賜的吳英將軍神道碑，記載著吳英將軍一生忠於清廷和顯著的戰功。

神道碑頂的聖旨牌

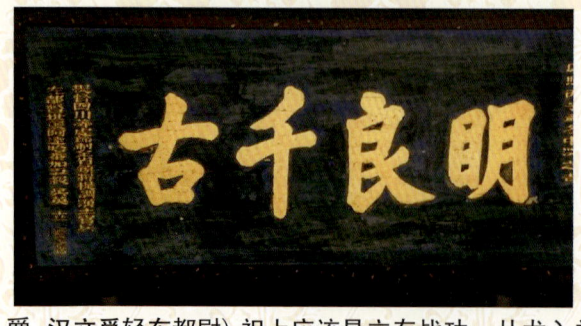

吳英題四川『諸葛亮廟』的匾額

明良千古。清康熙年間吳英所書，稱頌諸葛亮，倒是合情合理。吳英的官職全稱比較複雜，"提督四川等處節制全省鎮將提調漢士官兵左都督世襲阿達哈哈番加五級"總體來說，沒有前面提到的完顏崇实高。完顏崇实至少是從一品，而吳英是提督，而且世襲"阿達哈哈番"（次於男爵，漢文爲輕車都尉），祖上應該是立有戰功、從龍入關的蒙古人，估計最多二品。所以只能指揮"漢士官兵"，對滿八旗是絕對不能染指的。"明"字很特殊，不是"日月"光明，而是"目月"光明。我認為是清初文字獄嚴酷所致，不能直筆前朝的"明字"。

志柏撰文

莆田黄石定庄吴英将军祠内吴英与蔡夫人的神像

民国时期『福建银行』还将吴英将军祠牌坊印为货币正反面图案

康熙四十年，吳英捐俸重修晉江"石佛寺"，後改名《南天禪寺》。現存匾額上書"晉江大浯塘吳英題"。

□廈門文史專家郭先生與將軍祠路（現名西邊社）的81歲原住民老張在廈門日報社盧志明記者采訪時都證實了吳英將軍祠與碑坊在解放初仍存，他們證實將軍祠始建于康熙年間，清末民初將軍祠前建了中西結合的牌坊，後來在將軍祠邊上又建了一座"學堂"，當時已成為廈門的文脉景觀。

"皇清"岱山
南天禪寺 碑文（吳英 題）

吳英將軍遺著（孤本）

師進臺灣安撫
余以澎湖蕩平臺灣投順可以不用陸師即欲班師提督回
此行賴公大展智略三日發巾一月成功掃除敵氛外之
巨寇不世之勳也但臺灣雖降如須同註商的道發降舟渡海
共收全功道於八月十三日奉道臺得安挨兵不血刃民獲安
堵即發僑省領渡海入京十月內抵足聲班師回廈道報功冊
余在臺灣擇歷塵為

吳英將軍遺著（孤本）

加授威畧將軍
四月十五日余自杭州過
駕到蘇州十七日下午壹進
重間海上情形及當年山海各處征戰余一一具奏
天顏喜悅十九日對中堂大臣發
旨意摧耆吳行間効力四十餘年身經許多戰陣九死一生
所奏言語狠道文理好個老提督天下郭裏有這是狠禁得的
人邊海是離他不得的新命

11

康熙五十二年癸巳（一七一三）年夏聖祖康熙于熱河行營御賜七律詩一首賜與吳英將軍

水陸封疆六十年
曾經百戰駕輕船
蓬臺遠涉鯨鯤浪
島嶼平開烽火烟
將老編宜立壯志
宸襟每注施恩延
波濤有作須先靖
黽勉防微截未然

威略將軍傳

吳伯雄 敬題
中國國民黨主席 二〇〇九年

吳英將軍祠

吳伯雄 敬題
中國國民黨主席 二〇〇九年

功業垂青史

晉江縣原人民政府縣長
石獅市原人大常委會主任
吳彥南 二〇〇九年

曠世英豪負盛名
欽封威略眾心傾
南疆滇顛三千里
西進運籌十萬兵

福建省原文化廳副廳長 莊晏成 題 二〇〇九年

能文尚武展英才
百萬軍中任往來
壯士忠心為報國
江山一統百花開

菲律賓延陵吳氏宗親總會 副理事長吳榮祥 題 二〇〇九年

威鎮臺川史冊留
略施巧計傳千秋
將才可頌誇今古
軍督水陸善運籌

菲律賓延陵吳氏宗親總會 理事長吳長榆 題 二〇〇九年

作人忠孝靠競成
萬水千山馬踏平
人為家松垂譽遠
敵軍圍困見威行

晉江市原副市長
吳松茂　題　二〇〇九年

吳塘秀水振宗風
英氣長存貫碧空
平素謙恭傳世遠
臺澎賦頌屯田功

石獅市原政協主席、調研員
吳清含　題　二〇〇九年

忠臣魂　冀雄氣　帝王手筆
三地緣　兩岸情　民眾心齊

莆田吳祭文物實物理事會理事長題
莆陽　吳永坤　二〇〇九年

孔子第七十五代孫孔昉　書　二〇〇九年

英名經日月
懋績貫神州

晋江市歷史文化研究總會
二〇〇九年

英名千古馨

閩南泰伯廟管委會負責人
吳為興 題 二〇〇九年

英靈垂天地

全國勞動模範吳助仁 題
二〇〇九年八月

山海留奇迹

石獅市中華慈善總會副會長吳清水 題
二〇〇九年八月

功業垂青

原成都軍區少將副司令員
吳劍雲 題 二〇〇九年

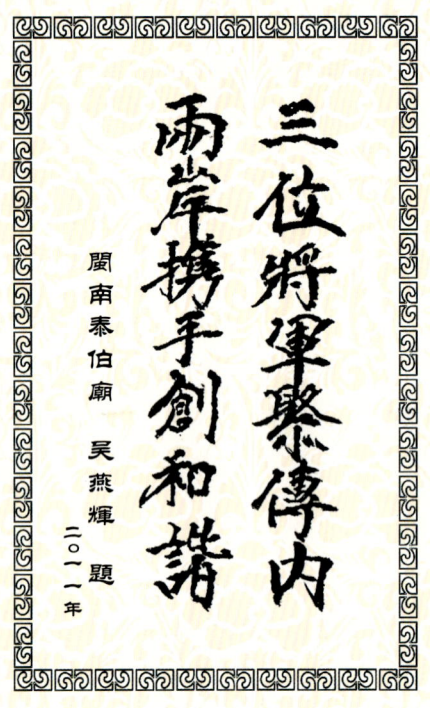

三位將軍聚傳內
兩岸攜手創和諧

閩南泰伯廟 吳燕輝 題 二〇一一年

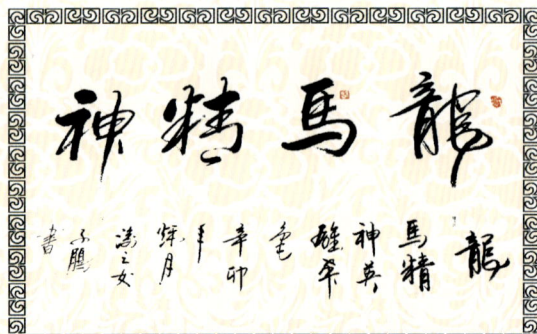

龍馬精神

龍
馬精
神英
雄牛
辛卯
嫦月
馮之女
子鵬
書

中國著名女書法家、畫院副院長
鄒子鵬題于2011年廈門

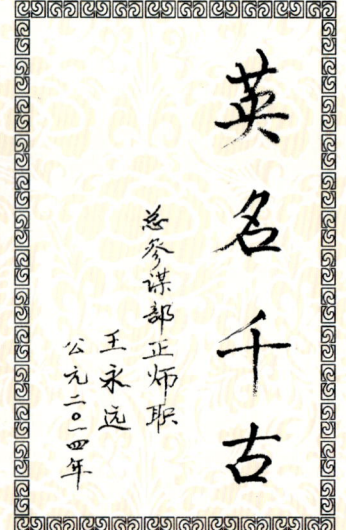

英名千古

慈參謀部正師職
王永遠
公元二〇一四年

再 版 前 言

　　真正非物质文化遗产的根脉在民间，那些源自草根阶层的口头故事，在特定的环境与民风、民俗一样，它蕴藏着十分丰富的历史文化内涵，一样都是闽南文化生态的一个组成部分，应得到大家重视，应该发掘和整理，使之流传后代，不要任其埋没和湮沉。这是编著《威略将军传》的意义和目的。

　　吴英(字为高，号愧能)，明崇祯十年丁丑(1637)诞生在晋江大浯塘一个没落宦家，于康熙五十一年(1712)七月二十四日逝世厦门任所，享寿76岁。天子轸悼，赠太子少保，赐祭葬。吴英为清朝一统江山，忠心矢志，戎马倥偬六十多春秋，受康熙帝敕封"威略将军"，御赐"作万人敌"匾额，并七律诗褒赞之，眷待与施琅同。

　　吴英将军的一生，是驰骋沙场的一生，为华夏的统一，作出重大贡献，可谓"鞠躬尽瘁，死而后已"。对于吴英将军的事迹，《福建通志》、《莆田县志》、《泉州府志》、台湾地方志、《晋江县志》、《厦门志》等有记载，诸志均大同小异，仅论述战斗功绩，而未出仕前的经历和传奇故事皆乏见志，《威略将军传》初版恰是弥补上述诸志之不足，能更好地让读者及民众进而深透了解吴英将军的为人处世和崇尚的爱国爱民精神。愿吴英将军及一切为祖国统一而浴血奋斗的将士，同与郑成功将军、施琅将军的英名一样存徽流芳，这也是编写此书的莫大愿望。

　　六十回的《威略将军传》的再版，是为满足广大读者和专家学者强烈需求，和进一步让各级政府、有关领导、专家学者、文艺新闻界的朋友们来共同关心吴英将军在晋江大浯塘的衙第，在莆田定庄钦赐的"世锦堂"一百二十间府第，在厦门将军祠路的水陆提督

I

将军祠,使这些府第能得到有关方面的支持和保护,此便是编著本书最大的欣慰。它的问世,海内外热心人士可借此梦游,并为后来学子保存一份珍贵遗产。使湮没者得以重视,失传者得以延续,无闻者得以关注,让人启迪情思、升华理念,这亦是编印此书的初衷。

庄晏成

2014 年 5 月

编者注:庄晏成是原福建省文化厅副厅长、正厅级巡视员、泉州市委第五督导组组长。

序

　　《威略将军传》是部反映清朝一代名将吴英的传奇人生及其在收复台湾、促进祖国统一历史功绩的名人传记。书中主要故事题材源自文史记载、民间传说，经史料考证和文学创作，以演义形式编著而成。编辑工作得到海峡两岸有关领导和菲律宾、台湾、香港等地华人华侨社团组织的高度重视与大力支持。2009年8月，时任中国国民党中央委员会主席、现任名誉主席的吴伯雄先生为本书题写书名。经吴英将军当时在福建主要居住地莆田、泉州、厦门等地市专家学者近三年的共同努力，初版前已付梓，作为抛砖引玉，也引起大家对吴英涉台文化的重视。

　　2011年，经一年多的努力收集资料，并以《行间纪遇》和《清威略将军吴英事略》为参考，增编为六十回的历史演义小说，并于近日完稿。作者又亲至莆田请余阅读重编本内容及两本书原文。本人作为吴英涉台文化研究与文物保护的发起人，看到近古稀之龄的作者，不畏奔波劳苦，为本书花费去大量的心血，深受感动，非常高兴地为之重序。

　　我从小在吴英将军建筑"定庄堡"所在地莆田市黄石镇定庄村长大，曾亲眼目睹了"定庄堡"那包含关、隘、城、堡等著名古代军事建筑群的宏伟气派和吴(英)府"百廿间"大厝的金碧辉煌，聆听到诸多有关吴英将军"文武双全"及其"忠、孝、仁、义、智"的民间传奇故事，被其一生尽忠报国、护国爱民的伟大情怀所深深感动。由于那些珍贵文物长期得不到有效保护而濒临被彻底埋没的危机，因而我早就动了组织学者系统开展吴英涉台文化研究的念头，期望通过挖掘、整理吴英将军的生平事迹、历史功绩与地位等方面的研究，编著出版《吴英将军传》和《吴英文物画册》等书籍，为促进吴英在大陆和台湾的文物保护、弘扬他爱国爱乡精神,为促进海峡两岸文化交流,增强海外华人华侨对祖国的认同感尽点绵薄之力。

据史料考证,吴英将军是继郑成功、施琅之后,收复台湾的第三位爱国将领。康熙二十一年(1682),吴英升迁兴化总兵,动工修建"定庄堡"军事要塞,以抵御倭寇犯境。次年,为粉碎分裂势力"自立乾坤",吴英作为施琅将军的副帅,率清军出征澎湖、台湾。他出奇谋献良策,英勇善战,促使台湾顺利回归大清。光复台湾后,施琅班师回朝,留吴英镇抚其地。他率众开垦,造福一方,还积极传播妈祖文化。治理台湾二年后,吴英又奉旨赴江浙、两广、四川等地平定外夷倭寇和吴三桂残部的分裂活动,为中华民族一统大业屡建奇功。为表彰吴英的历史功绩,康熙皇帝赐予"威略将军"封号,御书"作万人敌"。颁旨准其在兴化府水南境定庄村建造府邸,在厦门修建(威略)将军祠,对吴英将军的祖上三代追封"公"、"侯"封号,将吴英在成都的四川提督官邸所在地命名为"吴英街"。台湾民众为纪念吴英将军,在台南府郡东安坊建吴英将军祠。后台湾知府杨庭理重修并改为吴氏家庙,将吴英恭奉为"台湾公"。

鉴于吴英将军在维护祖国统一大业的历史地位,2007年9月30日,晋江的吴绵普、吴燕辉、吴建源、吴金龙等五人首次至定庄进行考察和寻亲。近年来,福建省和莆田市有关部门多次组织专家、学者到荔城区黄石镇定庄村,对定庄堡内的吴英涉台文物进行考察与鉴定。荔城区文化局批准定庄村成立了"定庄堡文物保护与管理委员会"。2009年初,定庄文化传播中心组织定庄村吴英后裔,前往泉州晋江、厦门、成都等地进行"寻亲活动";民革福建省委、莆田市政协组织开展"吴英涉台文物保护与文化研究"。民革莆田市委举办了"定庄文化暨吴英涉台文化联谊会",一场由海峡两岸、海外华侨华人广泛参与的吴英文化研究与文物保护活动正式拉开序幕。民革中央《团结报》、《福建日报》、《厦门日报》、《湄州日报》、《莆田侨乡时报》和莆田电视台、新浪网、中国旅游网等众多新闻媒体作了专题报导，得到国内外吴氏宗亲、吴英后裔和社会各界的热烈响应，打开了吴英文化学术研究新局面。

本书编著所涉及的知识面非常广泛，人物故事的时间跨度非常漫长，编辑工作的艰辛与繁杂可想而知。作者通过大量文史资料的收集与考证、民间传说的采编与整理、文学作品的构思与创作等创新手段，并以通俗的文字语言注释吴英那为后人所称颂的"忠、孝、仁、义、智"之精神内涵和"文武双全"的军事思想、文化修养，让人们更直观了解吴英将军的传奇人生与历史功绩的原貌。特别是这次吴英将军两本自传的出现，更可为社会提供大量翔实、系统的历史资料，作为深入开展吴英文化学术研究与交流的更切实依据，使重编本更趋完善，更受广大的读者的青睐。

最近，莆田、泉州、厦门三地市商定联合筹备成立"福建省海峡两岸吴英文化研究会"学术机构，统一协调各方继续开展《吴英将军》电视连续剧的创作，并建议各级政府切实加强对厦门市吴英将军祠、莆田市黄石定庄堡、泉州市晋江吴英故居等重要涉台文物的保护，以整体提高吴英文化研究水准及工作成效。

本为小引，权且作序。

林玉霖

2013年7月

编者注：(林玉霖，笔名宇凌，中国文化研究会会员、二级学会理事。现任莆田市政协常委、民革莆田市委副主委、民革福建省参政议政委员会委员等职)

抒 怀 感 言

　　一个中国人,无论他居所在何处,也无论他漂泊多远,唯写入宗谱,列入门墙,是人必贯姓,辈重昭穆,使亲有所属,系有所归,敬宗追远,托庇祖荫,总是最大的心愿。这种生生息息的寻根意识,的确能使这个民族具有强大的凝聚力、同化力以及认同感之所在。

　　吾家族同系延陵一脉,笔者是吴英将军直系之十二代裔孙。追溯三百多年前所记录的感人至深之历史,折射着祖宗灿烂的伟业与文化之光,其可垂范后世也。

　　愿与社会所共励,余处心数十春秋,虽客居菲岛,从未敢忘本,总是心心念念有朝一日,能让祖宗史迹之文化传播世人,借以展示存徵,阐扬吴英广博易良、厚德载物之精神,借以发扬光大。

　　《威略将军传》一书,涉及文献、史学、民俗和台海战役,等等。它所使用的资料是来自于正史、网络资料、族谱和民间史话,用演义的形式编著而成,图文并茂,引人入胜,写实、写史、写传奇。

　　纵观全书,它是一件开拓性工作,也属于一个文学之工程。然而作为一个侨社代表与吴英将军后裔,有幸委托搜集、研究和深入民间搜求文化资料,考察吴英史迹,在回乡之余承蒙有关学者之介绍,得以直面研究吴英文化的一些考研人士,从中认识一些文化人,幸会从事族谱研究的绵普先生等文化热心人,委其撰写本书,窥见他们忙于著作、设计、编辑……亲历其境,感触良多,由然感慨,莫可言喻。余透过访问之际,他们所述无不深感由于文献史料缺失,写书任务艰巨、时间匆促,但信心百倍。

　　《威略将军传》初版自2009年发行以来,引起海内外同胞、专家、学者对吴英历史文化的重视和关注。鉴于前本(32回)因时间匆促和史料缺少及种种原因,固难免存在某些不足,恕读者见谅。

2011年，本书作者克服重重困难，搜集到《行间纪遇》和《清威略将军吴英事略》二本吴英遗著。又花去一年多的心血，近百次删改，增编为六十回的历史演义。并加上李光地、陈迁鹤、黄滽和吴英的亲笔序言，及《行间纪遇》卷四之原文内容，吴英元孙儒珍的编后序，使再版的《威略将军传》原汁原味，更趋完美，更能体现台海战役的真实场面。

　　本人深信，随着海内外同胞、专家学者对吴英历史文化的热情参与，对吴英史迹的深切关注，《威略将军传》非但能得以不断补正、臻趋完善，最终能成为人们手中一本爱读的书，也让吴英事迹口口相传，进而加深国人爱国之心、报国之志。届时，余自可与编著一道，无愧地说我们为大家做了一件真正有价值的事情。余有所感，自必有所言是也。

菲律宾延陵吴氏宗亲总会副理事长　吴建民
2011年7月于马尼拉

威略将军传

目 录

第 一 回：李闯起义陷京城，三桂无奈引清兵 …………（1）
第 二 回：晋江钟灵毓俊秀，浯塘吉穴出精英 …………（6）
第 三 回：丙山边振泉天葬，浯塘里山家述因 …………（10）
第 四 回：得天书夫人夜梦，降凡尘紫微投胎 …………（14）
第 五 回：居宅室神人扇蚊，投姑家神灯引路 …………（17）
第 六 回：仙妪采药治毒疮，祖师示禳医足疾 …………（21）
第 七 回：负惜儿大士扶危，浯塘山雏龙忍辱 …………（24）
第 八 回：露本色神奇除病，缔良缘蔡公识贤 …………（27）
第 九 回：溺白沙神佛救难，移鹭岛佩辉归天 …………（30）
第 十 回：石佛化身救吴英，赖妈善心收孤儿 …………（35）
第十一回：应天意母逝浯塘，尽孝心柩葬高浦 …………（42）
第十二回：趁孝娶为高完婚，守薄业英蚤受苦 …………（47）
第十三回：掠海岛陈霸授艺，浯塘乡贤母教子 …………（52）
第十四回：莅泉州壮士归诚，平金厦职授都司 …………（58）
第十五回：清兵惜败陈吾显，良驹助主斩敌酋 …………（62）
第十六回：返故乡补办婚宴，起大厝答谢蔡亲 …………（67）
第十七回：移亲骸葬资福寺，迁曾祖出水莲花 …………（70）
第十八回：土地巧赐十圣筊，浙江奇遇塞白理 …………（73）
第十九回：首战立功赖布鞋，荣春率众降清兵 …………（75）
第二十回：毛头洋先锋奇袭，三门港飞熊伤命 …………（80）
第廿一回：舌战存活宁海兵，乔装追斩双门贼 …………（83）
第廿二回：驾单船急救四船，修毛坪暗取凉坪 …………（87）
第廿三回：攻凉坪败走邦仁，破绿帐箭伤奇保 …………（90）

I

第 廿四 回：复青田登云败阵，战羊山先锋用兵 …………（93）
第 廿五 回：吴英单骑追养性，贝子万兵复温州 …………（97）
第 廿六 回：移宁波计除方俊，破石门收复象山 …………（102）
第 廿七 回：松阳城公辅投降，杨梅滩唯仁败走 …………（105）
第 廿八 回：吴英绘图献妙策，三路进兵改泉围 …………（110）
第 廿九 回：欧溪破敌杀贼众，窑头伏兵救黎民 …………（115）
第 三十 回：失海澄应举尽忠，复漳寨林贤协力 …………（121）
第 卅一 回：挥师合力攻金厦，沿海诸岛慨廓清 …………（127）
第 卅二 回：开禁界恩泽百姓，奉圣旨建第定庄 …………（132）
第 卅三 回：为后嗣英蚕提亲，返故乡将军示范 …………（138）
第 卅四 回：蔡夫人恩封诰命，施将军本荐副帅 …………（143）
第 卅五 回：蓄谋进兵争方向，澎湖海战拉序幕 …………（148）
第 卅六 回：施琅誓师戒三事，吴英单船救七船 …………（153）
第 卅七 回：吴英献计梅花阵，林贤血战娘妈宫 …………（158）
第 卅八 回：惨烈海战挫郑师，凯歌高奏赞清军 …………（162）
第 卅九 回：各沃俱平定乾坤，施琅飞报大捷疏 …………（166）
第 四十 回：郑军败战遁台湾，海峡硝烟方散尽 …………（175）
第 四十一回：施琅上疏留宝岛，康熙准奏圆金瓯 …………（181）
第 四十二回：重温古今台湾史，再荐贤将抚黎民 …………（185）
第 四十三回：布新政台民怀德，斩机功谋略巧施 …………（189）
第 四十四回：祭海魂风平浪静，蒙宠恩骑马入宫 …………（194）
第 四十五回：奉圣旨舟山赴任，平浙江洪焕归降 …………（197）
第 四十六回：震军威镇守蜀地，斩杨善智复长寿 …………（202）
第 四十七回：平九经解围巨县，捉德苑攻破旱山 …………（207）
第 四十八回：招民垦荒保新政，祭孔题匾铭忠心 …………（212）
第 四十九回：莅泉州抚贼安民，代水师厦门除逆 …………（217）
第 五十 回：迁剑石瑞云恩雨，卜蔡岭别一洞天 …………（221）
第 五十一回：建石佛吴英还愿，应佳期六郎诞生 …………（225）

第五十二回：圣祖御赐万人敌，蔡妈逝葬一洞天 ……… （228）
第五十三回：赐世锦皇恩浩荡，加威略将军美名 ……… （233）
第五十四回：兴化赈灾救百姓，荐子随标报皇恩 ……… （239）
第五十五回：省军费改造战船，发令牌招徕远商 ……… （243）
第五十六回：宿界乡延匠建第，造玉屏聘请元飞 ……… （247）
第五十七回：吴英梦游浯塘山，仙姑引路归星座 ……… （253）
第五十八回：巨星殒落将军祠，李绂奉旨承祭奠 ……… （256）
第五十九回：恤英贤魂归定庄，追元勋光地撰铭 ……… （260）
第 六十 回：七言律诗褒贤将，一代英名贯古今 ……… （264）
七言古诗赞吴英 ……… （268）
《福建列传》卷三十五有关吴英的记载 ……… （270）
民间流传的吴英传奇故事 ……… （274）
吴英将军年谱 ……… （287）
李光地《行间纪遇》序一 ……… （291）
陈迁鹤《行间纪遇》序二 ……… （300）
黄湾《行间纪遇》序三 ……… （303）
吴英将军自序 ……… （307）
《行间纪遇》中有关台海战役记载原文 ……… （314）
吴英元孙儒珍《行间纪遇》编后序 ……… （352）
吴英将军为姻家林贤撰祭文（哀章） ……… （355）
施琅与吴英对台湾海峡的影响 ……… （357）
台海战役主要人物简介 ……… （363）
菲律宾延陵吴氏宗亲总会为保护厦门将军祠致菲大使馆、台湾吴伯雄、吴敦义、厦门市政府的三张公开函 ……… （365）
大浯塘的地理传说和吴英武术精华的延伸 ……… （368）
《西山杂志》有关东石郑成功之抗清《倒桥之战》记载 ……… （377）
参考文献书籍 ……… （382）
再版编后语 ……… （383）

第一回　李闯起义陷京城
　　　　三桂无奈引清兵

　　天下大势,合久必分,分久必合。在悠悠中华五千年的历史长河中,历代封建王朝的兴亡,此起彼伏。岁月荏苒,如过眼云烟,说什么夏商周秦汉,三国两晋南北朝,还有宋元明清,亦是皆然。黄河沾雨露,江山不改旧规模,一梦未醒,千年已矣。世上寻无千岁草,山中叵觅万年丹。年年燕子衔春,夜夜杜鹃啼月。长江水后浪赶前浪,一代新人换旧人。任汝汉祖唐高,成吉思汗一代天骄,洪武至爱新觉罗氏努尔哈赤,个个英雄气短,魄散而魂销,仅留青史照今朝。

　　话说大明朝自朱元璋建立后,从洪武元年(1368)至崇祯十七年(1664)灭亡,历时276年,前后在位皇帝十六名(不包含南明诸帝)。在位十六人中,除去明太祖朱元璋及成祖朱棣之外,其他的皇帝都庸庸碌碌,无所作为。由于皇帝的昏庸无能,造成了官场的腐败,官仗权势,侵夺广大百姓的田地,房屋和牲畜。官商勾结,牟取暴利。官逼民反,自古以来是中国封建王朝的周期率,多少次的陈胜、吴广藏在草莽之中,有的火星没有燃起便被扑灭,但也有星火可燎原。崇祯登基时,明朝的官场已经是一支贪腐透顶的官僚队伍。官卖官,已经是一个暗无天日的社会,加上明末土地兼并厉害,在全国的区域内,土地撂荒,征收的土地赋税加重,使这个农业大国,种田的农民负担加重,宁愿当流民不愿呆在土地上耕耘。农民活不下去,只有铤而走险,组织起义。明末最早见于史载的是王二起义,后来形成闯王高迎祥、李自成、张献忠等。

　　从《明季北略》的记载可看出,饥民、流民只是起义的基本队伍,真正起骨干的是朝廷的小吏或下级军官。他们经过战火的磨练，有的已经成为军事家，象李自成、张献忠。

至崇祯十六年十二月，李自成的五十万大军已经轻轻松松渡过黄河，进入山西。在短短二个月内，山西全省落入李手。又分一支偏师由河南北上，向保定进发，

李闯起义

自己和刘宗敏等大将亲率大军北攻大同、宣化。大同、宣化地处九边，是明朝两大军事重镇，也是首都北京西北屏障，谁知两镇的兵将徒有虚名，不堪一击。崇祯十七年三月一日，大同降。三月八日，宣化陷落，随后大军过居庸关长城。三月十六日昌平陷落，十七日李自成的部队已经出现在德胜门下，紧接着将都城围得滴水不泄，明朝大臣纷纷投降。朱元璋于1368年建立的大明王朝，至最后一个皇帝崇祯朱由检于1644年自缢煤山，276年的封建王朝已经画上句号。李自成虽然推翻大明王朝，但他的大顺政权在紫禁城的日子仅仅四十天而已。他派刘宗敏往山海关招安总兵吴三桂，实际上，吴三桂也曾想真心为大明皇朝效命，因山海关重地，属中原咽喉，关外便是虎视眈眈的满清政权爱新觉罗氏。在带兵勤王的途中，忽家人报说北京沦陷，崇祯自缢，父吴襄被杀，爱妾陈圆圆被占，一怒之下回师山海关。失去理智后，接受满清多尔衮的联盟，并挥师南下，追击李闯王的起义军。李自成亦以自刎告终，轰轰烈烈的明末农民起义就这样失败了。明王朝和李自成起义军之争，按中国古代一句成语叫"鹬蚌相争，渔翁得利"。这个得利的渔翁，正是爱新觉罗氏。其实满清想吃大明的鹿肉，是垂涎已久。结盟吴三桂，这正是爱新觉罗氏推翻大明朝的一步棋，达到以汉人治汉的统治中国的策略。实际上，明皇朝的腐败，特别是太监魏忠贤的擅政，已

经造成内乱和外患。天启四年(1624),荷兰殖民者侵入台湾,在大员湾外侧的小沙丘上营建热兰遮城(即台湾城)。翌年,又在台南建筑普罗文查城(即赤嵌城)。而明末农民起义军的风起云涌,已经彻底动摇了大明的江山。满清(后金)已在崇祯九年改国号为"清"。因为当时疆域已经很广,治下已经有相当多的汉民,他们善于利用汉人治汉,如其军师范文程,经略洪承畴,明将祖大寿、姜瓖、唐通等尽是汉人。

诸位读者,满清入主中原的这场战争到底是属于什么性质的战争?是外寇入侵或者是中华民族内部的战争呢?首先我们要了解东北的满族是否是中华民族的一成员?既然是中华民族的一个成员,谁有能力,谁能使国家统一,谁能使人民安居乐业,谁就是政权的主人?也就是俗语所说的:"天下者,非一人之天下,唯有德者居之。"更何妨说,大清皇朝初期的几代皇帝,从顺治、康熙至乾隆,皆是圣明,他们实行了一系列的有利于中国社会的减赋政策,开拓了清朝一百三十多年的盛世和中华广袤的疆土。

吴三桂初时引清兵入关,原意是想借清兵报君父、妻妾之仇,谁知正如民间的一句俗语:"请神容易,送神难。"后来受清朝封为平西王,镇守边陲,爵显权重。终因削藩,举兵反清,使天下再次动乱,在历史上留下不光彩的一页。(诸位,吴三桂及其父吴襄,父子可称勇猛贯天下,二十八岁的他已经是宁远总兵,有武略尚欠文韬,他无法理解古今一句话,叫"野兔尽而猎犬烹,飞鸟尽而良弓藏"。何不学西汉的张子房,急流勇退,保身又保名,他把荣华富贵看过重,无法如文人看富贵如浮云,这便是文人胜武将一筹之说,叫文人举笔安天下。)而在这场改朝换代的战争中,受害最重的是人民,人民的生命、财产朝不保夕,百姓靡室靡家。而吴英将军的家庭正是这场战争的受害者,顺治九年(1652),其父佩辉卒于厦门跎地。顺治十一年(1654)母逝,正应了俗人语:"死老爸,衰三年。"从一个双亲齐全的家庭,变成一个孤儿。又被掠置海岛,他亲身经历和耳闻目睹了明末清初中国百姓的疾苦,明确了只有统一,平定反乱,才能给人民一个安定的生活环境。吴英将军的爱国爱民的思想,从他幼年的心灵中已经萌生,也就是这样的时势造就了英雄。欲知后事如何,请看下回地灵毓俊秀。

  诗曰:兔走鸟飞疾若驰,百年世事转依稀。
     累朝富贵三更梦,叵测江山明日谁?

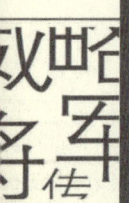

  编者注:按《中华吴文化探秘》,吴仲奇新著一书中载曰:"吴三桂之先祖支派出渤海,祖父系出江苏高邮吴氏。吴三桂病逝后,清廷曾下令灭吴三桂九族,所以吴三桂后代问题一直倍受世人关注。多少年来,传闻异辞,沸沸扬扬。有资料说,吴三桂家只剩下一个陈圆圆,她隐居四川峨眉山为尼,不知所终。其实这是误传。吴三桂与陈圆圆生一子,名启华。大周政权失败后,吴启华与母陈圆圆在马宝将军的保护下,途经广西,绕道贵州毕节、威宁、到达镇远,最后在思州府龙敖里(今属贵州省岑巩县)隐居避难。初居龙敖河畔狮山麓下,后担心泄密又移居到狮山背后的深山处。时至雍正年间,因人口增多,山里居住不便,又重返狮山麓下定居。为纪念恩公马宝将军,定寨名为"马家寨"。马家寨人每代确定一至二名"秘传人",负责将马家寨的历史、重要人物、重大事件等以口传方式代代相传。第11代秘传人吴永存,于1966年"文革"时酒后失言,露出风声。县文物部门前来调查,又予以否认。进入20世纪80年代以来,由于社会稳定,政治宽松,第12代秘传人吴永鹏、吴能江(马家寨小学校长,今已退休)将家族历史全部公开。马家寨吴氏自吴启华开始,至今已传15代。2000年,全国人口普查时共1556人(含外迁他省他县215人)。据秘传人吴能江介绍,当年陈圆圆、吴启华逃难时曾带有一些器物,但在辗转途中多有丢失。到达定居地时,只剩下金杯、玉簪、皇伞、两柄大刀和一把方天画戟。玉簪和皇伞传到第8代人时丢失了。两柄大刀和方天画戟在"1958年大炼钢铁"时被投入炼钢炉。玉玺、帅印在辗转途中丢失在菜子海。陈圆圆、吴启华、马宝三人的坟墓，经有关部门考证，1988年被批准列为岑巩县县级重点文物保护单位。马家寨的秘密公开后，陈圆圆的墓曾被盗。在收拾她的骸骨时，发现陈的骨骼修长，36颗细密的牙齿还保存完好，十足美人味，与本地农妇骨骼有明显区别。"

又据世界至德宗亲总会主席吴天赐先生资助出版，吴和与吴寅合著的《根魂》一书记载曰：……进入龙鳌里后，陈圆圆便出家天罡寺（今贵州省玉屏侗族自治县内），马宝也出家鳌山寺（今贵州岑巩县内），吴启华就定居马家寨。他们死后，其子孙便将他们三人的遗体运回秘密地安葬下来。但无立碑，直到光绪年间，清廷衰败无力他顾之时，其子孙才给三人刻碑，深埋在各自的坟前地下。陈圆圆墓碑高0.739米，宽0.489米，阴刻铭文是："故先妣吴门聂氏之墓位席"，暗示："始祖母苏州陈圆圆王妃之墓"之意。这块碑长期深埋在陈坟前的地下，直到20世纪80年代中期，吴氏族人才在秘传人的指点下将碑挖出。马宝的墓碑上镌刻的对联意味深长："重垒土茔人祖即已祖，复修石台若翁如吾翁。"这是吴家子孙为感激马宝保护陈圆圆及吴家的一缕血脉的恩情，一直将他当作自己的祖宗祭祀。吴启华的墓联上更隐约地透露了他的身份："隐姓于斯，上承一代统绪；藏身在此，下衍百年箕裘。"

近年每到清明节，全寨人都集中在陈圆圆的墓前焚香礼拜，公开祭奠，蔚为壮观。

马家寨老幼历来都尊称吴三桂为"太公"，尊陈圆圆为"太婆"。湮没了300多年芳魂的陈圆圆终于公开归宗了。

陈圆圆画像与苏州虎丘塔

第二回 晋江钟灵毓俊秀
浯塘吉穴出精英

诗曰:紫帽峰高控海东,灵源岭峻远争雄。
手掔霄汉千山尽,眼纳沧滨万水通。
金粟风吹萌洞底,凌霄云起罩灵中。
山藏十二神仙境,岭觅百心可御空。

上回讲到的是时势造英雄,本回讲的是晋江的地灵毓俊秀,请看分解。

晋江三面临海,一面依山,地势西北高而东南低,所有溪流均向东倾注入海。清道光《晋江县志》对此地理大为称赞"天下大势,西北高而东南低,西北山所发祖,东南水所归墟。我晋一邑,势亦如之,西北重峦叠嶂,控全海而吐吞。东海洪涛巨浪,绕万山以溶汇,流峙之气,相为呼噏"。并认为"地灵人杰","清淑之钟毓",而人文荟萃。在晋江的西北部,有一座晋江的最高峰叫紫帽山,为戴云山向东延伸的余脉,与鲤城和南安交界。紫帽山山峰状若古代官员的纱帽,并常有紫云缠绕,故人皆称为紫帽山。南宋《海录碎事》记敘"泉之案山也,与清源山南北对峙。清源之奇以石,紫帽之秀以峰",故俗称对山。紫帽有十二峰,主峰海拔517.8米,主

紫帽山

峰分左右两峰,左峰有金粟洞,为唐代道士元德真人郑文叔修炼之处;右峰有凌霄塔,为明代晋江知县钱梗所建。主峰西有石鼓、丹炉、试剑、棋局、仙迹、仙掌诸峰,北有天湖岩,南有小丹丘,元、明、清的摩崖石刻浮雕,以心字刻在石中。据传是神仙所刻,如果能找到99个心字,再加自己的心,便能成仙。

在晋江的中部罗山镇有一座罗裳山,相传唐末著名诗人罗隐曾经寓居于此山中,并在玉髻峰下画下《画马石》,据专家说这是新石器时代的意形画。此外尚有龙须六井,有的在高处,有的在低处,泉脉相通,汲一井之水其他五井皆动。传说还有龙起其处。

在晋江西南部的安海镇,有一座灵山,又有清泉出之石罅之中,大旱不竭,俗人称为灵源泉,故其山又名灵源山。海拔305米,山青水秀,为泉南名山。宋代有吴氏昆季隐居于此山,故又名吴明山。

相传隋代有僧人在山顶建"紫云室",唐代道士蔡明浚隐居时,又与僧人守净扩建之。元代陈友谅部将张定边(沐讲禅师)曾建灵源寺于山麓。唐代欧阳詹,宋代林知均曾居紫云室读过书。灵源山树林苍郁,多幽崖怪石,历代摩崖石刻丰富。自古以来香火鼎盛,海内外香客绵络不绝。

在晋江中部的罗山镇有一座华表山,海拔259.5米,因山上双峰角立"如华表然",故名之。又因山顶建有古寨,俗称寨墙山。华表山上有紫竹寺,山麓有草庵,相传南宋绍兴年间摩尼教于此结草为庵,元代顺帝至元五年摩尼教信士舍雕摩尼光佛石像奉祀,今为世界现存最完美的摩尼教遗址。草庵上有万石峰、玉泉,有"云梯百级"诸题刻,又有奇石如蛤蟆,春夏间常吐雾,弥漫山间,与海雾参连,成为奇观异景。

在晋江青阳镇,有一座青阳山,因其山脉蜿蜒似龙体,故名青龙山。传说古代有贤士隐居在山之阳,故名青阳山。山有八仙石,旁有石鼓,建有石鼓庙,祀顺正王,宋郡守真德秀,曾祈雨于斯。此外,尚建有法云寺、八贤祠等名胜古迹。石鼓庙香火鼎盛，五湖四海香客来往不绝，名闻遐迩。

在晋江东南深沪镇，有一座石壁山，山有"壁山"两个字石刻，据传说是罗隐所书。山上有崇真寺，旁有复井，左为弥陀山，下有天竺井。右为青山、宝泉庵、宝泉井。深沪为福建东南有名港阜，是一个天然渔港。深沪自古以来住居近百个姓氏，俗称深沪万人烟。

在晋江英林镇有一山，名大觉山。山上有独石耸立，其状如角。山顶可望海，又有岩石千姿百态，古人随其形状号为"燕子归巢"、"黄蜂出穴"、"七星坠地"、"狮头"等奇名。

在晋江南部东石镇，有一雄伟壮观的山峰，曰岱峰山。山上有石佛寺，建于宋嘉定九年。相传宋嘉定中，名僧守净路过此山，见石壁上露显夜光三道，遂募镌弥陀、观音、大势至三尊石佛，并建石佛寺。旁有"泉南佛国"四字高大石刻，据传说为南宋泉州郡守三十朋所书。石佛寺在康熙三十六年（1697）由威略将军吴英捐俸银重建，并撰《重兴南天禅寺碑》之碑文（《安海志》有载），兼亲题匾额"南天禅寺"。

此外，尚有宝盖山、龙首山、雁塔山、王兰山、思毋山等分布于晋江各镇。

晋江境内有一条最长的溪流，称九十九溪。由南安大旗尾山发源，上游为彭溪和双溪的两支流，流经内坑、紫帽镇，于磁灶下官路汇合，流经磁灶和池店镇，在加沙桥附近纳入沿江、直溪、金鸡闸南渠，过加沙桥至双沟又分浦沟和乌边港两支流，分别

龙湖风光

由溜滨水闸汇入晋江和乌边港水闸入海。九十九溪流域面积354平方公里,其中经晋江境内137公里,溪长47公里。它吸纳晋南诸山之水,流量大,历史上曾为晋江和南安水上交通要道。磁灶的古陶瓷亦曾经由此运载入泉州港,远销西洋各国。同时晋江九十九溪之水,它滋润了晋江沿岸之一片沃土。在晋江之南有一淡水湖——龙湖,其特产龙湖鳖,嵌金墘、滋阴补肾,名闻天下。

诸位读者,也就是晋江这条母亲河,和特异地形,山川灵秀,它孕育了古今无数英贤杰士。

历史上,晋江自唐代起先后出现十三位宰相、七位文状元、三位武状元、1853位进士,历代英才辈出。唐代有欧阳詹,五代有陈逊,宋有王曾、高惠连、吕夏卿、吕惠卿、梁克家、曾公亮、曾从龙等,明代有杨景辰、蒋德璟、林欲揖、林欲栋、陈紫峰、苏紫溪、庄际昌、张瑞图等,清代有黄虞稷、施琅、吴英、林贤等名将,还有最后一名状元吴鲁、军事科学家丁拱辰等。

且说在明崇祯年间,晋江灵源山之东有一村庄,村名大浯塘,诞生了一位在清康熙年间东征西讨,身经百战,血战沙场,终生为国,军民拥戴,为祖国的统一作出了特殊贡献,御赐匾额"作万人敌",被树碑立传"荡平山海,统制蜀闽"、"勋崇山海,泽沛军民"功高盖世的历史英雄人物,统辖福建水师大提督一代名将,御封"威略将军"吴英,字为高,号愧能。

正是:才说晋江有地灵,又闻浯塘出精英。欲知吴英祖上风水是怎样之好,才育出这样一个人才,请看下回分解。

第三回　丙山边振泉天葬
　　　　浯塘里山家述因

前回说到晋江地灵毓俊秀,今单表浯塘出精英。那故事必须从头讲起,那时吴英之四世祖吴东国,算来也是官宦人家,他卒于明成化年间,葬在晋江五仑山西北,俗称将军挂印穴。五世祖卒后,葬在丙山之西,俗称水蛇穴。时在弘治年间。六世祖卒后,葬在丙山之南,俗称眠犬穴。时在正德年间。历来晋南地区有流传这样一首民谣曰:"金蛇舞象,将军挂印。眠犬复苏,提督出阵。"欲知民谣何解,请看下文分解。

且说吴英曾祖公名曰宾吾,宾吾子振泉,振泉生佩辉字(登),其时宾吾已辞世多年,而振泉与其夫人林氏尚健在。

佩辉年轻力壮,与妻在家耕耘几亩山地,奉敬祖祀,闲时亦练些五祖拳,生活亦过得去。其父振泉与林太夫人已先在厦门谋生,那一年,振泉由于操劳过度,积劳成疾,竟一病不起。请医延治,药石无效,眼看已经不行了,估计没有几天的时间,林太夫人遂急急差人往晋江大浯塘祖家告知其叔吴振耀(注:振泉之弟,现称吴大王,供奉于晋江大浯塘保

暴风聚雨,天崩地裂。

生大帝宫中奉祀），并嘱准备料理其兄振泉后事。果然，几天之后，有报振泉已在厦门过世。其灵柩欲雇船水运往大浯塘安葬，不日运到东石港口，经陆路转运大浯塘丙山暂厝，择吉入土为安。且说这丙山虽不高，却灵气十足，此山有灵穴，一曰水蛇穴，一曰鲤鱼穴，一曰眠犬穴。据说有福者才能得此穴，恰巧振泉灵柩棺木停置于鲤鱼穴之上。此时择定之日已到，众姻亲戚友、乡宗故交俱已到齐，出殡队伍往丙山出发，到达丙山准备举行葬礼，突然满天乌云密布，顷刻瓢泼大雨倾天而下，即时队伍大乱，跑的跑，避的避，竟往村里去。这阵大雨直下得天昏地暗，如天要塌下一般，从上午到下午直下好几个小时。忽然听得一声震天动地的巨声，雷电齐鸣，天崩地裂，山摇地动，山洪暴发，把大家吓得不敢出来。约莫过了半个时辰，雨停天晴，众人方才重新结集往丙山而来。可是，到山上举目一望，但见眼前一马平川，灵柩棺木已不知去向，只有一香案桌被埋入土里露出两只桌脚。众人见状，俱说这是天意，亦曰"天葬"。

　　佩辉母子见状，天意不可移，只好选择一处自己认为最佳的地皮堆起一个墓形，点香焚拜，权当父茔。

　　诗曰：一抔红土墓形圆，孝子回眸别恨添。

　　　　　父体虽掩心未冷，梦魂犹绕丙山尖。

　　七七四十九日，吴佩辉上山拜墓，恰有一位风水先生路过于此，突然停在佩辉身后，自言自语："踏遍青山无处寻，得来全不费工夫。"佩辉回头问："请问先生何出此言，有甚玄机？"山家答道："天机不可泄，不日有先兆。"佩辉更加不解其意，进一步又问："先生请指点迷津，先容我一拜，来日得应先生金口，自当登门叩谢。"先生见佩辉至诚，慌忙扶起佩辉说："此穴仍鲤鱼跳龙门，俗称鲤鱼穴，未知是什么风水大师为你讨的宝地耶？"佩辉忙答："非也，此地是我先父于鹭岛不幸逝世，移灵转柩暂寄于此。其时正欲拜祭安葬，突然雷雨交加，众人惊吓四散。雨停之后转来，只见泥沙俱崩，连同家父尸首淹埋其中，我掇土为墓矣。"先生接着说："原来如此，天下多少大官显贵,不远千里想讨风水,谈何容易?而今天意附汝,叫做'有意栽花花不开,无意插柳柳成阴',不日天赐麒麟,日后长成非富即贵。"佩辉问曰:"敢问先生,此穴风水好呢?"山家曰:"鲤鱼跳入龙门,变成金龙……"佩辉见山家吱吱唔唔好如有难言之处,便转口说:"先生我家在丙山葬有二个大墓,丙山西边近处是我五世祖墓,丙山南面是六世祖墓,还有五仑山西北是四世祖墓,请先生总看一遍,余薄仪答谢。"山家在佩辉指引下,到五世祖墓前,安下罗庚一对,曰:"贵穴坐乙向辛亥兼卯酉,俗称水蛇穴。"二人又往山南走来,在六世祖墓前,安下罗庚一对,曰:"贵穴坐艮向坤兼丑未,俗称眠犬穴。"佩辉又曰:"先生,拜托到五仑山西北之四世祖墓踏堪。"两人走了有一点钟,才到五仑山西北。但见云月碑上模糊有字,经仔细辨认,上写:"延陵四世东国吴公佳城。"山家罗庚一对,曰:"坐巳向亥兼丙壬,俗称土角将军挂印穴。"佩辉曰:"以上四处风水是否有伤碍,请直言无妨。"山家曰:"汝家四处风水,非同小可,丙山之灵气,给汝家占尽。再加土角将军挂印穴,所出之人是大将军级。汝五世祖墓是水蛇穴。单以上三处风水就不得了,只是汝父现新增鲤鱼穴,鲤鱼与水蛇有伤碍,大富大贵之人,应出在汝子身上。但汝子出世后,巩伤父母,请汝自己慎之禳之。"佩辉曰:"请先生示禳之法。"山家曰:"天机未到,如何泄露!"遂告辞曰:"先生府上不久将大将军降生,吾先道贺!"佩辉曰:"待吾回家拿礼金答也!"山家曰:"为汝家此大富大贵之家堪踏风水,心已足矣!何必论红包呢,我去了!"便消失在密林之中。诸位读者,吴英将军为什么不拾四世祖、五世祖、六世祖之祖墓,单急拾振泉夫妇之墓。因吴英自己对风水也有几分研究,知五世祖是水蛇穴,振泉葬的是鲤鱼穴,故不久遂拾寄同安高浦城东,与双亲同葬一起。至于吴英出世,十六岁克父,十八岁克母,那实际是命中带来,非如山家所说的"禳之可也"那么简单。而据传说吴英将军能百战皆克,身不带伤,正是吃着"将军挂印、眠犬、水蛇"三穴之风水。吴英将军在澎湖"单船救七船"用的是"水蛇阵"。在温州城下一人抵数万人,通宵达旦是"眠犬阵"。无论吴英大胆作为,如"准出界救活万民",题"明良千古"等很多近于违反律法的为民请命的事,他都大胆行之,不畏犯法,正是吃着其四世祖东国公的"土角将军挂印"的好风水穴位,使其"水师提督印"挂到寿终正寝。但必须一提的是,他是一个百战不带伤的福将,还有他幸逢一位圣明之君康熙帝,才能善终。看看中国历史五千年,哪个朝代帝王功业成而功臣不杀,正是所谓的"飞鸟尽而良弓藏,野兔尽而猎犬烹"。吴英在《行间纪遇》中,亦透露出欣幸明君的喜悦心情和报效国家的雄心壮志。真是振泉天葬丙山滨,山家浯塘说前因。欲知后事如何,请看下回分解。

诗曰:风水人间何处寻,请听堪舆说果因。

前人种德后人得,作孽何需枉费心。

丙山近照

第四回　得天书夫人夜梦
##　　　　降凡尘紫微投胎

前回讲到振泉天葬丙山滨，山家看后说是"鲤鱼跳龙门"之穴，但一旦跳入龙门，变成金龙……而且三个祖墓葬的是土角将军挂印穴、水蛇穴、眠犬穴，水蛇与鲤鱼有对克……

幸逢天门开

本回要讲的是吴家吃着风水，天门授书，贵人出世，若知如何，请听下文。

却说佩辉夫人在明季崇祯丁丑年（1637）正月初九日夜，正在熟睡之中，梦见一神明引路，往大浯塘后山埔。举头望天，只见西北方天门忽开，旁列甲士，门内纷纷飘下许多物品，有香花、书卷，等等。引路神人喊夫人曰："汝乃仙姑下凡，今逢千年一遇的天门开，定有美物赐尔，速速展衣承之。"夫人经神人指点，赶快展开睡衣，两手扶睡衣接之怀中，竟是一卷无字天书。接完抬头望天，天门已合，其引路神人亦不见，欢喜得大叫一声。"佩辉快来看天书"。佩辉给其妻惊得一跳，夫妻双双醒来，原来是南柯一梦，夫妻俩当夜焚香叩拜。只见天书上浮出字样曰："汝祖宗累世修德所致，上天赐福，汝妻乃仙姑降世。今派紫微星君下凡投胎，以扶圣祖统一天下，救民于水火。汝儿十八岁可能自立，但汝妻三十八年的劫数如尽，即回归仙班。钦此，玉皇懿旨。"佩辉夫妇叩谢天恩，悲喜交集，喜的是儿非凡品,悲的是妻年届不惑便要归天,两人将信将疑,后事如何?只得听天由命。在初九早,设香案叩谢天公,而天书亦在初九天公生日开读之后被上天收回。闾里邻居闻说无不称奇。

自天书赐福后,佩辉夫人即当月妊娠,林太夫人看到媳妇肚子一日一日大,盼望早抱孙。但是男是女尚未可知,按泉南民俗人人都盼望头胎生男孩,好承继香烟。

一日,婆媳俩爬山涉水,到灵源寺烧香祈子,并在佛祖前求得一签曰:"正月花开正是时,春来播种发几枝。劝君切莫着意急,观音送你红孩儿。"遂问析签者,解曰"此胎是男孩"。婆媳双人喜不自胜,又在观音佛祖前拜了三拜,始回浯塘家中。

至十月初七日卯时(时值十月阳春盛景)分娩,时振泉从戎在外,太夫人林氏照顾不暇。因婴儿身体粗大,以至分娩艰难,夫人痛楚万般,十分疲倦,似睡非睡。初生之时,无声音,大家以为婴儿夭折,惊吓非常,有的剪脐,有的拍屁股,虽说手足会动,但双眼紧闭,直至初八日寅时,婴儿方大

吴惜降生

啼"呱的"一声,响若鸣雷,阖家方放下心来,但尚介意双眼合闭。按浯塘父老介绍:"初七日这一日,红霞满天,朗朗乾坤中突一道红光从天而降,如龙如虹,聚于晋南边陲的大浯塘乡上空。"佩辉夫人产后回忆,只记得她似睡非睡,一时昏昏沉沉,腹痛非常,隐隐约约听见一老叟(大概是神人)喊道:"夫人,快去接你虎儿。"夫人一听,万分着急,但觉身不由己,竟神魂飘飘然出家门,来到一高山密林之中,举目一看,只见眼前有一开阔地,满地奇花异草,百花齐放,争

艳斗彩，芬香扑鼻，顿觉心旷神怡。抬头往上一望，但见满天霞光万道，丹凤朝阳，百鸟朝凤。甚是奇异，暗自思量，世上果有如此好所在，莫非吾抵达蓬莱仙境。待吾好好地游玩一番，遂径往里再走，又见一座大山，巍峨嶙峋，又高又陡，直插云霄，令人望而生畏。正想回头，突起一阵阴风伴随一声啸响，眼前出现一只白额斑毛虎，直扑夫人面前而来，将个夫人吓得毛骨悚然，大喊一声"哎哟"刹时，一个男婴坠地，满室生香，香气袭人。但无婴儿啼声，直至隔宿始"呱的"一声。双眼紧紧合闭，至第七日，忽然开眼四顾，笑容满脸，方脸大耳，双手过膝，令人看见，无不疼爱。太夫人及佩辉夫妻喜出望外，乡党近邻谈及此儿，无不称为异也。真是初出便能露踵祥，自应分鼎在孤穷。因是独生子，故乳名为吴惜（表示疼惜之意）。长大后取名吴英，字为高，号愧能，此是后话。欲知幼年时的吴英生活情况，请看下回分解。

　　诗曰：夫人夜梦天门开，一卷天书落母怀。

　　　　十月阳春婴哭早，紫微降世投凡胎。

第五回　居宅室神人扇蚊
　　　　　投姑家神灯引路

诗曰：昨螟未曾与君期，咬着皮肤痛后知。
　　　插入针筒抽血去，还来共阮说因依。

上回说到佩辉夫人夜梦得天书而怀孕，十月初七日吴惜降生。本回要讲的是吴惜七岁时，其母寄寓水头，神人扇蚊保英雄于未出仕之前。旧时，在六月的炎热的夜晚最怕是蚊子乱咬，因早时尚无发明蚊香，无法驱驰，每当人刚要入睡，它才从黑暗的角落飞出，"嗡嗡"的声音非常小，偷偷来到人的身边，用它尖利的口针，咬在人的脸上、腿上、身上或手上。它吸饱了血，也没告别一声，便飞驰而去。等一会儿又再来，

吴英无数次经过的五里桥

有时我们用手"啪上"几下，有的已经飞走了，有的连血黏在人体上，让人整夜都难以入眠。故余题蚊子诗一首以为开头语，供大家欣赏。

且说吴惜七岁时（1643），祖母已经去世，佩辉谋生于外，他与母一起相依为命。偶一日，因水头下邦堂姑之子结婚，举行合卺大典，母往贺，当晚堂姑家留母夜宿。吴惜独自在家，夜已经深了，还不见母归来。虽说时在六月中旬，月明如昼，但房中寂寞未敢入寝，

欲就门内木凳上睡,但暑夜蚊多,飞来飞去"嗡嗡"而叫,欲眠而未稳。才要交睫,不觉一阵清风拂面,朦胧之际,忽见身旁立着一位老叟,白发长须,手中举扇扇风驱蚊。七岁的吴惜一目了然(轻八字),心中有几分害怕,便闭目而思,母不在家,四顾无人,便立即开户趋告邻居老妪(名未详)。适逢其未睡,见惜儿惊吓样子,便到家中伴惜儿而睡,直至天明。隔日一早,母匆匆而归,惜告之夜间有一神人扇蚊之事,自己不敢睡,才到隔壁请老妪伴睡的事一一说明。其母将惜儿搂在怀中曰:"阿团,昨夜帮你扇蚊者是神人呀!不用怕,你是福人,才能得其帮助。"说完也将昨夜神人曾到下邦姑家,向我言道:"惜儿自己一人在家,不敢入睡,尔要赶快回去。"说了神人也不见,故我天未亮便赶返来。伴睡老妪听后亦说:"惜儿日后定大富大贵,年纪轻轻便有神人帮助,可喜可贺。"于是惜儿有神人为其扇风驱蚊的事便在大浯塘传开了,大家都说吴惜日后定是一位大人物。

　　再说吴惜年幼之时,佩辉夫妇和惜儿在浯塘住居,因当时在明末清初,战乱纷纷,满清多尔衮及多铎的铁蹄也踏遍这片滨海之地。郑成功辅永历为帝,对抗清朝。在泉州和厦门地区,可称战火绵延,民不聊生。晋江倒桥为中心的明、清争夺战,是血流成河、尸积如山,素有"三日清、五日明"之称。按《西山杂志》作者蔡永廉的记载,明末清初,晋江人是在怎样的水深火热之中?下面顺载《西山杂志》的有关记述,以飨读者:"清顺治三年(1646年,时吴英9岁)二月,清军开始进攻浙闽。八月,明隆武帝在汀州被俘。九月,入泉州,郑芝龙准备降清。郑鸿逵虽不同意芝龙降清,但胆小怕事,退避金门。郑彩、郑联兄弟屯师厦

双亲逃赋税

门,也毫无作为。郑成功这时才二十三岁,极力向父亲哭谏,芝龙不听劝告,于十一月十五日往福州奉表降清,清军将其挟往北京。"又据《晋邑史林》(2期)蔡尤资先生写的《明清之战在晋江的踪迹》一文中载曰:"顺治四年(1647)二月,清韩固山统领满汉骑兵突陷安平。抢劫烧杀,奸淫无所不作,成功之母田氏亦不堪受辱而自缢身亡。成功回救安平,韩固山退驻泉州。郑成功愤父北降,悲母惨死,乃携着儒巾,焚于文庙。"以"招讨大将军"之名号,率领部将九十余人乘船入海,定盟烈屿(小金门),招兵南澳,决心起义抗清。郑军以厦门为据点,以安平、石井、东石为基地,在晋江、南安、同安沿海一带扎五寨、安四营、招五虎十二佐六骑尉。

顺治四年(1647年,吴英十岁),郑成功为了扩大地盘,与叔父郑鸿逵合兵攻打泉州城。七月二十日,郑军进驻涂门外桃花山。当时泉州提督赵国祚率骑兵五百乘,步兵一千五百人,分两队分别从涂门及东门出击。两军从早上打到中午,不分胜负。郑成功围攻泉州不克,收兵回安平。同年四月廿二日,清兵突袭永宁,郑军林顺摆起蜈蚣阵与清兵对抗。后清兵增兵压境,兵民死伤无数,未死者逃匿入水沟。不料廿三、廿四两日,天降大雨,洪水涨入沟内,溺死者难以计算。按《鳌城分支清溪张氏家谱序》载曰:"丁亥年(1647)春,清兵入鳌城,剿灭二千四百余人。"这就是后人称的永宁"陷城洗街"。

闲话暂停,回归正传,以上论述是要让读者明了战乱中的晋江人,是生活在饥寒交迫、生命朝不保夕的时代。战争中,人民除了要担负沉重的赋税和徭役外,年轻人还要抓去当兵,当炮灰,吴英将军在事略中亲笔载曰:"余祖居浯塘,因滨海遭乱,室庐荒废,先王父时(振泉)已辞世。赋役难支,余身褴褛,双亲见时势维艰,不可久处。遂星夜束装,奔移水头。欲依姑家,时道路荆榛,夜行径错,忽见前途隐隐有灯。先太夫人曰咱可随此灯而行。比及天明,灯灭不见影踪,而水头乡已在望矣。因悟夜来领路者乃神灯也。"这便是事略中的一段真实记载。

正是赋税难交走天边,不怕半冥和三更。欲知后事如何,请看下回分解。

诗曰:苛捐杂税令人愁,简束轻装投水头。

亏得神灯来引路,姑家宅第眼前留。

第六回　仙姬采药治毒疮
　　　　　祖师示禳医足疾

　　上回讲到吴英一家为避赋役，连夜走水头。幸有神灯引路，方顺利过黑麒麟山和五里西桥，暂时宿息在姑家。

　　时光如骏马过隙，不觉过了月余，其时姑丈家亦不很富有。但大家都融洽相处，特别是表姐、表兄更是热情倍加，正是患难中见亲情。俗语话说："好事无双重，祸患不单行。"至同年冬至时，不幸沾染毒疮。不久竟传遍下身，连小便亦闭塞，痛

曾经为吴英医毒疮的民间游医

楚异常。初时以为小事一项，能不服药自愈，岂知延误疗期，变成小便由腹边四出？此时佩辉夫妇着急万分，两人一前一后，背起惜儿跨过五里桥，直至安平一家私人"诊所"，开了几帖中药，让佩辉夫妇拿回家，叮咛以瓯六煎八分，药渣复之。吴惜喝了几帖，虽有见效，不见根治。其时水头亦是一个三教九流云集之地，有一打拳头卖膏药的草药师，自称治毒疮高手。经姑丈介绍引给惜儿治疗，看看病情后说："毒疮难治，今毒攻入内腹，需内外兼治方能痊愈。"并提议需以毒攻毒，将毒药烂去纤微草管，作为阉人处理，以免惜儿痛楚。谁知吃了此医生之药，及敷了患处，夜深疼痛难忍。一夜昏迷数次，如火攻心。佩辉夫妇如割心头肉，因惜儿乃吴家独苗，怎能有

所损失。夫妻两人双双看顾至隔早五更鸡啼。

翌日,天刚亮,将惜儿抱在门外,夫妻及姑母一家皆着急非常。人说急难逢救星,此时有一老妪手托拐杖路过,手摸惜儿之头,又观患处,对吴惜父母曰:"此小子热毒攻心,不急治怕难过本旬也。"借问老姆,有何良方以救治吾儿之命,阮夫妻当以厚报,老妪曰:"您小子犯了疮毒,又粘上毒药,需立即以草药煎汤,每日温洗,再将煮烂草药贴在患处,数日小便归正道,半个月后可复原。"佩辉问曰:"老阿姆,有此灵药是何草名?"老妪曰:"汉子,快随吾往水头'鸡笼山'采之。"于是佩辉扶着老妪爬上鸡笼山,老妪在草丛中摘了一把对佩辉曰:"此草名红茎蚶壳草,专治毒疮特效药也。火速返去,煎给小子洗浸兼贴,迟者有生命之忧也!"老妪采药掷给佩辉后,突然间不见影踪。佩辉此时恍然大悟,原来是神佛化人采药救惜儿性命。于是将药如法煎洗和粘贴,半月后毒疮患处结疤,恢复正常。

话说佩辉夫妇同吴惜住在水头姑丈家,毒疮也已治好。闲暇无事,佩辉借机教教几路五祖拳给惜儿,惜儿乖巧,熟记在心中。忽一日,乡人报说:"郑、清两军将在水头交战。"于是佩辉夫妻携儿复往北而逃,兵灾稍息,三人寄寓安平。一日,母对吴惜曰:"你拿些银两去店铺中贩些日常百姓食物及日用品,排在街边做些小生意。"佩辉曰:"孩儿幼稚,怎知生意经营,何必自讨苦吃。"惜母曰:"非也,吾非欲此子获利,只因时势多艰,且移出他乡,读书又不成,若听其安闲游侠,未免涉于放荡。须令其身历诸艰,磨砺筋骨,知世间人情物理,以备将来有用,不是为了生意而已也!"佩辉领悟妻子的说法,深深叹服之。于是凡挑负之事尽令惜儿为之。

诸位读者,佩辉一家虽暂时在安平做些小生意以糊口,近二年他们基本住在水头姑母家,因水头、安平仅一水之隔,水头过五里桥便是安平,旧时小摊贩五更从水头出发,天亮便到安平。十一岁那年,本欲辞姑母归大浯塘老家,不幸临别前一夜,惜儿浑身暴热,左足抽搐作痛,血枯气竭,竟成废疾。佩辉夫妻四处问医,求神托佛,皆未见效。正是屋漏又逢连夜雨,船破又遇罩头霜。

偶一日,一僧入门化缘,见英儿憔悴,双脚弯曲不能行走,便问惜母曰:"此疾贫僧能医,今夜三更时分,你们先备羹饭百碗、香楮、草人、衣服等物事向东南禳之,并焚香跪求上天保庇,包汝小子明早可保立愈。"母曰:"按圣僧话办。"佩辉问曰:"师傅宿于何庵寺,日后好答谢。"僧人曰:"贫僧偶寄于广福庵矣!"佩辉夫妇是夜如斯言禳之。禳毕,惜母朦胧入睡,仿佛见一僧手执拂尘独立于桥下,拘吊多人,喧呼不敢觉。于是转身对佩辉曰:"我所梦见的是昨之僧人,他非凡人,吾儿之足已经吊直,天明定会愈矣!"至天明,惜儿之两脚不见痛楚,细观之,可行走矣。夫妻喜出望外,乃往广福庵寻僧谢之。庙祝言此庵从不宿僧人,及登堂望见祖师像,手执棕拂,端坐座上,正是昨日所见之僧人也,始知乃祖师救助是也。遂焚香顶礼拜之焉!真是才见仙妪治毒疮,又逢祖师医足疾。欲知后事如何,请看下回分解。

诗曰:少年沾疾遇神医,老妪祖师妙术奇。

保护将军脱苦难,功成报答建新祠。

南安水头鸡笼山(奎峰山)

第七回　负惜儿大士扶危　浯塘山雏龙忍辱

大士扶危

上回讲到仙妪治毒疮，祖师示禳治足疾，吴惜父母欢喜不在话下，请看下文。

其时吴惜足疾才好三日，他们又从东石上岸，往北而行，一天到达一个乡里。当夜暂在乡中借宿，其母又梦见一僧示之曰："此乡明日有大难，速往北山避之。"叮咛数次，母醒后将信将疑，遂吩咐一家早起，装束应带之物，其余东西秘密在乡外开地藏之。到早饭后，邻人相传有兵马数百由大盈过溪而来，吴惜之母随牵其手向北山而逃，官兵见有人出乡，飞骑来追，时佩辉早已负物登山，惜之母拨其手，要其疾趋。偶一回头，身后已有官兵杀人了。吴惜问母曰："阿母事危矣，将奈何！"惜母曰："与吾儿同死矣！"正在危急之时，忽有一巨人，露顶赤足，浑身白衣者急驰而来。惜母曰："汝为背吾儿，自当厚谢。"其人不发一语，背起吴惜奔过几个鸿沟，在一山隐处藏之。惜之母随后追来，喜曰："顷背吾儿者，非凡人也，眼见二丈余的大坑一跃而过，显然神明扶佐。"事后询问其乡之名，知乃洋尾墓乡是也。时黄姓谋逆，官兵剿灭，将乡内三百余家，男杀女掠，房屋焚毁，鸡犬不留，悲惨非常，独吴惜一家三口平安无事，赖神佛保全。吴惜一家能绝处逢生,化险为夷,全靠神佛保庇。他们也时常暗祈祷神佛,尚日后出头日子,将重塑金身,以报神佛恩。后吴惜从戎,历战功升至同安总兵之时,特捐资建寺宇,并筑报恩亭一座,并镌一联于石柱曰:"半载魔风佛力半宵痊愈,一时兵难神扶一刻平安。"词虽未工,亦答神庥于不朽云!

　　正是:马乱兵荒东海边,生离死别在当前。
　　　　多亏大士施援手,绝境逢生现佛缘。

　　且说吴惜年少家境寒酸,往往被当地一些富家子弟欺侮。八、九岁时,他便上山拾草,至溪里抓鱼抓虾。说也奇怪,当吴惜下溪时,只要在水中画上一个圈圈,鱼虾竟然都游入圈内任其捕捉,鱼虾皆入吴惜竹卡之内。当其每每背上鱼篓返家,却常被当地恶少抢走,无可奈何,他只好忍饥挨饿,将至黄昏才悄悄回家。吴惜从小自知晓事,为了不让父母牵挂,忍气吞声,却也过着平安日子。但吴惜心志岂常人所能比,乃机缘未遇,龙游浅底耳。

　　却说当时,乡下非但住房简陋,且又拥挤。一到夏天,青少年争相到当地祠堂内纳凉,夜间就睡在石砛上。当地风俗,祠堂内和祠堂埕是不可大小便的,因此,在祠堂偏僻处常置一竹围,内置放着尿桶。由于当地有三个姓氏翁、蔡、吴,吴氏人少,吴惜常受排斥。

　　祠堂内好的位置却被恶少占去,有时还故意把吴惜挤到尿桶边,偏偏要使之难以入睡。谁知,他竟一觉睡到天亮,似乎很清爽。这帮孩子好生奇怪,他们轮番守着,看吴惜睡。有一次,二个青少年看见吴惜身边有两个黑影,好像有人给其扇扇,时不时还说"将军入睡,小心照顾"。此事传开,人有百口、口有百舌,一时间大浯塘都说有神鬼护佑吴惜,日后定是大贵人。偏偏有那不信邪的,一次,他把吴惜赶到别处,自己占其位置刚躺下,却发觉好像有人在捆脸腮,打得哇哇叫,并留下红肿的手印在脸上。自此,凡吴惜睡过的地方,谁也不敢沾边。

　　且说大浯塘村,蔡氏人家,夏历七月花生成熟,经常在自家石埕晒熟花生。吴惜不满十岁，因家境贫寒，心想花生又香又脆，时常伸手从狗洞里去偷熟花生。有一次，刚刚手伸进去却被户主发觉，当户主详细看时，但见是一只虎爪，户主不敢相信，绕大门一看却是吴惜，甚奇之也。及此，吴惜的身份更蒙上一层神秘的色彩，只是这户主心中明白，吴惜日后必成大器。因此，还特意给吴惜送来一些熟花生、香饭，给其充饥，吴惜推辞不过，遂吃之。人说凉饭当饿人，其实此话不差，俗语说："饿鸡不惜米，饿人厚面皮。"诸位读者，您说这个善士是谁？正是日后吴惜之岳父蔡元顺是也！

　　正是锦上添花天下有，雪中送炭人间稀。欲知后事如何，且看下回分解。

　　诗曰：世间尽是看今时，几个有观潜伏期。

　　虽说雏龙卧浅底，春雷一到跃丹池。

石佛寺三尊佛祖

第八回 露本色神奇除病 缔良缘蔡公识贤

上回说到吴惜年幼时,常被大浯塘恶少欺凌,独蔡员外雪中送炭。接下如何,请看下文。

大浯塘蔡氏有一大户人家,名蔡元顺,人人称其蔡员外,生平慷慨大方。员外夫人翁勤俭生下长女英蚕后,三十一岁时不幸沾疾身故。员外继娶丁氏,生下次子碧聪(初从吴英练武,后到白莲寺从师学武),三子碧辅,四女名未详。蔡员外之子女皆眉清目秀,长女蔡英蚕天生聪慧丽质,就是有一怪病,经常腹痛(相思病),员外为她到处遍访名医,始终无一见效。

一日,员外胞弟从外地请来一名医生为大小姐诊病,恰好吴惜路过,见蔡员外家中甚是热闹,他真好奇,就偷偷溜进去想看个究竟。当随众人走到小姐房门口时,竟与小姐的叔叔撞个满怀。蔡二员外见有一位孩子窜到这里,顺手掴了吴惜一巴掌,这一拍却引起大小姐的注意,一见吴惜,腹疼立愈。吴惜一走,腹疼又起。蔡二员外呼:"小子留步。"吴惜一转回头,大小姐腹不再疼。蔡二员外甚奇说:"莫非少年有魔功否?"吴惜答:"非也,吾无非就跟着看看热闹而已,

神奇却病

同乡同里的,何必这么凶呢?"蔡二员外笑笑,问明是哪家公子,他还说"后会有期",吴惜才离蔡家而去。

蔡二员外见请来的大夫,尚未诊脉派药,却遇吴惜"魔法"镇痛,急忙送走医生。入内见过蔡员外,未待员外问话,他便将所见奇事滔滔说了一遍。员外不信,说:"巧合尔。"二员外回话:"非巧合也,我屡试不爽,来日大侄女旧疾发作,汝当请吴惜面试,包汝心服口服。"

不几日,蔡家大小姐又腹痛起来(实是相思病),蔡员外慌忙令家人去叫吴惜。家人不敢怠慢,遂到吴家说明来意。当即,佩辉夫妇婉拒道:"吴惜年幼无知,虽学过几年诗书,但也不致于是法术之类,焉敢再次冒犯。请多多致意你家老爷,赶快为小姐请一位较有名的郎中看看,也许很快就会治愈的。"家人问明吴惜父母姓名后,赶回蔡家。

家人回复之后,蔡员外听后恍然大悟,原来是当地吴姓人家,想其祖上亦当过官员,算来却是名宦之后,吾当专程一访。竟不备轿,仅带一小童,提一篮点心,径直来到吴家。

不一会儿至吴家门前,叩门道:"里面有人吗?"佩辉夫妇一听有人叩门,因平素守纪安分,无忌无畏应道:"是谁叩门?""近邻蔡氏",员外随声应答。又说:"敢烦开门,借一方叙话。"佩辉开门,蔡员外先施礼曰:"敢问府上是佩辉家,令郎名曰吴惜否?"佩辉近前一揖还礼应答:"正是,小儿吴惜冒犯之处,将欲负荆请罪。今幸得大驾光临寒舍,蓬荜生辉。请坐,请坐。"原来吴惜从蔡府回来,孩子好奇,已把所遇告诉父母,所以佩辉才会道出这番话。员外曰:"岂敢怪罪令郎,君子好奇,人所共性,只是吾有一点不解之处,未审能释疑否?"遂将其弟偶然发现吴惜一照面即可治愈小姐病疼等事详尽一遍,佩辉亦不解,即忙叫来吴惜,要他将一切真实情况向员外说明。

吴惜丈二和尚摸不着头脑,说:"晚辈拜见员外。"言罢欲跪,员外见吴惜一表人才，彬彬有礼，甚喜。急忙扶起吴惜曰："老夫冒昧登门打扰，焉敢受此重礼厚待耶！只是敢烦贤侄随老夫寒舍一叙，顺便为小女诊病，未知能屈尊否？"吴惜忙答："辱承员外错爱，敢不效犬马之劳？但走三五趟无妨，只是诊病一事，且又是令千金，诚不敢造次。晚辈不学

吴蔡缔亲

无术，平生未曾亲近郎中，实在见笑，还望员外见谅。"员外不依，又曰："敢烦与老夫走一趟，足慰平生。"言罢，双手作揖，拉着吴惜一面往外走，一面说："二老，告辞了。"

　　且说吴惜年少不知天高地厚，盛情难却，随员外到蔡府，员外径直带吴惜至小姐住处说："贤侄不必苟于礼节，赶快为吾女诊脉治病。"吴惜首次与一少女接近，十分难为情曰："男女授受不亲，且晚辈又非郎中，不敢无礼。"蔡小姐闻其声，抬头一望，顿时眼前一亮，腹疼即愈，双手一躬，曰："小女子有礼了。"吴惜愕然回礼道："晚生还礼，愿小姐玉体早日康复。"吴惜此语一出，小姐竟面露欢颜，娇媚无限。蔡员外甚悦，吩咐家人备酒相待。

　　酒过三巡，员外开口曰："贤侄，汝吾岂止近邻，而且祖上仍是大户人家，几十年前往来甚密，可谓世交。但由于几年来各自景遇不同，早年老夫又奔于商务无暇顾及礼数，故此有一段时间疏于接触，今得续世交，三生有幸。"酒酣之际，蔡员外欲考考吴惜才学，提议出对子，更不待吴惜应允即顺口道："有缘千里来相会。"吴惜不暇思索，心想，原本邻里都装不认识，今日怎么这样麻烦？随口答："无缘对面不相逢。"蔡员外见吴惜才思敏捷，语出惊人，似乎带有

讽刺，内涵志气高昂，想必将成栋梁之材，笑着说："俗言道：'千年亲戚，万年邻居。'二弟此前一掌，贤侄仍非常在意乎？"即令二员外当面道歉曰："老朽一介凡夫，非伯乐可比，日前有所冒犯，当日已向贤侄致歉，今日再三申意，望恕谅也。"吴惜见此似乎僵局，本是无意，反惹出一场尴尬，起身作揖，曰："小侄无意，出言不逊，二位员外见谅。"一席尽欢而散。

翌日，蔡员外差人提亲，吴佩辉夫妇婉辞曰："二位员外，吴家贫贱，人说门当户对，吴、蔡两家贫富差太多，恐担当不起。而且吾儿尚幼，望员外另寻名门佳婿为盼！"二位员外齐声曰："吴家贫穷是暂时，咱们意爱结此亲，希不必推辞！"佩辉夫妇见蔡家结亲意诚，只得应允，双方仅用婚书为证，约定日后惜儿长大成名完娶。

真是却顽疾宿世前缘，喜相逢天作之合。欲知后事如何，且看下回分解。

诗曰：赤绳系足三生缘，红叶题诗一线牵。

吴蔡联婚缔秦晋，案眉举齐斗婵娟。

第九回 溺白沙海神救难
移鹭岛佩辉归天

上回讲到大浯塘蔡元顺之女蔡英蚕得相思病，偶然遇吴惜病立愈。蔡员外为治小女英蚕之病，亲至吴家联婚，并立下婚书，待日后吴惜长大成名后完婚。欲知接下如何，请看下文。（吴英十五岁前乳名吴惜，十六岁后称吴英。）

下面要接的是顺治八年辛卯（1651年，时吴英十五岁），因安平为郑成功占领，（而大浯塘靠近安海），故海滨不宁。于是他遵母训，移白沙，依附一位中表兄弟处暂息。白沙距安平仅一潮之隔，移居之时，正是秋风盛发，其双亲皆同船驶往白沙。时同行数船皆因风大，怕遭危险而尽泊石井港，独吴英双亲因投靠中表心急而冒险开行。因其雇佣之船夫亦算老舵手，不一潮时已驶至白沙，吴英父母对其曰："惜儿，表兄之居处离此甚远，你好好看管所有行李，待阮先找到住处才来搬取行李，你切切不要在船上乱走动。"吴英应了一声"好"，他们便上岸而去。可能是表兄家离这太远或其他的缘故，已经到达深夜了，还不见双亲来接，自己无奈单独在船中过夜。过了不久，忽然狂风巨浪袭来，船只摇闪厉害，浪花拍溅入船中。想要撑缆上岸，看看双亲是否在岸上待接，不期水花溅在船板上，吴英又心情过急，前足踏在船板水花上，后足未收时，已经全身"扑通"一声，溺于海中。因木船的舟主熟睡不知也，正在万分危急之时，邻舟一女梢呼曰："啊，隔船有人溺水，急救之呀！"此时，吴英在水中挣扎（他原自小熟悉水性），因风大浪巨，一翻身浪涛又迎头拍来，自己以为此次定完了。不料隐见一神人，将他托起，抛上一索与女梢，女梢接索拉起，并将索子另一端交给吴英，吴英朦胧中仅听神人曰"将军请攀索而上,本神去也"。随后不见神人影踪。于是吴英便顺索上女梢之船而起,当夜寄宿女梢之船到天明。隔日大早,双亲来接,英将溺水之事告之,双亲乃谢女梢及海神救命之恩。

话说吴英同双亲一起上岸,往白沙表兄家中暂住,表兄嫂也是热心人。时姑父、姑母尚健在,老人家非常同情他们三人的处境。但当时白沙也是明清两军必争之地,双方皆急抓兵以作炮灰,故姑父母双双叮咛勿让吴英出外,恐被抓当兵,平时购物,买卖皆其母筹办。佩辉给人做些杂工,换几两银两来维持生计。诸位读者,吴英虽说当时才十五岁,但生成健壮,卧蚕眉、丹凤眼,一表人材,正是官兵要抓的对象。

忽一日,吴英两目肿痛,虽双亲及姑父母及表兄嫂皆关心备至,并请医生诊视,但不见有效。过了月余,忽然眼生白翳,医治罔效,昼夜不辨,需扶杖而行。正是屋漏又逢连夜雨,船破又遇罩头风。吴英初来白沙时便溺海,幸逢海神救起,今又眼生白翳,为何如此多灾多难?诸位读者看说来,自古至今多少帝王将相,未成材之时,多少要受些苦难,才能领会社会和人生的险恶,才知人间的世情,这叫"吃得苦中苦,方为人上人"。吴英将军亦不例外,自己心身曾经受病疾的折磨,后来连治病良方亦学了许多,还发明了扑打损伤的秘方,为救治伤兵作出重大贡献。此是后话。

且说吴英因生白翳,双眼失明,如瞎子一样托杖而行。一日,偶行到白沙"福德正神庙"前静坐。突然一位白发苍苍的老人从此经过,遂问:"此少年是眼睛失明否?"吴英答之曰:"一个多月前因肿痛,请医无效,现眼生白翳。"老人曰:"我有一方,以广东青鱼胆、竹叶包,干者二枚,将井华水泡烂,复用古宋钱生绿者二文,与叶同浸,不论日夜,将钱边轮转眼睛,数日之间,白翳自消。若两眸尚存有白珠,另田壳精草一两、大柿饼一块,安于磁罐,水二大碗,煎过半,清心带柿服之,三早其根自除。"吴英谨记在心,遂询之曰:"老伯公,汝居何处,尚我医好,定厚礼答谢!"老人曰:"我远方偶来,少顷即欲渡海,不必谢矣!"吴英归告双亲,双亲依老人之方治之,三日两眼全部复明矣。吴英后来回忆老人的形貌,有如土地公之白发苍苍,想必是土地公赐妙方也未可知!

且说吴英一家暂宿白沙姑表家,但其时白沙亦不是一个平静之地,他们当年投宿的白沙城,已经是郑成功之叔父郑鸿逵(定国公)占据,在白沙半岛建"定国公府",屯兵岛上,委将领黄昭、杨暄帮守"白沙城"。为避被郑兵抓去当兵,不久他们一家又返厦门。

吴英同双亲为避抓兵由白沙搭船往厦门,英母用自己的嫁妆变卖为本钱,与表姐夫在厦门开张一间小店铺,多少获利,来维持生活。顺治九年壬辰(1652)三月初七日,因劳苦成疾和伤痛复发,佩辉已奄奄一息。吴英近前叫声父亲,英母抚摸佩辉面颜,失声痛哭,叫声夫君:"你放下我和孤儿,叫我如之奈何呀?"吴英进前跪拜曰:"父亲大人,待我和姐夫聘请高明医生来为您诊治!"佩辉曰:"阿团,为父病已入膏肓,属久年军中刀伤和辛劳积累而成,医治也无效矣!"此时佩辉睁开双眼,叫声:"惜儿,我走之后,汝要好好服侍你母,有事可多和汝表姐夫参详,切记!"又回转头对英母曰:"我走之后,家中重担和教子成名重责在你之身,所聘浯塘蔡小姐之婚事,嘱咐你完成!夫无法亲自主持矣!"又拉着惜儿曰:"为父后事一切从简,就近葬于同安高浦之亲墓旁可也!而汝之五祖掌要继续演练,现正在乱世之秋,鹿死谁手尚未定之,日后长大汝自为之!"又转身对英母曰:"教子之职落在汝肩,另前听山家说,咱父亲振泉风水是鲤鱼穴,与

佩辉辛跪地

五世祖墓水蛇穴相克，汝同振耀参详，拾骸别葬，切记！为夫去了！"说完合上双眼，慈祥归天。

英母呼天唤地，几乎悲绝过去，幸得表姐夫和表姐协力维持，方买棺收殓在堂。诸位读者，按中国有一句这样俗语："要吃着苏杭二州，要死着福建泉州。"此话是形容苏、杭二州的日常生活丰富，而福建泉州人逝世时是最隆重的。但此时吴英一家是在明末清初战乱之中，人民生活三餐难度，哪里还顾得出殡仪式的丰厚。其时英母在佩辉棺边哀悼，吴英除为父守孝之外，还须与表姐夫进货及负责销售事宜。对于养母之物，每日早上备至，唯日用之水，英母必令其自挑。一日，吴英禀母曰："阿母，铺中事繁，一担水二文钱就能雇人挑，何用我自己挑矣！"英母生气地说："不孝子，我岂惜钱耶！回顾现在乱世之时，当令汝试试各项艰苦，以备他日之用！汝岂可惜力以误将来也！"吴英听母亲的严厉教训，遂不敢怠慢，遵母示，每日早上鸡鸣早起挑水后，才出铺看售店铺货物，习以为常。吴英正是在其母严训下，挑水、运功、锻炼，三项相结合，练就一个能吃苦耐劳的身体，才能在日后被抓海岛和归诚后，无论在什么样的恶劣环境下，皆能应付变化。这与其母自幼教诲的功劳是分不开的。英母的话应了孟子的一句话，"天将降大任于是人也，必先苦其心志，劳其筋骨"，佛教谓之"劫数在尘"。守孝几日后，英母、吴英、表姐夫等遂简葬佩辉于同安高浦城东亲戚墓旁。正是未见福气临家门，却遇衰运连连到。欲知后事如何，请看下回分解。

诗曰：养育恩情比海深，从来孝悌最动心。

严父虽逝慈亲在，敢学王祥去敞襟。

第十回　石佛化身救吴英　赖妈善心收孤儿

且说前回说到佩辉卒于厦门跐地，吴英同母及表姐夫简葬于同安高浦之亲墓旁。安葬已毕，又回厦门与表姐夫共营小生意，闲时学习父亲传授的五祖拳法。

本回要讲的是吴英母子从厦门回祖地大浯塘拾祖父振泉之骨骸，路上遇林增抓壮丁，石佛救难。后回厦门落泊，赖妈收留。

且说顺治十年癸巳(1653)，吴英母子在厦门，偶接叔公振耀(现装金身在保生大帝殿右边)来信，预定于某月某日拾其兄振泉之骨骸，希他们母子一定回大浯塘一趟。于是吴英同母提前由厦门雇船从东石登岸，在东石港口，雇轿一辆，抬母亲而行。吴英给人租一只驴，骑在驴背上，慢慢策驴而伴行。行至浐西坑地方，忽有人报曰："守大盈千总林增带兵巡哨，见有海上人来即掳去。"指吴英曰："汝有头发，当速避之！"轿夫曰："汝母子设法下轿、下驴避之，尚汝子被掳去当清兵，那就麻烦矣！"于是轿夫停下，将行李还给吴英母子，随抬轿牵驴而去。

英母见前面官兵追来，随即从行李中拿出自己穿的衣服，叫吴英穿上，扮作女儿模样。吴母背负行李，手牵吴英。正行间，忽见一僧，露项赤足，身穿白衣，手执书卷，慌忙告曰："林增兵马来矣！速避别路！"英母曰："别路不识，如之奈何！"僧曰："由田间小路向北而行，前面窑边有人，求之为您们引路可也！"言讫，僧人不见矣！英母回头向吴英曰："惜儿，此处有寺院否？刚才指引者是佛非僧也！"吴英答曰："此去西南不远有石佛大寺。"母子边走边答，走了有百余步，果然窑边有一人。英母雇其担负行李引导，其人欣然向田中

— 35 —

路走入田坑乡，突然一拐弯，挑入一老妪家中，二话不说，卸担而去。英母举头一望，老妪几乎同时惊觉，原来老妪姓王，原是吴英之契母是也。因战乱中多年未曾谋面，惊问曰："我儿何处来！"英母曰："速藏你契子！"老妪引吴英入草间，藏之草中。时林增入乡查寻无迹，至晚才令兵士撤回。次早，英母与契母共为吴英剃发。剃发已毕，英母对吴英曰："我请汝契母与我伴行回祖家，汝先回东石等候，顺途至石佛寺中叩谢！"吴英遵母命，走进石佛寺，仰头一望，见西边石佛手中执卷者，目骨骇异，正如昨天指路之佛。随即叩首祷告，若将来有发迹之日，自当重兴寺宇。

（注：吴英后来入籍定庄后，建报恩堂纪念父母，同时请契母王氏至堂上奉养晚年。此是后话）

后数日，英母同叔振耀拾吴英祖父振泉骨骸，重新安葬完毕后，遂到东石同吴英一起回厦门。诸位读者，自古迄今，多少开国帝王、极品大臣及大富大贵之人，多数命中都伤父母或连祖父母都伤去。因大富大贵之人命中有相克，故以父母兄弟姐妹难齐全，但吴英所受的苦，在作者看来比任何人更多，染毒疮、足疾、溺海，十六岁卒父亲，十七岁葬祖父骸，十八岁卒母亲，十九岁被陈霸抓去海岛八年，一系列的变故几乎集中在他一身。而吴英正是一个吃得苦中苦，方为人上人的特殊人物。他想到神佛多次救难，到他二十七岁随陈霸归清。后认清形势（因郑成功在清康熙元年卒于台湾，郑军内部内乱），明确只有圣明的康熙帝，才能统一中国，才能使全中国的老百姓过上安居乐业的生活。他身经百战不死，这通通是佛祖所赐，但他也相信风水，迷信佛学和风水学，故到任陆、水师提督后，遂捐建石佛寺和数次迁移风水。以上皆是后话，按下一边，回归正传。

且说吴英母子仍回厦门，同表姐夫在厦门开小店铺谋生。人说时运未至，连喝开水也会塞喉管。果真如此，吴英之母将佩辉原余下多少积累投入小店铺中，原本生意还一般一般，但其年由于郑成功将厦门居民搬往台湾，又谣传清兵不日入厦，故百姓人心惶惶，各人顾生命都来不及了，哪有几位到店中买东西。吴英看到谋生艰难，将店留与母及表姐夫一家看管，自己想至厦门别处谋一生计。人说太平时候要找一头路容易，现在的厦门有三日清五日明的气氛，谁要投本做生意？故此吴英找遍

家丁引见赖妈

一厦门找不到头路，肚子也一天无东西下腹，于是走入"妈祖宫"。因饥饿和疲惫，随在"妈祖宫"中的神案下呼呼入睡。

且说此地名曰"赖厝垾"，皆因赖氏祖上富甲一方，且亦是官宦之后，早年可谓亦官亦商。因声名显赫，故人人称此处为"赖厝垾"。

赖厝垾有赖氏大户人家，主人大名，因年事已久，无以稽考。赖公亦非在职命官，但托其祖上封荫及当时财能通神的风气，因之人人都敬畏之至。其实赖氏夫妇十分好善，赖夫人仁慈，大家称之赖妈，二人膝下只有一男一女，男居长。时从军，在王提督麾下。

是年八月初一，赖妈携女儿到附近妈祖宫行香。供上三牲果品，叩头膜拜。此时，睡在神桌下面的吴英闻到香味，或许饥饿难忍，顿时将手伸向桌上，把供品中的鸡一把拿下。或许皆是转运机会，吴英常有偷食供品，从未被人发现。即使过后发现缺牲缺果，亦从无人敢言，因恐对神不敬乎。凑巧此次吴英饥肠辘辘，举动有点冲动，稍有响声，赖小姐佳龄敏锐，稍微举首窥视，但有"哎"的一声，竟惊动赖妈。正待赖妈欲问，赖小姐毕竟是大家闺秀，仅用手捂住赖妈的口，另一手示意桌上供品。赖妈不解其意，赖小姐出声曰：

"时候不早了,我们回家吧!"匆匆拉住其母,又娇声娇气地说:"母亲,咱不如把供品留下,以示虔诚。"赖妈一心向佛,听女儿之言,认为是女儿一片敬心,亦就没话,母女双双返家。

一进赖宅,赖妈急问女儿:"汝何匆促耶?"赖小姐答:"我们拜佛之际,女儿只闻神桌响声,偷视之,但见一只虎爪将供奉妈祖的三牲中的那只雄鸡抓走,谅是妈祖坐骑什么的?因恐母亲声张,当时未敢禀明,恐有得罪神明,故请母亲留下供品,速速回家。"

赖妈急将此事向赖员外告知,赖员外也是虔诚信徒。但闻妈祖宫突现虎爪,顿生疑惑,遂叫来几名仆从,细细吩咐:"汝等再带果品,立即到妈祖宫上香供奉,并向妈祖娘娘禀明,能否在寺中察看有否惊驾之物。如连续掷筊三下,即可全寺仔细检查,如掷无一筊,即不可轻举妄动。"众家人齐答道:"谨遵台命。"提着供品走了。

一到妈祖宫,家人依赖员外吩咐,奉上供品,点香跪拜并向妈祖娘娘申明来意。而后高举信筊就掷,其中一筊竟跳进桌底,家人慌忙蹲下看信筊是筊、是笑、是阴,结果二位家人同时大喊一声:"汝是何人?"大家见桌下倒躺一名衣裳褴破的大汉,忙叫他起来,将其带往赖府。(合当吴英逢救星)

赖员外夫妇此时心中已经明白,鸡丢失的奥妙,但"虎爪"又从何而来?遂说:"后生何方人士?竟如此尴尬耶。"吴英遂将飘泊厦门,归家途中蒙佛祖指点,回乡葬父重返厦门——从实叙说一遍。赖员外本是有心的人,遂请吴英伸过左手,细细观看其掌,众人以为是员外观察什么虎掌呢。

其实赖员外本就精晓手相,想看个究竟,若手相无忌,就有意将这八尺后生留为家仆;若手相不佳,则施舍点银子让他回去。

吴英不敢怠慢,伸出手掌,这一看非同小可,赖员外遂即叫家人领这少年入内梳洗,带到街中做二付衣裳,好生款待。家人与吴英都不知由里,只好奉令行事。

当然,吴英被家人领走之后,呆在一边的赖妈急问:"相公,此何故耶。"赖员外说："此后生焉是等闲之辈,吾先观其相貌不凡,故欲窥其掌相,真是虎掌也。这后生熊腰虎背,来日非富即贵,论相当是武将也。"

赖妈本就深信夫君相术,一听此说,不由别有一番主意,即道："相公如此识相,今日遇见福贵之人,合该是咱家平生好善之因果,不如招其为婿。若不成亦可为义子,未知夫君意下如何?"赖员外答曰："吾非为图名誉,其实,正是上天赋予老夫之责,合该代天培养,为国树栋也。此非奇缘,只限天职未敢造次,为免影响其前途,不宜论婚嫁,可招为义子,以遵天命。"赖妈亦甚合意。其实,赖员外看相时早已看出吴英命中注定年轻就应该是有妻室之人,恐求婚不成反为不美,自不在话下。

时隔三天,吴英穿上新衫,真是一表人才。家人将其带到厅堂,见过员外夫妇,员外曰："汝今既无栖身之所,不如屈居寒舍作吾螟蛉,日后如有好的去处,吾将力荐或支持汝,未知意下如何?"吴英喜出望外,心想,为赖府螟蛉,藉此提高身价,他日若有良图亦不失身份,况为今也得有个栖身之所。遂拜见义父、义母、义妹⋯⋯

吴英在赖府甚为勤快,闲时自己练武、习文,赖妈更是待之如同己出,一家相得甚欢。是年吴英十七岁。

一日,赖公子偶得有暇,向王提督告假回府拜望父母。赖府上下皆在客厅欢聚。

赖公子办事回来,赖公慌忙招呼吴英曰："来,来,见过义兄。"遂将收吴英为螟蛉一事向赖公子陈述一番,赖公子回礼。

赖公子见吴英生得面如重玉,身材彪俊,不由道："敢问义弟可曾习武否?"吴英答道："粗略一二,不甚精通,日后还望多加指教。"赖公子续曰："义弟有从戎之意否?"吴英答曰："愿义兄提携。"赖公子曰："也好,过几天,义弟与我同去王提督处入伍,意下若何?"吴英即时应允。

话说赖妈,对待吴英如亲子一样,关怀备至,闻知吴英有志随其子从军,知其日后有出头天,欢喜不在话下。

且说吴英随赖公子拜别义父、义母,两人策马上路,直奔王提督府而来。

至府衙下马,吴英即随赖公子进入王府。其时,王提督正在午歇,二人未敢惊扰,立于堂前侍候。

将近申时,提督一觉醒来,中军禀曰:"赖将军回府,在堂前候召。"

提督的姓名叫王进攻,人称王提督、王将军。

赖、吴二人诚惶诚恐入内"拜见提督大人",王提督曰:"免礼,看坐。"王进攻虽身为提督,是武将,但温文尔雅,礼贤下士。此时虽在厅堂,而对待旧部平素都以礼相待。因此,颇得军士拥戴,更是赖公子敢带吴英来投军的理由。

叩见王提督

王提督对赖公子曰:"客从何来?"赖答:"此乃家严认为义子,名唤吴英,论算是小将的义弟。小将见其略略通文达武,故携其前来投奔大人,未审钧意若何,敢请尊裁。"

王提督对吴英曰:"汝有志从戎,为国效力,真是难得。但未知身世来由,敢应试否?"吴不慌不忙将官宦后裔,如今落泊等情况,以及因避世态之炎凉,出走厦门,几年奔波劳顿,其父吴佩辉操劳成疾,不久前母子相依返乡探望,过路岱山蒙神只指点顺利到家,刚一相见,父溘然仙逝。为谋生,他只身重返鹭岛,后来幸垂义父赖员外错爱,赖妈仁慈视为己出。今日承兄长推荐拜见王大人……一一细述一番。

王将军见吴英细说分明，心中暗喜，即令人提刀备马校场侍候。

遂携腰剑，邀吴英至校场曰："贤侄素来多有习武，不妨校场演试一番。"吴英应答"遵命"，随手将外袍长衫撩起插入腰间，卷起长袖，举起衙役抬来的大刀，飞身上马。但见少年驰骋校场，舞刀套路甚是娴熟。舞毕，王将军又令轮剑，但见翩翩起舞、寒风习习，王将军不由喊着："好，好，好剑法也。"

如此一番武艺演练，把一个提督弄得哈哈大笑，对吴英说："今日府上太夫人寿诞其喜一，意欲招汝入伍其喜二。但只二件喜事，老夫冒昧，欲招你为义子，从此改氏姓王，留在府上论文习武，藉以此为今天王府三喜，未审贤侄意下若何？但是大丈夫人各有志，不可勉强。"

吴英心想，我在落魄之中，有赖公引荐，王提督爱悯，岂有不允之理？遂不多加思索应答曰："但得将军提携，没齿不忘。"

行笔于此，先向读者交代一番："吴英易氏姓王，直至四十四岁又复氏姓吴。此是后话。但是为了让读者一目了然，易记起见，本书写作仍以'吴英'原来的姓名，有助于读者的记忆。

话锋转入正题：

王府三喜临门，喜溢高堂，连日排下寿筵，敬神、演戏，自不必一一细叙。

三天之后，王提督修书一封，由赖府家人带回复命。吴英打发家人返回，并嘱多多拜上赖公夫妇，在此且不详表。

话说吴英入住提督府之后，甚得王将军喜欢，日常与之论兵法、习武艺，闲时命吴英熟读书诗（暂未编入部队，来往于王、赖二府之间）。因此，吴英非但知识、武艺大有长进，而且志向更趋高远。真是困兽犹斗欲出头，此去飞黄能腾达。欲知后事如何，请看下回分解。

诗曰：妈祖宫中虎爪伸，恩公识相见真心。

　　今朝赖府蛟龙卧，他日腾飞报捷音。

第十一回　应天意母逝浯塘　尽孝心柩葬高浦

　　上回讲到石佛化身救难，赖妈善心收孤儿，吴英因饥饿偷抓赖妈所敬供品，后被发现，引入赖府。蒙总管发给衣服，赖公、赖妈收为义子，暂在赖厝埕赖妈处借宿。赖公子荐至王提督府，受王将军收为义子，改姓王，遂来往于王、赖二府之间，暂未入伍。

　　话分两头，再说英母同表姐夫伉俪在厦门小店铺经营，因时势维艰，故物品购得进，卖不出去，加上吴英出去谋头路，尚无音讯，想到夫君佩辉临逝前谆谆嘱咐，定要照顾好惜儿，不觉忧虑成疾，病倒在店中。

　　一日，吴英在赖府与赖公子切磋五祖拳拳法，深有相见恨晚之感。诸位读者，吴英虽然暂时落泊，但他是一个孝子，想到母亲在表姐夫店中，未知近来身体可安否？于是他拱手禀告赖公赖妈曰："义父、义母大人，余母亲尚在厦门表姐夫店中，今欲前往看视后再来奉敬你老人家，未知义父、义母意下如何？"赖公赖妈曰："正该如此，为人子者应该尽孝！"说完令管家从账房抽出银两十两交给吴英曰："请代余夫妇向汝母问安，如家母安好，再来赖府！"吴英初时推却，但赖家真诚难推，反过来又一想，家母原来就常常有病，赖公、赖妈赠此银两也好为母治病，遂机灵一转，对二老说："义父、义母大人，此钱算我先告借，日后归还！""义子即是一家人，何必言借，快快去看汝母！"其时厦门许多小偷，吴英为避免被偷，时将银子绑在腰间，三步拼作二步赶回跄地（旧地名）表姐夫店铺。

　　其时，英母染病在床，见吴英回来，喜出望外，病已好了几分。吴英遂将赖厝埕赖公赖妈一家如何收留，一咕噜地讲给母亲听，母亲听后说："今后无论多饿，都不准偷人的供品！"遂后吴英将赖妈所赠的十两银交给母亲。母亲收银后，不觉潸然泪下，想到去年夫佩辉卒于此跐地，四目无亲，连出殡安葬高浦之时都人手缺少。又想到夫君临逝前情景，深有恐惧之感，回想到自己在故乡大浯塘后山埔巧遇天门开，并飘下许多物品，有香花、书卷，等等，而一神人喊曰："汝乃仙姑下凡，今逢千年一遇的天门开，定有物赐汝，速速展之。"于是自己以睡衣接之怀中，醒来时发现所接的一卷天书，自己同佩辉焚香叩拜，天书浮字曰："汝祖宗几世修德所致，上天赐福，汝妻乃仙姑降世，今派紫微星君下凡投胎，以扶圣主统一天下，救民于水火。汝儿十八岁可能自立，但汝三十八年劫数如尽，即回归仙班。钦此，玉皇懿旨。"一幕一幕往事浮在眼前，又想到自己今年已三十七岁，可能不久于人世，遂对惜儿曰："汝母欲回大浯塘老家养病，未知汝意下如何？"吴英曰："既母亲欲回大浯塘养病，儿愿随膝下敬奉早晚。"于是母子将店铺留给表姐夫看管，两人将赖妈所赠十两银作盘缠，从厦门雇船至东石登岸，由东石雇轿自己雇马，一路往大浯塘而来。说时迟那时快，随入吴府安宿，送小费给轿夫后，轿夫策马而去，不必细表。

　　光阴似箭，日月如梭，不觉过了月余，吴英也请了许多医生给母亲看病，该言劳伤过度，只要心胸放宽自愈。

　　一日，英母叫吴英近前曰："惜儿，汝母病已痊愈，想汝义父母在厦对汝如亲生，又赠银给汝母回家治病，咱穷人人穷志不穷，汝需回厦门帮赖家料理家中杂务，方不负人家恩惠。"英曰："据母亲怎说，孩儿遵命就是，但有一事令孩儿放心不下，那就是母亲病体！"英母曰："孩儿汝放心去吧，如有事我会叫姻家帮忙，倒有一事，汝临走之时，要到汝岳父蔡元顺家道别，顺便向英蚕小姐辞行。"于是吴英遵母训，向岳父蔡元顺、继岳母丁氏道别，并向英蚕小姐告及厦门赖公、赖妈一家为人慷慨豪爽，自己在其府中习学武艺，蔡家及小姐也深以为喜。

话说吴英留下赖府的地址门牌号,叫母亲如有急事,可寄信交赖府,自己随即赶回。英母将地址谨记。

顺治十一年甲午(1654年)六月初内,英母寄信厦门赖府,告及身体欠安。吴英接信后,于六月初十日至家。见母亲奄奄一息,脸形消瘦,遂请医调治。吃药无啥见效,病中曾数次对吴英曰:"惜儿,汝母三十八岁当归,汝历过许多险难,见过许多奇异,成器之日,着实为善,不可妄动。汝母虽在冥冥之中,亦欣然矣!所聘蔡亲,其女英蚤尚幼,合卺之事,吾儿他日自己行之,汝母不及见也!"吴英泪流满面,牵着母亲之手曰:"阿母啊!汝若不幸,孩儿随汝去呀!"英母双手震动,满脸怒火,骂曰:"不孝子!汝何出此言,汝宗族衰替至此,幸祖宗积德,生汝一身,汝母受尽千辛万苦,始抚养汝成人,全望将来做一番大事业,显祖耀宗。汝出此言,可谓大不孝矣!"吴英曰:"孩儿以后不敢说也,但母亲汝要安心调养!"至七月初旬,英母病稍好转。一日,唤吴英近前曰:"惜儿,我前有银两付汝表姐夫在厦门做生意,可去取来家用。收有收无,无论多少,限汝七日到家!"

诸位读者,吴英奉母命于古历七月初七日起程往厦门跪地姐夫店中,因表姐夫生理亦被人拖欠,故一时无法讨回。他这一走,留下终生最大遗憾,即无法见到亲生母最后一面。当他还在表姐夫店中等钱的时候,十二日,家人朱任赶来厦门报讣闻,言英母已于昨日(十一日)仙逝。听家人叙述,吴英差点昏绝过去,一时天乌地暗、肝肠寸断。随将表姐夫交付的多少银两捆绑在腰,同朱任促舟归家。

吴英到大浯塘后,只见自家大门上已挂上一块白布,母亲仰于厅边四块床板简易搭成的床铺上,厅中撒了许多稻草,其母身上已盖上被单,被单上压一面铜镜。据在厝的叔公(振泉)及吴氏亲人说:"亏得蔡家姻亲共同协力,故汝往厦后,汝母病近弥留之际,大家赶做'张老衣裳',内外七层。姻姆又给汝母沐浴穿衣,并扶上厅边。后双眼不愿瞌,临终之际,数次含糊不清地问惜儿来到未!"吴英听众人怎说,大哭一声:"母亲啊!孩儿不孝,不能见汝最后一

英母出殡葬高浦

面！"正是俗语说的"欲要相见，除非南柯梦里！"众人又说现尚未买棺材，应立即往英墩棺材店买。吴英随将厦门收来的银两，交人往英墩办理，自己披麻戴孝。

只见英母铺头点燃一根白烛，置放一瓦片黏泥土（吴惜从池边挖来），一碗蛋线面。碗中插竹筷一双，黏土堆上插上一柱香，为英母辞生。此时吴英举孝杖，听从道士吩咐，乞火灰、烧冥纸等无法细表。

诸位读者，虽说英母逝时未曾五十，亦未做阿妈。但众人仍给其扶在自家厅边，以一般礼俗待之，又派人往各亲戚及英母之娘家报丧。

又于七月十六日吉时入殓、送草，并将棺木移至大埕。因其父佩辉其时卒于厦门，葬于同安高浦城东亲戚坟旁，故吴英决定将母亲柩灵亦葬于高浦与父亲同地。至于灵柩抬到东石，后转水运抵高浦，及祀后土、祭棺头、点木主、棺木落圹，及引父母神魂回故乡，那无用细述。诸位，作者至此应补一个交代，吴英自少订的英畬小姐，此时虽未过门，但蔡家是明理之人，遂受吴家"借送"婆婆，披麻戴孝，哀声切切，真是未入吴府之门框，先借媳妇哭婆声。

附

吴英祭母文以飨诸位读者。

维公元一六五四年，皇清顺治十一年岁次甲午七月十六日吉时，不孝子吴英等虔具素酒、馐馔之奠，跪祭于吴母显妣氏之灵前而哀曰：

呜呼！苦雨涟涟,洒不尽思亲之泪;凄风冷冷,扫不去满腹愁情!忆昔日之谆谆教诲之言尤在耳!痛今日子道多艰,抚景生悲,肝肠寸断。恩之未报,罪孽深重。念母生平,居心善良,十九配父,克勤克恭。相濡以沫,心齐志同。战乱时期,先父从戎。二十生我,养育恩鸿。含辛茹苦,美德布种。天伦之乐,其意融融。不幸的是兵燹凶凶,走南走北,跑西跑东。三年期内,父母双终。祸不单行兮,降吾家中。害我成孤儿兮,悲震苍穹。哀哀吾父母！您无异衔泥春燕!嗟嗟小子！我似反哺林中鸟！茫茫无归宿,叹白鱼之泣杖,忖焉自愧。欲学莱子之班衣,引领教诲,祈求吾母再添寿年。怎奈皇天不佑,三十八之龄便一病忽沾,医治无效,回生乏术。呜呼痛哉！阿母啊！竟然音容永隔,抱恨绵绵！汝何忍心放下十八岁的孤儿呀！放在沧海中,你自己飞入九天云霄宫,仅能在梦中寻音容,满腹怀思心血涌。兹当家奠,清酒与热泪同倾,珍馐与香茗并献。母汝有知,伏祈来尝,哀哉尚享！

  诸位读者,吴英读毕祭文,全浯塘参加出殡的全体亲戚至友、宗亲邻里,尽流泪。高浦葬毕,老天爷也降下一阵冷雨,为英母落泪。
  真是茫茫苦海无尽期,且看吴英乘孝结连理。欲知后事如何,请看分解。
  诗曰:弱冠失恃泪斑斑,冷雨凄风礼未闲。
    高浦城东长隔别,南柯梦里会亲颜。

第十二回 乘孝娶为高完婚　守薄业英蚤受苦

上回讲到应天意母逝大浯塘，尽孝心柩葬高浦，吴英将父母双双葬在亲戚坟旁（为迁福清伏线）。

且说吴英奉母灵柩安葬于同安高浦，葬毕奉主回大浯塘自己厅堂中敬奉。其时吴英之岳父蔡元顺夫妇亦相当明理，叫女儿英蚤近前曰："女儿，人说嫁鸡跟鸡飞，嫁狗跟狗走。自幼汝与吴家订亲，今惜儿父母双亡，成为孤儿，为父欲乘孝期内草草完婚，未知女儿意下如何？"英蚤羞惭地说："阿爹，人说婚姻大事，父母主意就是！"诸位读者，按晋江风俗，凡属订婚未结婚之男女双方，如逢孝内（即家中有人逝世，未超过三年）即不得结婚，但如在死者百日里结婚的，通通称为乘孝娶。这种孝内结婚，一般开费较省。吴英之岳父蔡元顺见女儿答应，随叫吴英前来参商曰："惜儿，汝母新逝，家中无人照顾汝生活起居及七日、十四日、四十九日、百日、周年（对年）、三载等一系列丧葬礼俗，故咱打算按咱晋江的旧礼俗叫乘孝娶，未知贤婿意下如何？"吴英曰："岳父母大人，只是现在结婚，小婿两手空空，既无聘金，又无盘担，有损吴家体面，亦有屈岳父大人颜面，希岳父大人

乘孝娶

三思。"蔡元顺曰:"人说亲戚同八字,有福共享,有难同担。岳父无计较聘金盘担,只想早日完成英蚕婚事。"吴英听岳父这说,也无法推脱,便顺水推舟说:"岳父大人,聘金、盘担算小婿向你暂借,日后如有出头日子,才一概还清(为以后建大厝答谢伏笔),未知岳父大人意见如何!"蔡元顺夫妇曰:"贤婿,不必过谦,算我无吃你吴家的盘担。反正按咱晋江的嫁娶风俗,聘金只做好看而已,干脆岳父办英蚕之嫁妆,也只有一个面前脚,莫嫌岳父小气就是了。"于是乘孝娶的事便这样讲定。

诸位读者,人说众人扛山山会动,蔡家姻亲、妯娌纷纷同情"惜儿"的遭遇。不几日,有的贺棉被,有的贺蚊帐,有的贺梳妆镜盒,蔡元顺还将平生所积之金子打成手镯,给贤婿挂上。英蚕的叔父蔡二员外也取出私蓄,买东西贺给侄女为做嫁妆。虽说是乘孝娶,但蔡家的嫁妆齐全,仍然择一清彩日的卯时,男女双方均叫福寿双全的蔡二员外为其"上头"。因事务繁忙,忘了买木梳和虱篦,故蔡二员外向嫂丁氏借木梳,向自己妻子借虱篦,应付时辰"上头"。二员外在新郎、新娘头额梳了三下,用虱篦在后篦了二下。吴惜吃到十八岁,也未曾见过"男冠女筓"的婚俗,随对嘴说:"我吴英日后如有出头日子,三下木梳我建一座三落大厝答你们,二下虱篦我起一座二落答你们。另有一传说,说吴英建三落大厝和二落大厝是为答其二位岳父、岳叔父在英蚕嫁时,一人买三件、一人买二件嫁妆,买三件者建一座三落大厝答之、买二件者建一座二落大厝答之。其时为其"上头"的蔡二员外仅当吴惜是说一句笑话口头语,认为"吴英"你现在自身难顾,还要建大厝答蔡家。(泉南有一句俗语,叫男女无上头,吃到一百岁还是孩子。男方叫男方福寿双全的长者,为男子上头;女方由女方福寿双全的长者,为女子上头。因吴惜和英蚕乃在同村近邻,故由蔡二员外代理。)诸位读者,但凡大富大贵之人,必先落泊而后福,叫人不可貌相,海水不可斗量。如泉州首富李五,落泊时被押往京时经过洛阳桥,叹曰:"我李五日后如有出头日子,洛阳桥再添三尺！"而开竹杠的店主笑说："洛阳桥你如加三尺，所用的竹杠我负责！"而另一间杂货店的店主也大声附和说："你李五如加建洛阳桥，扛石用的所有麻绳我免费供应！"其时为什么二店主敢这样说，并不是看轻李五无钱加洛阳桥，只是片面看李五被押在"囚车"内，认为李五犯罪此去必死而无疑。谁知李五吉人天相，不久无罪释放，果然李五后来重建洛阳桥。二位店主看人不起，店你就要倒闭。以上只是借明代李五造洛阳桥来说明和教育人不能瞧人不起，而吴英此时正是暂时的落泊，后来果真实现他的诺言。此是后话。

且说吴英乘孝娶，与英蚤喜结良缘。但属其母的早奠奉茶、中昏奠奉饭，每日都叫三次，可称孝思不匮。而吴英与英蚤此次乘孝娶，是没有置办筵席请人，直至其归诚清廷平定厦门后，始补办婚宴。

驹光如驶，转眼已过百日，时在阳月末期。人说大丈夫，志在四海，怎能长在卿卿我我之间。一日，吴英对英蚤曰："自汝过门以来，已有数月。虽汝有许多嫁妆入门，人说坐食山空，思前受厦门赖厝埕赖妈之恩，欲前往厦门，再谋生计，未知贤妻意见如何？"英蚤曰："建功立业之事，乃汝男子自己主意就是，何必问我们女流之辈，汝何时要走，待妾给汝准备行装！但有一喜事相告，近日我欲进食之时，该吃不下腹，又例假不来……莫非……"吴英接下说："贤妻莫非有孕，那太好了，或许是我母在天之灵，保庇贤妻怀孕，使吴家有后也！"英蚤曰："夫君，妻知汝志如鸿鹄，非区区浯塘乡所能捆绑，而今战乱时期，三日清、五日明，鹿死谁手尚未可定！人说良禽择木而栖，君汝自己行之可也！"吴英曰："既贤妻怎说，是支持我出外了！"英蚤曰："人说夫妻好比同林鸟，巴到天明各自飞！"吴英曰："我有一事放不下，因汝怀有吴家骨肉，万一我出去数年，团仔临盆要怎办？"英蚤曰："这个汝不要介心，咱吴、蔡两家，相居近邻，临产之期，有吾继母丁氏照料。夫君你是男子，不懂我们女人之事，汝放心去呀！只是……"吴英曰："贤妻只是什么，请直说！"曰："只是在家日日好，出外挑挑难，前途的凶险，世人的奸伪，君汝宜防之！"吴英曰："不愧是我的好内助，所言句句在理。但我去后，回家之日，难以为定，照顾家务和生团仔的事，只有拜托贤妻为我效劳！"

　　阳月三十日，吴英背起行李，告别贤妻和岳父母、蔡二员外夫妇，仍往厦门谋生。谁知一别几年，吴英是在清顺治十一年阳月末日离开大浯塘，十九岁在厦门义母赖妈处帮杂兼习武，二十岁被陈霸抓去海岛（注：吴英到底是被抓海岛或者是自投郑成功，笔者此时也难下定论。因其父佩辉是郑军倒是事实，生前又不给吴英加入郑军，大约是独子的原故。但清初多数名将早期都参加反清复明，包括施琅、林贤、朱天贵、郑鸣骏、郑绪昌、陈辉（霸）等，后因郑成功卒，郑军内乱互相残杀，故在康熙二年癸卯（1663），27岁的吴英随郑陈等率文武四百余员、船三百余号，众万余人，入泉州港归诚。诸位读者，在明季，由于李闯王的农民军已经推翻了明王朝的统治，崇祯皇帝吊柳树，满清入主中原，南明王朝负隅抵抗。在明清的这一场战争中，由于受大汉族主义观点的影响，认为满清是夷族，是入侵中原，又加上郑成功当时军纪森严，亦曾经带兵打到南京，故其时泉南多数豪杰皆投入郑部。到后来郑成功英年（39岁）早卒，郑军内乱，造成一部分军队首领率兵降清。又加上顺治、康熙二帝布仁政，施招抚的政策太厉害，多数军心民心已归属。又加上明清战乱造成多少人民流离失所，故当时满清统一中国，已是大势所需，这就是俗语说的"天下者，非一人之天下，唯有德者居之"！（至于吴英是被抓海岛或自己投军海岛，那留待后人考证。）而吴英在海岛的八年中纪事，志书、《清威略将军事略》、《行闲纪遇》皆少记载，顺此告知。

　　且说大浯塘蔡英蚕自吴英往厦门而去，音信断绝（战乱），自己在家为吴英奉孝。为了生计，她还在荒芜的田地中，种地瓜、栽蔬菜来维持生活和三顿的粗饱，真是正逢婆婆守孝期，又要下地插甘茹。至秋天，又要把甘茹切片，晒干收藏入瓮，以备来年食用（此种食物是晋江特色食品，顺介于此）。欲知后事如何，请看分解。

　　诗曰：春时陈插夏时耘，灌溉施肥费力勤。
　　　　　切去层皮如剖玉，吹干进瓮似堆银。
　　　　　三餐吃饱无余事，一口入喉保睡眠。
　　　　　堪叹富家香酒肉，可怜天下有贫民。

大浯塘蔡英蚤晒地瓜干

第十三回　掠海岛陈霸授艺
　　　　　　　梧塘乡贤母教子

　　上回说到吴英乘孝娶,母逝百日后告别贤妻,往厦谋生。而英蚤怀孕,留在祖地种田、栽菜自食其力。本回要说的是吴英回赖府后,再发生什么变故,请看分解。

　　话说吴英回厦后,仍在赖府住下,并向赖公、赖妈陈说母逝的不幸消息及乘孝娶的前后经过,赖公、赖妈深感婉惜。又听说吴英已结婚,怪吴英无给他们知,定要补贺仪,吴英推辞说:"义父、义母,等吾妻生下麟儿,来拜'义公婆'时再补礼!"赖公、赖妈笑说:"英儿,汝经一事,长一智,真有长进。有空多练武艺,今后才能为国出力。"于是吴英在赖厝埕帮义父母做此帮杂外,其他时间练习武术套路,投军之事亦暂搁下,不在话下。

　　一日傍晚,吴英向赖妈曰:"来厦多日,欲到海边散步!"赖妈曰:"英儿,汝到海边不要超过半夜,现听人说海边经常有人失踪,汝自己要注意为是。见有生份人要避开,切切!"于是在当天夜里,吴英辞别赖妈后,音信断绝八年,此八年志书皆不见记载详情,只书"幼孤贫,被抓海岛",吴英的《行间纪遇》和《清威略将军吴英事略》的二本自传中也用"被掠海岛从戎",说明了投郑军并非自己自愿的。而在吴英十七岁同母亲从厦门启程、东石上岸,预返大梧塘葬祖父之墓时,遇大盈千总林增带兵至浒西坑时,吴英尚未剃发。此时的吴英,还是一个忠厚憨直的农村独生子,对清、郑两军为什么交战、抓壮丁,是为什么,他尚不理解。他幼小的心灵中,是痛恨战争,战争造成了百姓的靡家靡室,他也希望自己的家庭能在和平环境中生活。诸位读者，吴英在自传中曰："先大夫从戎军中。"后又曰："先大夫卒于跄地。"按英母逝时三十八岁，但英父佩辉早逝二年，这样说来，佩辉亦仅在不惑之年便卒。至于佩辉是在战争中牺牲，或沾疾而死，那作者也难以定论，留待后人考究。

　　按，大浯塘翁信汇生前嘱余曰："吴英是被陈霸（或叫陈辉）掠至海岛。"后随郑鸣骏、郑绪昌、陈辉（霸）入泉州归诚。（注：翁信汇乃大浯塘人，曾任福建省精神科专业委员会副主任委员，对吴英有较深入的研究），据传说，陈霸也是郑成功的一名骁将。既然说吴英是在厦门被陈霸所掠至海岛，这样陈霸他与吴英有一段特别的关系，其武术和战争中的策略，应该一大部分是陈霸所传。

　　且说当时吴英在厦门海边自己一人打了五祖拳的套路，突然几名平民打扮的壮汉，在海边看到，齐声喊彩："好个五祖拳法！"吴英看看几位，年龄比自己大些，但个个也算身高体壮。吴英见有人喝彩，遂拱手叩礼曰："壮士莫非是同道之士？如有不足之处请指教。"几位壮汉曰："指教不敢，但志向相同，咱来比划几拳如何？"吴英虽然经过其父指点，又来厦同赖公子同学一段时间，又近王提督演练，但未到火候，听说有人同划几拳，求之不得，吴英曰："比划只以一对一，其他不得插手！"众汉说："当然，当然！"于是众汉子派一人与吴英比划，打了几十回合后，不分输赢。诸壮汉见一人赢不了吴英，便暗使绝技，其中一个用足一跤，吴英遂跌倒在地，诸众汉三人齐上，将吴英双手捆绑，抬入船中，驾船往金门岛驶去。

　　且说陈霸三位部下将吴英推上金门岛，参见陈将军。陈见推进的一少年，身高八尺余，虎背熊腰，方脸大耳，一见令人见爱。遂令部下给其松梆，并亲自牵其手，令其上座，问曰："少年姓何名谁？何地人士？"吴英抬头见一将军，身穿明朝服饰，腰挂宝剑，坐在虎皮椅上，威风凛凛，而且听其口音，也好像晋江南安人，遂感到有几分亲热感，遂答曰："小子名吴惜，晋江大浯塘人，先父吴佩辉曾从戎郑军中,未知将军认识否?"陈霸曰:"这样说来是小侄子,前年佩辉告假,听说卒于厦门跐地,因两军交锋,故余无法亲往祭奠吴将军,实感有愧!"遂将三位部下骂了一顿,曰:"这是佩辉之子,你们不应该用捆的方法!还不上前赔礼道歉。"三位部将遂上前与吴英赔不是,吴英一一还礼。陈霸曰:"目下延平郡王郑成功起兵反清复明,已占领东南沿海各地,令他招兵买马,驱逐满清出中原,恢复明朝正统,贤侄何不就在郑军中,学习武艺兼习兵法,将来定为国家栋梁之材。这时的吴英对陈霸的说法,亦几分认可,不然自己的父亲,怎样也参加郑军。于是就在陈霸部下服役。

一日,陈霸叫吴英近前来曰:"贤侄,据说汝祖家自古传有一种五祖拳(太祖、达摩、玄女、白鹤、猴拳),希贤侄表演一套以参观。"吴英曰:"镇叔父大人,那小侄只有献丑了。"于是吴英打了一套五祖拳,陈霸遂一一指点。吴英之拳法经指点,大有长进。后陈霸又以土堆和石头作战阵,教之如何用《孙子兵法》的三十六计。吴英是一个敏捷的头脑,随记入心中。在郑军中的八年,不可以说他无参加反清复明的战争,他在反清复明的战争中已经参加过多少的实战,也掌握了灵活机动的战略战术,故能在康熙二年癸卯归诚后,身经百战,战战皆克,而步步高升,直至提督。后来为什么他会与郑鸣骏、郑绪昌、陈辉(霸)归清,最主要是郑成功卒后,郑军内乱,自相残杀。而清康熙帝又施行招抚兼施的政策,即归诚一支军队,仍由其为原职,如施琅、黄梧、林贤、朱天贵等原皆为郑成功部将,后归清,皆委以重任,叫用人不疑,疑人不用。用郑成功之将,来打郑经和郑克塽,也就是古代叫"用君之矛击君之盾"!康熙君的这一战略高招,为中华民族的统一奠定下牢固的基础。诸位读者,从顺治十三年丙申(1656)吴英被掠海岛至康熙二年癸卯(1663),此八年中,吴英从士兵做起,也参加无数次的战斗,只是他以吴惜(乳名)入军籍,也无有关于他功绩的记载。至后来归诚后,另用"王英"之名,入清军籍,后参与平耿精忠之乱,此是无话,无闲细表。

且说大浯塘蔡英蚕,自吴英在顺治十一年阳月末往厦门后,一去八年无音信,正如风筝断了线。蔡家和英蚕曾派家人往赖厝埕赖妈处打听音讯,赖妈也说自己为了"惜儿"的失踪而四处奔波。乡中人谣传说是被郑成功抓去当兵,也有人说被清兵抓去,各说各的,但蔡英蚕始终相信"吴惜"尚在人世。这时的蔡英蚕肚中怀着吴英的孩子,又要耕作田中的农作物。看看将近临盆,还无见吴英的信息,蔡家与蔡英蚕在保生大帝挡境神前示签,皆言"吴英平安无事",英蚕才慢慢放下心来。

康熙十二年乙未(1655)五月初旬,英蚕肚子一阵疼痛,遂叫人通知其继母厝边妯娌前来帮忙,只听见"呱呱"二声,一位白胖胖的男孩坠地。生成健壮似麒麟,

应麟出世

故以应麟命名。一个未曾生过孩子的蔡家小姐,要自己照顾一位亲生儿,要受多少的苦楚。孩子要吃奶,要换尿布……幸好有继母及厝边妯娌的帮忙,才将麟儿养活。诸位读者,晋江有这样一句话形容孕妇生孩子的危险性,叫"赡生不值钱,生了在脚桶墘"。这句话,也说明母亲的伟大。到康熙二年癸卯(1663),吴英从陈霸、郑鸣骏、郑绪昌来泉州归诚,回大浯塘时,应麟已九岁。夫妻、母子、姻亲相见,不知有如何的欢喜,回忆九年来离别苦、思亲情,三人各自眼泪盈眶。欲知英蚕教子经过,请看下一个小故事。

应麟七岁时,英蚕教其念《三字经》,曰:"人之初,性本善。性相

近，习相远。苟不教，父之过……"应麟曰："阿母，汝解说一遍给孩儿听听！"英蚕解释说："凡人一生下来，他的本性是善良的，每一个人的性格都相近似。但学习成绩的好坏就差得太远了，孩子若不教训，那是父亲的过失呀！……"应麟曰："阿母，那汝不教也不要紧了，因《三字经》并无说苟不教，母之过是吗？另阿母啊，从我到这么

默耕教子

大，为什么无见过阿爸的面，为什么别人有爸爸妈妈，我只有妈妈而无爸爸？阮班上的同学说我是无爸爸的孩子。"英蚕搂着应麟眼泪盈眶曰："阿团，汝爸在汝未出世之时便出外谋生，不信汝问外公、外婆。"说了应麟哭着抱着妈妈大腿曰："妈妈，我长大要找爸爸，你给我讲，爸爸在什么地方？"英蚕被应麟讲到痛处，含泪说："阿团！听汝母讲一个故事，汝就知汝爸爸在什么地方！阿团，汝母要嫁汝阿爸时，汝外公、外婆去办嫁妆，各项齐备，单单忘记买木梳虱篦二小项，至汝阿爸和汝阿母要'上头'时，发现少此二项，时在五更天，要买也无处买，故向汝外婆、婶婆告借。在汝阿母和阿爸头上梳三下，头后篦二下，汝阿爸笑着说：'外婆木梳借梳三下，我要起一座三落厝给他们住，婶婆虱篦篦二下，我要建一座二落给他们住。'汝爸爸是一个义气远大的人，要去赚到够起二座大厝的钱他才回家。"应麟曰："妈妈，那么爸爸什么时候才能赚到起大厝的钱！"英蚕曰："汝爸爸说他汝九岁时，他便回家！"曰："妈妈，那爸爸现在哪里赚钱？"英蚕曰："汝爸爸在厦门赚钱！"曰："厦门在什么地方？离咱浯塘多远？"英蚕曰："在南方，距离一千多里，咱走不会到，

但汝爸爸有吩咐,只要汝听妈妈的嘴,好好读书,汝九岁时,他便带钱给汝上学兼共汝二婆起大厝!"于是应麟便听其母教诲,读书大有长进。这回正是掠海岛陈霸①授艺,浯塘乡贤母教子。欲知后事如何,请看下回分解。

诗曰:丈夫失意惹人轻,红日阴翳应自珍。

　　　　牢固脚跟长立足,黄河浊水有时清。

吴英建给大浯塘蔡姓三落大厝现尚存。

①《同安县志》载有"陈霸据丙洲,内地居民皆被掳掠"一语,《西山杂志》载陈霸是郑成功之五虎十二佐六骑尉之一。

第十四回　莅泉州壮士归诚
　　　　　　 平金厦职授都司

　　前回讲到吴英被陈霸抓去金门海岛，与陈将军见面后，才知其是父亲的战友，亲切倍加，并教其武艺、拳术、阵法。而浯塘家中的贤妻产下应麟长子，蔡氏勤奋持家教子。若欲知请看下文。

　　以下摘录《施琅将军传》内容以飨读者：

　　且说康熙元年(1662)五月，郑成功在台湾去世，其弟郑世袭暂时主持台湾事务，他阴谋自立，以拒郑经。郑经在厦门称"世藩"，准备进兵台湾。七月，驻闽的靖南王耿继茂和福建总督李率泰派都司王维明、李振华同总兵林忠往厦门招抚郑经。郑经答复希望按照朝鲜事例，不剃发，称臣纳贡而已。是月，施琅被提升为福建水师提督，仍暂驻同安。八月，耿继茂、李率泰又派林忠等人赴厦门招抚，要求郑经交出所占州县印信。郑经仍坚持照朝鲜事例，但为了稳住清朝方面，争取时间以靖内患，他答应交出所占州县印信。二个月后，郑经率兵入台，斩杀举兵相抗的镇将黄昭、萧拱宸等人，继位为延平王。

　　康熙二年(1663)正月，郑经率大队舟师返回厦门。四五月间，施琅将水师提督衙门移驻海澄。他一面整兵布防，一边日夜派遣战船袭扰厦门郑军，致使郑军惊惧不定，疲于应付。其时，郑经因户官郑泰曾与黄昭等人谋立郑世袭而怀恨在心，便设计把他逮捕处死。驻扎金门的郑泰弟郑鸣骏、儿子郑缵绪，陈辉(霸)闻讯率所部官兵七千多名，战船一百八十余艘到泉州港降清。(《台湾外记》载文武官员四百余、船三百余、众万余人。)

　　在郑经返厦后不久，海澄公黄梧就已上疏清廷，建议趁郑军

"人心未定"之机，迅速出兵攻取厦门、金门等岛屿。六月，清廷批准了他的奏请，指示"相机从速进剿"。于是施琅和耿继茂、李率泰、黄梧以及陆路提督马得功陆续将部队调集漳州、泉州，拟渡海作战。郑经收到情报，急忙调兵遣将，部署防御。他还派副将林维率水师拟从海门驶入海澄，企图烧毁清军新造的战船，以破坏清军攻厦计划。施琅则早有防备，他变被动防守为主动出击，命守备汪明统领舟师于半夜时驶抵海门截击郑军。郑军措手不及，被打得落花流水，林维被杀，被活捉者一百二十五名。

十月，清军大举攻厦，马得功率一路战船攻打金门失利，投水而死。施琅率一路舟师攻厦门。当时郑军高崎守将陈升已事先约降施琅，施琅待潮落后才扬帆起碇，顺风顺流进击。郑将黄廷迎战失败，施琅遂挥师登陆，夺取厦门。尔后，施琅挑选漳、泉两路水师精锐，经数日准备后，乘胜攻取浯屿、金门。郑军退守铜山。耿继茂、李率泰认为郑军新败，是开展招抚的好时机，他们遣使者往铜山招抚，但郑经仍强硬表示："至死不愿剃发登岸！"

康熙三年(1664)正月，施琅派人招降郑军援剿右镇林顺。林顺原与施琅关系密切，接到施琅书信后，便率全体官兵从镇海降清。三月，郑经从铜山返台湾，清军进入铜山。郑军威远将军翁求多、前提督黄廷先后共率郑军官兵及家属近十万名投降。

（注，以上引述，仅供读者参考）

且说康熙二年癸卯(1663)，因郑成功卒后，郑经在台湾杀郑泰等，金门镇总郑鸣骏、陈霸等怕受株连，遂率兵船至泉州降清。吴英随部归诚，经过整编，吴英作为小头目，随清兵开赴收复金厦。

另说：吴英同其所部清兵，日以继夜赶赴同安、集美。隔海相望厦门，更令人挠起一番思绪，往事不堪回首，吴英不觉满腹愁思。

军中吩咐安营扎寨，将士好生休息待命。

当时厦门是一个孤岛，大多往来都靠舢板、船只。因此，孤岛厦门与金门有一种易守不易攻的气势。也许就是凭借海岛优势，所以在岛上的守备只要喊一声"反",就很随便地在岛上独竖一帜。当然,有易反的一面,亦有易叛的一面,只要反贼内讧,也就容易从中出现叛逆。如此像是一场轮流坐庄的赌博。正是这种因素,此次平厦攻金的原因就一猜便知了。

随军休整三天,一日大雾弥罩海面,清兵下令,偃旗息鼓,挥师渡海。

清兵士气旺盛,游弋在海面的船只靠岸后才被发现,厦门守备兵正待迎战,清兵早已将守备府衙围个水泄不通。厦门守备被虏,刃不沾血,平定了厦门。

在厦门一战威震金门,吴英献上一计曰:"我军远道而来,虽有水师帮助,但彼军长居岛上,精通水性,而且难攻易守,不若黄夜遣五百水上精兵驾小舟绕浯岛背面(即金门原称),大军正面进击……"如此这般一翻陈述,诸将皆折服。

吴英在大浯塘本就是下水抓鱼、捉虾能手,也曾经在王提督军中随水军操练,和被抓金门许多年,故对鹭、浯二岛地形亦了若指掌。此时正派上用场,遂自告奋勇领精兵五百,次日子时起兵,不到二个时辰已绕临浯岛。另一方面,清军大队人马正面进攻,浯岛守备闻清兵战船大举驶入浯岛海岸线,即令全军出动击退清兵。

此时,大军战船鸣炮为号,吴英率五百勇士登陆,一时防军已抽往正面迎战清兵。因此,登岛十分顺利,五百将勇挥刀横冲直窜,如入无人之境。守备营部已被吴英占领,旗杆上"清"字旌旗在上空

金门古渡头战场

飘扬。守备正在与清兵对抗，忽闻大营被占，腹背受敌，自知顽抗无望，贼首乖乖下马受缚。虽有小部分负隅顽抗者皆死于乱军之中，最后浯岛守军大部分尽皆归顺清兵。

天将拂晓，金门（浯岛）平静如昔，只是换过清兵旗号。清兵张榜安民告示，百姓称庆。

原浯岛守备及少数头目在押，造册呈文，待处理之，不在话下。

是年，康熙即位。快马告捷，飞报朝廷。龙颜大悦，下旨封赏，吴英功授都司佥事。

话说吴英率兵平金厦有功，升都司佥事，喜不自胜，想到赖厝埕赖公、赖妈的恩惠，王提督当时对自己的看重，尤其当时被掠至今已八、九年了，应当面厚谢。遂拍马至赖府，谁知赖公已在几年前逝世了，吴英想到当时赖公对自己的真心对待，眼泪盈眶，就在他的灵前点香，诉说别离之苦，并拜了四拜，以答义父教养之恩。又朝赖妈拜谢，赖妈曰："惜儿，当时汝义父说汝吉人自有天相，诸事皆能逢凶化吉，果然他有先见之明。"又曰："惜儿，汝能弃郑归清，此达得赖妈庆幸，大清康熙统一中国乃大势所趋，一中一台，战战杀杀，百姓何时才能过上太平日子！助真主统一中国，虽赖妈是女流之辈，但亦懂得良禽择木而栖的道理。请汝自为之！""感谢义母的教诲！"吴英又曰："王义父未知尚在厦门呢？儿欲一述别离情，顺便请安。"赖妈曰："王提督全家已调别省多年矣！""既是如此，他日相遇才答谢"。于是吴英告别赖妈。正是吴英今日有孝心，要答赖王恩义深。未知后事如何，请看下回分解。

　　诗曰：将军今日授都司，拍马挥鞭赖府驰。

　　　　忽报赖公已过世，盈盈泪水透征衣。

第十五回 清兵惜败陈吾显
良驹助主斩敌酋

前回讲到吴英于康熙二年随郑鸣骏、陈霸(辉)等入泉州投诚，吴英被清整编后率兵平金厦，初露才华，授封都司金事。入厦后，拜见赖妈，各诉离别情，姑且不表，话入正题。

且说雄居云南骁将陈吾显，原属吴三桂部下。时朝廷平定吴三桂之后，陈吾显却纠集残部藏于云南万山之中，自己称王立寨，且又招集新兵五千有余。

陈吾显因粮草所需，时常令士兵下山骚扰良民掠夺财物，凡过往商贾大多遭受打劫，奸淫烧杀、无恶不作，弄得省城内外、邻近诸县人心惶惶。

云南总督最初也几次征集勇士，围剿贼寇。但贼寇毕竟在暗处，且精通山路，而清兵在明处，又大多不熟悉山路。因此，曾几次进剿围攻，尽皆无功而返，如此折腾几番，劳兵伤财，俱告未果。

无奈，总督只好写成奏表，申报朝廷。

若论陈吾显者，头如阜桶，眼似铜铃，腰大十围，身高近丈，力大无比。威慑一方，窃居云南一带。

再说朝廷闻奏，龙颜不悦，曾经几番先后下旨派过名将数员，皆惨烈疆场，兵员损失无数。

每逢云南告急，上至天子，下及群臣，尽皆束手无策。皇帝暗忖，若论陈吾显氏，人大气粗，谅必是一个有勇无谋之辈，朕以四两破千斤图谋之，或许可以克贼矣。遂传旨，封一文官为帅(附记——由于这一章节史志并无标明姓名、官职，文官姓氏无考。因此作者不敢造次)。不日带领兵马、粮草赶赴云南讨伐，并请兵部补给军需。

　　钦命征讨的元帅,文挂武职,未征先怯,预料此去凶多吉少,唯恐他日难以返回矣。故以祭旗出师为名,在厅堂祭祀先祖。

　　折回再说吴英,自随军平定金厦初露锋芒、声名大噪。一天,行营召集,说是云南告急,令吴英随元帅率兵救援。

　　其时正值元帅祭祖,吴英也应邀赴宴。席间,元帅起身敬酒曰:"本帅素未临阵,此去不知何终?但为了朝廷,吾将以身报国,但未知有否贤将与我分忧,佐我征剿?"元帅话刚落音,吴英拱手曰:"小将愿效犬马之劳。"元帅见少年如此堂堂一表,暗称真将才也,心悦道:"汝既愿效力朝廷,勇挑重担,本帅理应未战先奖,报个好兆头。来、来,本帅厩有一匹良马,是从蒙古选来的,其种曰骊,虽不太大匹,但是公马。此马属珍种良驹,今赠与汝。但得平匪,当奏明圣上封赏也。"吴英答:"谢元帅重赏。"

　　吴英凭着年少骁勇,领命初会陈吾显。陈吾显见吴

元帅赐良骊

英也是个八尺有余个头,未敢轻敌,大吼一声:"来者何名?"吴英是答非答曰:"领都司金事职吴英是也,贼莫非陈吾显否?"陈吾显自持力大无比,听这少年口出不逊,气得发疯,提刀跃马来挑吴英。

　　两刀相碰,火花四溅,响声当当。吴英必竟年少不及吾显,渐渐败下阵来,贼兵乘势追击。陈吾显紧追吴英,吴英只得落荒而逃,而陈吾显见吴英也是一员骁将,心想不如趁势杀之,留此人恐有后患。因此,紧追不舍。吴英虽且战且退,但体力渐渐不支。正在千钧一发之际,背后突然闪出一员猛将杀来,口喊:"贼枭休得逞能,待

我取之。"你道此人是谁？作者此前未曾提及，现在也应该给读者一个交代了，此人正是晋江小浯塘人，论村落与吴英出生地大浯塘相距几里路，论年龄比吴英大廿二岁，论身长也有近丈，其名曰吴尾，人称尾叔。其时闻知吴英自厦门奉派到云南剿匪，他就投奔军中，随吴英征战，身为护卫，暗中帮助英侄安全。

陈吾显见来者不善，遂与尾叔交锋，几回合过后，尾叔十分惦记吴英，且战且找。刚进入树林之中，尾叔虚晃一刀，闪过树边，陈吾显手起刀落竟砍入树干之中。由于用力过猛，刀被夹在树木中间，陈吾显只好手拔腰剑劈开树枝……

此时，尾叔无心恋战，径直追寻，幸喜寻着吴英。临近，一手拖将过去，即把吴英夹持在掖下，拍马而去。吴英之坐骑嘶叫着跑归清军驻地，而此时陈吾显劈断树枝，取回大刀竟直追上来，尾叔紧轮起大刀接上，这一松手，竟把吴英丢下。

合该吴英命不该休，吴英竟是坠落在一茅坑里，陈吾显自是没加注意，只是与尾叔交锋，尾叔慌不择路。

此时，陈吾显突然发现吴英无踪，放弃追赶尾叔，来回三趟查看不见吴英行踪。想必吴英已经溜之大吉了，因此收兵回营。

话说吴英坠落茅坑，茅坑在树林之中，无人使用，茅坑里结成厚厚一层蜘蛛网，吴英如隐入丝棉被，黑洞洞的，坑边茅草丛生，难怪陈吾显往返查寻无着。当然，有此一层蜘蛛网，吴英也无被摔坏却侥幸逃过一劫。

此战吴英失利，面对凶顽，心志更强，意气不馁。

两军对垒，吴英与尾叔共同计议，只可智取，不可力敌。二人想出一条缓兵之计，战时可使轻骑三十至五十骑，由尾叔率领，采用迂回战术，把贼兵拖累，然后不失时机，吴英再出击……

数日里，陈吾显却神气十足，率兵辱骂，尾叔也依计率骑迎敌。如此多番像似捉藏迷般的"战事"，惹得陈吾显骄兵轻敌，亦疲于叫战。

一日，尾叔率三十轻骑阵前招战，陈吾显以为是清兵已召来援兵，遂即升帐，问探子云："今又是败兵之将挑战否，彼兵马总数多少？"探子答曰："禀过大王，彼兵仅三十余骑，为首战将乃吴尾是也。"

陈吾显哈哈大笑："莫非又来与我玩耍？"一面说，一面招手叫兵士斟酒过来，又道："似这二个无名之辈的叔侄，待我喝足了捉拿未迟。"遂大碗饮酒，醉醺醺地上马，接过手下抬来的足足百斤的大刀，跃马扬威上前迎战。

且说吴英此时胸有成竹，注意陈吾显动静，探得陈吾显象天麻龟还敢上阵，必然轻敌。因此，作好战备。

吴英刀重八十有余，腰佩七星剑（平云南之后，剑称"云南剑"。至今，据说吴英的大刀、宝剑仍存大浯塘民间之中——

剑斩陈吾显

作者注）骑着良驹，出营观阵。

尾叔与陈吾显正战得难分难解，陈吾显见吴英出阵，直挑吴英。两人交锋，杀得马来剑往，刀来刀往，寒光闪闪，但见尘土飞扬，人叫马嘶。

吴英试用五祖拳套路轮刀，陈吾显横刀直扫。战了无数回合，忽然陈吾显坐骑倒转，驹尾一竖，将尾股靠近吴英坐骑，乱蹦乱跳，险把陈吾显掀翻。此时陈吾显紧策缰绳，其马还是双腿欲掰开，然而尾叔煞有心胸，心想天助我也，即提醒吴英曰："时不我待，七星剑。"吴英领会，架开大刀，拔出七星剑，正待陈吾显慌张之际，手起剑落，陈吾显头已落地。贼兵无主，一时慌乱，兵败如山倒。①

清兵大获全胜，陈吾显余部溃散，自不在话下。

清兵清理战场之后，元帅犒赏三军。酒酣之余，尾叔道出吴将军怒斩敌酋之奥妙。原来，元帅赐吴英的坐骑是一匹良驷，称赤雄马。而无巧不成书，陈吾显骑的也是一匹良驹，称白雌马是同一种马。其时混战，良驹愈发热，发热之余容易激起发情。良驹一旦发情，缰绳无以控制，因故白雌马蹦跳，急转掖腿难以自制。正是水能载舟亦能复舟。

真是清兵克敌何容易，匪首命休在坐骑。欲知后事如何，请看下回分解。

诗曰：经纶满腹智谋多，策略精通布阵图。
　　　迷惑飞空无识力，连丝结网保英逃。

注：①按《泉州府志》第三十八册卷之七十《兵纪篇》36页记载："康熙五十年(1711)陈吾显在泉州安溪作乱被诛。"照此说，康熙五十年，吴英已经七十五岁，如何能战陈吾显，而且此时云南剑已经插在大浯塘溪边，被翁姓收藏，又何来的云南剑。因这是历史小说，固作者认为战陈吾显在吴英初出之时，较为适合。

第十六回　返故乡补办婚宴　起大厝答谢蔡亲

前回讲到吴英平陈吾显,不幸战败,小浯塘尾叔助战,将吴英夹于掖下,失手放入茅坑中,幸蜘蛛结网救之,逃过一劫。后良驷助主斩敌酋,平定云南。快马加捷飞报入朝。是年康熙初即位,龙颜大悦,下旨褒赏记大功。班师后,乃回浙江塞白理提督麾下。

时钦差大人宣读褒奖圣旨毕,吴英领旨谢恩礼毕。回拜钦差曰:"蒙圣上嘉勉记功,但小将有一事,欲拜托公公转奏圣上,因小将年幼之时,承先父母主婚与同乡蔡员外千金蔡氏英蚕小姐盟姻,多年征战疆场,转骋南北,军中难有定所,故书信久疏。今欲回乡谒祖,一并完婚以了却先父母一片心愿。敢烦面奏圣上,恩准告假。"钦差答曰:"难得将军少年英雄,为国效劳,精神可嘉。今且不忘父母前盟,诚信践约,理合效劳也。"

赖妈赠鞋

半月之后,清皇谕准吴英返乡完婚。吴英谢恩,择吉日并吩咐轻车简从,礼乐人马随后待命。

吴英出发之前,特意到赖厝埕拜见赖妈,其时赖员外已经作古,吴英只好上赖府祖厝焚香四拜,以报答赖公知遇之恩。并递请柬,请赖妈到晋江参加婚礼,赖妈曰:"惜儿,我年事已高，经不起长途跋涉。今结婚连周岁红包全在此，薄礼不成敬意，请收下。"吴英曰："赖妈啊，您的红包不能收，您的恩情比天高，比地厚，儿今日的成就全借您老的教诲。"赖妈牵着吴英的手曰："长进了很多，长进了很多，还是赖公有先见之明！"吴英是夜留在赖府，倾诉十年来的前前后后经过，直至半夜时分，突然赖妈大喊一声曰："惜儿，前汝未失踪前，赖妈量汝脚的大小，做了一双布鞋，本想待汝投军时赠送，岂知一去十年？但这双布鞋仍放在府中。"说完叫家人将布鞋拿来，赠给吴英曰："见布鞋如见赖妈。"

隔日，吴英将赖妈赠的布鞋绑在腰间，拍马别赖妈回浯塘。

且说尾叔自云南帮吴英平陈吾显后，在家休养，知吴英往厦门。正待出门窥视虚实，吴英已带二位"朋友"来到门口，尾叔赶忙将其迎入家中，叔侄诉说诀别之思，而后如此这般一番计议，相聚侃侃而言。遵照吴英意思，尾叔一面发请柬，另一方面差人贴出告示云："欣闻舍侄吴英，字为高，不日回乡省亲并补行人伦宴礼。届时诚邀诸位亲宗戚友相约十里亭外迎候，幸垂回应，感激莫铭。届时，假座大浯塘吴府，恳望凡协理出迎者光临小酌。不成敬意，聊表谢忱！"

吴英与蔡英蚕双人非常恩爱，上敬蔡员外、振耀叔公、尾叔，下和邻里乡亲，口碑甚佳。现补办婚宴时，应麟已经九岁。诸位读者，吴英补办婚宴，自然热闹非常，大浯塘翁、蔡、吴三姓尽请，其中少不了田坑村契母王氏。其时人人阿谀奉承，正应了一句话"有钱有势人人迎，无钱无势冷清清"，也叫"此一时，彼一时"。宴席大礼由振耀叔公和尾叔主持，珍品佳肴、香茗美酒应有尽有，嘉宾乡亲尽醉而散，振耀叔公、尾叔、蔡员外、吴英夫妇尽送各位至府外。折腾数日，无暇细表。

且说岁月匆匆，不觉已过一旬。因吴英是朝廷命官，终不能长期待在家中，身为武将，应该征战南北，不久旋即履职。

他为了报答尾叔与蔡员外，起程之际，请来尾叔，曰："叔父如同再生父母,恩威并重,理应侍候在侧,无奈军令难违。叔父前年助我斩陈吾显,此恩难报,我聊将五十两银留为孝敬,敢望笑纳。"尾叔婉辞,吴英不依,尾叔只好收下。

吴英又对蔡员外说:"岳父大人,待我如同己出,且令千金淑质贤慧,岳父治家有方。前我离家之时,英蚤怀胎,家中事务及分娩事宜皆赖大人一家玉成,特别是帮助贤内耕作田中作物,养育小儿应麟九年。此恩此德比天大,比海深,小婿终生难报也!"蔡员外曰:"贤婿啊!过去的事就让他过去了,不必提起。"吴英曰:"岳父大人,当初时我答应'三下木梳'建造三进五开张奉敬于岳父,'二下虱篦'建造二进三开张大厝奉敬于岳叔父,以资纪念,仅作孝心,望乞笑纳。"于是吴英便解俸银,令人备建蔡家二座大厝,经过一年遂全部竣工。至今吴英托人建给蔡府两座古大厝仍存大浯塘村。

真是平浯鹭兵不刃血,讲人伦造宇赠银。欲知后事如何,请看下回分解。

  诗曰:伯牙弹琴遇知音,卞玉需逢识者心。
    两姓今行上头礼,笄仪改答厝居新。

吴英建给大浯塘蔡姓的二落大厝现尚存

第十七回 移亲骸葬资福寺
迁曾祖出水莲花

前回讲到吴英返故里补办婚宴,起大厝答谢蔡亲,大浯塘乡人尽皆赞扬。但因军务在身,吴英假期将到,欲拍马回浙江任所,偶然想到双亲之骨骸及祖父母之骨骸(林太夫人亦逝,前无详述)、曾祖父母三代人之骨骸全部暂寄高浦之亲坟旁,不觉不忍,遂即拍马往同安高浦视之。时林姓山家看墓坐字后,言及有伤。吴英是个孝子,想到坟墓有伤,念及三代亲人之骸,尽寄葬异乡,日夜悬挂,寝食难安。回忆过去,是因家庭贫穷,无资厚葬。现授都司职衔,结食全俸,资能周转,遂延请林姓堪舆家往渔溪石锣头资福寺外,寻觅风水。林山家在吴英的诚聘下四处踏堪,两人偶然走上一高冈,见高冈前面有一小山,形势奇异。双人随步下高冈,果有来龙,遂询之该寺主持僧释惟谅,并告之欲购此地之意。主持僧曰:"将军所择之地,是此寺中之地,名金龟山。如欲看合意,自当如命。"吴英曰:"有劳贤僧支持,我这边二百两薄仪,权作贵寺兑缘,未知可否?"主持僧大喜曰:"有谢施主破费!贫僧感恩不浅矣!"

是年,皇清康熙四年乙巳(1665年),时吴英二十九岁。购置完毕,吴英择日至同安高浦,同夫人及子应麟,提前准备皇金、草席、雨伞、丝棉、风炉、枣灯、衣食、金帛等物品。

其时吴氏族亲、山家、帮杂等汇集高浦,先将佩辉夫妇枢棺挖开,举伞遮住太阳。将吴英双亲各自三百六十五支骨骸从茔中取出,放在草席上,摆为骷髅,朱笔逐检无遗,缠上丝棉,依次装入陶制"皇金"。在皇金盖下,用毛笔写上卒者生卒年月,然后擦上鸡蛋清后盖上,由吴英亲背上马车(因同安高浦离福清千里之遥,无法

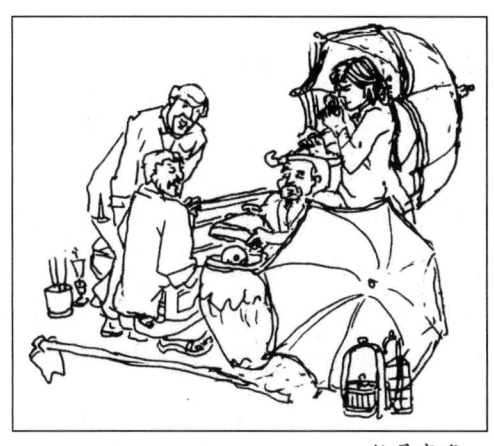

拾骨高浦

用背）。吴英这次来同安，将曾祖妣骨骸、祖考妣骨骸、双亲骨骸，全部用马车运至福清资福寺暂厝。

至乙巳年腊月二十三日立春日酉时开圹破土，吴家亲人及帮杂经过一夜又半日的挖掘，将临二十四日午时，穴也已经基本完工。忽然间，寺外发火，大家齐趋视之，乃系坟山发火。四望无人，火烧之处离所点之穴八尺许，林堪舆家曰："焚山点穴，乃天神所赐也！"遂后吴英同山家重新定位，只见开圹之时，其土五色如朱，香气扑鼻。诸位读者，吴英将军为找先人吉穴灵居，踏破福清深山僻壤，虽严寒酷暑，不惮其劳，于乙巳年得这一穴于福清资福寺之金龟山。但因穴场狭小，不堪多附，仅葬祖骸、亲骸于此，曾祖考妣之骸暂寄资福寺，待另择地，此乃后话。

且说安葬完毕，举行奠仪礼。吴英说一切从简，遂后蔡英蚤同应麟将风炉中火炭点燃，连同枣灯衣食带回大浯塘家中。奠毕烧金纸，燃放鞭炮。

路上，吴英问林堪舆家曰："此风水汝看如何？"林曰："焚山点穴，天神所赐！葬于立春，则为丙午发祥，当在寅午戌相会之岁大发！"吴英大喜曰："那这样是皇天赐福人矣。"遂厚资送林山家，以报答之。后来到吴英任水师提督时，才知道风水应验，在庚戌、甲寅、戊午、壬戌、丙寅、庚午交会之时，果然连添五男子。

且说吴英葬祖骸亲骸于金龟山，其时在丙午立春。至丁未年吴英移驻浙江，以曾祖之骸未得其地而驰思远念，遂嘱族叔同堪舆家另外择地以葬。康熙十年辛亥（1671），堪舆家择资福寺北之南山，就田中一堆土名曰"出水莲花"之穴地而葬之。因吴英此时出仕浙江,军务倥偬,无闲顾及,家中遂主意安葬。越甲寅年至戊午年,吴英随石提督搜剿福建时,抽空拍马往观南山之地,气脉俱无,讶其穴中有水,决意重迁。但当时军务日繁,无暇刻。未几镇同安,调兴化,出师平台,勤劳王军,哪里还顾得祖坟。随后调舟山,升任四川提督,请籍莆阳,即令儿辈另寻吉地。后有陈堪舆择一穴于莆之溪上,又有吕堪舆择一穴于莆之剑石。此是后话,另回叙述。真是才闻建厝答蔡亲,又见将军移风水。欲知后事如何,请看下回分解。

　　诗曰:腊月立春正是时,将军高浦骨骸移。

　　焚山点穴天降福,孝子篇中谱新诗。

第十八回　土地巧赐十圣筊　浙江奇遇塞白理

前回讲到移亲骸、祖骸葬福清资福寺,迁曾祖考妣骸于资福寺"出水莲花"。因军务繁急,故曾祖骨骸安葬时,吴英不在场。后来想再移,那是后话。今要讲的是吴英移驻浙江渔溪狱前,其时是康熙六年丁未(1667),吴英三十一岁。在正月二十日,他刚好空闲,碰巧几位亲友来访,随邀请一同游玩后山坡。忽见园中有石数块,架一土地公祠,无神像,有瓷炉一个、竹筊一副、签诗册一本。吴英戏言曰:"我将来若能作一大都督,请给我连掷十圣筊。"果然十筊皆圣,亲友皆奇之。于是吴英再祷曰:"若果有此位,再赐三筊。"掷之,果然复得三筊。吴英笑着说:"上面有一签诗簿,未知三圣如何解法?"随手翻开签诗簿读曰:"福如东海寿南山,君尔何故苦中间。富贵荣华天注定,太白贵人守身边。"吴英将签诗念给大家听,众亲皆赞曰:"恭喜汝日后能做大都督!而且有贵人帮助。"吴英曰:"看看以后能否应验!"吴英心里亦自己疑之。至其任同安总兵时,令人带银两在其地建祠塑像,题其匾曰"十圣庙",以显神灵于永垂不朽矣。

康熙八年己酉(1669),吴英三十三岁,被任命为浙江宁波府提标效用。他们一行二十余员,其夜

浙江巧遇塞白理

停宿万寿寺。当众皆呼呼入睡时，独吴英神魂梦游，见殿龛中坐有三尊神：一赤脸长髯，一手捋须，一手捧兵书；一亦红面五步须，有文官武备之风姿；一青面黑须，眼如铜环。三位尊神俱指吴英曰："此乃大提督吴将军也！"隔日清早醒来，向同行告及梦中之事，同行皆称奇异，言吴英特别贵气。于是吴英随至大殿中视之，原来三位乃三国时汉寿亭侯关云长圣帝，唐安禄山谋反时为保睢阳城杀妾供兵食的大忠臣张巡尊王，还有当地挡境境主公是也！于是吴英令庙祝代备果合供品、香楮。各点了三支香，拜了三拜，言今后如应斯言，定重加果品、兑缘，决不有失言，并祷告三位神明保佑战场平安！果然未几，调吴英为浙江提督塞白理麾下任浙江提标。其时塞白理初任，见吴英身高体壮，谈吐直爽，待人彬彬有礼，非常喜爱。而参谋军事，预估胜负，每料必中。故凡吴英所提议的，皆言听计从，可谓深知矣！此时的吴英回忆土地公签诗的灵应，原来太白贵人正是塞白理。

时浙江海寇屡次在沿海地区骚扰，吴英奉浙江总督刘兆麟和塞白理提督之命，曾数次往舟山、金圹等地招抚数起贼众，招抚来大小贼船百余号尽入宁波归诚。吴英为人和蔼可亲，善于说服人。由于吴英初在塞提督麾下立下多次战功，故塞白理得吴英"如鱼得水"，但凡边海大小事情，吴英尽自己所知罄腹告之。塞督对吴英的感情用八字形容，叫"解衣衣之，推食食之"。吴英能够步步高升，与塞提督的知遇和提携是分不开的。所以吴英在自传中称，自己与塞督的关系是千载难逢的知遇之恩，不胜感念也。真是才见神明示前景，又逢塞督述知遇。欲知后事如何，请看下回分解。

诗曰：神明示筊卜前程，白理相逢妙计成。
今日英雄逢伯乐，筹谋帷幄四方平。

第十九回　首战立功赖布鞋
荣春败走降清兵

前回讲到吴英土地祠连示十三筊，万寿寺三神明指吴英曰："此乃大提督吴将军是也。"后至浙江巧遇塞白理，得其知遇之恩，并随其征战。本回要讲的是浙江首战立功赖布鞋，荣春败走降清兵，请看下文。

一日，中军来报，有前方告急文书到。塞提督不敢怠慢，急急升帐听读文书，其大意指：贼兵枭将李荣春在浙江举旗谋反，现前方多处沦陷，请求提督派陆路兵马解危。

其时，镇守浙江的兵马原已不多，各将各自踞守防暴。此一告急，又不能不救，塞将军忧虑重重，遂道："前方告急，言李荣春攻城甚急，来讨救兵，诸将以为如何耶？有为国效力者自荐。"

帐下闪出一位少年，拱手请命："愿随军剿匪。"随着吴英挺身而出，军中自副将以下亦都各表忠心。

塞提督分派完毕，命快马飞报前方，下令翌日开拔。

且说叛军寇首李荣春，原部精锐，将息多年，虽士多厌战，但如何天下你争我夺，互相吞并，早已形成各自为王，各自为政之态势。也有落伍者，也有抢占山头立寨为寇的，有占民宅，劫民财，烧杀掠夺的。战乱时，生灵涂炭。李荣春一方面坚守浙江临闽地界，一方面蚕食发展地盘，才有前方告急之原委。

不几日，清兵马不停蹄，朝闽、浙边地而来。恰恰刚临闽浙地界，清军首领立功心切，心想兵贵神速，欲来一个一鼓作气歼灭叛贼之策。

《孙子兵法》说知己知彼方能取胜，此时清兵并无探明彼军虚实,更无考虑三军一路疲惫,人地生疏。纵有雄心百倍,但兵士劳顿等因素,得不到休整,就即刻进攻,其是大不利。

叛军李荣春,亦非等闲之辈,他探得清兵解危而来,早已盘算好了。首先是叛军以逸待劳,其次是清兵远水难救近火,因此悠闲自得。

及至清军大举进攻之时,叛军防备森严。待清军深入阵地,叛军漫山遍野,如洪水猛兽滚滚而来,喊杀连天。此时清军死伤无数,旗手战死,吴英从旗手手中接过大旗,举旗冲头阵。不料贼兵以逸待劳,个个奋勇,虽说吴英自己舍命杀贼,但终寡不敌众。清兵被杀得抱头鼠窜,溃败不堪。败退十里之外,吴英立马竖旗于地上,大大呼了一口气,手插腰间正待稍事休息,忽然觉得长系在腰间的布鞋竟丢失了。吴英情急,奋力举旗,单刀匹马返冲入贼阵。

此时,清兵突见前锋大旗驰向敌营,认定援兵已到,个个情绪激奋,后军改为前军,随战旗重新攻入敌人阵地。

贼军此时,突然发现清军旌旗飘扬,为首一少年将军,面若冠玉,眼若流星,虎体猿臂,举旗持剑,坐骑骏马,从乱军之中杀入重围,如入无人之境。此时尘土飞扬,两眼猩红,早已认不出彼军我军,贼兵误以为清兵大队人马救援而来,因此无心恋战,节节退去。清兵见叛军已退,随后喊声震天,贼军兵败如山倒,李荣春率所部投耿精忠而去。敌我鏖战一日,夕阳西坠,清兵也知穷寇勿追。收兵清点战场,唯吴英独自往来战地,焦急寻找布鞋。

无巧不成书,吴英一眼望去,前面树梢似乎有挂着什么东西在晃动。走近一看,真是漫山遍野无处觅,布鞋竟挂此梢间。原来,吴英人高马大,一手举旗,一手持剑,驰骋战场之际,不知何时,恰好从树边冲过,腰间布鞋被树枝挂住。由于惯性缘故,所以布鞋就挂在树梢上了。布鞋失而复得,吴英大喜。清兵大获全胜,吴英首立战功。真是首战乃布鞋效应,立功在无意之间。

诗曰:赖妈赠鞋含意深,绑在腰间伴剑身。

首战败逃祸转福，佳音直达传当今。

康熙十三年（1674），耿精忠反清，率叛军大举进攻浙江仙霞关。其时，叛军声势浩大，朝仙霞关进发。

可惜镇守仙霞关清兵虽然忠心朝廷，无奈寡不敌众，不到旬日，城池被攻克，清军四处溃散。战蹄之下，仙霞关百姓闭户不出，叛军见此地人心惶惶，不得不遣兵四处张贴告示，安抚百姓。

潜入敌占区

叛军攻克仙霞关之后，又挥兵金华。清军守将不敢轻敌，仅命兵士死守，任凭叛军叫骂，巍然不动。

但见叛军仗着人多马壮，决意硬攻，可惜金华不日便落陷了。叛军至衢州，更是猖獗，安营扎寨。一日，贼首召兵遣众，一面准备决战衢州，一面派心腹绕路，从省界之边进入江西。

兵慌马乱，衢州失守，叛军气焰极其嚣张，东南一带甚为震动。一时间似乎全部落入贼掌，连周边海寇也附势，纷纷响应，归降贼寇。

此时，提督塞白理奉旨剿匪，快马进福建召集原部，吴英奉命随军开拔。由于军纪严明，一路秋毫无犯，沿途无阻。且清兵善于礼遇百姓，因此粮草补给却也顺利。

当清兵迫近江西，耿精忠不敢轻视清兵的援兵到来，遂命来投勇将李荣春率所部首当其冲抵御清军。

话说清兵刚到，塞督升帐问计众将曰："本督奉旨平寇，汝等可有计策可平否？"时帐中议论纷纷，有的说兵贵神速，即刻进取，可获全胜。有的说，连日行军，兵马疲惫，稍事休整，再行剿匪。一时间没有人敢轻言上禀。

突然，帐中闪出一员将军曰："依小将之见，可遣二十精细士兵，许予重赏，扮成敌兵或百姓模样潜入敌占区里。一面试探敌兵军情，一面散布我军威仪，一面挑唆起义，以扰叛匪军心。然后一举进攻，可获大胜。"

当然作为首领，塞白理提督正在思无良策，顿觉帐下献计，抬头一看，此将就是吴英，甚慰，曰："汝所说甚合吾意，即依汝计策而行。"

在营中经过精挑细选的二十精兵，个个智勇双全，分别行事。功夫不负有心人，二十人一一进入敌占区，一时间敌营内传说着清兵如何神勇，所到之处，刃不染血夺城池，抚苍生、恩威并施的事迹在叛军中沸沸扬扬地传诵开来。

在这种心理攻势之下，叛军人人心中都有一种不是对现实不满就是被清兵威慑的感受。因此，叛军无心恋战，各种怨恨、惊叹都在不知不觉中发泄着。

二十勇士更将贼军中的地形细节描图附说明送至清兵大营，塞督此时心有成竹，遂下令各路人马，军容严肃，旌幡显赫，全军进攻。的确在这声势浩大、军容威慑之下，贼首李荣春不令出击。此时，政令不通，军无战心，贼军到处一团慌乱。李荣春见如此状况，心内盘算，如下死命，有恐反戈，且平日已经闻知清兵精锐，实在难以抗衡。而且李荣春原来还好，与将士和睦相处、体恤民情，甚不忍生灵涂炭、城府焚毁、将士阵亡之后果，所以痛定决心，率军投降。

如此这番，即招降耿精忠数千人马并勇将李荣春。吴英功不可没。经报清廷，颁旨犒赏三军，吴英功授左营游击之职。

在那个战乱岁月，民无宁日，军无将息，吴英随军，迂回于军旅之中。身授左营游击，不久又奉命解台州之围。

吴英善于用兵之处，最可钦的就是激励士兵，将二十勇士事迹编成"闽南四句":游勇二十入敌营,恰像万箭飞进城。

贼兵惊惶为保命,寇首投降头前行。

吴英大力勉励将士奋勇立功。真是拾布鞋反败为赢,降荣春功业遂成。欲知后事如何,请看下回分解。

第廿回 毛头洋先锋奇袭
　　　　三门港飞熊伤命

　　前回讲到首战立功赖布鞋,李荣春败阵降清兵,本回要说的是吴英奉命急救台州。诸位读者,吴英欲救台围,必清除台州周边的贼兵,即定海、梅坑两地之贼军,次平三门港、毛头洋。

　　且说台州告急文书一道又一道,似乎千钧一发,有旦夕失守之势。塞督令吴英率得胜之兵,平剿定海、梅坑之贼。

　　一日,定海参将马化龙、提标右营游击郭守金急报,称说宁海营将熊兆乾阴行反叛,现诱贼兵五千余众在梅坑搭营。又有贼船数十号泊在梅沃海湾,军情危急,请提督增援。

　　塞提督召诸将同议,令吴英同宁波城守游击任惟我,共领官兵六百名前往,同吴英到宁海会商进兵之计。

　　时援剿城守计兵二千五百余名,公议郭游击带兵一千名留守宁海。马参将、熊参将、任游击并英四营官兵合同进攻梅坑,定于次日进兵。吴英曰:"贼五千余众在宁海之西,梅坑贼船在宁海之东梅沃,我兵西进梅坑,梅沃之贼东来袭我宁海,首尾不能相救,非计也!"众曰:"似此有何高见?"英曰:"必分兵一路攻贼营,一路烧绝贼船方可。"众曰:"贼众我寡,分兵势弱。"英与马参将背后议曰:"宁海官兵既欲反叛,若以实情公议,必有漏息与贼,使贼避我实,而攻我虚,危之道也!贼以船为根本,闻我分兵烧船,梅坑之贼可不战而退也。明日我同任君二营官兵各带烧船火器,假进梅沃,一路行至二十里之遥,有小路由麻沃截出,汝我可以合兵一处,进攻梅坑!"

　　于是马参将遂依吴英之言,遂于次日分兵两路而进。贼见我师欲烧其船只，大惊失色，皆倾营乘船连夜而遁。前后三日，打败定海、梅杭之贼兵。休战数日后，进兵三门港、毛头洋。

且说贼首朱飞熊龟守毛头洋，可谓三门港要塞。虽然清兵打通陆路，可以说井水不犯河水，相安无事，奈何朝廷认为贼踞水寨，一来扰民，二来养奸为患。若不趁羽毛未丰之前予以歼灭或遣散，来日恐如水浒梁山，其患无穷，故下定决心剿灭。

清兵之中，吴英声名显赫，提督赋之重任。其实吴英不比姜子牙、诸葛孔明，岂有百战百胜？说来奇怪，吴英既是勇将，也是福将，他不辱使命，经常自荐出战，现率兵于三门港，上高山览毛头洋。

其时正值连日暴雨，水势汹猛，自上游一泻而下。贼军船近芦苇，艘艘紧扣，吴英暗喜："天助我也！"

回到大营之中，吴英传命三军听令，先命水师于上游准备简制小船十艘，船上全载乱柴树干掺稻草，灌有火种待命。又命陆军自上游山上把点上火种的稻草散于水流湍急之中。凡此种种，不及一一细述。

草顺水流到处飘游，大多搁在贼船边缘，贼军恐来日开拔被阻，纷纷捞起稻草先放在船上。此时，吴英下令点燃十艘小船放流。一时江中烽火冲天，浓烟弥漫，火船乘水而下。这十艘小船撞上贼船，引燃之后，贼兵首尾不能相顾，纷纷落水求生。结果被山洪卷没，死于水下者无数。但见呼天喊地的，抢着上岸求生。

贼寇朱飞熊率残部登岸，安营扎寨于高山之巅。士兵个个焦头烂额，疲惫不堪。朱飞熊下令轮值固守，巡逻重点放在江边。轮值到的士兵都加餐加奖，其余的好好休整。同时，派人到处重金聘请郎中，为将士治疗火伤。凡此种种，都是朱飞熊用心激发军士的一种兵法。

再说，清兵在毛头洋岸上隔江观看，但见寇首率残部登岸而去，遂下令升帐。

塞白理在帐中对众将云："我军首战告捷，虽是好兆头，但不足

三门港飞熊伤命

为庆,原因是贼兵被烧,个个痛恨,加上贼首朱飞熊一生谨慎待人,定会加以抚慰,必然个个发奋死战,我军宜用奇袭,以免损兵折将。"

塞白理计将安出?但听传令:"命吴英率一千五百精兵,乘贼兵立足未稳,成集结之势都群聚山下。我军战舰新造,可绕水路至对岸,自侧面登山,从山上广积石块、圆木。圆木不长,但必粗大灌上柴油,从山上点火,连同石头滚下。"吴英依计而行。果然两军对垒,贼兵陷入深山之中,刹时间滚木火器石头落下,俗语说:"一时被蛇咬,草绳误为蛇。"

贼兵忌火心态是致命弱点,然而一千五百将士,从山上摇旗呐喊,战马尾部绑上树枝,来回奔跑。贼疑为大部兵到,互相倾扎,无死则伤,无伤则降。

吴英率千五精兵,乘胜追杀。贼军大乱,朱死于乱军之中,余者降,清军大获全胜。

清兵告捷自不在话下,浙江提督塞白理庆幸有加,传令麾下各路兵马择地安营。真是毛头洋清兵奇袭,三门港飞熊伤命。忽探子报说,温州总镇祖弘勋降耿,予于明日进兵新桥,取乐清县城。正是一波未靖一波起。欲知后事如何,请看下回分解。

诗曰:江山未靖风波起,圣祖金銮亲治理。
智袭毛头歼飞熊,功勋盖世谁堪比?

第廿一回　舌战存活宁海兵　乔装追斩双门贼

前回讲到吴英初任先锋,奇袭毛头洋、三门港歼朱飞熊。忽探子报说贼兵欲进兵新桥,取乐清县城。欲知吴英如何用兵,请看下文。

且说清康熙十三年甲寅(1674)六月,靖南王耿精忠叛清,踞福建,遣贼帅曾养性等侵犯浙江,破平阳,围困瑞安城。温州镇总兵急请救兵,塞白理随会黄岩镇阿尔泰带兵三千往援,吴英随师至温州江北岸之溪灶地方。其时江边无船可渡,塞提督初到未知敌我双方的虚实,想派探子侦察信息,以决定对策,遂对吴英曰:"江上俱是贼船,隔岸信息难通,将奈何呀!"吴英曰:"此易哉!"遂只身到江边唤一贼登岸,挟之到营审问温州城近况如何,贼兵曰:"汝温州祖弘勋总镇昨天已降耿,并于明日进兵新桥,取乐清县城也!"于是塞提督对诸将曰:"贼兵此计欲断我归路耳!又宁绍各处山寇猖乱,官兵眷口在宁,若有失,则人心动摇,咱不如暂回宁波踞守宁台,以待大兵为妙,未知大家见解如何?"诸将曰:"善哉!谨遵提督之命!"遂即回师至台州驻扎,并整顿兵马,以待大军。

塞提督过后问吴英

舌战存活宁海兵

曰："前在温州江岸，汝一人如何唤得贼来！"吴英曰："此时谋叛者许多，余一人呼彼，他必疑为交通密信，所以料其必来也！"塞提督曰："今番非汝一人，不但数千官兵遭害，浙东大事亦去矣！"越数日，曾养性差人递书来招降塞提督，塞提督遂对递书者曰："我受朝廷皇恩，岂有反叛之理？请将我言转告曾养性也。"随将吴英前后功绩，陈奏皇上，即特旨准以游击即用焉。

次日，塞提督传左营游击正红旗人闻可贵，谕之曰："今日沿海多事，非汝北方人出力之所，汝暂去杭州等候，候有缺，另行题补。"守城五营将官跪禀曰："今日耿逆叛乱，闽省皆投贼，宪台岂可舍旗员而用福建人？"再三切谏，塞提督曰："吴英在我左右五载，此人之心，我敢保他。此人之才，汝我不如，今本军门添吴英，如添一左臂，汝等俱得耳目之力，不必多疑，看后来便知。今日天下大乱，本军门世受国恩，尽忠报效，唯择良将以平反侧。若不深悉其人，岂敢轻易用之？"

同年八月二十日，吴英任浙江提标左营游击，跟随塞提督左右。一日，提标右营游击郭守金急报说宁海官兵阴谋暗中造反。二十一日，塞提督令吴英领兵到宁海应援，又令熊兆乾参将将该营眷属尽移入宁波安插。而熊参将以众言，宁死不移回复塞督，塞提督大怒曰："既不敢将家眷移入宁波，反情是实！"遂密谕定海马化龙参将、右营郭守金游击、城守任游击及吴英等，尽剿宁海官兵回报。经众人参议，各分界开刀，吴英对众将曰："宁海官兵反情未确，不移者皆因兵丁土著居多，今若妄动，关系着满城性命，尚须斟酌行事。"众将曰："此乃宪令，谁敢有违？"吴英曰："将在外，君令有所不受，在宪台亦不过封疆起见，岂肯乐害生灵呀！"吴英回头对众将曰："诸公少待，待我往说之，如不悟，再作区处！"吴英遂见熊将军曰："君守边海孤城，水陆寇盗相侵，致有纷纷之论。今宪令搬眷，正心迹得剖白之时机，君故违之。倘上宪稍有疑忌，君之阖家危之！"熊将军跪哭曰："愿公教吾良策！"吴英曰："君为营主，眷属先行，谁敢不从！"于是吴英遂引熊将军，令诸公传伊营兵搬眷。众部属曰："将主夫人既往，某等安敢落后。"即日尽络绎出城，搬入宁波安置。塞提督闻之，大悦。此乃吴英初理军务一日，而宁海满城之命，只其一言救活全城的生灵矣！

却说吴英一言救活宁海满城生灵，宁海官兵感恩戴德，无暇细表。

九月，曾养性大军攻破黄岩，总兵阿尔泰降贼，并伙同曾养性之兵，齐临台州。时随征福建提督段应举领满汉官兵于浮桥头与曾大军交锋失利，退守台州城，差人向塞提督讨取救兵。俗语话说："救兵如救火！"塞督闻讯，急率中营洪起元、前营胡镖、城守营任惟我同吴英共四营往援。至双门地方，离台州八十里许，塞督令吴英领官兵防守双门。时曾养性贼众十余万，连营数十里，声势浩大，而双门乃宁波、台州之运粮大道，吴英自忖："提督付我三百之兵，何能踞守？需用计迷之为妙！"于是吴英遂令兵士在各山头虚立木栅营盘，夜尽全部撤出各处埋伏，而附近乡村有贼众抢粮米，吴英常夜里带领精兵，假扮贼装，潜入其境，屡次擒斩贼众。后贼兵皆闻风逃遁而去，台州城以东数十里人民遂获安堵矣！

十月，贝子傅喇嗒到台州，提督塞公引吴英进见。吴英恭维地拱手叩见贝子，贝子见吴英一表人材，好不欢喜，问曰："好一个将官，是哪里人呀？"塞白理曰："此将乃福建人呀！"贝子默默不语，沉思良久，塞白理见贝子有所迟疑，遂曰："此将之心，本督敢保，此将之才，本督不如。凡军旅大事必与之谋，所言必中，所向必克。"贝子大喜曰："有此将官，我所深幸也！"遂赐袍帽、弓箭等。嗣后吴英随塞提督回寓，提督问曰："今贼寇隔江连营数十里，搭浮桥踞小梁山，众议欲攻之如何？"英曰："攻其无备则胜，梁山贼已踞险修固，不易攻也。以卑职愚见，将满汉官兵尽行发出东、西二门，依山连营，深沟高垒，另挑马兵二千扎东门外，以为奇兵。城内府后有一高山，设立瞭望台，以观贼营动静。每日派马步兵二三百名到江边诱敌，贼来则退，贼去则进。且贼有三必进，我若不出奇策，不能破也。塞提督曰："何为三必进，又当何策以破之？"吴英曰："耿精忠想欲成功，必催兵速进，这是一必进也。贼兵为乌合之众，日日增兵又无粮食，此是二必进也。曾养性自出闽关，所到无敌，将傲兵骄，此三必进也。"英又曰："我欲破之，不妨听其连搭浮桥。彼桥搭完，必催兵渡江，攻我营盘。贼恃有桥，然背水而阵，岂能一心？候其人马过半，瞭望山上发三声号炮，东门外精骑二千，由江边平道直踹而下。满汉各营兵马齐出夹攻，贼众虽不能尽灭，亦必驱其半于长江也！"塞提督将吴英言启贝子，贝子遂纳英计，立发满汉官兵出郭沿山扎营。有蔡岭白塔山与贼对峙，乃当头险要，遂调吴英守之。贼见我官兵布严密，对垒数月，终不敢进兵矣！一日，贝子同吴英在营帐谈论军情，忽接水师提督常进功求援书信，言张拱垣率战船二百余号，欲冲毛头洋，形势危急。真是才见台州平惊骇，又报毛头起风台。欲知后事，请看下回分解。

　　诗曰：先锋用计智谋高，三百精兵破贼巢。
　　　　贝子施恩重礼待，赞扬壮士是英豪。

第廿二回　驾单船急救四船　修毛坪暗取凉坪

前回讲到吴英舌战存活宁海兵,曾养性率贼兵十万余,连营数十里,包围台州城。吴英带三百精兵切断台州粮道,使贼兵闻风逃遁,得到贝子赞扬。忽报张拱垣率战船直冲毛头洋,未知贝子同吴英如何破敌,请看下文。

且说康熙乙卯年(1675)三月,水师提督常进功统兵出海,见贼船众多,求请贝子王傅喇塔益兵增援。

傅喇塔檄吴英同前营游击胡镖领兵三百名往听配船,清军船大小四十余号泊宁波三门港。四月初十日,伪水师张拱垣等船二百余号直冲毛头洋。清军船与之交锋,因官兵多不谙水性,且在下风,被贼船上官兵所陷。常提督见众寡悬殊过多,不敌贼兵,故令收兵回船。吴英猛一举头,看见贼艘之后,有四船是清军帆号,被贼船所围,万分危急。正如俗语说的,叫救兵如救火,刻不容缓,即驾单船直冲入贼船。当时贼艘见有一船来救,遂合数艘船,只合围夹攻吴英之船。吴英身先士卒,亲抢火桶攻烧,并令船兵炮箭齐发。船兵见吴英如此奋不顾身杀贼,个个冒险直入。伪将军中炮身亡,其船上兵士见主将被击身殁,遂士气大

大破张拱垣于毛头洋

降,驾船败回。

此役,吴英救出清军千总崔武、周文进等四船,并待四船驶出重围,亲为后护,安全保四船归入定关。

遂后,吴英上船拜见傅喇嗒,傅喇嗒温谕吴英曰:"此遭欲不是汝冒险杀入,四船全部危矣!"遂即赐战袍和帽,令其移守台州东门外蔡岭,与贼兵对垒矣。

吴英奉贝子傅喇嗒之命防守蔡岭,其时贼方正猖狂,据守衢处二府与清师对垒近二载,使清军不能寸进。一日,有密探报说:"贼兵大队人马有向清军运粮之道进发的形迹,贼船欲入钱塘江,有取杭州的计划,希贝子早思良策以对付!"贝子闻探子密报,遂调集满汉官兵,同商对策。贝子对众将官曰:"今曾养性及祖弘勋欲派兵断我粮道,张拱垣贼船欲入钱塘江取我战略重地杭州,未知各位有何良策以教我也?"众将官皆面面相观,脸带惧色。因此时贼势方盛,独吴英进前禀曰:"鄙禀贝子,敌欲断我粮道,并船攻杭州。此计虽毒,但要用'先发制人'之手段方能破之。"贝子曰:"每当有危,汝皆能用奇计解之,而且每料敌必中,今定有奇计告我!"吴英曰:"敌欲绝我粮道,使我军缺粮自乱;敌欲取杭州,使我江浙两省尽危。唯今之计,惟攻占要地黄岩以抄敌后,这帖药曰:'以毒攻毒也!'"贝子及众将皆称赞曰"妙计、妙计"!贝子曰:"吴将军,今命汝探听台州附近是否有捷径通黄岩之道可行,探后火速回报。"于是立即令密探往台州各山岭细察。数日后,探子报曰:"台州之毛坪后有小路可通黄岩,小将绘图一张给将军细观!"吴英观后大喜,立即进见贝子,并献地形图。贝子见图内高山险岭,途路崎岖,迟疑未决。越日,闻清象山副将罗万里叛贼,台州及宁波粮道全被截断,天台一路皆为贼军所占,清军困守孤城,战守皆无策。吴英急切地进启贝子曰:"敌得象山,断我粮道,今我军粮草尚可支一段时间,尚待日久,军中无粮,那就危之。为今之计,应立出奇兵攻取黄岩,以抄敌后,出其不意,攻其无备,定能转危为安,希贝子速准予所请。"贝子曰:

"亦只有按汝说的行事了。"遂命都统吴申吧、兔鲁李尔塔布等带领八旗满兵千余人，令吴英为先锋，率同松江、京口官兵三千余众，往黄岩进兵。吴英临走前，塞白理提督谓吴英曰："此行胜负凭汝所料如何！"英曰："此行孤军深入死地而求成功，正如使三军坐漏船之上，焚屋之下，勇者不得不斗，智者不得不谋，遇贼必破之。"英又曰："但有一事求宪台，切切允之。"塞督曰："请道其详。"英曰："卑职起身后，每日又当令城河小船数十只，拨官兵抬东移西，假作渡江之势，贼必加意防备。而毛坪万山险峻，彼疑我进兵乃虚张声势，轻而为备，但延半月我功成矣！"塞提督曰："汝行之后，我按汝说的办，祝汝一举成功矣！"

　　吴英于康熙乙卯年（1675）七月十五日，由台州进兵，十七日到达仙居县。一路山高路险，日行二三十里。吴英对各将士曰："如此行军，贼知我虚实矣！"吴都统曰："汝意若何？"吴英曰："咱此去三十里路，有毛坪山贼踞此山之顶，我兵尽到山下扎营，每日假修毛坪山道，欲作进兵攻取之状。予带精兵数百，星夜由乌岩到凉坪，攻踞险要，开山修路，俾大兵可以行走，攻其无备，自无不破之理！"吴都统曰："按先锋计划办！"于是吴英派人将此议报贝子傅喇嗒知悉。傅喇嗒大喜，准吴英按此声东击西之计施行。正是"且看先锋施巧计，定将铁链锁蛟龙"。欲知后事如何，请看下回分解。

　　诗曰：黄岩峻岭与天齐，鸿鹄徘徊尚怯啼。
　　　　壮士登攀从此上，古今褒赞好男儿。

第廿三回　攻凉坪败走邦仁
　　　　　　破绿帐箭伤奇保

　　前回说到吴英明修毛坪大道，暗取凉坪之计。本回要讲的是吴英破阵取凉土平，请看下文。

　　吴英领兵与吴李二都统假修毛坪山路，每夜派兵擒斩守塘之贼兵，绝其消息。曾养性果然中计，每日增兵，严防清兵渡江。后又添加贼兵，固守毛坪。后闻清兵进取凉坪，遂派兵将断绝吴英后路。正是敌中有我，我中有敌。其时形势之混乱程度令人可想而知，百姓艰苦之程度更令人难以形容。

　　吴英独领兵急进，亦难考虑退步，惟向前进取才是生路，这叫置之死地而后生。八月初二日，已到直路，吴、李二都统继至。初四日，贼帅刘邦仁统贼万余众，踞凉坪半山岭。吴英拍马观阵后，遂谓二都统曰："前山已被贼踞，可将各营绿旗官兵分作三路而进，士兵随后架梁，先得右边高山，方能破贼。"二位都统依吴英之言，协力攻右边之山。遂后吴英选精兵三百余人，身先士卒，直取左山，拍马提刀，单骑入贼阵，亲冒火炮，矢石之患，连斩十余贼众。尽力攻击，贼众大败。二都统领满汉官兵，见吴英如此奋勇杀贼，个个奋勇，尽以一当十，齐杀入敌阵，杀得敌人抱头鼠窜，呼爹喊妈。逃不及者，已身首异处。此战计斩杀敌军五千余众，刘邦仁率败兵退逃入凉坪口，踞险固守，掘断路径，重重埋伏炮火。

　　吴英见刘邦仁踞险固守，如用强攻，清兵未免损失过重。于是请吴、李二都统，领京口松江陈化鹏、李安林二将假从正路攻击，让贼兵以为清兵全军在此，汇集全部兵力抗击，而自己与抚标、黄岩镇标率兵从两边山，分三路而上，约定先到贼营者为首功。其中一路由吴英亲领,从右边深林而上。手起刀落,杀贼无数。三声炮响,震动山岳,贼众皆恨爹娘无多生二条腿可跑。时赵和尚率领马兵沿河追杀,贼多投河而死。刘邦仁见兵败如山倒,率几名残卒,逃见曾养性,言官兵数十万众攻山,势不可挡。

曾养性知凉坪已失,随率贼众十余万,弃甲逃遁入温州。

伤许奇保于绿帐

而清军随后掩杀,贝子傅喇嗒遂率兵渡江,抚吴英之肩曰:"汝明修毛坪,暗取凉坪,与古之韩信明修栈道,暗取陈仓相似。正是古为今用的声东击西之计也!可敬可钦!浙江此战,汝功居第一也!"

凉坪之役,贼众惊破胆。贝子抚吴英曰:"塞提督言汝才能智勇诸将莫及,果然不差。吾当初一见就知汝是一个好汉,今后有奇计良策当尽言之,吾无不听也!"复令吴英为先锋。吴英领前锋兵,一路势如破竹,恢复太平、乐清二县。兵至上塘,上塘贼帅许奇保率贼众二万余前来迎敌。双方兵对兵、将对将,只见刀光剑影,火焰冲天,正是尸满遍野,血流成河。满汉官兵个个精神抖擞奋勇追杀入贼阵,贼兵见势不妙,相拥败退急逃。由于船少人多,固单溺水淹死者便一万余人。贼帅许奇保率上塘残卒合本部计一万余兵踞守绿帐地方,与清军只隔一河而对垒。

却说贝子傅喇嗒之大军随后进驻上塘,问吴英曰:"此地一边高山,一边大江,贼已踞险,我师如何得进?"吴英曰:"败余残寇,破之不难。某看此河,潮来水满,潮退水干,可令绿旗官兵,明晨各执草一捆,潮退之时,抛草河内,可以徒涉山边上流水浅处。满州兵马从彼而过,我领一路同样抛草填河由下流夹攻之。上下夹贼,贼虽有三头六臂,亦难对付我军精锐之师也!"

贝子依吴英之抛草渡河之计行事。次日,吴英领前锋士兵整装待命,趁潮水正退,率领绿旗官兵,丢稻草于河。人说众人扛山山会动,千万个官兵将千万捆稻草按在河之泥土中。瞬间,河上已成一条稻草大道。而绿帐之将兵以为大河泥泞,清兵如渡河,定陷入泥中以自毙命,哪知道清兵会用稻草渡河。当吴英领兵借稻草大道攻入绿帐时,许奇保及其将士尚在睡梦之中。而吴英攻入绿帐时,隔不多久,贝子亦率满州兵马从上流而过,分头攻入贼帐,四面合围,使贼兵首尾不能相顾。吴英入贼营,手起刀落,如入无人之境,但见贼兵丢盔弃甲,抱头鼠窜,望泊船方向而逃!只听清军中大喊:"降者免死!"许奇保在睡梦中,听见喊杀连天,随唤随军部将,率数百残兵败将,杀开一条血路,落荒往港口大船上急逃。吴英在后猛追不着,随拈弓搭箭,"嗖"的一声,射中奇保左臂,只听一声"哎呀"!许奇保捂箭带伤上船后,不管三七二十一,随令开船逃遁。贼兵无法上船,残踏淹溺者不计其数,投降者亦有数千之众。

贝子领兵在绿帐扎营安息,并令全体参战将官上帐议事,当众官之面谓吴英曰:"众都统屡对我言及前途险阻不进兵,但我已上本欲到青田,不得不进。前面全在汝相机行事,后面我自接应,应行应止,须时时具报,我自依汝言而行之,亦不由众人也!"吴英曰:"蒙贝子之信任,卑职敢不从命矣。"遂领精兵往青田进发,正是才见绿帐安营盘,又要青田去交兵。欲如后事如何,请看下回分解。

诗曰:吴英谋略学孔明,智取凉坪功绩成。

稻草作桥攻绿帐,箭伤奇保树威名。

第廿四回　复青田登云败阵　战羊山先锋用兵

上回讲到吴英明修毛坪,暗取凉坪,破上塘下绿帐,许奇保带伤而遁。本回要讲的复青田解处州围。看青田和处州二处,到底有什么关系呢？请看分解。

青田是交通运粮要道,自古多少兵家,皆首重粮道,俗称"未行军,先行粮"。又有俗语说:"三日无粮,军自乱。"故多少的古今军事家,要使自己的军队打胜仗,均以保证粮草的供给为前提。而多少阴谋家,为改变劣势,往往以断绝敌方粮草,来反败为胜。此是军事家们为打胜战,必须预先估计和策划粮草的供给,而余小子何德何能敢论此事？仅以自己的小言论以飨读者,作为本回前言。

诸位,曾养性攻陷温州城,为什么要派大将连登云围困处州,尚处州再被贼兵所夺,那么整个江、浙形势危之。故双方皆以军事重地来争夺处州。而青田县乃处州门户和运粮要道,现处州虽在清军手中,但连登云在处州城处连营几十里,并围困已经二年余矣！如青田在清军手中,等于断绝连登云的粮草,即军中无粮军自乱,处州围自解。

却说吴英奉贝子傅喇嗒之命为先锋,自知战役胜负首在先锋。而先锋要打胜仗,要知民情、知敌情、知地形,要"知己知彼,百战不殆"！故吴英接到向青田县进兵的命令,便专访青田路上的乡民,看看问问是否有通青田的近道可行。乡民告之曰:"离此三十里,乃猴孙岭。其岭险峻崎岖,除非是孙悟空之子孙才能上山,故有猴孙岭之称。山中有贼把守,将军欲过此山,需三思而后行。"吴英遂又问曰:"过猴孙岭,离青田县城还有多远？"老乡曰:"便是青田也！"于是吴英遂带精兵二佰名，扮作乡民，星夜登山。天明到达岭顶，贼众见来的是二百名乡下老百姓，遂无防范，放他们过岭。吴英见守山口之贼松懈，遂转眼示意二百位精兵，一眨间，各取兵器，擒斩贼众。吴英举火为号，大队清兵见岭顶举火冒烟，知先锋已得手，贝子遂拨正白旗夸兰

血战猴孙岭

大、沙木哈驱二百骑兵上山帮守。守岭败兵逃下几个，往江中报知贼船叛兵，俱不敢上山，眼睁睁看着清军过岭而去。

　　次日，清军到达韩埠。其山岭崎岖险峻，兵马难行。副都统吴申巴、兔鲁、李尔塔布、穆黑林伯、提督段应举，同众夸兰大停住岭顶，传英曰："如此山高路狭，何以进兵？"英答曰："下岭二十里便是小荆地方，贼水陆俱在彼处，两边山径迂回有四五里。英恐贼有埋伏，已分兵数百人挨搜出山，候扎定两边山口，随后兵马陆续进发到彼汇齐，然后分头进攻杀贼，贼无不败也。"众人齐声责吴英曰："此径危险，一边高山，一边大江。前途险阻，而且已为贼踞，既无接应官兵，又无随军粮草，贝子只凭汝一人主意，将二三万官兵领入绝地。如贝子稍有差池，万死何赎！"满汉将弁齐声愤骂吴英，吴英问都统曰："诸大人有何高见，责吴英何也？"都统曰："以我等高见，将兵马依旧撤回台州，况各府俱未进兵，独我一路官兵屡次杀贼，今又突入险地，粮草缺少，恐难成功，稍有差错，关系不小。"吴英曰："某奉命领先锋，只是尽与筹度贼人情形，冲锋用命是英责任，至于退兵不退兵，诸大人与殿下（贝子）参商，非英所知也！"言未完，贝子到，责各官为何不进兵？英即步行领兵下岭踞守山口，贝子亲身牵马步

行。时贼营沿江依船,我兵陆续到齐。英领兵前进,满汉大兵一齐夹攻,贼众败遁,乘船而退温溪,水陆分守,将所通温溪江边山路一条条尽行掘断。左右俱是密林和大树,只一郑山要口,已被贼人筑起土堡。贝子令人各处绕路,俱是高山陡绝,峣岩峭壁,无道可进,贝子对英曰:"自台州一路到此,汝屡用奇计冲锋破敌,大功垂成。今我令人遍寻无路进兵,可惜前功尽弃。"吴英遂启曰:"今背水一战,智勇者胜,某愿领本营官兵前去攻破其堡。"

吴英以身作则,冒矢石攻击,率前锋人马急攻之。至晚,贼众弃堡遁去。至天明,大兵齐至。吴英首先下山,攻破贼营,斩杀贼众不计其数。江中贼船尽行逃遁,清兵遂扎营温溪,仅离青田四十里许。

九月十九日午时,吴英奉命领前锋部队抵青田县。贼见吴英率兵到,随弃城而逃。吴英领兵追赶,斩贼百余众,生擒数十人,解赴军中,由贝子、提督发落。

贼首连登云闻知青田失守,知唇亡齿寒,遂撤数十里的处州连营包围圈。二十一日弃营而逃,石塘处州二处之二载围困遂解矣,守处州将军马哈达、总兵陈世凯、马三奇带兵马来汇合。连登云为什么不战而遁呢?最主要是前面讲的粮草不继问题。于是贝子同提督又议取温州之事矣。

且说康熙丙辰年(1676),清兵围温州城日久不下。二月十七日,贼首曾养性、马成龙、张拱垣、刘邦仁等率贼数万众,攻烧清军营盘。吴英急见贝子曰:"卑职禀贝子,现各营兵所住尽是草房,贼用火攻,正中其计。但生地宜守,死地宜战,须令各营兵马撤出营盘,踞险拒敌。贼见我兵不乱,昏夜之中不敢轻进,俟至天明,方可破之!"又曰:"今南边温州镇京口营盘已烧将尽,正白旗沙木哈营盘若不撤出,此一营兵马又不能保矣。"贝子听吴英说的有理,随付令箭与吴英,并吩咐其便宜主意。吴英手接令箭,遂传附近各营未烧着火者皆撤出。贼首见是空营,遂攻上大羊山,吴英随率官兵数百当头迎敌。二更时候,清兵伤亡甚多,吴英谓都统曰:"贼用木马,夜间难以前进，可将满州兵马撤上高山，只留马兵二百余骑，离本人二百步为援，此处余独领本营官兵抵挡。今贼出城，过五里而登山，须发五百骑兵埋伏于左边山下，候至天明伏兵齐起，前后夹攻，包管杀得贼众片甲不归！"吴英遂将此计划启贝子，贝子大喜，依计拨给吴英五百余众，在大羊山口抵住数万贼兵。杀至三更，官兵尽皆带伤，不伤者只五十余人。吴英叱曰："今夜生死就在此！"各兵见先锋如此舍命杀贼，皆舍命相随。吴英身被刺四枪，幸未透甲，坐马亦受四枪而未致命。时有内务府夸兰大(官名)、赵和尚、万图领宁保柱等数百骑，同吴英一道冲杀三次。贼用木马拦挡，拼枪炮子如雨，头一次冲杀，赵和尚之弟被炮伤身而死，和尚嚎啕大哭，吴英曰"令弟既死，哭亦不能更生，今惟有用心杀敌，非哭弟之时也！"赵和尚即同吴英二次再行冲杀，赵和尚又被炮伤。坚持三次冲杀，沙木哈身中两枪。至二更时，满汉兵马损失甚多。吴英人马带伤彻夜拼死奋战，延至天明，吴英单骑率数十人破开木马，杀入贼阵，手斩贼众数十人。时清兵齐进，伏兵尽起，奋力夹攻。贼兵大败，计斩杀数千人，淹死者二万二千余人，伪镇死者三百余员，曾养性脱逃入城，吴英复单骑追杀之。

　　真是才见处州得安宁，又要干戈动温州。欲知后事如何，请看下回分解。

　　诗曰：崎岭闻名是猴孙，精兵二百志超群。
　　　　雄师降落青田县，惊走登云欲断魂。

第廿五回　吴英单骑追养性　贝子万兵复温州

前回讲到大羊山口吴英施巧计，破木马，曾养性大败而逃，吴英单刀匹马追杀之。本回要接的是吴英猛追曾养性至温州城下，城头贼兵开城门与养性逃入。随后城门紧闭，并令三角门大炮立即瞄准吴英人与马发炮，说时迟，那时快，轰的一声，打断吴英坐骑后腿，将吴英掀下马。随即奋起步行，争追之际，见一贼将带盔无甲骑马奔来，吴英提起大刀，一刀挥去，人落马下，随夺其马骑回。时贝子傅喇嗒收集满汉官兵，独不见先锋，着急非常，追问众兵将曰："有谁看见吴先锋否？"有随吴英追击的满洲兵禀曰："吴将军一夜单骑穿白甲、骑白马领兵当头抵敌，战到天明，见他又是穿青甲、骑青马，带兵破开木马，冲入贼阵，此时不知何处去矣？"

于是贝子令众将兵同觅先锋，自己拍马四处寻觅。此时吴英从城边过将军桥飞骑到山边，见贝子在山边，随下马趋见。但见先锋全身沾满鲜血，贝子当众抱着吴英曰："真好汉！真好汉！"贝子命收兵回营，命吴英与之携手并马同行，直至行宫凉棚前下马，抚先锋曰："汝一人之身，独当数万之枪，杀一夜，跑一夜，直到天明，不但我未见其人，即古书上亦未闻其有。且汝此时青甲、青马，夜来众将士见汝穿白甲、骑白马，皆上天见汝为国尽忠，神灵护庇。此遭大功，疏内定书之不尽，必俟我回朝而奏之日，方得明白，高爵厚禄皆汝分内所宜有也！"

隔日，贝子汇齐内务府夸兰大、都统、提督、总兵、提标、副将及吴英于帅帐议大羊山战功的褒奖事宜。夸兰大执吴英之手谕曰："汝在台州献奇计，领先锋，破曾养性十余万之贼，得解重围。又一路冒险冲锋陷阵,恢复城池。连登云联营数十里围困处州两载,今已闻风逃遁,非汝一人,今日安能至此?这遭若是别人领兵,不知要报多少捷,述多少功,可汝只管征战,无报功劳。我是宗支藩王,再无欺上之理,各人有功无功,都在我心里明白。但汝是忠心赤胆,尽心报国,汝的智勇才能是疏章难以尽述,须待我回师之日面奏皇上,自有明白焉!高官厚禄,亦皆汝分内所宜得也!"又曰:"塞白理提督,朝廷欲议他失却地方之罪。后我到浙江细查,平阳蔡总兵无能,被自家兵缚献于贼。温州镇祖弘勋、黄岩镇阿尔泰,忘恩反叛,提督一人亦难支持。今能知汝才勇,信用汝一人,为国家建此大功,塞提督不但无罪,而且有功,我回师之日,一并面奏。"转身又谓都统穆黑林伯曰:"塞提督与你有亲,你将我此言寄信与他知道。"吴英跪答曰:"皇上特用之恩、委任之笃,卑职虽粉身碎骨亦难报万一也!又曰:"自台州一路领兵而来,皆赖皇上天威与调度有方,英何功之有!"王又曰:"今欲进温州,因汝一路劳苦,不忍再遣,意欲别议先锋,又不敢轻用,将奈何之何!"吴英曰:"蒙殿下恩宠至此,英得更加为国出力,稍可报称,万死何辞,英愿再领先锋!"

单刀匹马追养性

　　于是蓝旗贝子,仍任吴英为先锋,统兵三千进取温州,令李都统统领大兵随后接应。

　　话分二头,且说曾养性自大羊山被破木马,损兵折将,又被吴英单刀匹马追赶,差点连生命都丧失。逃入温州城后,吩咐部将严守城池，并令温州城内部将分兵二路，一路率兵三千固守城池，多备铳炮、弓箭、石块、枪刀，如清兵攻城，铳炮、弓箭、石块齐下。又令余下的四千兵马，在温州城外，分四面埋伏，妄图将清兵一网打尽，以报大羊山口之仇。各位读者，曾养性此四面埋伏之阵亦非同小可，只要帅台《城头》红旗一挥，便将清兵引入埋伏圈，四面合围而杀之。另说吴英领前锋兵马至温州城十里外下寨安营，派密探探温州城内曾养性的动静，探子报说："温州城三面皆水，西门一路重重河沟，城外小山冈山峦起伏处疑有伏兵。"探子话说未完，曾养性已派人下战书说："今我在城下排下一阵，与汝一决雌雄。未知敢进阵否？"吴英遂对下战书者曰："请汝回复曾养性，本先锋七日内破阵。"后吴英在温州城外高冈上，瞭望贼阵，看兵马四路，似四面埋伏阵，要破之兵力不够。刚好十月初七日李都统领大兵五千前来接应，吴英将曾养性布阵之事告之李都统。当天，吴英同李都统同观阵法，意见一致，即是四面埋伏之阵，吴英谓李都统曰："贼用四面埋伏，我用蜈蚣喷珠之阵破之。"诸位读者，何为四面埋伏和蜈蚣喷珠，四面埋伏是兵潜伏在东西南北四个方位，只要将台上令旗一挥，便将敌方围困中间，全军杀入。而蜈蚣喷珠是初入时是全军成一只蜈蚣而入阵，但经指挥旗一挥，遂一只大蜈蚣化作四只，四只变八只，分别攻击东西南北四方。仍以二对一而战。但蜈蚣之爪及喷出的水珠，喷着者殒命。经过四小时奋战，吴英的蜈蚣阵终获得最大优势。贼兵死伤过半，溺死温州河沟者无数。最后曾养性放下吊桥，带兵出城救援，才将部分败兵接入城，紧闭城门。吴英同李都统乘胜追击，将温州城团团围住，城上铳炮齐发，箭石如雨点而下，清兵只得在温州城外安营扎寨。不久贝子后军亦到，将温州城再围一层，可说是水泄不通。

且说蓝旗贝子亲自抚慰全体将士，又令督造云梯攻城。但贼兵在城墙以铳炮、矢石齐下，清军伤亡惨重。吴英见清军将士受伤，于心不忍，遂向贝子进计曰："温州城坚固，贼兵弹药充足，急切难下，以卑职愚见,兵马后退五里,放贼兵及老百姓出城取水,后派勇士化装成平民百姓混入城,然后乘机放下吊桥,引兵入城方为上策。"贝子曰:"按汝计行事!"遂大军退后五里下寨。贝子软困温州时间三个月,贼兵巡城亦为松懈。

在吴英的秘密布置下,勇士们妆扮各异,有推车卖菜的、有算命的、有卖艺的,也有贩鞋、贩米的,等等。盖因全都不佩带武器,所以悉数蒙混过关,不必一一细叙。

蓝旗贝子率兵日夜静候,至第三天拂晓,探子入报:"温州城吊桥突然坠下,我军前部已冲入城池。"

其实,贝子见有志士入城,早已安排分派三路军士,每路各领一千精兵,每日二番轮值,分八班巡于城下,以此接应。故有前部入城的说法,其一千神勇当先,其余巡逻将士亦闻风而动,蜂涌入城。一瞬间,温州城墙被清兵夺取。

蓝旗贝子率大军直逼温州城,长驱直入。

城中贼兵大多还在熟睡之中,闻知城墙被夺,无不惊愕。慌乱中,贼营被端了。

曾养性在梦中惊醒,即令迎敌。由于军士在惶恐之中,无心恋战,清兵入城,所到之处,喊降喊杀,无往而不胜。

虽曾养性有三头六臂,也难挡清兵锐气。手下将士丢盔弃甲,扮成老百姓,慌忙夺路逃走者超过三分之二。其余降清,仅有一些顽抗者死于乱军之中。

曾养性昔日旧部全不见了,他见大势已去,只得乘乱单骑落荒而逃。其后逃往福建,此是后话。

蓝旗贝子收得温州城池,出榜安民,令全军将士善待俘虏,对老百姓秋毫无犯。自此,温州城纳入清廷管辖。

且说吴英破温州立大功,李总督预将吴英题补为温州副将,吴英即见贝子曰:"此时正是将官出力报国之秋,若受此处副将,则有地方之责,不能前驱用命矣,希贝子准辞。"贝子遂行谕李总督暂停题本。数日后,接塞提督令牌,将英题补提标中军参将。

真是骁勇负伤受抚慰,出奇制胜夺温州。欲知后事如何,请看下回分解。

诗曰:单刀杀敌似关公,昼夜未归立大功。
　　　铳伤马颠重奋起,英雄善战树威风。

第廿六回　移宁波计除方俊　破石门收复象山

上回讲到吴英单骑追养性,贝子万兵破温州,曾养性败走福建。本回要接的是移宁波计除方俊,破石门收复象山。

其年,即丙辰年(1676)十月,塞提督将吴英题补提标中军参将。

十一月,塞提督在宁波病故,朝廷令石调声继任提督一职。

越明年三月,贝子谕吴英曰:"汝所领之兵,因汝一人忠心为国,处处冲锋陷阵,劳苦可悯。"吴英曰:"小将幸蒙贝子提荐,才有今日矣。"

有一日,接石提督报说:"宁波山海有贼搔扰,求贝子拨吴英将军助之平剿!"贝子见石提督有求,随集各营于帅帐商议,回头对吴英曰:"吴将军,今石提督欲请汝与之商酌平宁波山海之寇。今准汝假回,另将中营精壮兵马整顿侯调!"吴英拱手曰:"谨遵贝子调令!"随回营准备登程。

同年四月初七日,吴英向贝子辞行,贝子曰:"汝去速回!"随亲手赐烟曰:"我专望汝一人扫平贼寇,如食此烟,一片心热腾腾的。"吴英拱手叩请贝子恩赐,即束装到宁波履中军参将任,并整顿兵马。

五月初十日,忽有贼船二百余号直临定关港口。石提督会道府,拟拨兵民守城,吴英曰:"遣拨百姓守城,恐远近人徬徨,可先拨将官一员,带马步兵一千,沿江行探贼处所分踞要口,安设马塘(哨所)。如有情形,时刻飞报。但贼突至,必非无因,需要密防。"

次日,果有吴得功首报,定海营守备方俊受耿精忠总兵之职,欲作内应献定关。吴英随禀明提督,单骑扮作差官,星夜赴定关,禀知提督,并附在石提督耳边曰:"如此、如此,才不会打草惊蛇!"

隔日,石提督按吴英之计,借家母做寿,请方俊赴宴,看官这是汉时的"鸿门宴"叫意在沛公。方俊接柬,进退两难,不去反情立露,去或许可"蒙混过关"。最后还是硬着头皮,备好寿礼,匆匆忙忙来到提督府前。下马见提督府一派严肃,将兵列两边,并无贺寿的装扮,心中有鬼。疑迟之际,欲借题告辞返回。一刹那之际,旁边闪出一员大将,一手将方俊的手握住曰:"方守备请汝入内赴宴!"

方俊回头一看,是一员身材高大、相貌堂堂的将军,看起来比自己高出一截,心中凉了一半,勉强应附着说:"正是。"身不由己,随着来人一道进入提督府。

提督召集文武众将已在中厅等候多时,方俊见此严肃的模样,自是非常胆寒、万分惊愕。施礼过后,提督问曰:"方守备乃朝廷命官,食皇禄、居王土,圣上待汝不薄,荣华富贵仍嫌不够否?"方俊闻之跪曰:"小吏实听不懂大人教诲。"提督接曰:"汝居其土,献其地,勾结寇首耿精忠,欲图不轨,反叛朝廷,何其毒耶?"遂出示证据。

方俊见人证、物证俱在,无话抵赖,只好从实招供:"贼首耿精忠恩威并施,欲求小吏为内应,接贼至定关……愿提督网开一面。今日罪该万死,看在小吏为官多年忠于职守的份上,免予一死。"提督万分愤怒道:"大清定关险被汝出卖,百姓险遭疾苦,罪当斩,念汝守职多年,不株连汝家眷,本督额外开恩,会加抚汝眷属矣。"遂令斩立决,并将其首级挂于城

智捉方俊

头,以儆效尤。

击败谋反,此举确甚奏效,大大灭了敌人意气,贼寇闻风丧胆,不战而退,惶惶不可终日,姑且慢表。

定关贼船知方俊败露,遂全船南回,攻破象山县。石提督同吴英率各营官兵前去,兵扎黄墩地方。

次日,吴英禀告石提督曰:"此去二十里乃石门岭,现有贼守,大路皆掘断。今夜余领兵一千从两边山路而上,另兵一千,拨六百名交将官侯奇埋伏两边树林之内。拨四百名交将官张靖,假由大路进兵。贼如大伙全来,即传炮为号,宪台督兵前进。我所领之兵即跟贼下山,必由我埋伏之处经过。然后余由两边冲击,伏兵齐起,前后夹攻,败之必矣!如无迎敌,余领兵到岭攻堡。夺得此岭,象山随手可得。"提督听吴英如此安排,喜曰:"好计,破敌在眼前矣!"遂依计于六月十一夜进兵。十二日早东方微明,吴英率官兵从两边山直上,开炮夹攻,贼众尽丢盔弃甲逃归山下,恨爹妈无多生二条腿好逃路,死于枪炮者甚多。清师占据石门,放起烟墩烽火,本日进兵下山,攻击贼营,贼弃营登舟。吴英率官兵沿海追杀,或投水死者不可胜计,贼遂开船遁外洋。十三日恢复象山县,将城池交副将汪国祥防守。十六日清兵全胜收兵,十七日至奉化县上田坂地方,安营扎寨,养蓄精神,以再图进取。

贼寇首领耿精忠闻讯色变,亲自领兵,献上降书、降表,诚惶诚恐,归顺朝廷。其手下部将曾养性、祖弘勋等人,皆因树倒猢狲散,遂引退而逃。

然而还有一员将领,名唤冯公辅,却负隅顽抗,死守松阳。其气焰甚为嚣张,扬言即使城破亦不降清。

真是方报象山已恢复,又闻公辅反松阳。欲知后事如何,请看下回分解。

诗曰:方俊定关埋危机,吴英巧计暗中施。

精忠闻讯重归顺,养性损兵拍马驰。

第廿七回 松阳城公辅投降 杨梅滩唯仁败走

前回讲到定海守备方俊阴受耿精忠总兵之职，欲做内应献定关，并引贼船二百余号直临定关港口。军情万分危急，吴英在石提督府设计擒方俊，破石门，复象山，所向披靡。本回要续的是松阳城冯公辅负隅抵抗，誓不降清。欲知吴英如何破松阳，请看下文。

且说松阳贼将冯公辅凭藉奇勇，非但坚拒不降，且时有骚扰犯境。康亲王甚为气愤，遂召集众将议剿，吴英请命征讨，获准，率本部人马至松阳城外。

松阳守将冯公辅意欲以逸待劳，任凭吴英挑战就是坚守不出。

吴英识破冯公辅的诡计，毅然率兵强攻，贼寇无心恋战。吴英心想就凭冯公辅，有勇无谋，谅最终可克也。

清兵时不时在松阳城下辱骂冯公辅，一天，冯公辅闷酒正酣，耳边但闻："冯公辅似女流之辈，乌龟之躯……"等等，凭一时气盛，大开城门，率军出击。

贼兵本就懒散，是一群乌合之众，岂能清军多年作战经验比拟？不堪清兵一击，如决堤之水四散，吴英大获全胜。九月十八日，冯公辅率众投降。吴英收复松阳城，自不在话下。

收捕大岚山贼。

康熙十六年丁巳(1677)年七月,康亲王杰书谕李总督,将吴英从提标题补处州副将。宁波百姓闻知,通城罢市,会同营兵齐赴提督辕门恳留。提督见兵民恳切意真,遂缮疏保留,书内曰:"吴英之在边疆,非仅臣标之臂指,实系沿海之耳目。今兵民闻知升去,营伍相率泣吁请留。有若吴英之不可一日离沿海,而沿海之不可一日无吴英者,愿请以副将新衔,仍管臣标参将,后照副将转升,等语。"

当时,贝子闻知,遂差官到宁波,谕提督并催吴英带领提标兵前赴处州。遂即起行于八月廿三日,至处州上任。才刚到任不久,遂带兵剿平景宁等县之贼寇矣!

不久,吴英又接上方檄文,令其收捕大岚山之贼寇。

吴英率雄师浩浩荡荡开赴大岚山,所到之处,其势如破竹。但有归顺者安抚之,但有负隅者诛之。

时抵大岚山,守将闻清兵来势凶猛,坚守不出。吴英却认为兵贵神速,趁热打铁,乘士气正旺进攻大岚山。

大岚山贼寇原不上万人,都是些土著,既无章法亦无纲纪,平时只是拦路劫持客商,到乡下掠夺财物,打家劫舍以维持军需粮饷。此时一见清兵大举进攻,大多不敢恋战,因此清军不待半日便就踏平大岚山。贼将望风而逃,贼兵抱头鼠窜,大多被招降。

且说蓝旗贝子傅拉塔挥师就驻于石塘。一日,召见吴英曰:"今欲令汝出兵剿捕匪寇,未知计将安出,可有良策乎?"

吴英答曰:"小将以为我军连年征战,应该有个休养空间,病伤人员过多,于军不利。而且战乱之秋,民不聊生,最宜争取休战,一来让军需补给充足,士气恢复旺盛,二来也好让民间能过一段和平日子为好。"

蓝旗贝子从来不听得吴英推托其词,奈何今日另有一番说法?遂道:"将军此言是出自肺腑乎?"

吴英答曰:"正是,但既然贝子下问,小将自当解释清楚。小将以为林惟仁、黄大相之辈并非穷凶极恶,且闻他们亦通人性,若贝子下道招安告示，免其罪过，也许引其军心向我。尚招安不成，再攻之未迟，未知钧意如何？"贝子曰："前浙江提督及巡抚曾派人招之，辄为所杀。据说遂昌黄鼻山地势险峻，左倚悬崖，右临深潭，以独木为桥，山广袤数十里，要抓之，遁之莫踪迹。故其倚天险而拒天兵，扰乱地方的安宁，未知先锋有何良策破之，请言其辞。"吴英曰："小将愿领三千兵马原为前锋，并沿途遍贴告示，张我军声势。贝子汝率大队人马继进，备足粮草，作吾后援，是招安、是战斗，看机而行之。"贝子曰："按汝的计划办。"遂拨三千兵马与吴英指挥。

说时迟，那时快，吴英领三千兵马浩浩荡荡往黄鼻山而来，将黄鼻山各取水、取粮要道切断，并派人上山招安，林唯仁、黄大相、王七等不敢杀上山之人，只推待考虑归降事宜，等几日后答复。实际上，他们深知常胜将军吴英的大名。诸位读者，唯仁、大相此时答应归降，实是缓兵之计，他们连夜收拾山寨中细软衣物、金银财宝、食物……从另一条崎岖小道下山，掩旗息鼓，五千余贼兵尽撤到福建界杨梅滩。吴英计算山路远近，具报李总督。二人定于十二月廿三日卯辰时破贼，幕客书吏告曰："霜寒路险，只可报进兵日期，破贼之日尚未可定，岂可定以时辰？"吴英曰："但以我言具报可也！"遂分拨官兵埋伏山口，又令守备刘学文领兵一千，并付囊中密计，到龙泉县七都地方开拆。

次日，吴英督官兵扳藤附葛冒雪爬山，至廿二日晚到梅坑，粮米只够一日，吴英对众官兵曰："今与贼众只相隔一山，可将一日之粮尽炊作饭，众兵一饱，乘夜过山。天明之时，出其不意，攻其不备，破贼必矣！"官兵曰"仅依将令"！遂令缠绳连贯上山。未及更次，天黑绳断，峭壁难行。吴英令三人一火把，拨雪刈草，得借微光，相携扳行。

天刚亮，将兵齐到杨梅滩，立即派将官马伏秀带兵二百名，埋伏贼营山后。时正卯时与辰时之交，吴英领兵进攻贼营，斩杀数百余众。贼走前山，吴英对官兵曰："任其逃跑，皆不出我之手掌心矣！

前面有刘学文埋伏，静听捷音！"不料贼人将到学文埋伏地，官兵开炮攻击，使贼反奔两边高山。幸吴英随机应变，随同伏秀合兵斩杀，五千余贼兵被杀过半，逃散满山。贼首林唯仁、黄大相见大势已去，遂双双归降。吴英将阵擒之贼释放，付给传单，带往各地宣传。又令官兵放开一路，余贼听其前往衢州投诚，而处州之贼遂平矣！

诸位读者，吴英先令马伏秀带二百精兵埋伏贼营山后，此时刘学文违反埋伏规定，既称埋伏，就应在敌人入包围圈而后击之，不应该开炮远击之，使贼有奔两边高山脱逃的机会。幸好马伏秀在山后尽力配合吴英杀敌，不然有时敌军会反败为胜。事后吴英拿学文候参，质其不按"锦囊密计"行事。因众官求恳宽释，令代罪立功。马伏秀平贼有功另报功提升，这乃是吴英将军的"功奖罪罚"的用兵之道，才能保证每战必胜。

却说贼首林唯仁、黄大相等拥众黄鼻山，左倚悬崖，右临深潭，以独木为桥，山岭广袤连亘数十里，莫可踪迹。前提督、巡抚曾遣大将招之，辄为所杀。他们仗着地形险要，退可守，进可攻，目无国法，扰乱一方社会安宁，为何碰到吴英便率兵逃跑，不敢交战，退守杨梅滩。因吴英应天意，顺民心，大清统一中国乃大势所需。再者吴英有安邦定国的文韬武略，善于利用地形地物，深得兵民之心，故能绝境而逢生，百战百胜矣！

一日，贝子傅喇塔办宴请石提督、吴英等随征处州将官，并共庆江、浙两省贼寇平息。大家开怀畅饮之际，突然门卫报说，钦差大人奉旨到，诸位将领同跪接旨。圣旨大意说，台湾郑经派刘国轩为帅、吴淑为副，率领江胜等将，带数万大军，攻打福建漳、泉二郡，要贝子傅喇塔率领征江浙的精兵南下，至福州汇康亲王共商平贼之计。

贝子接旨毕，送走钦差大人，遂对随征将官曰："今国家动乱，我等食君之禄，应忠君之事，为平定天下，安定百姓，咱虽粉身碎骨亦在所不惜。"说了问众将军曰："今余欲南下福建平乱，未知诸位愿与我同往否？诸将齐声曰："愿随贝子南下。"回头对英曰："福建乃汝生长之乡，轻车熟路，正当尽心竭力，以报国恩。"吴英答曰："卑职南下，处州提标一职，应另派员任之。"贝子回头对总兵陈世凯曰："处州属汝辖区，吴英走后，汝暂代管，切勿有误。"陈世凯曰："谨遵贝子严命。"随后贝子对英曰："陈总兵忠心籍勇不下于汝，但谋略不如汝。我欲汝以副总兵挂先锋，随我南下，未知意下如何！"吴英曰："得贝子抬举，卑职万死不辞。"说了，贝子解自己佩刀赠与吴英曰："此刀乃吾所佩，今赠与汝，望汝用心杀贼，见刀如见我本人，请汝收下。"吴英曰："谢贝子厚赐，卑职定尽忠报国。"人说救兵如救火，刻不容缓。不日，贝子遂由处州龙泉县发兵，进入福建建宁府松溪县。其时康亲王已破衢州伪帅马九玉，由江西带大军入闽平贼，仙霞关之贼献关降清。接着康亲王亦挥师入闽，进兵至福州。（比贝子先到）六月二十二，贝子同石提督及吴英随在福州知会康亲王。

　　真是才见浙江风波定，又闻福建浪潮来。欲知后事如何，请看下回分解。

　　诗曰：黄鼻山崎绕遂昌，唯仁破胆走闽疆。
　　　　若非壮士施谋略，焉得升平庆浙江。

奉圣旨挥兵入闽

第廿八回　吴英绘图献妙策　　三路进兵改泉围

上回说到吴英为先锋，领兵平了大岚山、处州、松阳、黄鼻山、杨梅滩，贝子傅喇塔办庆功宴请石提督、吴英、李提督及众将官。痛饮之际，忽接圣旨，命石提督统提标官兵三千，赴闽援剿。石提督率领吴英等官兵，由陆路入闽（时在康熙十七年六月），先抵达福州，晋谒康亲王。康亲王曰："海澄县本月十一日已被刘国轩所陷，闻贼又犯泉州，提督可率领官兵前往泉州府应援。"石提督启康亲王曰："各应援之步兵乘船而来，马兵千余皆骑马从陆路而来，今尚未到齐。今奉命南下，必候马到方可前往。"康亲王曰："既官兵马匹未到，可缓缓步行到泉州等候，并命副都统李尔塔布领马兵数十骑同往！"李奉命与石提督之兵同往。

六月二十四日，大军由福州起程，各备行装，至二十九日到惠安县，吴英因奔波劳累骤得病。七月初一日，官兵到上田地方，侦知刘国轩领贼二万余围困泉州。又有水陆贼寇堵踞洛阳，将桥烧断不能前进，提督即令官兵驻扎惠安县。初二日，贼众数千至惠安县南门外扎营，提督会同李都统传问各将曰："我官兵欲到泉州，今城已被刘国轩围困，水陆贼寇断桥踞守，我师无路可进。现今贼

洛阳桥

犯惠安，我官兵无马可战，如之奈何？"吴英曰："我兵既不能前进，必须踞守惠邑以待马匹，一面启请康亲王增兵应援。"提督同都统急传惠安知县，问曰："贵县现有粮仓存粮多少？"知县答曰："惠安县乃大道之冲，因耿精忠叛乱骚扰一空。又加海寇旦夕往来，屡被蹂躏，数年来百姓奔逃四散，城中并无存粮，仓内粮米只可供给官兵一日。"时提督麾下各马步兵领旗并各营头目齐见曰："各营马步兵由省城起身，正当暑热，一路无马步行，众兵染病、脚痛者不止一半。若令征战，恐难出力。"石提督即传诸将问曰："汝众将有何商议？"吴英曰："今日贼到城外下营，细看不过四五千人。又无河沟短墙，卑职已同李都统观察地形，有西山可以埋伏。今将提标挑选精兵一千，分为两股，卑职领五百，曾将官领五百，伏在西山，候至四更时分，作两股冲入贼营，贼可破也！"石提督曰："如贼有备，不能取胜，将若之何也？"英曰："若不能胜，将官不过尽一死战，以报国恩矣！"

　　石提督曰："该将所言固是，但贼众我寡，动需万全。况今日欲进兵无路，守无粮，兵多带病，我若将官兵撤回兴化就粮，候马到日，然后进兵破敌方为万全之策。我意如此，尔等不得有违。"英曰："冲锋杀敌，将官自当用命，如欲退兵，在宪台自作定夺。但未战先弃县城，退兵之罪，谁任其责？"提督曰："我主兵之帅事，当相度而行，使致官兵于死地而有益于国家，则死之何妨？若今二千兵死于无用之处，岂不可惜？撤兵之罪，我一人任之。"随令官兵同城守知县俱撤退至兴化府，并将详情具报康亲王知悉。

　　七月下旬，提标马匹俱到兴化，提督遂启请康亲王进兵，康亲王遂令巡抚吴兴祚、松江提督杨捷，福宁总兵黄大来于八月初旬到兴化府汇齐。又密探报说："刘国轩贼众数万急攻泉州。"吴巡抚同杨、石二提督传各路将官问曰："今泉州危急，贼众我寡，诸将有何妙计可以退敌？"吴英曰："贼众虽多，我兵用之得法，可不战而自逃走也！"巡抚曰："刘国轩海上亦算得一个勇将，岂可轻视？"吴英曰：

"算得一个,须走得快,若是走慢,全军覆没矣!"于是吴英绘图进策曰:"刘国轩乌合之众,意在抢掠,不在得城。今桥已断,正路难进,必须分兵三路,一进仙游白鸽岭出永春到南安会齐,一进仙游广桥出河市会合南安,一由惠安大路攻洛阳各处守口之贼,虚张声势。贼见我兵分三道而进,必求援于刘国轩。贼军根本倚重于船,岂敢分兵应援深山,势各逃走。稍若迟疑,三路齐至,加上泉州城之满汉兵马四面夹攻,贼众不得生还矣!"吴巡抚喜曰:"如此,何用多兵!"初议,杨提督同福宁镇黄总兵出广桥进河市,吴巡抚同石提督进白鸽岭出永春,又令耿之降将领马步兵自惠安虚张声势,佯攻洛阳,一面快马具文报明康亲王。康亲王接报,即星夜差蘘章京(官名)禅布带领骑兵数百前来总统,二十日从白水(已先行)调吴英回兴化再议进兵之事。另筹分兵,一路由吴巡抚进兵白鸽岭,一路由禅布总统,率杨石二提督、黄总兵出广桥。令吴英领先锋,由惠安大路而进。

话分二头,且说刘国轩率副帅吴淑、江胜等请命誓师出发,先攻漳州十九寨,玉川最先沦陷。时清兵守将是左营游击刘宗,未敢抵御,遂降郑军矣。

紧接着三叉河、福浒又随之沦陷。其时刘之部将扬帆进犯江东桥,设埋伏,引万松关之清兵。清兵中计大败,江东桥失守,刘国轩因此扬言要攻占漳州。

此前,刘国轩、吴淑分兵攻陷平和、漳平等处,福建全省轰动,清军各路包括初来乍到的援兵也不得不依次

三百年前的吴英将军入闽解泉州围旧图

退守漳州、泉州,再作良图。

刘国轩重兵驻扎泉州洛阳桥,因其是福、泉、厦、漳要塞,历来为兵家必争之地,且可断北来救援的清兵。另一支兵屯守定海,定海以水师为主,而且还可以作钳夹之势。

当时,清兵也已调遣各路兵马欲解泉州之围,除康亲王派禅布总统、杨石二提督、黄总兵、吴英三路从兴化进兵外,尚有海坛总兵林贤率闽安副将田万侯整兵修船,自闽安启帆,从水路进剿郑军。林贤、黄镐、陈子威等督师出闽安镇,与郑军水师镇总督萧琛在定海对峙。郑军有水师五镇头目章元勋欲先发制人,率部驾小舟十余艘来战,林贤立于大船之首喊道:"章将军莫非螳臂当车乎?区区十艘小舟也敢进击我水师,自不量力,何不及早归顺天朝以免再让将士生灵喂鱼耶!"章元勋乃一介武夫,自持勇猛,战不到五个时辰,章元勋终于寡不敌众,小舟翻覆,全军尽没。章元勋被擒,囚于福州,萧琛败走。诸上所述,是为下文伏笔,姑且不能一一详解,暂此歇笔,另有别论。(林贤为主的定海大捷,沉重打击了贼兵嚣张气焰,牵制了外海郑军,切断郑军来援。)

且说泉州被困二个余月,刘国轩占踞洛阳,分兵攻打泉州。时泉州守备杨凤翔、马长裏、马胜、兴泉道王育贤、知府张仲举等官员共议:"泉州紧急,垒蛋之危,朝廷必来救我,我等尽皆合力抗御郑军,以报朝廷,未知各位有议乎?"众人齐声应道:"理皆协力守城报国,城破我没,我在城在。"遂率兵民坚垒城池矣。(按清代林贤总兵与台海战役的研究一书,写兴泉道王育贤,按吴英自传写兴泉道张仲举)

二十五日,清师至洛阳桥,守泉州将军杨凤翔遣人从山路来报说,刘国轩闻我救兵分三路而来,贼众已于二十三日解围,连夜逃往漳州地区。今只有贼船数十只,兵将近千踞断洛阳桥,守陈三霸。其永春山内各处贼寇,禅布总统分兵攻打。其时洛阳桥已烧断,贼依船拒敌,清师不得进,禅总统对英曰:"我起身时,亲王面谕,凡有要紧处,须和汝商量。今桥已断,兵不能进,汝有何策尽以告我?"英曰:"贼断桥依船抵守,我兵终不能进,必须合兵取上流陈三坝。此处水浅可渡,贼之木城可破。陈三坝若得,洛阳之贼自走也!"禅总统遂令吴英领兵星夜前去,于八月二十六日辰时攻破陈三坝,烧毁木城。吴英提起大刀攻入贼阵,兵士见先锋如此勇猛,皆以一当十,拼命杀敌。贼将陈升挥众死御,吴英手起刀落,连砍数十人。陈升见势不妙,遂弃甲乘乱遁逃不知去向,郑军几乎全军覆没。此仗斩贼兵六百余人,船只除去混战中烧焚外,剩余的被清兵缴获。后令搭浮桥,大兵从浮桥齐进泉州,与知府张仲举等汇合。受到泉城百姓热烈欢迎,于是鲤城之围遂解。

　　同年九月,山贼蔡寅以白巾为号,在安溪作乱,集合各地的乌合之众,丧心病狂掠夺民财。吴英决定全面围剿,不留后患。吴英认为蔡寅抢夺的财产,必须从海上运出。正准备设卡,突然探子禀报,一小股匪徒企图从华安窜出。吴英认为是蔡寅的调虎离山之计,吴英将计就计,假装撤出安溪至同安沿途岗哨,然后又乘夜埋伏,引贼上当。蔡寅是个十分狡诈之人,派出小部分盗匪从安溪至华安,声东击西。此时蔡寅盗众万分得意,误认为吴英中计,立即率盗众从安溪出发,企图向同安进犯。至龙涓地区,吴英部队从天而降,将蔡寅团团困住。此时他已人困马乏,无法应战,吴英立即发动宣传战,策动盗匪,弃暗投明,放下武器,从宽处治。蔡寅看到大势已去,大喊天要灭我呀! 但他不甘心失败,仍作垂死挣扎,企图决一死战。但哪是吴英的对手,一场恶战之后,蔡寅乘机策马而逃,吴英乘胜追击,最终把蔡寅擒拿了。

　　真是攻泉州临险不险,破洛阳是谋是策。欲知后事如何,请看下回分解。

　　诗曰:李五造桥利民生,国轩断桥阻清兵。
　　　　陈三坝上施妙策,战略功高负盛名。

第廿九回　欧溪破敌杀贼众　　窑头伏兵救黎民

上回讲到康亲王挥师南下,吴英带兵三路解泉州围。因智勇双全,受福建总督姚启圣之赏识,题授福建督标副将,并随大军南下,解江东围,平定十九寨。欲知胜败如何,请看下文详述。

诸位读者,刘国轩为何别处不争,偏偏要争此江东呢?因听说"江东地势险峻,素有江东虎跳桥"及"会过得江东桥,难过万松关"的俗语流传至今。万松关顶的关隘乃郑成功反清复明时续建,只要数百兵在山上把守,任尔千军万马,亦难攻入。内有西山等峻岭,进可攻,退可守。江东桥和万松关皆是漳州咽喉,而江东乃九龙江之中枢。九龙江水深,船只半点钟可驶到石码,往南直驶漳州,也是天然船只停靠站。故历史上很多的军事家要攻下漳州重镇,必须先打下江东桥,因它也是漳、泉交通要道。

刘国轩在海上亦算一名军事家,他见清军三路抵泉州,便事先撤一部分主力,烧断江东大桥,兵屯果堂欧溪头,一来切断南下大兵之通道,二来亦好与吴淑、江胜等郑军互相救应。

且说姚总督同吴巡抚对吴英曰:"今海寇猖獗,占踞金、厦为营,海澄、石

欧溪破敌

码至观音山湾腰树一带依船靠海为营,我满汉官兵屡攻未胜。又江东桥被贼烧断,果堂欧溪头一带俱是贼人占踞,船只竟泊至长泰县郭坑地方。我官兵往来,须由长泰山中行走,军粮甚艰,未知有何良策以告?"吴英曰:"观音山贼人依山近海,浚沟高垒,一时未可急攻。江东桥乃军粮要道,兵民往来必由之所,攻取宜先。"姚总督曰:"桥已被断,沿江俱是贼船水陆防守。今尚能击退其陆,亦不能攻退其水,欲其水陆俱退,江宽桥断亦难飞渡。"英曰:"此不难也,今约江面宽有若干,可令长泰上流预取溪船数十只,制就浮桥木板。每船装载桥板三堵,各堵桥板俱钉铁环,可以钩搭,仍备大铁链二条,比江加长十丈,候搭桥日,可以牵护浮桥两边。候船桥备齐,我官兵分南北岸两边,多备炮火,如沿江有贼船,两边用炮攻打击碎贼船。我兵一到江东,牵船成桥,南北可通矣!"总督巡抚曰:"此策甚妙。"吴巡抚遂亲往长泰县料理船桥齐备,令英同大兵从南北岸而进,沿江架炮夹攻,打沉贼船十余只,贼众死亡甚多。随搭浮桥利渡,大道遂通。又放造水桥。总督曰:"吴督标,汝统领各营官兵五千余名,防守江东如何?"英曰:"谨遵总督之命。"于是吴英日夜分布官兵安置要害,贼人不敢侵犯。

　　康熙十八年正月初四日,吴英忽染大病,遂见将军赖塔同总督,遣人接入漳州城调治,仍令副将蒋懋勤前来管理。本月初七日,刘国轩率领贼众万余,至欧溪头与江东对垒,每日与我官兵交战,我师屡次失利。相峙一月有余,至二月十七日,据各处密探人连报说,刘国轩从观音山调集艍艚八浆船二百余号,令各贼俱带喷筒火箭等具,欲来攻烧江东桥。

　　赖将军、督堂、总督等于十八日早,齐到总督衙门,言曰:"吴副将镇守江东,俱安静无事。自伊得病入城,贼人屡次侵犯,我兵日夜不得休息。若病稍好,可令去江东养病。"总督传英至辕门,英负病往见,将军、都堂、总督谓英曰:"连日接报,贼人欲来攻烧江东桥营盘,该协(吴英官称)病如稍好,将军要汝去江东养病,相机调度,汝能去否？"英曰："病实未愈，但闻贼人欲破江东桥，吾即无病矣！英可去也！"将军曰："贼人今夜不来，明夜必来，汝须万分小心提防，莫让江东有失，即是汝之功也！"英曰："贼人若有神出鬼没之能，则不敢知否！则江东断不能破也！"总督曰："亦须小心，不可轻敌！"英曰："英自浙江同宪台、贝子百战冲锋，从未轻敌！"总督曰："江东重任，专重在君。"英是日即到江东，率领各营将弁巡视贼营形势，分布官兵以待。至明日天色微明，望见满江船只皆扬帆渡海而去，是日即有贼众数十人到英营盘投降。英问曰："贼船何故出海？"答曰："昨日闻报有吴大厅已到江东。"晓得刘国轩昨夜传令叫各镇营兵上船，今早渡海去海澄观音山，某等因思家，乘船前来投降。时贼船虽去，英仍扶病亲身日夜巡逻。

至四月十四日，吴英病体复发，禀明总督，入城服药，副将蒋懋勤仍来代守。十七日，刘国轩、吴淑等又领贼众万余到江东欧溪头搭营，断绝大路。吴英闻报，遂带病从漳州回江东营地。

却说赖将军、姚总督、杨捷、石调声二位提督，同各镇营从泉州齐到江东。（清兵全师齐集，说明江东的重要性）大家举头观对峙高山上有凉棚马匹，旗帜招展，赖将军曰："此必刘国轩亲在其间，谁夺此山，即为首功！"吴英应曰："末将愿领本标游击张旺、薛受益前往平贼！"于是遂领官兵二千余众，挥刀拍马冲入贼阵。郑帅刘国轩不愧沙场老将，见有将冲阵，遂挥令弃山而走。须臾，分兵三路前来迎敌。吴英见郑军分三股下山，亦令张旺、薛受益分三路对杀。正是敌逢其手，将遇良才，刘国轩亦非等闲之辈，双方战鼓震天，但见刀光剑影，血流成河，喊杀之声震动云霄。吴英身先士卒，冲入贼阵，手斩数贼，八十余斤的大刀在阵中乱舞，如入无人之境。江东副将詹六奇领兵随后掩杀，郑军大败。郑兵被斩千余人，清兵亦伤亡惨重。因此役是关系大局，故双方皆尽力搏杀，刘国轩见势不妙，遂下令郑军登舟败遁而去。后吴英攻占欧溪，立下首攻。赖将军、姚总督、杨、石二督皆称赞吴英勇猛，有将才（注，此时还称王英，但已是督标中军副将）。

　　五月间，同安总镇马化龙屡战失利，急请援兵。五月十七日，姚启圣总督檄吴英前往同安县察看地形。十九日夜二更时候，闻城外东北角号炮声喧，同安马总兵曰："此必海贼临城，已调兵严守矣！"吴英曰："非也，号炮东北声喧，必在西南抢掠。但贼由海来，当往海边寻攻伊船，断其归路。"说完，提刀上马，回头对马总兵曰："马总镇，汝固守城池，我出杀贼。"遂领游击李全信、赵邦试等出西门，兵至窑头，天尚未明。举头一看，朦胧月影下，望见许多贼船倚岸待渡。

　　吴英令李全信、赵邦试分二段距离埋伏，自己埋伏在最近岸一段，待贼齐到，分段击杀之，并约定以火把燃起为号。

　　少顷，贼众二千余人纷纷到岸，押掠男妇老幼一千余口，正欲上船。忽见三处火把照耀，三路清兵分段杀入。郑兵全无防备，四散逃脱。吴英提刀策马杀入，斩贼首五员，生擒卅余人。因乱中跳入海，被斩杀和淹死者一千余人，救回男女老幼一千余口。

　　话说吴英将被掠强迫上船的男女老幼，尽皆令其回家，各各欢天喜地，感念吴英的救命之恩。后吴英将被俘的郑兵押回同安城，交予马总镇处理，不在话下。

　　当日吴英拍马回漳州见姚总督，姚总督曰："海贼屡犯同安，查得崎头一地，为丙洲第一要口，贼众登岸多从此上。今令汝领兵二千，同兴泉道张仲举拨民夫到崎头筑土寨，防御贼犯同安。"吴英曰："卑职仅遵宪台之命。"七月间，吴英领二百亲随到崎头同兴泉道张仲举督领民夫数百人到崎头踏看地势，而吴英所领兵将在后未至，遂令民夫开筑土寨。时丙洲贼首陈启明飞报厦门伪藩郑经，率领伪总督刘国轩等驾贼船百余号，乘东南风到丙洲。丙洲之贼尽驾八浆小船数十余号，直向崎头，兴泉道徬徨，恐惧欲撤民夫逃避，吴英止之曰："今若撤民夫，贼视我为怯弱势，遂挥兵追逐，此处之寨终不能造也。"张道曰："贼众无数，我兵未到，欲如之何也？"英曰："无妨，汝只管安心。"英遂将二百余众分作数处，在海边芦苇草中伏藏，不许开铳放箭，只在各处探头露影，贼疑有埋伏，断不敢登岸，一面飞催官兵速至。吴英同张道撑开黄伞安坐对酌，观其动静。贼人纷纷势欲登岸，刘国轩见芦苇草中有人影隐见，疑是埋伏，令人驾小船执令箭。高声遍传不许众船拢岸，随将八浆小船尽行撤回丙洲。英所率官兵亦随后齐至。搭定营盘，不数日间，土寨筑完，交同安镇官兵防守。（注：按吴英自传书兴泉道张仲举。）

八月吴英回漳州，越数日，同安马总兵告病求退，姚总督令吴英到同安署事，并题请将吴英补授同安总兵官。初部议不允，推升浙江衢州副将李承恩为同安总兵，李承恩亦于本年十二月二十八日到任。

康熙十八年己未（1679）十二月廿九日，吴英因军功卓著，特旨升同安总兵之职，代替马总兵职务。遂镇同安城，并操练兵马，预备战事，并编定防海纪律十一条，严肃军纪。李副将另调他任，无闲细谈。

庚申年（1680）二月十八日，姚总督、杨将军到同安高浦，两人参议欲筑高浦炮城。吴英往见曰："此时贼势已动摇，须速合兵进取观音山、海澄等处，何必作此缓图也！"

二位大人曰："未知总镇有何良策以教我俩焉？"吴英曰："我水师提镇战船二百余号在闽安，拟乘北风南下。贼巢在厦，势必退守，又闻贼船百余号分泊海坛、崇武，在厦之船，多是空船。但贼有上下二策，若出下策，刘国轩闻我舟师南下，必弃观音山，退守厦门，我师乘巨舰，占上风，沿海各湾陆师踞守，贼船不得取水。若泊湾必败之道也！"又曰："上策如何？愿闻其详！"吴英曰："若出上策，海坛贼艘，见我舟师一到，退避外洋，待我船南下，贼船随我后而下，反占上风。刘国轩定弃观音山，率兵回厦门，配兵空船后，驾出金门，以会崇武贼艘。俟我船到后，彼船退入围头，我兵若追至围头，前有迎敌，后有牵兵，中有刘国轩。若能取胜，也只有赖朝廷洪福也！"姚总督曰："以总镇所料,观音山、海澄二处有可取之机乎?"吴英曰："请宪台不要犹豫,余领精兵二千,管在此数日夺来!"姚总督曰："你在浙江的同事,平素都深服汝的深谋远虑,果然名不虚传!"又曰："若得观音山,莫大之功也!"即令停筑高浦炮城,拍马回漳州,并檄吴英整兵以待。

不久,随闻万正色提督、林贤总镇从闽安开船南下。海坛贼艘退回崇武合艅,然不出吴英所料,果出下策。

真是运筹帏幄同安城,神机妙算阵阵赢。

本月廿三日,吴英方欲起身赴漳州,忽姚总督公文到,内中言刘国轩于廿一日从观音山撤回厦门,我官兵乘势连破十九寨,至海澄止。姚总督令吴英不用往漳州,火速从同安港进兵恢复厦门。廿五日,吴英率兵取丙洲。廿六日取浔尾,廿七日渡海取高崎,随即攻入厦门。守厦郑军见清兵已到,众叛亲离,投降者有,随军逃台者亦有,正是俗语说的:"树倒猢狲散!"廿八日,姚总督、吴巡抚到厦门招抚余寇,出示安民,会疏报捷矣!

诸位读者,以上之文是吴英在自传中之简述,真正参与平漳州十九寨的有喇哈达、姚启圣、杨捷、林贤等分别破寨,并非吴英自传中所说的这么简单。欲知如何破法,请看后面二回的补充叙述,以便让大家回忆这场战役的剧烈程度。真是窑头杀敌展威风,总兵攻厦立大功。

诗曰:将军料事似神明,破贼江东踏敌营。

借问汉宫谁得似?有如关帝五关行。

第卅回　失海澄应举尽忠
　　　　　复漳寨林贤协力

　　上回说到刘国轩占据江东欧溪，切断漳、泉交通要道，以绝清兵北来之援兵，吴英以督标副将攻打头阵，大破郑军。后巡视同安，窑头破贼救黎民。并升同安总兵，驻镇同安。诸位读者，在明、清交替时期，社会混乱，朝三暮四，百姓分不清是非黑白，全然分不清哪一路是清，哪一路是明，清、郑交兵如潮起潮落。因此百姓称此时代是三日清，五日明。欲知详情，请看分解。

　　前廿八回讲到，康熙十七年戊午（1678）六月，吴英同石提督入闽。兵到福州时，便知海澄被郑军攻破，又兵围泉州，烧断洛阳桥。后吴英进图献妙策，三路进兵改泉围，实际此时漳州十九寨已全部给郑军占领。在吴英未到洛阳的廿三日，刘国轩率万余兵过南安，越过龙虎山、蜈蚣山等地方，占领江东（此时漳州尚在清军手中），与吴淑、江胜互为犄角，互相救应。

　　诸位读者，为何郑军这样猖獗？须从前者二次议和不成和东石、日湖二处连败讲起。

　　且说康熙十七年戊午（1678）正月，刘国轩接部属连连战败的消息，于是对郑经说："前者两次和议不成，必会师合攻。

破漳州十九寨

迩时东石、日湖二处连败,岂可坐待?宜速进兵入漳,以观其变。"①经允其请,以国轩为正总督、吴淑副之,令统兵进取漳州。并给赐尚方宝剑,得专征伐,自副将以下,听其处决。

时福建总督郎廷相、海澄公管水师提督黄芳世、副都统胡兔俱按兵驻漳,总兵黄蓝驻海澄,分别防守玉洲、三叉河、福浒、陈洲、马洲及弯腰树、璧湖、石码、石尾、江东桥等处。二月初九日,国轩誓师出发,并于次日与吴淑等督快哨八桨,扬帆泊海澄之海门。总兵黄蓝闻报后加意巡防。是夜,刘国轩乘潮声东击西,督船进攻玉洲,守将海澄左营游击刘宗邦见兵势强盛,遂降。十二日,三叉河、福浒皆陷。十八日,轩又乘潮涨顺风,扬帆进寇江东桥。清军守将吕韬、王重标等出敌,国轩挥战,标等溃退五里许。忽副将朱志麟、总兵赵得寿同统兵至,标等又合兵转战。国轩抖擞精神,将士倍勇,首先冲杀。得寿等遁去,轩尾追至万松关。该关守将姚仪率骑兵数百飞驰下援。轩遥见骑兵奔涌下关,即令后军急退,过坡埋伏。郑军且战且退,清军以为真败,挥骑驰赶,在中埋伏后仓皇大溃,江东桥失守。刘国轩趁机招兵买马,声言欲占领万松关,进攻漳州。

正在清军准备添兵防守之际,二十三日夜,国轩乘潮将涨率其众下八桨至石码,守将海澄镇右营游击刘筏与朱洛、杨朝宗等为其所获。自江东桥被占领后,漳、泉隔绝。提督段应举闻报,立调马步军队自泉援漳,康亲王令宁海将军喇哈达率满骑从福州救援,平南将军赖塔领骑兵从潮州而来。刘国轩认为各处援兵咸至,必须采用游击战术,随整备八桨快哨,挑选健勇攻营打寨,四处出击。忽随潮退,进取海澄;忽又以潮涨,突入镇内,鼓噪往漳,似欲攻城状;忽又跟潮落,旋泊镇门之东,上岸欲去抢关。倏水倏陆,而满汉官兵疲于应敌。

三月初二日,国轩督诸将驾八桨乘潮,从赤岭港登岸,列阵于赤岭埔。喇哈达、耿精忠、赖塔、郎廷相、段应举悉领满汉骑步,云集整队相对。十八日,刘国轩进攻段应举固守的祖山头,郑氏另外两支军队分别由吴淑、江胜率领绕祖山之背偷袭。应举三面受敌,军队死伤甚多。其撤回漳州的路线已被陈昌、陈福、林应等控制,不得不奔向海澄。国轩率军盘踞祖山头,逼近海澄。

段应举入海澄后,与副都统穆黑林、总兵黄蓝等共议战守。黄蓝坚持派兵进驻灯火寨,该寨乃海澄咽喉,占领此地不但可作犄角之势,且可接应漳州援师。如果灯火寨为郑氏夺占,则海澄将出现巨大危急,因为海澄"城小兵多,且无蓄积,况水路已断。若一旦围困,粮饷不足,将奈何"。而段应举认为,保卫海澄最可行的办法是固守以待援兵,"守城为要,何必出踞灯火寨。方今将军、总督云集漳郡,自当来援。内外夹攻,彼必走矣,何虑此辈一时之猖獗"。② 海澄地理位置非常重要,半山半水,为漳州门户。在刘国轩步步进逼的同时,福建总督郎廷相也在调兵遣将,先后在海澄守卫者共计满汉兵督提三标暨诸镇营骑步,计有四万余众。

为对海澄形成包围攻击之势并切断来援清军,刘国轩于三月间先后攻陷平和、漳平。四月,刘国轩屡率众攻城,悉被大炮所击。五月,江南提督杨捷率师援海澄,为刘国轩所败。郑氏军队切断了海澄与外界的所有联系,清军援兵屡欲进援,但无路可通。困守在海澄城内的清军面临饥荒的威胁,最后粮米已匮,只好杀战马、捕麻雀、掘田鼠,继浸皮煮纸充饥,一时间饿殍遍地。康熙皇帝为之震动。六月,"时总督郎廷相入京,以布政姚启圣代之。勒巡抚杨熙致仕,以按察使吴兴祚代之。寻调江南提督杨捷代段应举,援兵四集,屯笔架山,以救海澄"。③

初九日,海澄在围困七十多天后被攻破,"段应举自缢,总兵黄蓝巷战死于乱兵,满、汉兵亡失三万余"。④ 海澄之破,闽省震动,诸援兵退守漳州。刘国轩乘胜攻击,开始围困泉州。(二十八回已述)八月,清兵进入反攻。

且说时由万正色主导、林贤等作为主力参与的海坛、崇武之战的大捷,对清军收复泉州、金门、厦门发挥了巨大的促进作用。它彻底清除了厦门以北的郑军力量,从此使得厦门北部屏障尽失。福州、兴化、泉州完全被清军占据,从此清军水师和陆军的沟通协调畅通无阻。

林贤的定海、海坛二大捷,迫使林升惊惶失措,无处可退,无奈之下他只好召集众人会议。林升认为,在边海地方炮台密布、

复海澄县城

营盘扼守,舟师不得停泊的情况下,于八月二十三日率水师退守料罗湾。

且说刘国轩踞守观音山,他严令各营严密把守,如有敌人侵境,立即飞报,以便提师救应。林升全军俱泊料罗的消息传到厦门,郑经大惊失色,诸臣认为林升肯定是吃了败仗,否则不会自动退守料罗,纷纷建议应当早做准备,莫使临时怆惶。郑经随即遣人驰谕入观音山之刘国轩,刘国轩接谕后义愤填膺,口不能言,无奈只好撤军。时国轩部下陈昌镇守谢村、鼓浪屿,知厦门信危,随遣人密通启圣,姚立即会喇哈达,统满汉骑步分道进兵追击。郑军一时军士风鹤,无心恋战,遂弃诸寨,乘夜出厦门。二十五日,喇哈达、赖塔、姚启圣、杨捷统满汉骑步进攻,分道克陈洲、玉洲、弯腰树、福河、下浒、三叉河、石码、观音山、展旗寨、曹门寨、澳头、象鼻、虎头山、马洲、果堂、太平寨、观音寨、水头、狮子山一十九寨,并兵围海澄县城。

海澄县城的收复具有标志性意义。林贤率领水师出洋进剿,全盘打乱了刘国轩的进攻计划,他一方面统陆军聚屯于狮子山、玉

洲、湾腰树、观音山、陈洲、马洲等处堵清军凤山之兵,又分拨水军对抗林贤舟师。郑军穷于应付,兵力大为分散,福建提督杨捷等人开始筹划进攻海澄。二月二十四日,杨捷率领标参将马胜等官兵,会同平南将军赖塔、福建总督姚启圣等各亲统满、汉兵马,分别从陆路三路进攻海澄,林贤率水师协同作战。清军奋勇齐进,一面进攻,一面差官直抵城下大打心理战。在大军围困走投无路的情况下,郑氏海澄守军总兵苏侃主张投诚,而总兵陈昌等不肯归顺。双方争执不下,最后自相残杀。清军乘势进攻,苏侃接引入城,满、汉大兵于二月二十四日巳时进城,秋毫无犯,百姓安居乐业。此役活擒总兵杨吉等十一员,总兵苏侃等率兵共二千一百八十七名投诚,杀死士兵一千一百余名,淹死不计其数,得获大炮五百六十八门、火药一万二千九百六十三斤、米六百九十三石、谷一千二百五十八石,夺获艚船二十七只。十九年二月二十六日,康熙皇帝得到海澄恢复的消息后非常高兴,立即令吏部嘉奖有关人员。

郑经于二十六日接报"姚启圣各道师云集海澄县暨海沧地方,不日即会同水师合剿厦门"的消息后,仓皇率领文武大员逃亡台湾。姚启圣二十七日分道出厦门,随即出示安民告示,秋毫无犯,百姓乐业。为彻底消灭金门、厦门的郑氏残余力量,喇哈达、姚启圣咸集海澄,往泉州咨会吴兴祚、万正色,建议"当乘海贼虚危,速出师攻击,克复诸岛!不可稽迟,致死恢复燃,以为沿海生灵患"。⑤ 三月初一日,吴兴祚统师从陆路渡五通抵厦,万正色偕林贤、陈龙、黄镐、杨嘉瑞、陈子威等出港。初二日到金门会集。(二十七日,吴英收复厦门)

真是先急削平江东贼,后援攻克海澄城。欲知后事如何,请看下回分解。

诗曰:国轩三路破海澄,应举一死忠义成。

　　　　将帅挥兵救漳寨,郑军败遁台湾城。

① 江日升:《台湾外记》卷八,第270页。
② 江日升:《台湾外记》卷八,第277页。
③ 夏琳:《闽海纪要》卷下,台湾文献丛刊第11种。
④ 川口长孺:《台湾郑氏纪事》卷下,台湾文献丛刊第5种。
⑤ 江日升:《台湾外记》卷九,第303页。

第卅一回　挥师合力攻金厦　沿海诸岛概廓清

前回说到郑军内乱,清兵欲乘虚而入,海澄守将苏侃开城门引清兵入。捣十九寨平漳州之时,吴英已功授同安总兵官等事,此后又该如何,请看本回补充说明。

话说清兵云集水陆兵马,聚于海澄县及海沧地方,郑经接到探子报曰:"清兵云集于海澄、海沧各地,扬言不日围剿厦门。"郑经大惊失色,遂集文武大堂议事,并遣人驰谕入观音山与刘国轩,要其马上撤兵,否者无路可逃矣!刘国轩接谕后,气愤填胸,无奈之下,只得率兵退出,欲与郑经汇合。

这边郑经不等国轩到达时,已召见众文武官员,齐立于堂上曰:"今清兵倾尽水陆兵马与我军对峙,势欲攻克鹭岛,汝等文官武卫对此有何见解耶?"文武众官员脸面相视,全堂一片鸦雀无声。

突听一文官上禀:"小吏窥闻,重兵压境,进可守攻可克。无奈我军今赴孤岛,进退维谷,且大海之上,宜用火炮御敌,彼军渡海,我军筑垒与拒进犯,或可坚守一些时日。但区区一厦门岛,能有多少粮草给养,如骚扰市井,惹出民怨沸腾,则有内乱之虞。为今之计,一方面可用一人

攻复厦门发布告安民

为说客,至姚启圣处议和。另一方面赶制火炮,赶筑堤岸,坚守以避彼军锋芒。"

众人闻之,议论纷纷,再无一主见者。

郑经此时如同啃猪大骨"食之无肉,弃之可惜",经考虑再三,谕曰:"养兵千日,用在一朝。今清兵大举进犯,吾孤岛无援,内无足够粮草火药,外无救兵,若议和则难,彼军已深知我孤军作战,必乘势赶势进攻。因此,吾意欲退避台湾,以图重整旗鼓,东山再起。未知众将以为如何?"

文武官员皆言应承:"愿跟随郡王左右。"郑经此时方知军心已如此畏敌,不退亦得退了。随即吩咐大小船只备齐,遂率文官武将、军士仓皇出逃台湾。

吴英从同安最先驱兵直入厦门岛,随即贴出安民告示,百姓安居乐业。为彻底剿灭金、厦的郑军残余势力,喇哈达、姚启圣召集海澄,汇集泉州的吴兴祚、万正色,公议曰:"当乘海贼虚危,速出师攻击,克得诸岛。不可稽迟,趁彼尚无喘息之机歼之,以免死灰复燃,庶不致沿海生灵之患。"

时吴兴祚统兵从陆路渡海抵厦门,万正色偕同林贤、陈龙、黄镐、杨嘉瑞、陈子威等从水路出发。

话分两头,请读者共同回忆一段海坛和崇武海战的故事。

且说万正色、吴兴祚、林贤等率兵于是年二月初六日进攻海坛,海坛郑兵与万、吴清兵正面交锋,也许清兵锐气尤甚,不日即告攻克。

当月二十日,万正色、吴兴祚又挥兵直捣崇武。崇武

兵进金门

地势,难攻易守,且海岸线长又易退。因此历代兵家喜欢盘踞于此。此次清兵势如破竹,来到崇武,兵临城下,崇武守将未敢轻敌,欲倾全城之力挫挫清兵锐气。斯时,但见城门开处,郑兵一窝蜂似的涌出,但见人头簇簇,似千军万马之势汹涌澎湃地压了过来。

清兵号旗一挥,弄开阵势,只见那双面朝前,刹时排成一个弧形,中间清兵一径与敌交锋,不到三、五回合,清兵就一退再退,郑军利令智昏,层层深入,许久便形成一个拉网式阵列。但见蓝色令旗一挥,贼兵立即被困中央,左冲右突,就是未能杀开一条血路,反而像是被一个大桶似的罩住。清兵内一层外一层,轮番出击,如此车轮战法,清兵像在演兵场操练一样,毫不费力,而郑兵已经怠于作战,最后坐地而降。

连克海坛、崇武二地重兵把守,清兵士气正旺,追至泉港臭涂。不日,清军高奏凯歌。

清军在汇合各总督、巡抚、将军、提督之后,全面陆路进军。郑兵惊慌失措,遂将海澄、厦门、金门的所有水军调泊于金门港口,占据料罗湾以作为拒战、退兵之计。

清兵持有利的风势,于二十七日自泉州港湾分派水师,任援剿左镇总兵官的林贤为左路先锋,任援剿副将田万侯、援剿前镇总兵官黄镐,援剿后镇总兵官杨嘉瑞为中,三路并进。

时因海风静息,大舰行帆不便,暂时歇泊于永宁港湾。翌日,行驶至围头港,乘当晚出击料罗湾,贼军拼命夺取生路。时近黄昏,天

金门后浦古屋

空乌压压一片,海面出现巨浪,难以追击郑军,郑兵乘船远遁而去。

　　清兵连续多日追寻郑兵,未见踪迹,遂于三月初二登上浯岛(即金门岛)。岛上已无郑兵据守,因此清兵颁布"安民告示"。

　　初三日,各路水陆兵师汇集厦门。至此,闽南沿海一带一概廓清矣。

　　且说福建水陆大军收复了厦门、金门两个半岛之后,便将如何处置收复之地作为要务,进行研讨,有的说诸岛既平,应该依照以前事例就地界筑成坚固壁垒,分兵保护。有的主张放弃,任其自治。可是姚启圣认为,所恢复的岛屿绝对不能轻易放弃,他说:"诸岛由来悉系版图,鱼盐田土,年计照收数十万。前时失策轻弃,导致郑经乘甲寅之变,猖獗横行,蔓延数载,滋害生灵。今既藉朝廷之威福,一旦克复,得寸守寸,岂可复议轻弃以资郑乎?"吴兴祚应道:"当留,不可弃!弃之,郑则不日复至矣。"

　　康熙十九年(1680)五月,兵部委温岱奉旨到福建详议海防设兵事宜。虽然在某些问题上存在歧见,但在紧要的设兵防守原则上还是一致的。

　　温岱将闽、粤一带设防布局一一禀奏朝廷。

　　八月一日,议政王、大臣们议论之下,认可了温岱提议。初四日,康熙皇帝批示:"依议。"

　　姑且言归正传,在收复金门后,康熙十九年冬,福建巡抚吴兴祚在一次庆功宴会上,因对吴英用兵攻战调拨之方略非常器重,赞赏其将才。因此,想知其世家,遂口问来,吴英从头如实娓娓道来,吴巡抚闻知原来吴英不姓王,是因王进攻提督收螟蛉时改氏姓王,军中方叫王英。然而原姓氏吴是与自己有着叔侄辈分,倍感亲切,遂问道:"本巡抚不日奉上奏本,为汝复姓,未知总兵意下如何?"吴英答曰:"若能如此,恩重再造。"

　　是年十一月,福建巡抚吴兴祚启奏康熙皇帝,奏说吴英总兵身世姓氏有讹称的原委,满朝尽皆愕然。康熙帝是个明君,当即对众臣曰："王英总兵官，幼年得蒙王提督识贤提携，虽要其易姓有欠妥之虞，但念其为朝廷荐贤，是非功过相抵。今既然王贤卿屡屡为朝廷建功，理应大加褒奖，照准吴巡抚奏请。王英复氏姓吴，甚合朕意。"遂下旨恢复吴英姓氏。

是年，吴英四十四岁也。

话分两头，我们不妨引用《莆仙会刊》李嘉谟著的《吴英收复澎台》记载：据说海澄由郑经部将刘国轩据守，深沟高垒，首尾连环，实难猝攻。姚启圣命吴英死守江东要地，暂毋妄动。到康熙十九年，姚启圣命在福州港督造的战船，战械已经完备，自此南下，配合漳泉诸路陆师攻海澄及金厦诸岛。郑经探知清军海陆齐发，命刘国轩坚守海澄，命水师提督林升引舰北出厦门迎敌。两军在海坛（平潭）岛相遇，互以火炮攻击，不分胜负。清军水师收船入港，并命全线边哨劲旅炮守，致郑军水师无法靠港湾泊寄碇。林升下令全部船只退守料罗湾，但主将朱天贵不从，乃驾率其所属部舟镇守东山。陆上海澄受攻将危，刘国轩放弃。吴英收复厦门后，命其子吴应麟同朱光祖、李荣春前往东山岛①，招抚朱天贵，厚礼请其降清，并报请清廷授朱天贵为浙江平阳总兵。铜山亦随朱天贵降清而宣告归清廷统辖，至此福建沿海所有岛屿皆归清朝管辖。

真是吴英用兵收金厦，应麟招抚朱天贵。欲知后事如何，请看下回分解。

诗曰：弱冠从戎改姓王，今日勋成喜气扬。
　　　兴祚巡抚呈奏本，踌躇满志是吴郎。

注：①按《莆仙会刊》的记载，吴英四十四岁复姓时，其子已从戎军中，招抚朱天贵。故如果是吴英归诚后（27岁）才结婚，几乎无可能长子从戎军中。故现作改为乘孝娶的闽南风俗，即十八岁娶，19岁生。这样吴英之长子应麟才适合从军的年纪，此特向读者提示。

第卅二回 开禁界恩泽百姓
　　　　　奉圣旨定庄建第

　　且说前回吴英复姓,清兵收得金厦、海澄,时吴英长子吴应麟已随父从军,并出使东山招抚朱天贵。闽南沿海岛屿已归属清王朝,紧接下去,又是如何,请看分解。

　　要讲本回时,就得先回首往事,时顺治十八年辛丑(1661)十月,清朝皇帝勒命沿海居民尽皆内迁三十里,严令禁止渔舟、商舶入海,立有界碑,不准逾越。

　　禁令初始,沿海百姓极不适应,他们原来生在海边,靠海为生,一时禁锢,无处谋生。一些为生计所迫的老百姓为了生活,为了生存而冒险越界偷偷下海摸鱼或挖薯根,不幸被清廷杀头示众,终成无辜孤魂。

　　据《洛溪东吴宗谱》中的一段史料说到:"辛丑年九月初旬,甫得报竣,方告族人择吉祭奠。正在遵行而迁移之诏忽颁,举族仓惶莫知所措,踌躇咨嗟!不浃旬而政教号令,延烧我房屋,摈弃我土地,丘墟我坟墓,剪伐我松柏,凿深沟、筑高垒,禁绝我来往。一族子姓散之四方者几百人矣,或东或西,或南或北,老者不知其或亡,少者不知其或存。去国离乡,凄其情惨,半年来未有定止,是真可为涕泗而长叹息者也。然所可涕泗者,父子不相见,兄弟妻离子散,春秋燕享,同室拜舞,又不知更在何日……"

　　自此,福建沿海人民实在生活于水深火热之中,迁界之史实,编者不久前见报上曾有报导"深沪湾首次发现三十里迁界石碑",或可加以佐证。

　　且说在那年冬,泉郡各处发生大饥荒,米价腾贵,百姓饿死,病亡者不计其数。

吴英耳闻目睹父老乡亲度日维艰,家乡惨状,于心不忍,即往谒福建总督姚启圣曰:"小将诚惶诚恐,为民请命,今百姓灾情严重,路有死骨,请准许百姓出界,挖取薯根、捕捉鱼虾、寻找野菜,谋生活命,感激不尽。"

姚总督答复云:"未奉旨而开禁界,传至京城,惊动圣驾,罪当不起矣,诚不敢擅自放行。"吴英则坚请再曰:"今两岛已平,名为界外,实是官兵行走之地。暂准出界,可以全活百姓,胜于百万银两赈济。朝廷问罪,英情愿担当。"

开禁界恩泽百姓

姚启圣本来对吴英就十分好感,今闻其言,句句在理,且亲眼见到各地饿殍遍野,自己身为总督,何曾不想开禁界以活命百姓矣?今吴英既敢言担承责任,便顺水推舟曰:"然,就照将军意思办。"

吴英大义凛然,无畏丢官杀头,为民请命,终得解开二十年禁锢,沿海禁界自此开放,救活了闽南一带乃至沿海数十万民众。

吴英将军在《清威略将军吴英事略》一书中的《出界救活万民》一节中是这样叙述的:"庚申年(1680)四月,沿海各府大饥,每石米价涨五六金,百姓流离饿死者载道。予镇同安,星夜往漳州见姚总督曰:'宪台生民之主,今百万生灵危在呼吸之间,若捐金买米恐赈济有限,惟有权准百姓出界采取薯根、鱼虾,以一月为限。一月后,早禾登场,民可得生。'总督曰:'未曾奉旨开界,何敢擅放。'予曰:

'今寇已平，名为界外，实官兵行走之界内。权准出界，一举胜于百万赈济，尚有罪责，某愿受之。'总督喜曰：'谨奉教。'遂星夜出示飞传，沿海各地百姓皆欢天喜地，扶老携幼，尽出界外取食济饥。沿海百万生灵尽得全活焉。"

当时民众为铭记吴英恩典，后来在厦门犄岭之上，请勒建造碑坊，上书钦赐"勋崇山海"、"泽沛军民"之牌匾。

却说康熙二十一年正月，吴英奉调兴化总兵，驻防莆田。初任即发现此处文风鼎盛，人杰地灵，人文荟萃，气候宜人，物产丰富。又闻县东二十里外景德里郑庄（又名定庄）原为宋代大儒、国学大师林光朝讲学之所。定庄门朝城山，山上有松陔、梅陔、竹陔胜景，古往今来留题颇多，杉林落日，洞泉带云。庄前为国清塘（是为唐代开凿），塘上有亭曰"濯缨亭"暨"天光云影"两匾，乃朱熹所书。莆田名士周莹诗云：

平湖渺渺混阴晴，肖上名亭归濯缨。
两岸好山澄爽气，田詹芳树带寒声。
坐来自岛情偏狎，唱澈沧波兴更清。
何待临流洗座垢，此身欠已谢浮荣。

吴英一到莆田，人文胜景尽收眼底，便决意在定庄建第。（请旨入籍，是在四川提督任内）

一时间，建筑大师，现场勘察绘图，能工巧匠，人齐料足，整个定庄一时间彻夜沸腾。历经一年多，一座计有一百二十间的"双落大厝"平地而起。

吴府后被敕封

定庄吴府祠堂

为"世锦堂"。在这座堂而皇之的建筑物里"世锦堂",是坐落在"国清塘"北半围侧面,坐北向南。

其建筑分为三大部分,东府是吴英偕蔡夫人、儿、媳、孙的居所。中府即坐落于"濯缨亭"之后,专门接待达官贵人之用。西府却是给管家、家丁、仆人、闲杂、厨房膳食人员安排的住所。

整座双落古大厝计有房间一百二十间,其墙壁是用"百福"字样的墙壁砖砌就而成的,是个有明、清古代砖木结构的一座雄伟气派的官衙。现今国内绝无仅有。

如果说应该详细介绍其独特之处,当然还包括它周围的辅助建筑。

府后偏东是花园,园内是最为显眼的是一块上面篆刻"五星逐月",从台湾运回的"七星石"。东府前面有一对威武的大石狮。(现存于莆田革命烈士纪念碑前)。园中还有久负盛名的"虎橱",它放置于吴府的凤冠山上。当时的老虎一呼啸,遐迩尽闻矣。

后来,吴英之所以请旨入籍定庄,或许是看中其山水。定庄前有三海,谓"一海、二海、三海";后有三山,谓"后山、凤冠山、汉口山"。

特别是它的天然的地形,最有利于操练水陆三军。在"后山"腰还用红土、沙灰、糯米饭混搅,拌成坚固的黏土,筑成四方形的城堡。南面有个水操台。

吴英当年,无论上至当朝圣上,下至黎民百姓,无不念其忠,感其恩,功勋显赫,文韬武略,甚为风光。因上敕建府第,自然盖民间之美轮美奂,姑且不表,转下正文。

根据相关文史资料,话说吴英时在康熙十八年己未(1679)年出任同安总兵官。在任职期间南征北战,东来西往,奉调受命,身经百战,有的在前些回已经说过,有的战役因军中高职官员排名还轮不到当时的吴英,甚至文史或志书中的所涉的名字还用王英(字惜)。所以在此作者不必重复,也不便一一叙述。

话说"世锦堂"在一年多初建竣,《莆田县志》记载曰:"定庄堡,在黄石定庄,康熙年间威略将军、水陆提督吴英所筑。堡高4.5米,厚1.45米,堡极为坚固。"("定庄堡"是因其用堡垒之坚固谓之名,遗憾的是在1967年被毁,至今有断墙佐证)。

顺便交代一下,吴英将军戎马一生,历遍山海,征战南北。之所以他选择莆田定庄入籍,从民间说史可以认为,当

在定庄村凤冠山的侧山崖一,传诵数百年的"虎橱"园林。如今只剩下一段,匍伏在龙眼林中的断垣残壁。

时除了定庄秀色,风水宝地外,其人文胜行也是令其钦羡的一个因素。据莆田民间传说,吴英入籍定庄最主要因素是定庄凤冠山上有一座"凤山宫"。宫中敬奉北宋民族英雄杨继业之五子"杨五使爷(太师)"。杨使爷在定庄一带灵应非常,香火亦非常鼎盛。

一日,吴英率大队兵马往定庄而过,突前面骑兵告曰:"启禀镇戎,前队骑兵至一宫前,皆尽拍马不前,未知是何缘故?"吴英遂向来报者曰:"令汝再探宫名,并敬奉何神祇回报!"

军士再探后报曰:"前面村名定庄,宫名凤山宫,敬奉北宋杨家'五使爷'是也!"吴英闻报后,随下马叫军士带路,至凤山宫内,点香叩拜三拜,并默祝曰:"五使爷公,我兴化总兵吴英今带兵从汝宫前而过,未先入宫叩拜,惊动神驾,望尊神见谅!"又曰:"如果是使爷公欲余在此驻扎兵马,建城堡兼府第,希尊神连掷三圣筊!"果然连掷三圣。为慎重起见,再默祝曰:"如使爷公,真正欲余留下,连续再来二次三圣筊。"果然三次连圣筊。于是吴英也相信马不向前之原因是杨使爷欲其留下此地建堡兼府第,故现存的定庄堡和吴府

世锦堂皆建在凤冠山上,与凤山宫毗邻。特别是定庄堡,它是防御海盗(倭寇)入侵的重要堡垒,具有军事上的研究价值。当然,其他决定因素史不见,失传也就无法稽考了。且就唐宋以来的著名人物志录附于此:

其中最鼎鼎有名的是:一门九剌史、一门五学士、一科文武两状元,同榜二十四进士。名闻遐迩曰:"风俗优淳,人才济美。"此外,定庄还有曾捐建"红泉义学"的慈善家林国钧,有为官清廉的明代礼部尚书林文俊…等等,或谓簪缨世继,科甲连登,人才彬彬辈出之丰富底蕴,或许是向往的另一原因。

在莆田静养的一年多时间内,他除了操心于府第建设外,又要演练兵马。吴英居安思危,具有"平时多练兵,战时少流血;养兵千日,用在一朝"的战略思想。

真是入籍定庄建府第,操练兵马为备战。欲知后事如何,请看下回分解。

诗曰:凤冠虎啸里邻闻,百福墙砖美绝群。

一对雄狮朝晚日,将军水上练兵船。

在定庄堡吴府发现莆田少有的大片"百福图"砖墙

第卅三回　为后嗣英蚕提亲　返故乡将军示范

上回说到吴英将军急沿海百姓之所急，力主开禁界，救生灵于水火之中。且暂籍定庄，督建府第，闲时则演练兵马等话题，本回另有说法。

岁月匆匆，光阴似箭，春来冬往，夏热秋爽，多少往事如过往云烟，多少世故轮回转悠。此时，正是吴府大院初竣。吴英将军漫步郊外，但见腊梅盛开枝头，风送祥云南移，聚然思索，仰天长叹。正是举头见青山，低头思故乡，往事历历恍如昨，笑容张张恰似今。

吴英将军从戎半世，夫人蔡氏劳苦在家，无奈转战南北而未暇顾及。思之至此，不觉于心不忍，难怪"男儿有泪不轻掸"，吴英此时悲从心生，不觉潜然泪下，沉吟良久，此亦人伦常理矣。

当夜，吴英想到自己十七岁，同母亲从厦门回祖家葬亲时遇大盈千总林增抓人，幸石佛化身救难，危急之中逃入田坑契母王氏家中，隐在草间得脱。日后如回浯塘，定请其来家中敬奉以尽孝思。

此时，长子应麟也已出仕，诸儿应龙、应凤、应鹏等都到莆田定庄与吴英团聚。

将军闲来无事，常单独一人偶步于厅前园后，思之万端，儿女们焉不知其父心志难专之故，面无喜容，唯是缅怀故人尔。

一日，几位儿女相约至书轩，吴英见之曰："汝等或欲结伴出游，或欲观书习文乎？"应龙答曰："非也，今儿等久别乡井，思念祖家，且父亲大人戎马倥偬，三十年南征北战，到海疆且未得暇还乡，可曾思乡乎？今特禀请父亲大人率儿等返大浯塘谒祖，则祖宗幸甚，邻里幸甚！"

吴英含泪谓子女曰："乡田同井，守望相助，鸦有反哺之义，羊有跪乳之恩，仁、义、礼、智、信，山禽尚知五常，何乎人乎？吾昼夜自责，居然无暇回探，祖宗神位藏在家里龛中，亦无能尽人子孙之孝。虽故乡海浪之声尤在耳，也未敢忘，曾多次欲返又却步，无奈，却无颜面见晋江父老也。"

众儿女云："非也，父亲大人所言差矣。常言道，忠孝难两全，您贵为家国卫戍，如不然，焉能开禁界以救父老乡亲于水深火热之中耳？今海疆百姓翘首以待，感谢您的大恩大德也。"

吴英闻之即悦曰："保皇室于万年，拯百姓于水火，乃是为将之天职。吾虽冒死请准开禁，俾得皇恩浩荡，不罪诛九族，累及汝等。此全赖明君所赐，百姓之福。若非汝等提及，忠君爱国，区区一事，岂记得耳？但吾很少恩泽故乡，有愧于父老矣。"

应凤曰："父亲大人食君之禄、忠君之事，胸怀天下黎民，岂能苟于本土？儿等以为天下为公、天下为大，此乃父老乡亲所能理解，所以钦崇也。"

吴英闻儿女一番理论皆合正道，心中大喜，即曰："择日回大浯塘谒祖。"

且慢，作者在此应该交代，蔡员外之女蔡英蚤乃是有教养的大户闺秀，生男育女，一生不视权贵，无怨无悔。一日，英蚤派人将尾叔请来定庄曰："尾叔，我家几代单丁，今幸贱夫建功立业，贱欲汝为媒，代为吴惜觅二位侧室，也好为吴家传下更多的子孙，请汝向吴惜转达我意为盼！"于是尾叔随将夫人之意转告吴惜，初时吴英推托，言蔡夫人乃其糟糠之妻，不可负之。后尾叔转夫人的话说："大丈夫三妻四妾古来有之，何防说这是为了今后吴家的人丁兴旺的百年大计。"于是蔡夫人和尾叔亦未能顾及许多，急切又向一位蔡姓将军的千金求聘。其时不但考虑到门当户对，而且蔡氏与吴家缘分倍深(但据传，蔡将军之女配与吴英，而其籍无考。或因当时军人往来无定所之故，蔡夫人又托尾叔聘另一张家女为三侧，顺此言明)。

蔡将军亦欣然同意,具体礼仪恕不多表,即吴英将军侧室"小蔡夫人"是也。前面所叙是因夫人蔡英蚕从不便于堂前饭后提及之故,所以也才在书轩与众儿女谈及前情,且公开吩咐仅提出"择日回大浯塘谒祖"而已。姑且伏笔,借此带出娶妾之事。

小蔡夫人乃宦门闺秀,深谙三从四德,甚晓惠质兰馨,品行端庄,淑德及礼仪于一身。三侧张氏亦贤慧。时下,美女配英雄,相敬如宾,非但相夫以贤,甚于偕和子女,堪称宜室宜家。

且说,康熙二十一年壬戌(1682),吴英动建"世锦堂",经一年多时间方初告竣。今欲衣锦还乡谒祖,告知三位夫人时,夫人云:"妾身承蒙错爱,得许恩宠,终身所托,焉不知遵礼承俗,尊宗敬祖之礼训乎!虽久有此意而未敢提及,盖因将军因事羁缠,府第未竣之故尔。今日将军府衙落成,正该请旨诰封蔡夫人、二夫人、三夫人,回乡恭迎列祖列宗神主来新府第奉祀才是。"

吴英大喜,连夜赶写奏表往京城告假。康熙帝准奏,并封英蚕蔡氏为诰命夫人、小蔡二夫人、小张三夫人。此为后文所及。

康熙二十二年癸亥(1683)正月初八日,吴英携家眷率仪仗队暨司礼人等直临晋江大浯塘。

吴英行前告谕沿途县、郡、府尹均免接送,谢辞礼仪。本来,各州、县令岂不晓得趁此以恭迎提督为名,乘机搜刮民膏,巴结吴英将军。但按谕示之后,俱畏吴英为官清廉,铁面无私,若行贿之,反被罪诛。因此只好作罢,仅嘱官

合家返大浯塘谒祖

民人等，凡提督所至之处，不得有阻。沿途整洁，多挂旌旗，以示恭敬。

吴英车马仪队一路也不张扬，至晋邑地界，知府、县令恭迎于泉安路口。吴英令队伍稍歇遂下马，行至泉州接官亭，知府、县令下跪之即，吴英连忙扶起曰："承诸太爷官亭相接，有劳大驾，于心不安。"知府答曰："将军戎马卫戍，劳苦功高，今日回乡谒祖，蓬荜生辉也。"

吴英答曰："入方随俗，吾原籍是属二位大人管辖之地，理该造府拜谒父母官尔。"府、县二官惶恐之际曰："小吏庸庸俗俗，大人休取笑耳！"吴英反而说："二位大人，吾焉敢妄加非议，诚闻汝等爱民如子，百姓称庆，因此才有造府拜访之意。若沿途有状纸，涉及贪赃枉法之吏，吾不齿之，岂有拜访之理？今得遇二位大人，以欣以幸，仅此代民表示敬意，愿加勉之。"二府县官再三称谢并承诺："禀遵教诲，永铭肺腑。"少叙，吴英就此谢辞二官吏，起身到大浯塘。

吴英将军偕三位夫人在尾叔带领下，到蔡府二座大厝见过蔡太夫人，一同到厅堂祭拜蔡员外，并就安顿于蔡府。三位夫人陪蔡太夫人问寒叙暖，亲切无间。吴英将军则在将军衙接待翁姓、蔡姓乡亲和吴姓叔侄。后令子往田坑将契母王氏亦请来，一述怀念之情。

且说海坛总兵林贤（马坪霞店人）、浙江平阳总兵朱天贵……等闻吴英总兵回大浯塘谒祖，纷纷拍马备礼前来庆贺。吴英率三位夫人、长子应麟伉俪及应龙、应凤、应鹏齐集厅堂，设酒宴为他们洗尘。几句军旅问安之后，各述家况。林贤见吴英身边的四个儿子，皆生成一表人才，有意结亲，开口问曰："吴总戎，未知诸位小儿婚配否？"吴英曰："林总戎，莫非您有女未婚配否？"林贤曰："吾次女林彩云已届及笄年龄，因本人军务缠身，未曾择婿。今见尔诸位小儿一表人才，欲择一而配，未知总戎夫妇意下如何？"吴英笑曰："吴某与尔同出军门，既尔有意，我岂无心耶！因长子已娶，唯次子应龙年届二十，三子年届十八，二人任林总选一可也！"林贤曰："小女年届十八，配应龙适合矣！"平阳总兵朱天贵笑着曰："二位总戎今已结亲，人说无三不成礼耶！"吴英亦笑着曰："莫非朱总戎亦有女未适乎？"天贵曰："正是，小女朱鸾娇年已二八，今本人忙于军务，亦未出字是也！"吴英回头对三位夫人曰："今日林、朱二总戎欲将各自千金匹配应龙、应凤，正是双美奇缘，未知大家意见如何？"众夫人曰："妙哉！"吴英回头对二儿曰："今父为你俩选林、朱二总兵之女为配，未知儿愿意否？"二儿曰："婚姻大事，父母主意就是，儿岂敢有违！"吴英牵着二位总兵之手曰："既吾儿同意，就一言为定！"又曰："咱同为总兵，难得行闲。今既告假，不妨就简在近日在大浯塘完成婚事，未知亲家意下如何？"二位总兵齐声曰："仅尊亲家之意！"遂各自告辞回府备办嫁妆事宜，吴英同夫人令二儿子拜岳父，并恭送各来访者至村外。

翌日，吴英请尾叔至英林洪三才处择日，刚好十二日好日，遂派人送书帖给二位亲家，并告及咱同为行伍，旧礼俗废除，一切从简。二位亲家皆回帖曰："既是从简，先遵吴家所订吉日入门，嫁妆多少另日扛往定庄。"

十二日一早，祥云绕顶，喜鹊报喜，迎亲锣鼓阵阵响。十二点，二顶花轿及送亲队全入大浯塘，在将军衙门口停下。阿姨散筵米合四句后，二位新郎胸戴红花踢轿门，请出轿，过风炉火，在米筛遮盖下移步入厅中。拜天地、拜公婆，夫妻交拜后，被送入洞房。一点，全体贵宾、大小浯塘吴氏宗亲、大浯塘翁、蔡两姓乡亲，在吴英和尾叔的热情招待下入席……

洞房之夜，二位新郎各自掀开新娘的乌巾一看，大惊失色，郎看妻真个落雁沉鱼，果然闭月羞花；妻看郎如潘安再世，宋玉还魂。正是郎才女貌，如金童玉女一般无二，深有相见恨晚之憾，当夜温纯体贴，郎胶女浆……欲知后事如何，请看下回分解。

诗曰：灯摇烛摆帐藏娇，龙倒凤颠渡鹊桥。

借得才子画眉笔，探花手段看今宵。

第卅四回 蔡夫人恩封诰命
　　　　施琅奏本荐副帅

前回说到为后嗣,英蚤提亲,为吴英纳妾。后返故乡谒祖,三位总兵喜缔姻亲,双英结奇缘。此时吴英回忆往事,正是此一时彼一时,这叫人间炎凉,俗称"富在深山有远亲,穷居闹市无人问"。他们待蔡太夫人亲如慈母,吴府一家甚得民心,吴英本是当地生长,自然懂得应承敷衍,全然没有官僚气派,因此大浯塘一派喜气盈盈,姑且不再细叙,言归正事。

癸亥正月十六日,有快马飞报入吴府曰:"万岁圣旨到,吴英接旨。"

吴英府上下大小尽皆沐浴,将军衙正厅焚香。吴英率吴府人等皆出外侍候钦差。须臾,钦差大人右手捧圣旨,左手扶起吴英同入厅堂。

吴英偕三位夫人,应麟、应龙、应凤、应鹏等跪

大理寺卿奉旨祭祀

接圣旨,钦差大人读曰:"奉天承运,皇帝诏曰:吴英将军平洛阳解泉郡之危,攻江东复金厦有功,今知将军回乡谒祖,特派钦差致祭汝列祖列宗,并封元配蔡氏为诰命一品夫人,侧室蔡氏为二夫人,张氏为三夫人,以示朕厚待功臣之宠遇。钦此。"

吴英三呼万岁,接旨恭奉于厅堂案上,遂同儿子办宴款待钦差

大人。

且说吴英令司礼官祭祀侍候，礼司未敢怠慢，两班祭司，礼生大乐奏响，数筵祭品洁备。时有钦差大人开读祭文曰："维岁次癸亥正月十六日，大理寺卿×××奉圣命，仅以香花果品牲礼庶馐金帛之仪，致祭于吴府列祖列宗之灵曰：嗟乎，天之生人兮，厥赋维同。良之秉分兮，独厚我公。雍容足式兮，德望可崇。尊而能卑兮，德耀贤弘。后昆示武兮，匡时硕望。优游自适兮，倏尔潜踪。怅望不见兮，杳杳音容。天不遗老兮，星汉无光。只鸡斗酒兮，仪愧不丰。冀公步降兮，鉴我微衷。伏维，尚飨。"

祭祀礼毕，吴英拜谢钦差，奉送回朝缴旨不必一一详叙。

吴英于将军衙谓眷属曰："吾今暂借定庄（未奉旨），往来大浯塘甚多不便。然而宗庙血食，赖以延续而不坠也，继以启迪后昆，泽弘先德。今吾等窜身郡外，年代久远，恐下辈儿孙与故乡隔阂，有缺祀辰祭礼。故欲将龛中列祖列宗之神主奉迎至定庄，供奉之，未知大家意见如何？"众眷属齐曰："总戎所言之不差，合该如此。"

于是遂将木主悉数请在红缎布里包好，随身在马车之上。刚行车，竟有木主一尊连续三次掉落于地。吴英与蔡夫人甚奇之，心想大浯塘乃吾故地，吾今将吴氏家人全部迁至定庄，故地祖宇弃之不顾，却是不妥，俗话说："走得了和尚，走不了庙。"也许是感应乎！于是吴英请其木主曰："神主莫非要留与看守祖业乎？"因即双手奉神主至龛中供奉，焚香祭拜，连掷三筊。吴英安神主毕，想到留神主在浯塘，如无留人看管，亦不利便，故留一人在浯塘奉祖。即近代之吴石，是看守大浯塘衙第者之后裔也。

吴英一行不日至莆田定庄，依礼备办安龛和迎嫁妆诸事不表。

话分两头，吴英在大举督建"世锦堂"的同时，朝廷却开始议征澎湖与平台之举。时有姚启圣在奏折中首提"欲取台湾，势必先取澎湖"之论。

早在康熙二十年（1681）五月，姚总督星夜至同安，与英议攻台湾之计是否可行？英曰："有五事备台湾可破也！"姚总督问曰："是何五事？"英曰："一战船修理坚固方能航海冲风破浪；二官兵要惯谙水性方能水战；三器械齐备，每兵带四、五件方可远近应用；四多备粮草随师而行接济军需。以上四事俱可力备，惟第五事必须题请方可行之！"总督曰："请道其详！"英曰："贼之船只、兵众、粮草、器械俱不如我，但其所恃者二，一在踞险，二在众肯用命。而众之所以用命者，令严之故也。我师欲跨海东征，出于九死一生，假使众心不一，不出力用命，不但功不成，且恐进退两难。故必先定一大赏大罚之例，如有不向前用命者，副将以下不待题参，立刻斩首；总兵不用命者，削其兵权，奏请明正军法。若五事备齐，台湾可破也！"姚总督曰："前四事分行各府料理，赏罚条目尔酌定，吾具疏题请。"后奉旨准行。

就姚启圣本人而言，他一直对施琅的才干颇为欣赏，坚持认为施琅是解决台湾问题的最佳人选。早在康熙十八年（1679）七月初一日，他即上疏请授施琅为水师提督。在万正色被任命为福建水师提督后，他又于十九日疏请施琅以将军名义总理水师事务，则将军、提督并收得人之效。此议没有得到批准。金门和厦门收复后，郑氏军队退居澎湖和台湾，进剿台湾的问题直接摆在决策者面前。此时，作为福建地方最高行政长官的姚启圣和吴兴祚在考虑相关人选的时候，依然将施琅放在第一位，二人遂合疏保举施琅。此外，施琅能够顺利回任福建水师提督，和大学士李光地的努力密不可分。

在姚启圣等人的举荐下，康熙二十年（1681）七月，康熙皇帝谕议政王大臣等曰：

"原任右都督施琅，系海上投诚，且曾任福建水师提督，熟悉彼处地利、海寇情形，可仍以右都督充福建水师提督总兵官，加太子少保，前往福建。到日即与将军、总督、巡抚提督商酌，克期统领舟师，进取澎湖、台湾。"

在八月十四日的召见中，康熙帝又告诫施琅到达福建后，"当与文武各官同心协力，以靖海疆。寇氛一日不靖，则民生一日不宁，尔当相机进取，以不负朕所托之意"。

施琅被正式任命为水师提督后，原陆路提督改为松江提督，万正色接替了杨捷的职务。

施琅本人对征服台湾信心百倍，面对清廷，施公

协谋平台

论证他的依据之一就是目前军中上下一心，同襄盛举，有吴英、林贤等的鼎力相助。"至于师中参酌，见有同安总兵官臣吴英，智勇兼优，竭忠自许，可以为臣之副，尤望恩嘉奖励。又有兴化总兵官臣林承、金门总兵官臣陈龙、平阳总兵官臣朱天贵、海坛总兵官臣林贤、留闽候补总兵官臣陈昌、江东副将臣詹六奇、随征左都督臣李日煌等，具堪冲风破浪，勇敢克敌，共襄捣巢"。对于施琅再次请求皇帝给予专征之权，姚启圣显然非常不满，称其"见之不禁惊异欲死"、"况剿灭台湾原系臣志，于康熙十八年（1679）九月内已有请定一统规模等事一疏，请于克复金、厦之后，乘胜直捣台湾。于康熙十九年（1680）三月内克金、厦之后，又有务陈善后事宜一疏，内有请即乘胜进取澎湖、台湾。因会议未决，蹉跎至今。……臣复亲自督兵出海，操练数月，正望灭此朝食，仰报万一，而不意提臣忽有是请。……令臣以数年办修军料之苦心，数月出海操演之苦志。一旦令臣回驻厦门，此臣宁愿战死于海，而断不肯回厦门偷生者也。伏祈皇上怜臣一片赤胆，数载苦心，准臣于提臣戮力同心，剿灭郑军，肝胆涂地，实所甘"。

四月十七日，康熙皇帝指示进剿郑军关系重大，总督姚启圣、

提督施琅务必将海面形势、郑军内部状况了解清楚,如果有可破可剿之机,二人要协谋合虑,酌行剿抚,毋失机会。这就意味着施琅希望获得专征权力的要求被否决。

在得到"协谋合虑"的圣旨后,施琅会同督臣姚启圣统率林贤等舟师于五月初五日抵达铜山,十三日宁海将军喇哈达、侍郎吴努春等俱到。众人会议讨论征讨事宜。从初七日开始,施琅与姚启圣在风向问题上产生分歧,双方争执十余日。在喇哈达、吴努春抵达铜山后,施琅又面恳将军转劝姚乘南风进剿,无不摧枯拉朽之势。但姚启圣终执己见,他始终认为南风不如北风。

澎湖、台湾北风澳多,如北风进兵,可以分艨攻击,南风止娘妈宫一处可以泊船。现贼牢踞娘妈宫,我兵如一时未能克破,我舟众多无澳停泊。此南风之可虑一也。查澎湖在台湾之北,而台湾则在澎湖之南,如乘南风取澎湖,即得澎湖,不能逆风取台湾,必待十月小阳,再图进取。如乘北风取澎湖,一得澎湖,即可长驱直取台湾。此南风之不如北风二也。如乘南风取澎湖不能取台湾,则澎湖必用重兵镇守,澎湖柴草不生,一切柴米俱须金门运送。六、七、八月台风不时生发,诚恐运送柴米之转被风阻绝,澎湖守兵难堪。此南风之可虑三也。

有鉴于此,姚启圣认为当前进攻台湾和澎湖无机可乘,不如于十月间乘北风进攻。

真是将军请主正当时,施、姚之争攻台起。欲知后事如何,请看下回分解。

诗曰:将军请主正当时,海峡硝烟似雾迷。
　　　两督相争谁定论,南风破敌是良机。

第卅五回　蓄谋进兵争风向　澎湖海战拉序幕

话说施、姚在进攻台湾和澎湖战事上争论不休，未知后事如何，且看分解。

且说吴英刚从晋江请神主入定庄之"世锦堂"不久，吴英奉调兴化总兵官之后，因台湾战事紧张，施琅面奏圣上，力荐吴英出任副帅。

其实，按大清律制，总督一职，谓省一级行政最高指挥官，而唯施琅身为提督却统辖清兵攻台大权。此或许是姚启圣初举家力荐施琅，又与施琅意见相左而生间隙的原因所在之一。

但此时的吴英却从中周旋于和睦，后来成为清兵协力攻克澎湖，平定台湾的重要因素。此是后话。

话锋一转，又回来细说，姚、施双方在风向问题上争执不下，施琅又于当年七月再次上疏，详细阐述乘南风进攻的理由：

"夫南风之信，风轻浪平，将士无晕眩之患。且居上风上流，势如破竹，岂不一鼓而收全胜？臣见督臣坚意难以挽回，故聊遣赶缯快船二十三只，令随征总兵臣董义、投诚总兵臣曾成、提标署左营游击事臣阮钦为，并各镇营千把等官领驾，前往澎湖瞭探贼息。据其回称：义等奉令遵于六月初四日午时，从古雷洲开船，至初五日未时到澎湖猫屿。时各船未便轻进，湾泊花屿前。至于初六日黎明，率各船由虎井过狮屿头，瞭见刘国轩贼船，尽艨俱泊娘妈宫。贼见我船，大船概起头帆，小船尽起大帆。贼遂出赶缯二十余只，驾出西屿头，又有八罩贼船十余只由南面而来。我船恐众寡不敌，本日未时传炮收回，各船归艨，于初七日到大境，初八日到厦门归汛等情。

据此则此行遣发巡哨船只,来去无阻,见有明据矣。若决乘南风进取,岂不可见成效乎?业将瞭探情由,遂已咨报将军二臣并督臣知照在案。乃坐塘笔帖式谭木哈图具题大兵水面度日,逆贼窥望空隙之疏,殊非真知灼见为证,臣全不解其故。然臣生长滨海,总角从戎,风波险阻,素所履历,且荷简命前任水师提督。阅历至今,岂有海面形情、风信、水性犹不畅熟胸中,而笔帖式乃更识于臣乎?盖贼中情形,臣有屡得旧时部曲密寄通报,称台湾人心惶惑无定,兼以刘国轩恃威妄杀,稍有隙缝,全家屠戮,人人思危,芒刺在背。间有向义内应,奈隔绝汪洋,难以朝呼夕应,岂敢公然谋举?此端便是可破可剿之机。"

根据谍报,施琅认为此时正是进攻的最佳时机:

"又此六月二十八日,据守口兵丁递送澎湖长发贼柳胜、林斗二人赴臣军前投诚。询据柳胜等供称:原坐杉板头船过来投诚,澎湖新旧填船、乌船、赶缯、双帆船各船共有百一二十只。刘国轩、林升、江钦等共贼众六千余,内有家眷旧贼约二千名,其余俱系无眷口新附之众。私相偶语,提督不嗜杀人,只等大军到便瓦解归顺。有伪萧镇下将领谋议,候出娘妈宫操船,乘势驾舟过来投诚,被其知觉,登杀头目九人。因探闻我兵船自铜山撤归汛,故调贼二千余名回台湾耕种,以作粮食,夸只留贼四千名在澎湖配船防守。且臣更以贼中之情形言之,昔之伪镇营蚁附胁从,皆受郑成功、郑锦父子结恩旧人,笼络相依。夸刘国轩暴戾操权,动辄杀戮,以威制人,谁肯甘为几肉?是我舟师未到澎湖,权犹在刘国轩一人之主持。我舟师若抵澎湖,势难遏各伪镇伪卒之变乱。则踞守澎湖逆贼,纵有万余,内多思叛。驱万贼万心之众,以抗我精练勇往之师,何足比较?虽刘国轩轻命死敌于人心猜忌之际,靡不自溃。则可破可剿之机,又无如于是。"

当然,他对自己的能力还是非常自信:

夸我皇上若以俟有可破可剿之机,温旨下颁,则汪洋巨浸之中,谁肯效命七尺之躯,而殚力三窟之险?势必借旨意为居奇,迁延岁月,虚縻浩费。所谓筑舍道傍,三年不成,是战终无可破可剿之日矣。矧夫按兵不动,善以抚请,刘国轩沫猴鸱张,操纵自如,志得意满,断无输诚向化之念。其中有伪镇营贼众有心归正,而连来台湾各港禁锢严密,一船不许出港,虽有谋叛隐情,亦难通报。故非联艨进发,疾行扑击,安有自甘献俘?坐待贼亡,竟在何时!在督臣灭贼之念实切,惜平生长北方,水性海务,非其所长。登舟之际,混心呕吐,身体维艰,所以前疏恳留督臣居中调度,盖为此也。中有一二视此畏途,未免低徊,以致督臣疑惑不决。臣虽庸愚,料敌颇效,前于康熙二年间海逆猖獗,皇上特差兵部郎中党古里到阁问臣机宜,当即决意进攻厦门,时督臣李率泰亦以臣过于担当,然两岛竟为臣克平。旋于康熙六年十一月为边患宜靖、逆贼难容等事具题,来奉谕旨,乃使逆孽于甲寅年有燎原之变。郑锦虽死,留此余党负踞绝岛。臣丁年六十有二,血气未衰,尚堪报称。夸不使臣乘机扑灭,再加数年,将老无能为,后恐更无担当之臣,敢肩渡海灭贼之任。是以臣鳃鳃必灭此朝食,惟是台湾残孽未殄,故溢设许多镇营兵,糜费钱粮,贻累民生未苏。况所设水师镇营,原为航海捣巢之用;夸就中挑选精兵二万有奇,大小战船三百号,尽堪破贼,可以无用陆师,觉相牵制,辛难成功。若陆师之中,间有勇敢效忠、熟练海务能将,容臣调选一二,以为臂指,共襄大举之需。

  由于在皇上的有关指示中,命令总督和提督要取得一致意见才能采取重大军事行动,为能够按照自己的意愿指挥舟师并随时进剿,施琅再次请求给予专征之权,"倘荷皇上信臣愚忠,独任臣以讨贼,令督抚二臣催趱粮饷接应,俾臣整搠官兵,时常在海操演,勿限时日,风利可行,臣即督发进取,出其不意,攻其无备,何难一鼓而下。事若不效,治臣之罪。臣朴质武夫,一片图报微诚,惟知钦遵天语煌煌,责臣必破台湾。克奏肤功"。

  九月初一日,施琅统率林贤等五营官兵船只,从厦门开驾,至泉州海口臭涂寄泊操演。一面咨檄各镇营官兵船只，并移调联络赶缯船二十只。同时，考虑到舟师航海远征，沿边汛地疏防，乃咨督臣檄调陆路官兵协防金、厦、铜三岛。考虑到"海道进取难以遥度"，十月六日，康熙下旨：

进剿海逆，关系紧要，着该督抚等同心协力，催趱粮饷，勿致迟误！前姚启圣具题功罪定例，交与施琅遵行。海寇固无能为，郑锦在时，犹苟延抗拒；郑锦死，首寇既除，余党彼此稽疑，各不相下，众皆离心，乘此扑灭甚易。施琅相机自行进剿，极为合宜。

至此，施琅连接圣旨，终于获得梦寐以求的专征权力。

十一月初三，施琅抵兴化平海卫澳，遂咨移督抚二臣，约定议事，曰：

施琅获旨得专征

"剿抚大事，贼之果否诚心归顺，本部难以料想，未便遣官往抚。"而抚臣亦说："贼寇虚实情形，我等昏迷，不敢悬揣妄拟，祈订商督部院硕画详细。"

显然，既未能以和平方式解决，则进剿为之必然。若不先攻澎湖，台湾实难平矣。

四月，吴英根据自己对台湾海峡的一些具体情形，认为海逆有日蹙之势，围剿有可破之机。因此，入禀施督曰："此时郑军正处于内外交困状态，只待合适的风向，即可立即进取澎湖，澎湖平则台湾平也。"

施琅原也有此意，便奉请云："窃惟臣奉命往讨台湾，康熙二十年(1681)十月初六日抵任以来，一面整搠船兵，相机捣巢，并遣心腹三、四人渐次密往台湾、澎湖贼中，通达臣之旧部，在彼现为镇营管兵，令其就中谋叛取事。自去年亦有通信数次，俟大兵临境之时，方敢内乱倒戈，迎降者众。而今年正月初二日，有伪副将刘秉忠等坐双帆艍船一只，带着八十二名口，在澎湖前来投诚。正月二十二日，伪总理李瑞等夺民船一只，带兵共二十一名，亦自澎湖前来投诚。三月十一日，有伪兵许福等十四名，驾小船一只，自台湾猴树港过来投诚。带有臣前所差之人要紧密禀潜通，内有叛乱相应消息，并称彼处米贵，每担价银五、六两。七社土番倡反，形势甚蹙，人人思危。此乃天心厌乱明矣。臣前差之人，尚在台湾谋结党类，以俟内应。其许福等，臣只移明督抚前来投诚之词，不敢言真，恐泄事机。将人见收军中养活。又三月十六日，有伪民许六、吴阿三等夺渔船一只，在澎湖带眷共一十九口前来投诚。四月初三日，有海贼郑才等一十八名，于四月初一日从淡水港夺破柴民船一只前来投诚。是此贼中今日之形势，灭在旦夕。虽刘国轩复差伪目黄学、林珩再来言抚，致书一封，非可视为敌国；我以彼为输诚，彼直以我为和议……秆亵国体，藉此妄称，只安贼心。臣惟祗遵奉命捣窠灭逆为念，议抚之事，臣不敢预。"

"及今臣在水陆官兵中挑选二万有余，操练有日，可称精熟，足以破贼。攻澎湖宜用水兵，破台湾则用陆兵也。但粮饷最宜预备给足，以鼓士气。乘夏至南风成信，当即进发捣窠。盖北风刚硬，骤发骤息，靡常不准，难以逆料；南风柔和，责任綦重，自当相机度势，期出万全，以仰慰皇上宵旰之怀。"

康熙二十二年（1683）五月，康熙帝见招抚不能成功，遂命施琅进兵。真是山雨欲来风满楼，仿似攻台之前奏。欲知后事如何，请看下回分解。

诗曰：施琅接诏得专征，铜厦两边屯甲兵。

　　　　鼙鼓三通师并发，江山一统赖精英。

第卅六回　施琅誓师戒三事　吴英单船救七船

前回说到施琅奏平台有利时机，圣祖下旨准专征，聘请副帅是吴英。欲知施琅如何汇集众军将，准备战斗事宜，请看下文分解。

且说康熙廿一年壬戌(1682)，提督施琅与姚总督意见不和，题请专征之事游移一载。时施提督亲到同安，请吴英与其一同征台。因督提不和，不敢许允。至癸亥(1683)年三月，施提督咨姚总督，欲吴英弹压厦门，这样进退可以互相接应。于是吴英奏命统兵到厦门。施琅对吴英曰："进攻澎台非您不可，希勿推辞。"吴英曰："提督若倾心降气与姚总督和衷共处，求其许我同征破台，我决不推辞也！"施提督曰："既蒙许诺，大事齐矣！"

同年五月十一日，姚启圣到厦门犒师。五月十四日，施琅与言曰："水师只宜水战，若到澎台陆地，须有陆战经验丰富的总兵，统领陆师方能破敌。今有兴化总兵吴英，他智勇双全，能胜此重任，望总督俯允！"姚启圣曰："彼未奉圣旨，岂敢便行！"施琅曰："吴总兵素怀忠心，贵部院若先行文，言国家大事，令其统师随后题明，彼无不同心报国也！"总督曰："照提督之请办！"于是姚启圣在十五日照会吴英，要其为副帅随征，并选调水陆副将林葵、詹六奇、林宝、蒋懋勋，遊击卓策、赵帮试、李全信、林翰、郑兴、许毅、王祚昌、王朝俊，守备洪范、廖国用、郑桂、陈斌、韩进忠、黄富等，挑选精兵六千，配船六十余号。施琅同水师各镇先乘北风南下，相约在铜山会齐。吴英于五月十九日收拾齐备，率师登舟。二十日，姚总督亲上吴英之船，言曰："我与贵镇同历行间，自浙至闽，贵镇百战百胜，料敌如神。今欲征剿澎台，未知此行料敌如何？"吴英曰："贼有上中下三策,若行上策,尽撤澎湖之众,退守台湾,只留快船数十只在澎,俟我船到彼,竟出我师之后,扰我沿海,绝我粮军。台湾处处皆险,可登岸者只有一二处,贼堵守百日易,我师船泊大海十天难,必须先踞澎湖,追剿沿海贼艘,多积粮草,待时而动,功难速成也!"总督曰:"何为中策。"吴英曰:"其中策者,贼船合艅在澎以待我师,败则遁台湾,不败者则踞守,我虽尽力攻杀,岂能全灭?必须重兵相持,乘南风进台之北山,上淡水,鼓励土番,且进且止,以分贼势,然后乘虚而破之!"姚总督曰:"何为下策,愿听其详!"吴英曰:"下策者,尽台湾之众,以作孤注一掷,分水陆守澎湖,我主兵将,身先士卒,用破釜沉舟之法,攻破澎湖。澎湖若破,台湾不攻自定矣!"姚总督听后赞曰:"将军真将才呀!但未知将军估计,三策中,会用何策?"吴英曰:"按余估计,将出下策!"姚总督曰:"如将军之言,本督便放心矣!"英曰:"英此行惟尽一身以报国恩,不灭贼亦断不望生还也。"总督曰:"将军有此报国雄心,精神真是可嘉矣!"

  同月廿三日晚,吴英统兵从厦门启程,率舟师往东山(铜山)开拔。廿八日到达铜山,与施提督会师。吴英登船与施琅在帅船共同参阅水师,并就有关征台事宜进行策略上探讨,参与会议的有吴启爵、林贤、朱天贵等部将,因各部将私下议论曰:"施提督与海上有'父弟子侄'之深仇,此次握水师雄师平台,定大开杀戒,郑成功之后裔遭殃矣!"诸位读者,施琅部将多数属郑成功的旧部,虽说各将官明白台湾乃孤岛弹丸之地,难于阻拦精锐的清军,但各自缅怀故

雄师出东山

主之情,个个不免怀着忐忑心情,惧施琅必以公报私仇。吴英本人作为原郑部将,是个忠孝仁义之人,更不忍下此残手。于是他私下对施提督曰:"公与海上有父弟子侄之仇,但郑家负屿已久,仇敌甚多。今日进剿须为国出力,为民除害,一则不可夹报私仇,二则不许杀降,三则则严禁抢掠,择日传齐各镇大小将弁,以此三事告天,则海岛共戴仁慈,功可成也!"施琅曰:"镇总之言正合吾意。"于是施琅依言,于六月初一日在铜山当天立誓曰:"皇天在上,吾施琅今日为国出兵平台,一不公报私仇,二不杀降,三严禁抢掠。此三则大家共同遵行,否者严惩不怠!皇天为鉴。"施琅当天立誓,各镇协管、大小将弁莫不欢腾雀跃,后顾之忧尽解,士气大振。

十六日,施琅督舟师齐到澎湖,见郑军船只二百余号,两边山上火炮甚多,未敢轻进,但前锋七船已进入港内。此七只前锋船是施琅部下署右营游击蓝理、署后营游击曾成、署左营游击张胜、二等侍卫吴启爵、同安城守右营游击赵邦试、海坛镇标中营游击许英、铜山镇标右营游击阮钦为,各率一艘乌船。这时七只战船冲锋直前。

在清军勇猛进攻下,烧毁和击沉郑船十一艘,由于海浪所阻,故郑军损兵折将并不太严重。

施琅受伤

不久,南潮盛发,清军前锋的七艘战船乘风破浪,一下子逼近了郑军的炮城。其时,郑军的战船竟窜冲出来,合围清军七船。吴英见形势危急,即单船驾双橹冲入郑军艚船。郑军水师总督林升见吴英单船冲入重围,遂弃七船，统率船只前来夹攻。吴英严督官兵猛攻，炮箭齐发，敌军死伤甚多，林升被炮击断左腿，各船郑兵不敢抬头，败退入港。

话分两头，且说施琅将军在督阵时，突然看见七船被围，为分解郑船，施公令将帅舰冲向郑军。不远处，适逢吴英与林贤部出击刘国轩、江钦、林升等，救出许英等之后赶汇施帅之时，见郑军大量船只围攻主帅旗舰，遂冲入重围。正待向施公靠拢之际，郑船箭炮齐发。

施琅被郑兵的一枝飞箭射中右眼尾部，几乎近于跌倒。后他拔出了弓箭，用手帕捂眼止血，交代左都爷施章彩举旗继其指挥战斗，自己下指挥台包扎伤口。左都爷挥旗之际，冷不防一门炮弹打来，将都爷脑袋打飞掉，当场壮烈牺牲。（据施能忠主编的《施琅传奇》称施琅战后，用黄金打造一个金头壳，将左都爷下葬于江洋吴厝山之上）郑军见帅船将士涌近施公，知其受伤，因此数船围来。在这千钧一发之际，吴英的战船也已追到，但见吴英手起刀落，隔船杀伤郑兵数人。郑船见这艘清船来势何其猛，如水蛇海面驰，娴熟水势，而且人大刀长，此时又因救帅心切，实在势不可挡。与此同时，林贤挥刀直进，令兵发炮，击沉敌船二只，蓝理望见施琅帅船受困，将自坐战船逐浪冲击，攻穿敌船一只立时沉没。又发左边横炮一门，攻中提督前锋营陈升船，金门镇千总游观光乘风赶到，发一炮，郑兵死伤许多。郑船毋敢靠近，因此解了重围，汇主帅施琅及其他七船。清兵一时士气振奋，化险为夷。后面清船亦已赶到，遂击溃郑兵，重伤郑军水师提督林升，焚杀郑兵二千余人，溺水者不计其数，烧毁捣毁郑船十六艘。

十六日一战，清兵也有损失，施将军右眼仅受轻伤无恙，但阵亡官员十六名，士兵一百二十一人。

且说吴英入重围救七船，又刀斩郑将，解施琅之围后，随即坐小船赶至西屿头外海，登上施琅座船。见施提督右眼包着纱布，遂问曰："未知提督伤势如何？"施琅曰："稍微受伤，无舍妨碍。"吴英曰："如此乃我主洪福。"施琅曰："刚才我看见前锋被围,您驾单船救出,又复深入敌阵。时呼各船应援,俱不向前,幸您能杀出重围,并攻败贼众。今日最出力者,独您一人。我回去当写本,余人听其自辩,我自己请罪。"吴英曰："提督不须自责,胜败乃兵家常事。唯国家数十年来,为此海寇,所费兵马钱粮何啻千万。郑军不除,沿海生灵永无宁日矣！今日非容易到此,即死于此处亦分所宜也！依我愚见,若不破贼,亲任其罪,且我杀入重围,见敌船虽多,当头者只有二三十只,果是凶猛,其余逐阵而已。我师皆因船多,彼此观望,明早收回八罩屿,依赏罚之例,将不向前将领尽行绑捆,欲正军法从事,我同林贤总兵会各镇保领,各立军令状,以功赎罪"。林贤听吴英怎说,遂答曰"亦只有这样,才能激起全军的斗志"！施琅曰"未知二位总镇还有何应战妙策以告我哉"！林贤答曰"依卑将之见,宜将我船四百余号选出大船四五十只,余船随后架梁。挑选好汉官兵,每船上站得二百人者,舱底再伏二百人,死伤更换,令兵尽抢火桶火罐,伏在船边,冲入贼艅,二三船攻烧一船。敌之大船烧尽,其余无不就擒矣！"施琅曰："众人之心,不似咱仨人,若如前不齐,致有损兵折将,谁任其罪也？"吴英曰："令各大船帆上大书姓名,各镇当先,诸将不敢不进。如此若不破之,我头自取也！"施琅曰："既如此,破贼之任全在于二公矣！"于是施琅令各船收回八罩屿。次日,即行赏罚条例。正是单船出海救七船,炮击林升腿断轮。欲如后事如何,请看分解。

　　诗曰：七船误入命将危,威略双橹解救回。
　　　　靖海一言自肺腑,忠心矢志千秋垂。

第卅七回　吴英献计梅花阵　林贤血战娘妈宫

前回讲到,施琅同吴英在六月十六日从东山率舟师齐到澎湖,不幸前锋七船先入港内,被郑军围困无援。施琅令从船往救,众皆畏缩不前,吴英见危,随驾双橹,单船救七船,又为施琅解围。随后吴英入施琅船,动问施琅伤势并陈说清兵失利的原因,进献赏罚令和抽阄出兵的方法。施琅采纳之。

本回要接的是娘妈宫前的清郑两军混战,欲知谁胜谁败?请看分解。

且说十七日,施琅号令各部水师在八罩、水埯澳诸岛屿集结,并传诸镇随征将官即刻到中军船议事。吴启爵、吴英、林贤、朱天贵等悉数到达后,施琅开始讨论前日进攻功过事宜。他认为众官兵不协力向前,互相观望,延至潮落,导致刘国轩纵志攻击。欲将詹六奇、方却、许应麟、葛永芳、方永、刘管、蔡斌等一十二员,以临阵退缩罪名斩首示众。吴英、林贤等七人向请曰:

"昨日之怯,亦由我们船只丛杂,各欲争先,以致互相冲撞,使贼得以肆忌用炮攻打,非诸将故违军令。今在用人之际,求宽其罪,令彼等代罪立功。"

施琅指出赏罚乃朝廷法令,任何人都不能徇私枉法,林贤、吴英等复恳之曰:"赏罚固出自朝廷,而行法者实我公也。公苟宽恩,使彼立功,自必奋勇鼓励,以一当百。"诸将在施琅免除其处罚后感恩戴德,纷纷表示会竭尽全力,奋勇杀敌。在讨论具体战术的过程中,林贤等曰:"昨日之怯,亦由我们船只丛杂,各欲争先,以致互相冲撞。"林贤的看法提醒了总兵官吴英,他认为国轩所恃者,不过数只燎船而已。清军水师船只，可分开列阵，不必齐进，当用五梅花破之。所谓五梅花，吴英解释说："彼船少，我舟多，以五船结一队，攻彼一只。其不结队者，为游兵，或为奇兵，或为援兵，悉远驾观望，相机而应。则无成舠冲撞之患，又可以各尽其能，奋勇破敌。"施琅采纳了吴英的意见，诸镇得令，遂各回船候期出征。

话分两头，却说刘国轩自十六日初战获胜，但他知道初战小胜不算是胜，清军水师二万多人，战船皆比自己多，决定胜负的战斗在眼前。遂坐帐分派，令领兵吴略，持刘国轩令箭给郑军右先锋陈谅，令其督率郑军陆路官兵严阵以待，坚守阵地。又传令镇守狮头屿的戎旗一镇吴潜、守风柜尾的平北将军果毅中镇杨德、守鸡笼山游兵镇陈明、中提督前镇黄球守四角山果毅后镇关禄、侍卫后镇颜国祥、分守内堑壁宿镇杨章、右先锋领兵李锡、分守外堑右虎卫领兵江高、侍卫忠营王鲑、守东峙后提督中镇张显、守牛心湾前锋镇黄显等，统统把大炮移至沿线海岸，以备用于炮轰来袭的清军舟师。

再传令水师征北将军曾瑞、定北将军王顺、左虎卫江胜、援剿后镇陈明起、宣毅左镇邱辉、护卫左镇黄联、后劲镇刘明、折冲左镇尤俊、中提督后镇杨文炳、中提督前镇陈旭、中提督左镇李廷桂，水师一镇萧武、水师二镇陈政、水师三镇薛衡、水师四镇黄国柱等镇营，立马检验所有船、岛船、赶缯船、哨船，环环紧拢，泊于娘妈宫前口子内外堑，以及东西峙各要口，准备迎战清兵。

且说二十、二十一两日，施琅再申军令：令各船将所配坐镇将营备，以及随征千总等官姓名，大书帆上，以便遥观，知其进退。

二十二日巳时，施琅命令其六子世骠同随征都督陈蟒、魏明、副将郑元堂，同领赶缯、双帆艍船共五十只为一股，从东畔峙内直入鸡笼屿四角山，为奇兵夹攻。又令七子世驿同随征总兵董义、康玉、外委守备洪天锡等，领赶缯、双船帆船共计五十只为一股，从西畔内堑直入牛心澳，作疑兵牵制。又将大鸟船五十六只分为八股，每股七只，各作三叠。琅自居中，以便调度，为一股。令四子世骥同黄勇、陆臣、杨林淳、程道明等为中股之末，作一股。同安总兵吴英领一股，居左；平阳总兵朱天贵，领一股，居右；金门总兵陈龙领一股，居次左；提标后营游击曾成同提标游击何应元，合领一股，为次左之右；铜山总兵陈昌同提标中营参将罗士珍，合领一股，居次

五梅花阵

左之左；海坛总兵林贤领一股，居末右；厦门总兵杨嘉瑞领一股，居末左。其余八十只，分为二大股，以为后援。大队人马浩浩荡荡向澎湖娘妈宫进发。刘国轩立即令各船齐起帆碇，发炮呐喊，在娘妈宫前迎战。

朱天贵与郑氏守军林应、江胜等系姻亲，遂站在尾楼上高叫曰："亲家！汝看我现任总兵！尔可弃邪归正！速来投诚。"江胜等应曰："天岂容汝此等背义之人！"于是令舵公转舵，顺势向天贵船只开炮，天贵不防，被炮穿肋而死。林贤遥见天贵人亡船溃，遂前来救援。刘国轩督邱辉、陈起明、江胜、蔡明、王隆、施廷、林应、张显、林德、庄起、廖义、陈政、萧武、洪邦柱、杨文炳、黄良骥、陈士勋等船，环围攻击。林贤督众杀敌，力战逾时，左臂贯甲，连伤三箭。将士死者伤者，悉无完肤。林贤战船中所有的药罐、矢石、炮子三者咸尽，无奈将船中铁锅打碎，入炮以御。正在他自忖必死，酣战危急，欲取火掷药自焚之际，其中营游击许英、左营游击吴辉、右营游击江新同随征游击施应元、随征游击纪功厅、李廷彪赶来增援攻救，林贤率众奋勇还击，内外夹攻。郑氏蔡明船只被击沉，而王隆船又被江新用火罐烧毁，刘国轩指示诸船后撤，贤围遂解。林贤此役，奋不顾

身,孤军深入,立下赫赫战功。施琅闻讯后,亲登其船视伤痕,并询其力战御敌情况。抚贤背曰:"今日得澎湖者,公其魁也!他日侯、伯勋爵,琅当让之。"

　　真是炮火中硝烟弥漫,浪花里化险为夷。欲知后事如何,请看下回分解。

　　诗曰:梅花阵法建奇功,破敌挥刀血染红。
　　　　威略将军开杀戒,英名远布震苍穹。

第卅八回　惨烈海战挫郑师　凯歌高奏赞清军

前回说到吴英巧献梅花阵,两军交战澎湖娘妈宫前,朱天贵壮烈殉职。林贤孤军奋战,连中三箭,左肩贯甲,自忖必死,施提督召兵遣将,亲自解围。澎湖海战,正入惨烈血战,未知谁胜谁负,请看分解。

诸位读者,孙子兵法曰:"知己知彼,百战不殆!"此时,清兵远来,初次交锋,郑军看似占上风,但初胜不算胜。只要指挥官用兵得当,便能反败为胜,这叫胜败乃兵家常事。但这时的清兵可谓占了上风,夺得战争的主动地位矣。

话说清兵在总结海战状况时,发现水师中尚不够果敢,还是要进一步提高士气。因此,再次部署舟师,分为三路进攻郑军。

第一路派遣提标随征都督陈蟒、魏明和副将郑元堂领赶缯、双帆艍船五十艘,从东畔崎内直插鸡笼屿、四角山为奇兵。

第二路派遣提标随征总兵董义、康玉和外委守备洪天锡领赶缯、双帆艍船五十艘为一股,从西畔内堑驶入牛心湾,做疑兵牵制。

第三路,以大乌船五十六只居中,分为八股,

吴英战船搁浅

每股七只,各作三叠,形成凸字形状。

另有大小八十余船为后援,由施琅亲自督率中路大乌船击娘妈宫炮城。

兴化镇总兵吴英、提标前营游击何应元,金门镇总兵陈龙、提标署中营参将罗士珍,署右营游击蓝理、署后营游击曾城、署铜山镇总兵陈昌、海坛镇总兵林贤,厦门镇总兵杨嘉瑞,或独领一股,或各领一股,紧跟主帅大乌船左右。

却说刘国轩这边,也十分紧张,连日整顿船只,列阵以待。

远处看到,清军大部船队如繁星点点向澎湖湾疾驶而来。船到郑兵水寨,双方炮火交加,如风如雨,一时间烟雾弥漫,咫尺难辩。初时,天空乌云四起,北风已动,清兵大惊。忽空中雷响,北风遂止而南风劲吹。清军在上游占据上风上流,不但船只乘风破浪,而且箭矢炮火也疾飞直击对方,可谓独领天时。

清军船只奋勇争先,水声、人声、炮声,声声震耳欲聋,刀光、剑光、火光、光光刺眼欲瞎。两军交战,枪炮刀箭从不长眼,乱军之中署右营游击蓝理伤腹肠出。他强忍剧疼,将肠子塞回腹里再战,血染战袍。

由于整个澎湖海战,水陆大小将官可谓上千员,战事之激烈,非陆上可比。因此书中所叙未能一一描绘出全部阵容和出征人物,所以,本书着重记述吴英,也不得全方位特写之,所点缀到的无非只是重点部分。此乃读者也能理解,也求所能宽恕矣。

话说吴英此时所处主战船上,加上吴英对水性十分娴熟,因此他身先士卒,冲锋陷阵在前。他令总领旗黄登、副领旗汤明在船头,自己在尾楼督战力敌。在炮火纷飞的船上,是未能逃避闪身也,吴英的左耳被炮火烧伤,坚持指挥,并令将士开炮,烧毁贼镇陈启明一只大船。

突然间,吴英座船被浪潮冲上海中石头上搁浅,与焚烧的贼船相连。情况万分危急,时有副将詹六奇驾小舟欲挽吴英退避,吴英坚辞曰："吾兵吾将皆在船上，吾焉能弃之不顾耶！吾义不独存，决意同生死共患难也！"将士闻之，无不感激不已，个个奋先下船，欲将船推下水，但船丝毫不动。千钧一发之时，船忽然自动浮离石头二三箭远，船复浮到海上，继续配合清兵的船只激战。当郑船与吴英大船偎近的一刹那，吴英何其敏捷，一柄大刀扫将过去，郑军先锋郑仁首级落海，其船只亦被烧毁。

清军乘势施放火器，郑军船只着火的数艘。清兵分东西两路的舟师也密切配合中路，一鼓作气进攻郑军。

刘国轩见施琅所率船兵个个勇猛异常，复令刘明督其右镇尤俊龙、骧左镇庄用、侍卫中镇黄德、右镇蔡智、骁翊协蔡添、领旗镇林亮、勇卫前镇曾遂、中提督总理陈国俊、右武卫随征二营梁麟、水师二镇前锋镇营李富、左营张钦、水师三镇右营许瑞、水师四镇右营林耀、折冲镇左镇左营陈勇、右提督后镇左营王受等战船、燎船、赶缯船、乌船、双帆艍船等各种船只联合攻击。而刘国轩部下邱辉、江胜合诸船亦至，形势十分危急。施琅见状，急挥罗士珍、曾成、何应元、陈昌、林贤部下海坛中营守备李琦、提标中营千总林显达、提标左营千总胡泮、后营守备戴名芳、督标左营参将林宝、海坛镇中营游击许英、提标右营守备方却、海坛镇右营千总林正春、提标前营千总林鹏、千总蔡琦等合攻。一时间炮如雨下，烟焰蔽天，诸船各奋勇围击。刘国轩部将江胜亦被陈儒、廖程、朱明、林凤等环围，伤死者过半。江胜见势危，难以脱遁，恐遭擒，将两边大炮齐发，自沉其战舰。其陈立、林顺、陈政、黄国助、何有德、庄用、施廷、薛衡、林德、张显、廖义、杨文炳、陈士勋、洪邦柱等船，或被火罐所烧，或被炮击沉，跳水自焚，不可胜计。

其时，双方兵将俱面目全非，衣袍不整。但是尽管血战喧天，而将士无不争先恐后以一当十，直至郑兵元气耗损几乎殆尽。

从早晨一直激战至夕阳西斜，剧烈程度非作者一笔可尽述，双方生死大决斗，多数将士连进餐也忘之，仅干粮充饥……

激战娘妈宫

经过七八个小时的激战,清军大获全胜,"风利舟快,瞬息飞驶。居上风上流之势,压攻齐击,一可当百"。此役共焚毁、击沉和俘获郑军大小战船近二百艘。其中大帆船三十七艘,大乌船五十二艘,其他船一百零七艘。郑军死伤各级将领三百多名,歼灭郑军主力一万二千多人,缴获许多船只和武器装备。澎湖陆上守备将领果毅中镇杨德等165人、士兵4853人投诚。刘国轩见诸军已丧没大半,恰遇水涨风顺,只是因地形熟悉,刘国轩才率领小炮船三艘、小乌船二艘、赶缯及双帆船26艘和几百名将士从水浅礁险的吼门遁逃台湾。施琅令陈蟒率快哨追擒,陈蟒因港路不熟追击不着。

真是潮波汹涌滔滔去,船上烽烟滚滚来。欲知后事如何,请看下回分解。

诗曰:黎明战鼓震动天,澎海波涛起浪烟。

威略将军刀落处,郑仁殒命海中填。

第卅九回　各澳俱平定乾坤　施琅飞报大捷疏

上回说到澎湖海战虽然十分惨烈，但是这一战终于吹响了一统祖国的前奏，清朝收复台湾的大业尚待时日。欲知如何，请看分解：

且说郑军官兵死的死，伤的伤，倒戈投诚者许多。刘国轩见大势已去，不得不率一部分残兵败将乘坐三十一艘战船从吼门遁去，潜逃台湾，其澎湖各澳俱平。

尽管刘国轩占据澎岛优势，且其将才凛冽，戎马数十春秋，积累了十分丰富的水陆战争经验。但最终亦未能摆脱惨重失败的命运，无力扭转乾坤。之所以回天乏术，就是因为历史潮流大势所趋，并非逆流所能阻挡。正如诸葛孔明的一句铭言："谋事在人，成事在天。"又一佐证的事例。

激战场面

为了让广大读者盘点和综结澎湖海战的详细过程，还原其原貌和战绩，藉此援引施琅《靖海纪事》卷上《飞报大捷疏》以飨读者。

关于澎湖之战，施琅留有著名的《飞报大捷疏》，兹照录如下：

太子少保、提督福建水师总兵官、右都督、伯、臣施琅谨题，为飞报舟师渡海、克取澎湖大捷事：窃照臣自去年六月同督臣姚启圣在铜山停师回汛，刘国轩侦知，自回台湾，留拨伪镇营等船兵扼守澎湖，不时来往调度。今年四、五月，知臣乘南风决计进剿，就台湾贼伙选拔精壮敢死者，及抽调草地佃丁民兵，将洋船改为战船。凡各伪文武等官所有私船，尽行修整，调集来澎湖。大小炮船、乌船、赶缯船、洋船、双帆艍船，合计二百余号。贼伙二万余众。仍将伪镇营等官兵各眷口监羁台湾红毛、赤嵌二城，坚其死战。刘国轩亲统，倾巢复来澎湖，将娘妈宫屿头上下添筑炮城二座，风柜尾炮城一座，四角山炮城一座，鸡笼山炮城一座，东西嵵内一列炮台四座，西面内外堑、西屿头一列炮台四座，牛心湾山头顶炮台一座，凡沿海之处，小船可以登岸者，尽行筑造短墙。安置腰铳，环绕二十余里，分遣贼众死守。星罗棋布，坚如铁桶。

臣总统镇营舟师，将各大小战船风篷上大书将弁姓名，以便观者备知进退先后，分别赏罚。于六月十四日辰时，由铜山开驾进发。十五日申时到猫屿、花屿，有守汛贼哨数十余只，见臣舟师将到，即奔回澎湖。时值天晚，将船只湾泊八罩水垵澳，遣官坐小哨到将军澳、南大屿等岛安抚岛民。十六日早，进攻澎湖。逆贼排列船只迎敌。臣标署右营游击蓝理等官兵配坐乌船一只、署后营游击曾成等官兵配坐乌船一只、署左营游击张胜等官兵配坐乌船一只、二等侍卫吴启爵等官兵配坐乌船一只、同安城守右营游击赵邦试等官兵配坐乌船一只、海坛镇标中营游击许英等官兵配坐乌船一只、铜山镇标右营游击阮钦为等官兵配坐乌船一只。此数船首先冲锋破敌，直入郑艅攻杀，贼炮船二只、赶缯船六只，贼伙斩杀殆尽。其船放火烧毁，又用炮火攻击，立刻沉坏郑乌船一只、赶缯船二只。副锋臣标右营千总邓高匀配水陆等官兵坐乌船一只、臣标署右营守备方却等官兵配坐乌船一只、金门镇标中营游击许应麟等官兵配坐乌船一只、金门镇标右营守备林芳等官兵配坐乌船一只、臣标随标功加守备李光琅等官兵配坐乌船一只，用炮火攻击，打沉贼乌船一只、赶缯船二只，贼伙溺死殆尽。时值南潮正发，前锋数船被流逼近炮城，郑艘复合，齐出包围。臣恐数船侵入难出，自将坐驾船直冲入贼艐杀退，兴化镇臣吴英继后夹攻，焚杀伪扬威将军援剿左镇沈诚、统辖前锋镇姚朝玉、义武镇陈侃、戎旗五镇陈时雨，其伪协将弁大小头目计有七十余员，不知姓名，难以开报。伪水师总督林升中箭三枝，中鹿铳二门，左腿被大炮打折，立即载回台湾，必死无活。贼众焚杀溺死计有二千余众。遂救出数船。臣右眼被铳击伤，眼睛未坏。因天色将晚，收出西屿头洋中抛泊。十七日早，将全艐舟师，复收八罩水垵澳湾泊，严申军令，查定功罪，赏罚官兵。十八日，进取虎井、桶盘屿。十九日，臣坐小赶缯船往澎湖内外堑、峙内，细观形势。二十、二十一两日，故用老弱骄兵之计，用赶缯、双帆艍船分二股，假攻峙内、内外堑，以分贼势。

臣于二十二日再申军令，分股进发。遣臣标随征都督陈蟒、魏明、副将郑元堂领赶缯、双帆艍船共五十只为一股，从东畔峙内直入鸡笼屿、四角山为奇兵夹攻。

又遣臣标随征总兵董义、康玉、外委守备洪天锡，领赶缯、双帆船共五十只为一股。从西畔堑内直入牛心湾，作疑兵牵制。将大乌船五十六只居中，分为八股。每股七只，各作三迭。臣居中为一股，兴化镇臣吴英领一股居左，平阳镇臣朱天贵、臣标前营游击何应元合领一股居右，金门镇臣陈龙领一股在次左，臣标署中营参将罗士珍、署右营游击蓝理、署后营游击曾成合领一股在次右之右，署铜山镇臣陈昌领一股在次左之左，海坛镇臣林贤领一股在末右，厦门镇臣杨嘉瑞领一股在末左。尚有船八十余只留为后援。臣督率严阵，指挥直向娘妈宫扑剿贼各处炮城，及迎敌炮船、乌船、赶缯、大小各船，四面齐出迎敌。每贼炮船安红衣大铜炮一位，重三四千斤，在船头两边安发熕二十余门不等，鹿铳一二百门不等。炮火矢石交攻，有如雨点。烟焰蔽天，咫尺莫辨。首冲破敌陷阵，乃末右一股海坛镇臣林贤等官兵配坐大乌船一只、右股平阳镇臣朱天贵、臣标前营游击何应元等官兵配坐大乌船一只、末右海坛镇标左营游击吴辉等官兵配坐大乌船一只、右股臣标千总蔡琦凤匀配水陆等官兵坐大乌船一只、末右海坛镇标右营守备林正春等官兵配坐大乌船一只、副锋右股臣标前营千总林鹏匀配水陆等官兵配坐大乌船一只、末右海坛镇标右营游击江新匀配水陆等官兵坐大乌船一只、右股署围头营游击陈义匀配水陆等官兵坐大乌船一只、右股署平海营游击郑桂匀配水陆等官兵坐大乌船一只、末右海坛镇标中营游击许英等官兵坐大乌船一只、前锋次右之右臣标署中营参将罗士轸等官兵坐大乌船一只、署后营游击曾成等官兵坐大乌船一只、署右营游击蓝理等官兵坐大乌船一只、中营千总林显达匀配水陆等官兵坐大乌船一只、左营千总胡泮匀配水陆等官兵坐大乌船一只、署后营中军守备戴名芳匀配督标副将林宝等官兵坐大乌船一只、前锋臣中股随征左都督何义等官兵坐大乌船一只、侍卫吴启爵等官兵坐大乌船一只、随征游击施世骉、随征外委守备李廷彪、施肇勋、施肇瓒等官兵坐大赶缯乌船一只、随征外委游击施应元、随征外委守备陈王路、随征千总施超等官兵坐大赶缯乌船一只、随征副将黄昌、都司黄勇、外委守备施世骊等官兵坐大赶缯乌船一只、随征参将许克济、陈远致、游击方风、外委守备施世骧等官兵坐大赶缯乌船一只、随征副将汤一贵、参将郑云、外委守备施世忠等官兵坐大赶缯船一只、随征参将谢英、游击廖程、外委守备施世骠等官兵坐大赶缯乌船一只、随征副将林应、外委守备施辅、李寅等官兵坐大赶缯乌船一只、前锋左股兴化镇臣吴英、同安城守右营游击赵邦试匀配水陆等官兵坐大乌船一只、署浯屿营

炮火漫海空

游击王朝俊匀配水陆等官兵坐大乌船一只、闽安协副将蒋懋勋匀配水陆等官兵坐大乌船一只、海澄城守副将林葵匀配水陆等官兵坐大乌船一只、烽火营游击王祚昌匀配水陆等官兵坐大乌船一只、江东协副将詹六奇匀配水陆等官兵坐大乌船一只、署平海陆营游击李全信匀配水陆等官兵坐大乌船一只、海澄城守左营游击卓策匀配水陆等官兵坐大乌船一只、前锋次左之左铜山镇右营游击阮钦为匀配水陆等官兵坐大乌船一只、左营游击曾春匀配水陆等官兵坐大乌船一只、前锋次左金门镇臣陈龙等官兵坐大乌船一只、金门镇标中营游击许应麟匀配水陆等官兵坐大乌船一只、金门镇标左营游击曾荣匀配水陆等官兵坐大乌船一只、前锋厦门镇标右营游击陈兰匀配水陆等官兵坐大乌船一只、厦门镇标左营游击朱明匀配水陆等官兵坐大乌船一只、厦门镇臣杨嘉瑞等官兵配坐大乌船一只、署铜山镇臣陈昌等官兵配坐大乌船一只,带领船八十余只居为后援。其分遣东西二股官兵船只,继进夹击互攻。自辰至中,我师奋不顾身,抵死戮力击杀。贼被我师用火桶、火罐焚毁大炮船十八只,击沉大炮船八只,焚毁大乌船三十六只,赶缯船六十七只,洋船改战船五只。又被我师火船乘风烧毁乌船一只、赶缯船二只。逆贼并力死斗,势穷难支,用火药藏于船舱,发冲心炮,自焚炮船九只,乌船一十三只。贼惊危势急跳水,得获乌船二只、赶缯船八只、双帆艍船二十五只,焚者焚,杀者杀。伪征北将军曾瑞、定北将军王顺、水师副总督左虎卫江钦、统领右先锋陈谅、戎旗二镇吴潜、援剿右镇郑仁、援剿后镇陈启明、宣毅左镇丘辉、护二镇黄联、后劲镇刘明、折冲左镇林顺斗、宿镇施廷、亲军水师三镇薛衡、水师一镇萧武、水师二镇陈政、水师四镇陈立、中提督中镇洪邦柱、中提督右镇尤俊、中提督后镇杨文炳、中提督亲随一镇陈士勋、左龙骧中协黄国助、右龙骧左协庄用、侍卫中镇黄德、侍卫右协蔡智、侍卫骁翊协蔡添、侍卫领旗协林亮、侍卫左总辖毛兴、勇卫中协张显、勇卫左协林德、勇卫右协陈士勋、勇卫前协曾遂、中提督领兵协吴略、中提督左协林德、中提督前协曾瑞、中提督领旗协吴福、中提督前锋协陈升、中提督总理协陈国俊、右武卫右协吴逊、右武卫随征二营梁麟、水师二镇前锋副将李富、水师二镇左营将张钦、水师三镇左营副将许端、水师三镇右营副将林辉、援剿右镇右营廖义、援剿前镇前锋营庄超、折冲镇左营陈勇、左提督后镇左营王受等四十七员。其余伪协营领兵监督、翼将、正副总班、总理、监营候缺将小头目,焚杀溺死约计三百余员,不知姓名,难以开报。焚杀、自焚、跳水溺死贼伙约计一万二千有奇,尸浮满海。总兵朱天贵被炮穿肋立死,游击赵邦试亦被炮击脑立死。总兵林贤被箭轻伤左臂,总兵吴英被鹿铳轻伤右耳朵。贼只剩有小炮船三只、小乌船二只、赶缯船十一只、双帆艍船十五只脱出,北向吼门遁走。讯知刘国轩乘小快船,亦从吼门而逃。时值黄昏,难以追杀。在山伪将军果毅中镇杨德、游兵镇陈明、果毅后镇吴禄、中提督前镇黄球、壁宿镇杨章、侍卫后镇颜国祥、中提督中协副总兵张显、骁翊营副将洪良佐、统领右先锋领兵副总兵李锡、右先锋营副总兵黄显、右虎卫领兵副总兵江高、果毅镇下左营林新、左虎随征营副将黄豹、左虎副将江篇、游兵镇中营周烈、前营副将刘隆、果毅后镇右营副将林守、旗鼓中军严泽、亲随营正总班阮恢、中提督下副将李芳、管理大炮副将林武、前镇下随征副将汤兴、前镇下左营副将蔡穆、戎旗二镇右营副将吴升、果毅中镇正领兵副将曾胜、中营副将杨杰、左营副将吴振、右营副将陈李、随征营副将黄桂、前锋营副将

炮火纷飞

张仕春、参将杨彬、伪提督后镇领兵中军徐其昌、果毅后镇左营林和、左翼将廖冬、神威营林启、后镇左营杨壮、壁宿镇随征参将洪存光、候缺亲随营参将王建、游兵镇亲随标参将郑泗、随标参将何正、前镇正领班参将林兴、冲锋正总班参将黄峨、左虎卫正领游击林尾、副领都司丘升、壁宿镇旗鼓中正军游击林朝辉、宣毅左镇右营丘睿、果毅中镇下游击王寿、吴旋、赖淑、郑应，一正领游击黄寿、二正领游击林明、三正领游击林畅、陈贤、王招，四正领游击陈胜、游兵镇中营游击陈恕、前营游击薛勇、随标营游击施辰、果毅后镇领兵洪升、坐营中军刘斌、翼将杨胜、亲随营将徐秋、随征营将曾春、游击郑先庚、前镇随征游击颜潜、左翼游击孟乔、左副领游击方胜、右副领游击林盛、掌标游击陈奕、小监营游击戴辉、左副总班都司黄升、右副总班都司黄义、侍卫监营林仕、领旗营陈寅、旗鼓中军林赞、果毅中镇下都司郑辛、王友顺、何荣、黄桂、李升、吴麟，管炮都司陈腐、壁宿镇下正总理候缺都司林英、杨劝、宣令守备林玉、监营守备陈和、副总班守备林麟、副总班守备杨瑞、周明、黄登、中提督下二领林辉明、三领梁三老、果毅中镇下守备沈云隆、许福、柯伟、陈仕、陈定、郑兴、陈銮、林长、陈德完、蔡兴、洪禄、林凤、林甫、陈万、蒋凤、谢吉、康顺、张福、王麟、曾良、陈月、陈尾，游兵镇中营守备李忠、前营守备朱义、随标营守备黄二、林彩、许五、林泰，管炮守备林换、李受，前镇下守备吴传、胡哲、龚耀、陈新，提督后镇冲锋总班陈斌、候缺亲随营王飞龙、正总班曾道兴、副总班欧兴、都司高升、陈进，果毅后镇下司总陈贵、杨美、陈桂、总班周虎、中提督下司总林爱、都司林三、侍卫下副领陈祺、游兵镇下亲标营千总胡进、黄琏、随征千总李四、朱都、王雄，果毅后镇下都司杨龙、蔡珀、监营林龙、壁宿镇下都司刘明、许佐、总班程雄、赵和、红旗官沈冬、陈胜、果毅后镇下都司谢里、蔡明，正总班洪忠、柳赐，正总理黄三、副总理许攀、随征总班张猛、红旗官许卯、何煌、陈胜、董兴，总司黄贵等共一百六十五员。带贼众四千八百五十三名倒戈投降。臣仰体皇上好生之德,宥其自新,俱已发令剃头。伪镇营赏以袍帽,贼众给以银米,用彰我朝廷不嗜杀鸿恩,以策后效。

是役也,郑军盘踞海岛四十余载,荼毒生灵,蹂躏版图,致廑皇上宵旰之忧。臣体圣衷,誓必灭此净尽。故虽带伤负创,贾督扑剿舟师,自十四日深入汪洋巨浸之

刘国轩败走吼门

中,水天相连。稽古以来,六月时序,澎湖无五日和风。即骤起飓台,怒涛山高,变幻莫测,三军命悬,悉听之天。今抵澎湖旬余日,海不扬波,俾臣得以调度,七日夜破贼克捷。且二十二日进师,午刻潮涨多四尺,莫非上天垂佑,皇上弥天之福,故使扼守澎湖巨魁、巨镇精锐、逆贼巨舰,不数日而全军覆没。虽各镇将弁目、士卒戮力用命,实赖皇上天威丕振。督臣姚启圣捐造船只、捐养水兵,与臣共襄大举,仍又亲来厦门弹压,殚心催趱艰饷,挽运不匮。加以厚资犒赏将弁,三军莫不激励思奋。今日克取澎湖之大捷,皆督臣赏赉鼓舞之功,乃有此成效也。

拟即乘胜进剿,但台湾港道纡回,南风狂涌,深浅莫辨,似应少待。八月或十月,利在此风,进取万全。倘有机会可破,臣立即进师。三军关系綦重,尤当倍加慎悉,不敢轻举妄动。澎湖为台湾咽喉,今澎湖既已克取,台湾郑军必自惊溃胆落,可以相机扫荡矣。但二穴克扫之后,或去或留,臣不敢自专。合请皇上睿夺,或遴差内大臣一员来闽,与督臣商酌主裁。或谕令督、抚二臣会议定夺,俾臣得以遵行。

更有请者:臣奉有颁,颁功罪格例,赏罚期必严明。行间将士,首先冲锋破敌,自当题叙。如逡巡不前,法岂容宽,必宜分别依格究

处。惟赏功一项，臣前题明暂取二万五千两，布政司才发一万六千两，尚少九千两。此番官兵用命血战者多，必须从优奖励，仰候银两遵照格例赏赉。又见在进剿台湾，尤切需赏功银两以昭信赏，用鼓士忾。臣惟有矢志捐躯，竭图杀贼。至赏功之需，臣委实贫乏，无可捐助应用，所当仰给公帑。伏祈皇上敕部移咨督臣，迅行酌给。

如投诚官兵中，有自愿归农者，臣查其原籍，即行该府县安插。老弱者亦在黜汰。若欲入伍者，粮饷在所必需，应动何项钱粮，并乞敕部咨会督臣拨给策应，使投诚之众，各得其所，而无流离之叹。台湾逆孽，势必望风归附。荡平之后，仍遵前旨裁汰。

此十六、二十二等日水陆官兵攻杀贼众死亡者，计三百二十九员名，带伤者计一千八百余员名，悉被炮火攻击，以致死亡甚多。臣将被伤官兵，按其轻重，一等伤每名给银三两，二等伤每名给银二两，三等伤每名给银一两，以资药费。死亡者酌给银两以济棺殓。此项银两，臣暂为挪应，容备造发给数目细册，送部稽核，发给还项。至于格外优恤，出自皇仁。其重伤官兵不能荷戈者，臣俱已拨船载回厦门，延医调治。其所少兵额，另咨督臣就于陆师挑选。前来补足精兵实数，时常操演，克期合艍进发。至于分派冲锋、副锋、镇营将弁配坐乌船、赶缯船，乌船每船或配大小将弁闲员及外委弁员二三十员不等，赶缯船每船或配十员八员不等。又如镇将所领一股，每股乌船七只，其中分配水陆将弁甚多。今止开一船上帆号姓名，先行题报。所有分配各船上将弁，首先跳船焚船者尚多。其人疏内未得逐一概列，合并题报，容臣荡平台湾奏凯之日，拟定功罪，胪列在事文武官兵员名，备造清册，开报请叙。①

真是朗朗乾坤有定数，篇篇清册纪历史。欲知后事如何，请看下回分解。

诗曰：飞书奏捷上京城，将帅齐心战太平。
　　　海峡通融归一统，莺歌燕舞庆双赢。

①施琅《靖海纪事》卷上《飞报大捷疏》。

第四十回 郑军败战遁台湾　海峡硝烟方散尽

前回说到澎湖海战以郑军战败，刘国轩逃台湾告终，施琅飞报大捷疏。未知清皇意旨如何，请看分解。

历史是公正的，正如所有参与澎湖海战的双方将士，千秋功罪自有评说。作者也一样，未敢独具阐述本书主人公的功绩，而借助于当时身历海战的著名将帅给清皇的奏折与奏疏，让读者进一步明了曾经的历史面貌。闲话少叙，言归正文。

获悉澎湖大捷，康熙皇帝立即下旨：

"据奏（施琅）总统舟师、分配将士，将年久盘踞海逆，深入进剿，屡次击败贼众，斩杀甚多，烧毁打沉贼船，克取澎湖，招降伪官兵丁，得获炮位等项。具见卿筹画周详，调度有方，官兵奋勇，攻拔海洋险要重地，深为可嘉。在事有功人员从优议叙。"

应该指出，无论是总督姚启圣的奏折，还是水师提督施琅从推荐吴英为副帅协从进攻澎、台的过程，以及施琅相关奏折都明确记载和谈到吴英等人在收复澎湖中发挥的重大作用。事后各种当事人的叙述与文献记载摘要如下：

姚启圣说："遇郑军战，破敌陷阵乃平阳镇臣朱天贵（殉职）、兴化镇臣吴英、海坛镇臣林贤并各营将弁。"

特别是施琅本人对征服台湾信心百倍，他的依据之一就是目前军中上下一心，同襄盛举，有吴英、林贤等的鼎力相助。"至于师中参酌，见有同安总兵官臣吴英，智勇双全，竟忠自许，可以为臣之副。万望恩嘉奖励……具堪冲风破浪，勇敢克敌，共襄捣巢。"[①]

清大学士李光地为吴英所撰墓志铭曰："……会靖海侯施琅提

督海疆,建议进攻澎台,引公自助,即以康熙廿一年癸亥(1683)六月登铜山取八罩,直抵澎湖。郑众盛,前军被围,公单船拔之出(救施琅)。翌日进攻,杀敌先锋,烧其船。公所乘船忽为湖中冲着石上,郑船火烈,将及公,公副将詹六奇驾小舟挽公之再三。公言众军在船,义不独存,坚却之。船突浮起,士气益厉,战尔力,郑军大败。火毁郑船百九十余艘,歼其官将三百余员……"

尤其台湾的《莆仙会刊》在综评台澎战役中所写的:"此战役为清初极大战役,吴英的三选'五梅花阵法'战术发挥极大效果。"

在《澎湖县志》上册卷二第三章的"开拓时期"第二节 78 页记载:"清总兵吴英谋曰:'今我众敌寡,宜用梅花阵法,分头迎敌,合数船专攻一船,使指背相依,心力齐一,无不胜矣。'琅……"

在平台战役中,有关对吴英的功勋战绩评说和相关史书、传记中的记载,在此恕不能一一登录。也由此可见,吴英的英勇绝非虚言。

上列是附记,姑且不表,转入正题。

且说克澎斯年是闰年(闰六月),刘国轩逃亡台湾是正六月廿二日。其时刘国轩立即向台湾延平郡王郑克塽请罪曰:"启奏吾王,清兵势大,个个骁勇善战,我军不敌其手,损船数百,折兵将二万余,罪该万死。"郑克塽云:"汝临战不惧,冲锋陷阵,身先士卒,以寡敌众,虽然战败,亦已尽心尽力,何妨胜负乃兵家常事,焉能怪汝耶!"

郑克塽立即召集全台将官议事。

师进台湾

塽谓将官曰:"见今澎湖沦陷,唇亡齿寒,不日清兵将会组织来犯,未知诸位有何应对妙策乎?知己知彼,百战不殆,刘将军你身历其境,是感同身受的第一人,彼军情况你了若指掌,还是你先说说你的看法。"

刘国轩云:"末将之所以一败涂地,非众勇不力也,诚彼军人多势大,兵强将勇,大、小战船如繁星。而我军元气大伤,虽有几万将士也难克敌。依末将看法,与之抗衡,无异于以卵击石,于我不利。与其战败,不如早日归顺。可以以台湾自治为条件,保住一席之地为王。此非危言耸听或兵败丧胆,妄自菲薄,诚惶诚恐,敢望吾王定夺。"

而忠诚伯冯锡范却主张离开台湾,攻取吕宋为基业,另开一方新天地。主战、主和者对降逃之事暂尤未决,塽曰:"改日另议。"

由于郑军惨败,议逃议降一时间成为台湾民众议论中心,人心惶惶,谣言四起。或言郑军将豪夺出逃,或言郑军会互相残杀……众说纷纭,莫衷一是。

时隔数日,郑克塽坐卧不安,又召集众官将议事曰:"近来局势,风声鹤唳,战恐难以取胜,守恐人心不稳。吾昼夜似乎一片茫然矣,诸位请将见解献上,不负吾之所望矣。"

此一时彼一时,众官将面有难色,人人自危,只有刘国轩与郑克塽的岳父冯锡范二种意见居多。郑克塽一时拿不出主意。

刘国轩见势只便劝冯锡范以保台湾安宁,免得生灵涂炭,曰:"忠诚伯高见甚佳,但是远虑必近忧,如出走吕宋岛,须越海千里之途,何况船上各携家眷细软、金珠财宝。一旦船中士卒见财起侥心,互相争夺,自相残杀,累及首领岂不是可惜矣!尚果真贪财反目,连生命都不保,哪里还谈得上战取吕宋岛作根据地?"

听了刘国轩如此直言敢谏,冯锡范也改变了主意。因此郑克塽痛下决心,预备归顺大清。

时闰六月初八日,郑克塽、刘国轩遣礼官郑平英,宾客林惟荣、曾蜚、张绍熙等赍降表一道,并分别给施琅、姚启圣书信二封,驾着赶缯双帆艍船二只到澎湖军前纳款请降。希望继续让其留住台湾,承祀祖先,照管物业。

下面刊载《清威略将军吴英事略》中吴英与施琅的对话以飨读者。

康熙二十二年癸亥(1683)六月廿三日,吴英领陆师登岸(澎湖)搭营毕,与施琅议曰:"今澎湖荡平,台湾投顺,可以不用陆师,即欲辞回!"施提督曰:"此行赖公大展智略,三日登舟,一月成功,扫除数十年海外之巨寇,不世之勋也!但台湾虽降,必须同往商酌遣发降弁渡海,共收全功!希公同往为盼!"吴英并提议将所获之俘,医治给粮,遣回台湾,让各贼俘归台后,宣传我师仁德,台地兵民皆望王师速至!"刘国轩见势瓦解,遣员到澎湖议降。施提督密议吴英曰:"台湾镇将二百余员,自请举事,欲擒献巨魁,不用我师费力。"吴英曰:"台湾巨寇旦夕可定,但前已当天立誓,阵擒尚且不杀。若轻举妄动,残害生灵,是欺天也。且风声一漏,郑氏一家遂飘遁别国,何处去追寻?纵得台湾,亦难班师矣!"施提督闻吴英所答,感到有理,即不允其来将所请,唯准其投降。遂同吴英、林贤等平台将士,于八月十三日齐进台湾安抚,兵不血刃,民获安堵,即发伪首领渡海入京。十月内,施琅班师回厦,造报功册,留吴英在台湾弹压焉。

施琅、吴英、林贤等平台将领听郑军差来礼官如斯要求,大家认为此议不妥,云:"若在本帅未进师扑剿之前,逆孽早遣求降,当为题请。今吾既克澎湖,穷逼之下,始差郑平英等前来求抚,明系诡谲缓兵之计,难以遽信矣。更何妨说,自己举事,擒巨魁来献,且与我军东山誓师之誓言不符,使我军威失去。遂不允所请。"

为此,施琅令曾蜚、朱绍熙回台湾传谕,谓郑克塽等若果真心投诚,必须由刘国轩、冯锡范亲自到清军营船前来面降,将人口、土地悉数载入版图,遵守大清律制削发,移入内地,听从朝廷的安排,否则即督师进征。

此时康熙皇帝也派遣大臣苏拜赶赴福建,以避免以兵力取台湾,则将士劳猝,人民伤残,特下旨招降。

七月十五日,郑克塽复差兵官冯锡珪、工官陈梦炜、刘国轩的胞弟副使刘国昌、冯锡范的胞弟副使冯锡韩同曾蜚、朱绍熙等送降书前来澎湖清军帐前,向清军施琅将军说明郑军原本防守南北淡水的左武将军何佑、左先锋李茂等所带兵丁今俱招回台湾。南北淡水现在已无守军驻防。而郑克塽、刘国轩及台湾岛上的兵民人等,都希望施琅将军发给告示,张谕削发,俾得遵依。

当时吴英将军见郑克塽一次次派员来赍书降表,相信是有纳款投诚的意思。为了验明真像,吴英建议施琅将军派员直接到台湾安民告示,晓谕军民,验看官民军士削发。

次日七月十六,施琅将军遂遣侍卫吴启爵,六品笔贴式常在,与冯锡珪、陈梦炜、曾蜚、朱绍熙等带去招安告示五张。先去台湾晓谕,看验台岛各处官兵和老百姓等削发的情况,并监督台湾地方官员上交各类印信。

十九日,吴启爵等清兵差官抵达台湾,郑克塽率刘国轩、冯锡范等至海岸迎接。至郑军驻防处,献茶毕,双方寒暄一番。

吴启爵谓郑克塽等人,抚慰曰:"诸公善于审时度势,清皇仁德,自当善处。施琅将军定会做到安抚得谊,保举重用,决不辜负诸公归顺之诚。况且是远居岛屿,本来就与三藩不同,三藩乃国家叛逆,罪不容诛,而您乃三世义仗海隅,是从荷兰手中夺回台湾的,是一般人难以做到的。而今归顺,能使海隅安宁,朝廷必定格外加恩,不失爵禄也。"

郑克塽闻之稍慰曰:"依贵使之见,当今吾须如何做法方为妥当耶。"吴启爵复答:"易耳,您只要领全岛军民依大清律制削发,众官封缴印信即可。清廷律令应当将头发削去,留一撮长辫子,便是降清。否则,留发者属明末遗民。您遣使时,均留发,因此不足以诚,应引以为诫也。"郑克塽、刘国轩这时才恍然大悟，下令封印削发。

二十七日，郑克塽复差冯锡珪、陈梦炜同吴启爵、式常在赍具降本一道，以及缴延平王册一副、印一颗，辅政公郑聪印一颗，武平侯刘国轩印一颗，忠诚伯冯锡范印一颗，左武卫将军何佑印一颗等相关印信。送至澎湖，施琅立即上封，遂令吴启爵与刘国昌护送以上册印入京缴交。

郑军归降图

真是海峡硝烟从此息，郑军赍表始降清。欲知后事如何，请看下回分解。

诗曰：六十年来别梦牵，亲情骨肉隔中间。②
　　　一衣带水天涯远，两岸三通地步宽。
　　　煮豆燃萁随岁尽，莺歌燕舞庆团圆。
　　　杯薪斗酒同欢宴，作赋吟诗喜弹冠。

①见《康熙统一台湾档案史料选辑》一书第241~243页。
②荷兰占据台湾38年，郑成功收复台湾起至清军统一台湾21年。从荷兰占领台湾至清政府收复台湾，计台湾离开祖国怀抱59年，故作者以60年称之。

第四十一回　施琅上疏留宝岛
　　　　　　　康熙准奏圆金瓯

　　前回说到郑克塽封缴印信，称臣归顺大清朝。然而清廷大臣各执己见，一时台湾归属很难定数。不知后事如何，请看分解。

　　八月初十日，施琅将军准备亲临台湾，处理收复诸事。因即升帐，众文武官员齐至，施琅曰："今澎湖攻克，吾身为朝廷命官，欲报之于清皇。必亲赴台湾处置收复之事，而澎湖虽平，有待固守振兴。任重道远，诸位可荐守将。"

　　一时间帐中静寂，面面相视，无一发言。

　　吴英见此情景，独步上前曰："末将推举詹六奇守澎岛，其理由是，詹将军平素忠心为国，骁勇善战，智谋堪嘉，是守岛良材可委之。而后待朝廷任官至，再行定夺。"

　　施琅曰："吴将军所荐，众将有异议乎？"

　　众将齐曰："詹将军可胜此重任。"

　　施琅谓詹六奇曰："詹将军欲如何镇守澎湖耶？"

　　詹六奇答曰："澎湖小岛重地补给不易，小将以为敞开贸易，让岛内外通商贸易。士兵除了固守之外，亦可出海巡逻以保护通商，未审提督钧意若何？"

　　施琅曰："将军胸有成竹，如此决策可行也。"即令其率水陆官兵三千名，大小战船三十艘留守澎湖。

　　八月十一日，施琅将军率吴英、林贤、陈昌、杨嘉瑞、陈龙等镇、守备，依次安排船只，从澎湖湾开船向台湾岛出发。

　　时何士隆、曾蜚将资讯传递给郑克塽。

　　郑闻施琅亲自到台湾，即令何士隆同礼官郑斌带领岛上兵民，准备彩旗、鼓乐队伍,先行赶赴鹿耳门侍候迎接。

然后郑克塽亲自率领国轩、锡范、绳武、洪磊、何佑、黄良骥等文武官员赶到码头,等候清廷水师。

施琅一行因为海上台风,船只无法加快,悠哉悠哉在海上行走,至八月十三日才到达台湾鹿耳门。

康熙准奏圆金瓯

日晴风清时,施琅远远闻到鼓乐之声。走出船舱,遥望海岛,旌旗招展,遂问左右曰:"岛上莫非神佛圣旦乎。"左右禀过:"此仍郑克塽安排兵民到达鹿耳门恭迎王师。"

船一靠岸,何士隆上前跪禀曰:"奉命在此恭候多时。"施琅曰:"免礼。"

施琅一行受到隆重欢迎,直至海边,郑克塽等将施琅迎入王宫,郑曰:"提督驾到,有失远迎。"施琅答曰:"有劳大家了。"礼毕,施琅将军遂将清廷服饰分送郑克塽、刘国轩等文武官员,其中包括衣袍、褂、靴、帽等一应物件。十五日,施琅在赤嵌城举行隆重的受降仪式。十八日,郑克塽和文武官员全部剃发。十九日,施琅挥毫报入朝廷,名曰:入台湾疏……其中不乏申明攻克澎湖之后,如何镇抚之事以及伪藩郑克塽、伪侯刘国轩、伪伯锡范等人恭迎王师,分送服饰,收缴印信,等等。

更重要的是,施琅将军上疏中说明,天下大势,分久必合,应求一统。台湾地区虽然属于多岛,其诚然为江、浙、闽、粤四省之要害,应该留为大清版图,即使是不毛荒壤,也应该籍留,更何况在岛中耕种,还可以资兵食。因此断断不可放弃。

接下去施琅谕曰:"关于台湾弃留问题,利害悠关,我朝廷如今兵力,比起前代,何等的强盛,尤其台湾地形之重要,物产富庶,民风淳朴。因此弃之或今后还酿成祸,留之则可永固边境。"

八月二十二日,施琅同吴英等将领祭拜台湾郑成功庙,祭文曰:"自同安侯入台,台地始有居民。逮赐姓启土,世为岩疆,莫可谁何?今琅赖天子威灵,将帅之力,克有兹土,不辞灭国之诛,所以忠朝廷而报父兄之职分也。独琅起卒伍,于赐姓有鱼水之欢,中间微嫌,酿成大戾。琅与赐姓,剪成仇敌,情犹臣主。芦中穷士,义所不为。公义私恩,如是则已。"

八月二十三日至二十五日,三天来,施琅、吴英等在刘国轩等人的陪同下,巡视了台湾南北两路。沿途目睹台湾土地肥沃,物产丰富,战略位置十分重要。因此奏请将台湾收于祖国版图。

康熙帝审视施琅入台湾疏,熟悉疏上内容之后,沉思良久。

次日早朝,康熙帝谓众大臣曰:"朕阅施琅入台湾疏后,认为台湾弃留,事关重大。若徙其人民,又恐失所,弃而不守,尤觉不妥,未知各位贤卿有何看法耶?"满朝文武百官均不置可否。

康熙降旨,命议政王大臣会议配合福建地方当局仔细统筹考察。

祖国江山归一统

经过议政王大臣会同福建地方官员进行紧急参议,大多认为:台湾应属清王朝一统,清朝气盛,若派员镇抚台湾,则沿海百姓可安。若任其祸延,则四省不安。如将台湾弃之,非但版图缺一,而且四省边缘将常遭寇患。立奏本上疏清皇。

越年四月,康熙皇帝

经过深思熟虑，严格考证之后，下旨保留台湾。清政府就此在台湾设立一府三县，隶属福建。

　　分裂和统一在漫长的中国历史上是一种频繁出现的历史现象，分裂和割据会阻碍历史的进步发展，也会影响社会的稳定和繁荣，国家的强盛势必重归于统一。

　　因此，清王朝历经多年多次对台湾的征服，直至这时才告一统。

　　长期以来，由于研究台湾历史具有特别重要的学术价值与现实意义，因此学术界倾力而为，甚于编者也潜心探讨，对吴英将军有关研究，曾经探索、挖掘许许多多有益的历史传记与传说，使吴英将军在平台身为副帅与戎马生涯中一些鲜为人知的事迹功勋还原出来。为了更系统、更全面、更深入的研讨关于康熙统一台湾这一重大历史背景下，对于祖籍福建晋江大浯塘的清军福建水师提督吴英将军在澎海决战和平台运作等一系列战事中，身先士卒，奋勇杀敌，指挥有方，立下了许许多多赫赫战功的重大作用和事迹，或多未详提及，或语焉不详。因此我们认为，对当时历史背景的继续研究是十分必要的。

　　真是康熙一统成定论，永固边围气象新。欲知后事如何，请看下回分解。

　　诗曰：施琅奏本陈弃留，廷宦纷争未统筹。
　　　　　圣祖颁旨准奏议，金瓯不缺重开头。

第四十二回　重温古今台湾史　再荐贤将抚黎民

前回引用了施琅奏本,康熙命议政王大臣会议与福建地方当局统筹考察之后决定保留台湾,镇抚台湾,但是读者也许会不清楚当时既然平定台湾,为什么还会存在清廷为台湾弃留问题犹豫不决呢?作者认为有必要与读者们共同探讨斯时的台湾背景,然后再续吴英将军之传。

当时,东南沿海"外夷内寇纷争,海氛形势复杂,攻州掠郡,驱风涤荡,不可踪迹"。台湾自明天启四年甲子(1624)被荷兰殖民者占领,至民族英雄郑成功收复台湾(1662),此三十八年中,台湾人民饱受外国殖民者的残酷压迫,百姓是生活在水深火热之中。而清政府又与占据台湾的郑氏集团在福建沿海进行长期的军事对峙,双方为争夺以漳州、泉州、厦门为中心的闽南地区,展开针锋相对且规模巨大的频繁拉锯战,使得局势十分紧张,台海民众饱受苦难。

且由于施琅曾经三次进攻台湾无功而返,因此康熙四年(1665)之后,朝廷多数大臣都主和不主战。因为对攻取台湾信心不足,所以认为"风涛莫测,难必制胜"。因而这些大臣的看法对台湾"可

施琅荐贤镇宝岛

抚而决不可征"。当时清政府也相应调整了对台湾的策略,基本上放弃了以武力攻台,在军事上采取守势,撤销福建水师,裁减了大部分福建水师官兵,焚毁了所有战船,放弃金门、南澳、铜山等岛屿,并将福建水师的重要将领悉数调离福建,或进京、或派往外省屯田垦荒,其余投诚人员也分批调往外省垦荒。

康熙十二年(1673)十一月,平西王吴三桂举兵反清,满朝文武尽震惊。靖南王耿精忠亦派遣部下黄镛致书郑经,联络反清之事。康熙十三年(1674),耿精忠踞福建反叛,再次派黄镛赴台,邀请郑经率兵入闽,协同反清。郑经大喜,见反攻时机已经成熟,遂出兵直抵厦门,进犯大陆东南沿海地区。从康熙十三年(1674)到康熙十五年(1676)的两年多时间里,清军在与郑军的作战中,由于没有一支强大的水师部队,一直处于不利境地,尤其是对盘踞海岛和濒海地区的郑军,不能实施有效打击,致使郑氏集团的势力迅速发展。甚至一度攻占了闽、粤两省的漳州、泉州、兴化、邵武、汀州、潮州和惠州七府之地,对清政府的中央集权统治造成了威胁。

康熙十七年(1678)春,郑经再次派兵对福建沿海地区的清军发动反攻。又与"朱三太子"蔡寅的人马遥相呼应,分散清军的兵力。六月,刘国轩率军攻克海澄,清军伤亡惨重,纷纷退守漳州,不敢出战。刘国轩乘胜北上,水陆并进,攻克同安,围困泉州,又派遣部队南下南安、德化、安溪、惠安、永春等地。而郑军的另一支部队也占领了长泰和漳平。当清军节节败退、郑军大有卷土重来之势时,和硕康亲王杰书、闽浙总督姚启圣等先后四次派人诱劝郑经退兵台湾,以澎湖为双方通商之地。郑经寸步不让,谈判破裂,双方隔海对峙。

在这段历史长河中,战争风起云涌几十年。至康熙二十年(1681)正月,郑经在台湾病逝。为了争夺统治权,郑氏集团发生内讧,使得其内部矛盾更加激化。忠诚伯冯锡范杀害郑经长子、时任监国的郑克𡒉,联合刘国轩等人拥立郑经次子、年仅十二岁的郑克塽，以政变的方式夺取了台湾郑氏集团的最高统治权。郑克塽乃冯锡范的女婿，因年少不谙大事，遇事都交由冯锡范和刘国轩处置，结果使得"刘、冯互相争权，刘拥重兵主外，叔侄相猜，文武解体，政出多门，各怀观望"。康熙得悉郑经在台湾病逝与郑氏内讧的消息之后，认为武力攻台的时机已经到来，于当年六月颁布谕旨：

郑锦既伏冥诛，郑氏集团内部不和，宜乘机平定澎湖、台湾。总督姚启圣、巡抚吴兴祚、提督万正色等，其与将军喇哈达、侍郎吴努春共同合志，将绿旗舟师分领前进，务期剿抚并用。底定海疆，毋误事机。

但是，康熙帝的这一谕旨刚一颁布，就遭到众多大臣的反对。福建水师提督万正色、宁海将军喇哈达等前线将领，尽来上本，言海寇不可平，大都是畏难有六分，而养寇以自重有四分。朝中文武亦多有应和。

康熙二十年（1681）七月，李光地、姚启圣等人多次上疏保荐，康熙复用施琅为福建水师提督，并加授太子少保，令其"前往福建，到日即与将军、总督、巡抚、提督商酌，克期统领舟师进取澎湖、台湾"。八月，康熙在瀛台赐宴，为施琅饯行，勉励他"至地方与文武各官同心协力，以靖海氛。海氛一日不靖，则民生一日不宁。尔当相机进取，以不负朕委任至意"。

至此，即经过郑、清反复交战，清廷下令沿海内迁三十里。时至郑经死后，清廷复起用施琅、吴英率福建水师进剿平台。这也就是概要阐明平台后，清廷为何弃留难决的原因。

兵进赤嵌城

历史是人创造的,因此评价历史人物,是史学界十分重要的一环。长期以来,评价历史人物的关键性的问题,是在于历史唯物主义者在评价历史人物是非功过时,有没有结合其特定的时代背景、个人的历史作用与影响,以及历史事件的发展与变化等,因此"严格的历史性和充分的全面性"是评价历史人物的两个重要问题。也正是因为这样,本书中才有必要引用大量的史志和节录相关《施琅将军传》、《清代林贤总兵与台海战役研究》、《清威略将军吴英事略》与《行闲纪遇》等书的记述,以资让读者能更加明了,充分全面梳理这场战争的环节和一些历史人物的重要作用。闲话不说,言归正传。

且说清廷康熙帝已就台湾的归属设置作了明确裁定。

作为平台水师提督施琅要如何实践清皇旨意,自九月起,历经二个月,施将军已经把郑克塽、刘国轩、冯锡范、郑氏官兵及其家眷用船只运送回大陆安置妥当。也就相关台湾的一切政务梳理清晰。

至十一月二十二日,施琅召集文武官员面议,施公曰:"本督与诸位克澎湖、平台湾大功告成,大家不辱圣命,为一统祖国立下赫赫功勋,清廷之幸。本督早就应该回朝缴旨,请赏诸位。但奈本岛初平,厘清一切政务羁延多日,今宜从速返京,台湾安抚事项任重道远,诸公从长计议,谁可担当此任耶?此乃军国大事,希望诸公知无不言,言无不尽,把一些重建台湾之我见和留守屯田抚台之人和盘托出,是祈是嘱也。"

众官员面面相视,面有难色,真是平台容易守台难,选将容易荐将难。欲知后事如何,请看下回分解。

诗曰:平台不易抚台难,靖海推英只等看。

威略今天当重任,施恩海隅换新颜。

第四十三回 布新政台民怀德
　　　　　　　斩机功谋略巧施

　　前回曾经把清廷对平台后,弃与留难决的原因简要的说了一遍,然后秉承康熙有关守台抚台的意旨,施琅聚众将计议,留守台湾的相关策略与人选。欲知何人堪当此任,又如何履职,且看分解。

　　众官员不敢妄自非议,因台湾之弃留长期涉及朝廷难决之案,何况为今抚台守台,谈何容易,因此相视无言。

　　施琅不但善战而且饱学,见斯情况,他笑着谓众人曰:"本督看重勇猛善战的蓝理,娴熟澎台岛屿及海面风信的陈昂、深知兵法的林贤、善于辞令的吴启爵与智勇双全的吴英……诸公尽皆精忠无二的优秀人才,无一不是我可向朝廷保荐的人选。但今非昔比,台湾的永久归属,但今始为基础。基础牢则固,所以本督以为由兴化总兵官吴英将军来镇抚台湾可谓合适乎。"

　　众官员齐道:"舍此而莫属,提督高瞻远瞩,为国荐才乃真英明也。"

　　施琅对吴英说:"军国使命,汝可独当一面。慰抚与施政,布防与治兵,凭将军之才华可堪胜任矣。"

　　吴英答曰:"辱承错爱,自当勉力尽职。与民礼人恭己,与仕廉洁奉公,与兵常备不懈,与政励精图

布新政台民乐业

治,提督大人认为可否耶?"

施琅谓众将官曰:"吴将军谋略胜人一筹,真栋梁也。"遂即传命告谕官兵人等务从吴将军振作有为。

时于二十七日,施琅与吴英作别,率领平台大军,乘船至澎湖抵厦门。

施琅平台稍住数月后,凯旋回大陆,镇抚台湾的重任就此落在吴英的肩上。

吴英先访原住民,遍走台湾全岛,了解市井民意,胸有成竹地谋划屯田抚台策略。

吴英亦武亦文,他曾配合施琅颁布了《晓谕澎湖安民示》。入台后,又颁布《安抚谕诚示》、《谕台湾安民生示》和《严禁犒师示》等一系列告示。因此镇抚台岛虽非容易,但吴英却十分有信心和有把握。

吴英将军身体力行,实际访察社情民意,实行了"村落巡礼"。因为他知道,遭受战火与贫困波及的人群乡社,欲治脱贫困,就必须依靠生产自救。所以他在第一次"村落巡礼"之后,立即颁布了免除三年徭役税赋,大大激发了生产力的空前高涨,也出现了从城镇到古老的社区复出了一线的曙光。

吴英生在一个历史嬗变和民间信仰内容庞杂的时代,他为鼓励慈善来缓解社会矛盾,用乐善好施来解决"富助贫"的软法子,以减少当时由于战争所造成的贫病孤老、残疾与遗弃所带来经济负担的现实问题。

因之,他研究了台湾地理的、历史的、经济的、政治的、文化的多方面因素,他得出了江南半壁江山,尤其台湾列岛原始的自然崇拜、祖宗崇拜、英雄崇拜同后起的儒、道、释三教的神佛系统融和掺杂在一起,是历史不衰的民间信仰。因此他大力弘扬妈祖文化,传播社会崇尚善良,布施风行一时。借此,让那些达官贵人,巨商富贾解囊公益,救济百姓,扶贫济困,不但大大减少了吴英这个抚台行

平机功吴英施谋

政长官的经济困扰,相对也缓和了仇富的社会矛盾。在一定程度上缓解了百姓抢夺、械斗等不稳定因素。

在这种情况下,台湾妈祖文化风盛一时,延至今日。

自然提倡了慈善,也就开展了捐资助学的风气。把德惠学子的口号提到社会层面上,立即引起了一些有识之士宣导书塾先生培育学子,进而惠及周边邻里的贫困孩子也或多或少地得到学习文化的机会,为后来捐资兴学,建校育才奠定了社会基础。他创办台湾东坡书院,延师课督。时卫台楔任台湾知府,每月延诸生分席讲艺,亲定甲乙,多士奋兴。

后来,由于山地、丘陵地带影响通商与文化交流,吴英亲率官兵到一些乡社大力鼓励"拓路自救",他谓庶民曰:"路是人走出来的,路愈宽,地步亦愈宽。这样行人、车马往来就十分方便,有了方便的道路就可以在人口相对集中的地方建立贸市,无论物产和生活用品就能得以交流。一个亦商亦农的贸易市场就可以给周边百姓带来物品、货币的流通,这就是促进经济发展。利用互通有无进行解困,实行经济自救。"他的一番番大道理和一次次不失时机的说教,大大促进了一些本来十分不发达的穷乡辟壤的开发。由于开拓大路,促进了交通发展、繁荣社会。

吴英还发动官兵曰:"我们大多来自闽浙,气候与台湾相宜,汝等如有知道家乡农作种子在台湾没有的,或者在大陆没有的台湾品种都可以作交流引进。如果引进出现效果的,报呈本官备案,一经核实,一并发给奖励并准予回乡探亲。"他的话激发了士兵想方设法支援农耕农垦运动，对当时台湾农业生产起到了促进与发展作用。就晋江来说，当地大浯塘就有一种良种番薯来自台湾。

台湾四面绕海，鱼产十分丰富，但是由于社会禁锢的原因，当时渔船与渔网不及大陆。而且当时处于战争状态，大多船只被守军掠去改造战船。为此，吴英一面派员到大陆雇佣一批造船工人和织网师傅到台湾，提倡有序开伐杉木，集资造船。这样既能集中一些原来在百姓手中的银两用于联合开发渔业，人尽其才、钱尽其用。解决劳力出路，开拓海里资源。这一来，甚至连台湾内地居民也有迁居海岸成为渔民的。

内陆有路可通商，海口有船可捕鱼，因为吴英的卓越领导才能，在短短的时间内得到当地民众的全力拥护。

由于平台的初始，清军无从去处，吴英认为这正是整肃民风的好时机。因此下令士兵，分别在驻扎的地方由将士履行巡逻任务，轮流执勤，对老百姓秋毫无犯，有作奸犯科的格杀勿论。为官一任，造福一方，斯时夜不闭户，社会风气日益和谐。

可是吴英认为坐食山空，从大陆拨运军饷，常受海峡途阻，时有风浪袭击，覆舟损粮，多有不便。因此，他心想不如采用兵员屯田，一来自耕以弥补军饷不足之处，二来增加兵员收入，三来促进大生产运动。而原郑部伪官不满吴英治军过严，暗图造反。

康熙甲子年(1684)四月间，台地伪镇西营(原郑部)，阴谋不轨，随擒林盛为首三名枭首示众，随传齐台湾大小伪官面谕曰："今有林盛等，欲谋不轨，满口乱扳。本镇终是不信，汝等各官中个别参与者，本镇俱已不究。"内有康福、洪碧壮勇可用，密结衣食留为侦探。五月初间，各乡屡报强盗夜行劫掠，随设法获其盗五十余人，将为首八名枭首示众，余各重责五十大板，尽行驱赶过海安置。

十月十九日夜，康福探得贼首蔡机功领二千余众在小冈山同谋造反，还有六七千人在各标营，俱领有其札赴约为内应，议于二十四日在五军总督关显家会齐，于十一月初一日举事，烧营恢复台湾。吴英恐康福之言有诈,遂令家人同去入伙。果领伪总兵之札,暗给器械,携去以取信贼心。又恐漏泄,日夜提防,托事点兵。内有同谋者不敢离伍,贼众知事泄露,关显等遂逃入小冈山。二十九日,吴英随令副将詹六奇(已从澎调台),领官兵并土番二千余众,前去剿捕。至十一月初一日,贼众出山迎敌,贼依山为势,清兵攻击不前。游击李传信领兵并土番四百余众抄袭贼后,前后夹攻,贼遂大败。此战斩贼首五百余级,台地始安宁。

诸位读者,施琅推吴英镇抚台湾,实有他过人的眼光,除去他的忠心外,还有他的文韬武略。此时如果不是吴英镇抚,台湾郑氏余党已经重新建立伪政权了。

十一月十四日,新升总兵杨文魁到台上任。吴英将地方及印信交付清楚,遂于本月十七日领官兵登舟回厦。当晚抵达澎湖群岛,突然间天翻地暗,狂风大作,巨浪滔天,旬日不息。

正是才见反贼遭镇压,又见风浪阻归程。若知后事如何,请看下回分解。

诗曰:抚镇台湾任在肩,颁施政令布屯田。
　　　三年免赋家家喜,一统江山代代延。

免赋税家家欢喜

第四十四回　祭海魂风平浪静　蒙宠恩骑马入宫

前回讲到吴英率所部舟兵欲回厦门,舟至澎湖突风打船桅,浪击船身,阻挡归程。吴英是个聪明之人,即时领悟,该是吾官兵血战澎湖,殒身者数千人,加上郑军数十年来巨魁将兵死于此者近万人。我(他)之将士一旦复没,浮尸满海,尽归鱼腹。虽忠逆有所不同,但尽是战争的受害者,亦是上天定数,皆为我一人而死(吴英过于自责)。今目击昔日海战情景,甚为悲悯,杳杳海空,魂魄无依。按此推理,此风浪定是众阴魂不散,欲余公祭之也未可知也。于是夜请道士超度,并在澎湖备办牲礼、庶馐、香花、金帛、大米、香楮无数,沿海岸而祭之。并备海祭祭文曰:

维

皇清康熙二十三年甲子二十四日,平台副师兴化总镇吴英率平台随行全体官兵,谨以牲礼、庶馐、香花果品、金帛、香楮之仪。

致祭于

台澎战役中敌我双方沉殁之官兵,洎历来沉殁于战争的英烈将士之灵前曰:

呜呼!天宽地广,叹三皇五帝之茫茫。古往今来,生死死生,生复死,死复生,这等轮回,何人免得!昔天皇氏一万八千岁,不知何处?广成子一千五百年,今在何方?共工怒触不周山,力衰头肿。女娲炼石补天,精卫衔沙填海,传说悠长。有穷射落扶桑月,知尽弓藏。孔子三千二弟子、七十二贤人,至今何处觅圣贤?痛三十二岁颜回,惜也夭亡。钟离笑归蓬莱路,夷齐饿死首阳山,志各不同。秦始皇造万里长城,城在人亡。项羽千钧力,自刎乌江旁。惜建功立业的韩信,亦在吕后刀下亡。归根到底二句话:"飞鸟尽而弓藏,野兔尽而猎犬烹。"汉廷二十八将,空留将将封侯。生荣死归,寒来暑往,世事如沧海秋田,人情似春雨秋风。吴王造千寻铁索,锁不住江流猖狂。汉武为帝欲成仙,嫦娥对月嫌貌丑,人心不足蛇吞象。彭祖享寿八百二,亦逢黑白无常。石崇空有铜山,难充肚肠。雁门关上,昭君珠坠身亡。马嵬坡上,玉环赐帛而死,丽华投井而亡。李广空留望乡台,魂归沙漠。屈原枉死汨罗江,龙舟古今赛短长。李白醉死采石矶,苏武牧羊十九载,今魂何在?黄巢杀人八百万,自身难保。黄河沾雨露,江山难改。世上难觅千岁草,山中巨炼万年丹。年年燕子衔春,夜夜杜鹃啼月。一梦醒来,千年已往矣!中国历史五千年,如过眼云烟,说什么夏商周秦汉,三国两晋南北宋,还有元明清三朝,亦是皆然。长江水后浪赶前浪,一代新人换旧人,任尔汉祖唐高,成吉思汗一代天骄,至朱洪武,泪努尔哈赤,个个皆英雄气短,尽魄散而魂消。

呜呼!英雄安在,美女何存?富贵无常,名字紫虚,神仙乌有。茫茫宇宙,渺渺古今,非色非空,是真是幻,仅留话柄在人间。兹当祭奠之期,仅以斯文奉闻全体海战亡魂,放下身后怨念,行得乐康。人生如南柯一梦,一觉醒来千秋已往!

哀哉
尚飨!

吴英读完祭文,令全体将兵默哀。隔日风平浪静,遂令各官兵启帆登程,当晚到达厦门。于十二月十六日回兴化,束装准备觐见皇上。

康熙二十四年乙丑

祭海魂一帆风顺

(1685)三月十五日,吴英从兴化启程抵北京。三月廿二日,蒙皇上恩赐鞍马一匹,吴英遂骑新赐宝马到景山。

隔日,皇上赐宴,宴中顺问台湾情形,吴英遂条陈述,并述官兵屯田减少船只二事。"臣启吾皇万岁、万岁、万万岁,微臣抚台已十八个月,效力天廷,竭尽臣职。有关台务尽在奏本之中,然有一事,始终未敢实施。今斗胆提及,台湾、澎湖官兵一万名,前议以鹿皮、白粮通洋助饷,但因海路艰巨,往往不能如期颁拨。微臣窥见台湾民田之外,别有水田,原属郑氏亲党及其部将,耕年日甚。现欲请旨拨分四千兵员屯田,每兵给田三十亩、耕牛一头,课以耕作,农闲操练,则兵有恒产,饷可省半,请旨定夺。"

康熙龙心大喜曰:"贤卿所奏屯田兵民制,可谓良策,准予执行。"赞赏非常。薄暮回宫,令内大臣马武、吴达禅二位大人引吴英骑马由神武门入。二位大人对吴英曰:"此宫内诸大臣不敢骑马,唯有您是有功大臣,故圣旨特赐骑马,并命我二人引汝进宫,赐汝东西。这是历来没有的。"

吴英随二大人乘骑由神武门入,至乾清宫景运门亭前下马。蒙赐金蟒纱朝服一件、寸金蟒褂一件、大御马一匹、镀金鞍靴一副,复蒙赐茶,吴英随叩头谢恩。二大人令吴英穿朝衣蟒褂骑马出东安门。二十四日,随上条陈一本。四月初一日,调补舟山总兵之职。随即快马回闽,交代家中各项事务。六月,由兴化起程,至八月廿五日抵舟山赴任。同年十月二十日,调四川提督。此是后话。

正是才听将军澎湖祭海魂,又见钦赐宝马入宫门。欲知后事如何,请看下回分解。

诗曰:澎湖岛上祭殇魂,雾散云开海浪纯。
　　　马褂朝衣觐圣驾,臣牵御马出东门。

第四十五回　奉圣旨舟山赴任
　　　　　　　平浙江洪焕归降

　　上回说到吴英从施琅平台,奉旨镇抚台岛,颁新政施良策,把一个台湾岛从水深火热之中拯救出来。而且又请旨屯田,深得康熙欢喜,钦赐服饰坐骑,威仪并重后又如何呢?请看分解。

　　且说康熙二十三年甲子(1684),时有浙江海寇,以洪焕为首的贼众。初聚几十人,抢劫海船数只,昼伏夜出,横行海上,甚为嚣张。

　　浙江舟山一带,海域辽阔,海深浪汹,周边岛屿甚多,真是海寇滋生的天然环境。

　　这帮海寇平日里故作忙于海域捕捞,实是窥视跟踪过往船只。若见商贾货船则轮番看着跟随去向,而且一般都有三只以上贼船在互通资讯。

　　一俟夜幕低垂,这些海寇凭借地形,熟悉分工,分头分路朝商船进发。一旦俟近,有拦截的,还有争相蜂涌上船,实施抢劫的。对此,凡受袭商船非但货物财产、金银细软洗劫一空,但有带保镖而抵抗的几成冤鬼,沉尸海底矣。

　　正因为海寇对地形娴熟,出没海面,来无踪,去无影,浙江总督也无可奈何。官府常有捕捉之告示贴于市井,但兵防布告均形同虚设。后来,连官兵也懒于出海追捕。

　　洪焕肆无忌惮,财多气傲,竟逐渐扩大队伍,搜罗人马,致二千有余。置船兵器,购买枪械、火药严然成为一支武装队伍。

　　其武装势力的扩张,洪焕就不止甘心作为海贼,他竟将魔爪伸上海岸,率众出没浙江沿海一带。

　　自然,贼寇本性使然,既敢上岸就敢掠夺,欺行霸市,无恶不作,给当地百姓带来生命财产的莫大威胁。浙江提督在群众的压力之下,只好派兵围剿。

贼虽不是在暗处,但也是一种游击形式的战术,清兵至,寇则退;清兵走,寇复至。清兵驻守围剿,洪焕贼众遁海,令清兵无可奈何,惹大的海岸线,布防谈何容易耶。

清兵屡屡无功而返,而贼寇屡屡得利,弄得官兵无可奈何。然而百姓叫苦连天,人心惶惶。

对此,浙江巡抚和提督只好联名上奏:"谓浙江舟山一带,几月前出现一股强悍海寇,贼首姓名曰洪焕是也,具有贼众二三千员,船只数十艘,踞岛为巢。且无规律,常袭过往商船,上岸骚扰百姓,奸淫烧杀,横行霸市,穷抢豪夺,无恶不作。我军不熟水战,束手无策。若无及早殄灭,恐为大患。据此,今举荐原兴化总兵官、平台副帅吴英即率水师到浙江剿匪。叩望陛下恩准,望乞圣裁。"

疏至京城,康熙帝闻之不悦。

翌日早朝,文武百官朝拜已毕,分别两班立定,帝曰:"众文武贤卿,今闻江浙一带匪首洪焕率贼兵二三千众,居然掠夺过往商船,上岸骚扰奸淫烧杀,屡霸市井,强抢民财,人心惶惶,子民叫苦连天,如之奈何耶。"

众文武闻讯,一时茫然,面面相视,不敢妄言。

时有大学士李光地出班奏曰:"臣李光地启奏万岁,我朝宜征海域者首推靖海侯施琅与兴化总兵官吴英,二年前攻取澎湖,平定台湾,对付强悍海寇得心应手,威名远震,海贼闻之无不丧胆。但奈靖海侯初定台湾,劳苦功高,盖因年高寿硕,免动大驾。现仅舍兴化总兵而莫属,且总兵抚台新政,台湾逐渐富庶安定。今尚在闽省定庄休养未曾再任,何不下召令其剿匪,江浙一带贼寇兵员不足三千,焉是吴英总兵对手耶!敢祈万岁圣裁。"

姚启圣、明珠大臣亦联合奏请:"臣等诚惶诚恐启奏万岁,适才李大人所言极是,吴将军治军有方,英勇善战,既熟悉水陆兵法,又身先士卒。若得以派遣,雄师至时,贼将灭矣。望吾皇圣裁。"

康熙二十四年乙丑(1685)四月初一日,清皇下诏书一道,着钦差快马至莆田定庄宣读曰:"奉天承运,皇帝诏曰:原兴化总兵、平台副帅吴英,今浙江舟山洪焕谋叛,袭商船于大海,扰百姓于陆上。今令

镇舟山降洪焕

汝为舟山总兵,至浙江与提督协议平叛。钦此。"吴英六月由兴化启程,八月十五日到达浙江,提督接吴英入厅堂坐定,不免闲暄几句。旋即话入正题,提督谓吴英曰:"眼下浙江沿海匪寇出没,将军有何对策耶?"吴英答曰:"末将窃闻贼首洪焕乃一介武夫,凭凶顽而行不义,占岛屿而为贼巢,谋钱财而贪腐。既然未敢与官兵对峙,其说明彼无实力又无胆略。此贼不可以为忧也,吾刚直捣澎湖,抚平台湾,此国内外皆知,雄师所到之处,贼寇不分水陆,尽皆闻风丧胆。且我军百艘战船,上万兵员,其气势磅礴,军威浩荡,洪匪若一旦闻之,岂不慑哉?因此可先差人招抚,许以赦其罪,升其爵。若有负隅顽抗,即剿灭之。如此,可能洪匪会纳降,未审钧意若何?"督然之。

翌日,督遣使为说客,告谕贼兵。洪焕闻吴英将军大师临境,见海面布满大船,心怯惶惶不可终日。忽闻提督遣使来见,急忙传令到住所。

差官一到一个无名小岛,观其所乃一岩洞,就此却步,通报洪焕。焕亲自出迎曰:"贵大人光驾,有失远迎,还望恕罪。"差官曰:"国家使者,从不低头,汝可有另所否?"洪焕遂令备船,洪焕等人亲自驾小船陪差官至一艘大船。

献茶毕，洪焕曰："大驾光临，有何见教。"差官曰："汝聚众反叛朝廷，无恶不作，非但不齿于人民，而且圣上颁旨征剿。日前兵临海疆，已经号令，汝等玉石俱焚，株连九族，枉到人间。今提督并吴将军，皆不忍心目睹三千健儿血注海域，尸横小岛，故特遣下官前来招抚。何去何从，请速决断，以便下官早日回复。"

洪焕一面吩咐以礼相待，带差官船舱暂且休息并酒菜侍候。另一面，传令大小头目到船上议事。

洪焕对众头目曰："陆上提督差人前来劝降，诸位以为如何？"

主战派认为："清军火炮，铳枪、弹药有的我们亦有，清军会海战，我们更能应战，无什么可畏惧的。"

主降派认为："清兵势广将多，我兵寡船少，弹药补给不济，以卵击石诚为不利。且诸众军眷属皆在大陆，一但开战，岂不都被囚禁，战难取胜，不如投诚以图个团圆从良谋生。日后尚有机会，再行重整旗鼓也。"两派争执不下，洪焕一时无法定论，使者无功而返。

且说吴英见提督招抚洪焕无果，遂修书一封，差手下一员文武兼备的官员前往洪营传递。

洪焕早闻吴英将军大名，心中甚是钦佩其忠勇善战。此时听到吴英有函，遂唤来见，差官见洪焕即说："我家吴总兵问候洪将军别来无恙。"洪焕答曰："幸会，幸会，托吴总兵的福。"

差官接着说："吴总兵有紧急书信一封，嘱一定当面面呈。"说罢，递上函件。洪焕接过信，展开来看，内容谓"大清舟山总兵致书于洪焕将军案前，径启者，窃闻洪将军名门世胄，明白事理，认清大势所趋。目下大清正值兴盛，将军可鉴张拱垣、朱飞熊、刘邦仁、许奇保、连登云等辈，盖因负隅顽抗，结果是诛的诛，捕的捕，自食其果。如李荣春者，倒戈归顺，得清皇封赏，官升一级，荣华富贵矣。今余奉旨来剿，雄师数万人，战船数百艘，攻澎湖之快速，平台湾之顺利，郑克塽、刘国轩比将军又如何？郑刘兵多众广，亦未敢抵御朝廷之王师。以此为例，望将军明鉴，当机立断，能退一步即海阔天空。

若得将军归顺,清皇嘉奖,英之所幸!特此知照,时不我待矣。匆此,大清舟山总兵吴英书。"

果其神也,在清兵武力的震慑之下,吴英之书竟起了很大作用,洪焕即对差官曰:"回去禀上吴总兵,吾当不负其所望矣!"

洪焕衡量了利弊之后,毅然带了二千余兵及数十艘战船投诚清军。

浙江沿海一带就此扫平,百姓称庆,自不在话下。正是才见将军任舟山,又招烘焕来归降。欲知后事如何,请看下回分解。

诗曰:恩封总镇守舟山,浙地人民喜得安。

忽报洪焕浙江反,将军致信劝归辕。

吴英差官送书信招降洪焕

第四十六回 震军威镇守蜀地 斩杨善智复长寿

威镇四川

上回讲到吴英平浙江洪焕归降，本回要讲的是转任四川提督，平川斩杨善复长寿城。欲知详情，请看分解。

且说吴英自来浙江，平定洪焕之后，平日操练兵马于舟山，与浙江提督甚密。

同年十月二十日，探子报曰："圣旨到！"吴英即备香案候旨。此时钦差大人已到，吴英恭迎至厅堂跪接圣旨。

钦差展开圣旨曰："奉天承运，皇帝诏曰：'舟山总兵吴英，攻澎湖平台湾，征浙江有功。今擢授四川提督，朕命汝率本部人马，扶助姚缔虞巡抚治理四川。钦此。"吴英三呼万岁，接旨恭奉于厅堂之上。

四川谓之天府之国，山高林茂，且有肥沃的大平原，地缘辽阔，道路险隘，俗语焉："蜀道难，难以上青天。"史上兵家都是喜欢踞此天险之地。其环境退可守，进可攻，粮草十足，谓历代兵家必争之地，也是贼寇横行的区域。

吴英自舟山带一小队人马，日夜兼程回定庄。至时，莆田府县官员尽皆伫立十里路亭恭候。吴英此时属提督身份,不免有一番恭维。吴英礼贤下士,与当地官员策马而行。

至定庄提督府,吴英免不了款待当地官员、绅士一番,吴英谕曰:"英从军在外,两袖清风,鞍马劳顿,所到之处,秋毫无犯,从未敢因私废公。因此,定庄家眷只供温饱,对于家乡愧无酬报,不无感憾,尚望诸位鉴谅。"众地方官员答曰:"提督大人清廉兼威,为国征战南北,镇守戍边,威振四海,德达三江,致百姓于安宁,征贼寇于沙场,这就是对国家与家乡最大的贡献。"宾客寒暄,就此搁笔。

多日以来,吴英重新到处走走看看,家人连忙收拾细软,交代管家,仅嘱二句话:"遵律令、守王法、善本身,礼他人、睦邻里、敬长辈。"

尽管吴英举家赴四川,十分低调,还是被有心的地方官员和百姓知道,馨城而出,把吴英一行送至十里路亭。吴英下马,坚辞作别。

一路上,晓行夜宿,过福建,跨江西,入湖南,达四川。经过四个多月的奔波,终于康熙二十五年丙寅四月初一日抵达四川成都。安顿家眷已毕,遂即升帐,谓众将曰:"四川幅员辽阔,人口全国之冠,吾军初到,必以身作则,善待原来川兵,以壮声势,爱民如子,民自拥戴。近日杨善、帅九经部有何动态耶?"军中有知情者答曰:"不见得贼兵有举动,是否以静制动,也未可知也?"

吴英说:"知己知彼,百战不殆,彼军并非以静制动,而是以逸待劳。诸将,如杨、帅二贼有所举动,火速来报。"

六月初三日,重庆总兵王度冲派探子来报说:"梁山县贼首杨善聚寇数千,自称年号。今攻破长寿县城,甚是猖獗,望提督派兵平之。"吴英打发探子去后不久,川北镇总兵马子云派人报说:"广安州贼首帅九经领贼兵数千攻打巨县,县城已被围困,危在旦夕。今敌我双方尚对峙,欲决雌雄,希提督增援。"

诸位读者,从四川时局而言,自明末奢崇明叛乱以来,就成为以张献忠为首的农民军、四川地主武装、清军、南明政权互相攻击,社会动荡不安。数十年的战乱、瘟疫、虎患、水灾,造成这个天府之国经济全面残破,人民生活在水深火热之中。四川巡抚张德地自康熙七年(1668)上书清廷,请以"招民垦荒"之策,四川经济才逐渐恢复。不过几年后,吴三桂叛乱,兵指四川,川民再受荼毒,清廷历八年的时间平乱,经济极需恢复。后康熙下旨,组成以川陕总督哈占、四川巡抚韩世琦、四川按察使王兴业、四川提督何傅的四川重建班子。但在不到一年,皆先后下台或转任。为保证清廷政策在四川的顺利施行,故在这关键的时刻,派出吴英为四川提督,同时派姚缔虞为四川巡抚,并在临走时嘱咐二人曰:"四川背当明末时遭张献忠之乱,百姓凋敝,地亦荒废。后又屡经贼变,人民愈加疲耗,尔宜正己率属,妥养抚绥,俾远方之人,遂生乐业,以副朕简用之意。"除去任用此二人之外,又任命禧佛为总督,组成新的班底,吴英正是在这样形势下,临危受命。

诸位读者,四川吴三桂和谭弘之余寇杨善、帅九经,借旧任去职,新任初来,发动武装叛乱,攻城夺县,气势嚣张,目无国法。

且说吴英在成都提督府与姚巡抚、参将、统领同商破敌良策,吴英曰:"本督初到未久,大胆杨善、帅九经分兵攻打我长寿和巨县。今长寿被贼攻破,巨县临危,未知诸将看法如何?"部将梁万营曰:"人说食君俸禄,应为国尽力。既逆贼攻破长寿城,应先集马步兵往救,然后集全力救巨县,卑将愿领本营兵马驰救长寿,与重庆总兵王度冲共讨贼寇。"于是吴英抽起令箭,令梁万营为前锋,率马步精兵三千往长寿驰救。梁万营领令而去,吴英随后率合卫参将统领三千兵随后而至,另一统领押运粮草。

且说梁万营率骑兵抵达,遇重庆总兵王度冲带兵亦至,合兵把长寿城围困。杨善见二支兵马到达,遂令贼首尤德苑率兵出击,自己在城头掠阵,并叫贼兵准备弓箭,严防清兵攻城。贼首尤德苑率贼兵出城,清军中梁万营上阵,手中长枪直取尤德苑,尤德苑手使大刀力大无穷。因他也是原吴三桂谭弘部将,亦算贼中枭雄,双方杀了数十回合,不分胜负,双方互有伤亡。忽然远处尘土飞扬,一大队人马从后掩

大破杨善军

杀而来,贼首杨善恐尤德苑有失,遂令其收兵入城。原来是吴英亲率清兵而至。吴英遂令全体官兵在长寿县城十里处安营扎寨。

隔日,吴英令官兵架云梯攻城,贼兵在城上矢石齐发,顽强抵抗。吴英见长寿县城易守难攻,遂令全体将兵把城团团围住,并断绝贼兵粮草,派王度冲领兵斩断巨县帅九经的救援之路。

贼首杨善见四面被困,不日粮食将尽,遂问众贼头曰:"清兵将我军团团围住,未知大家有何良策以破之!"尤德苑曰:"人说兵来将挡,水来土掩,怎能守以待毙。目下惟有全军突围,杀出一条血路与巨县帅公合兵拒敌,胜者都万幸,败者余军逃入广安州旱山密林中,再施良策,未知主公意下如何!"杨善曰:"就按尤将军说的办!"遂令全体贼兵趁月夜杀出,清兵随后掩杀。吴英提刀杀出,正遇杨善出逃,大喊一声"杨善速速下马受死",杨善见吴英高大,武艺高强,不敢恋战,虚砍一刀,拍马而逃。吴英骑御赐宝马猛追,左手提刀往杨善身上砍去,杨善提刀招架,不料吴英右手抽出七星剑,一刹那杨善人头已落地。这时贼兵死的死,降的降,长寿一战杀贼一千余,只有尤德苑乘夜纷乱带一千余贼众杀出重围,投巨县帅九经

部,诉说新任提督吴英骁勇异常,应早作准备应战之计。这就是吴英入川的第一次交锋,随后吴英令重庆总兵王度冲暂住长寿安民,并防贼兵抢掠,自己同梁万营及各参将、兵士,往巨县驰进。正是才闻长寿已收复,又见天兵临巨县。欲知吴英如何破帅九经,请看下回分解。

诗曰:杨善出兵破长寿,将军拍马来急救。
　　　挥刀三下斩其头,贼众四逃归旱岫。

第四十七回 平九经解围巨县
捉德苑攻破旱山

上回说到吴英镇蜀地,复长寿,斩贼帅杨善。尤德苑引败兵投巨县帅九经处,半路上又遇王度冲掩杀一阵,伤去二百余兵,幸帅九经出兵接入营盘。

本回要说的是吴英解围巨县,九经投水,破旱山,活捉贼枭尤德苑等五十三人,贼众三百余员。

且说贼首帅九经听尤德苑诉说杨善被吴英所杀,心中凉了半截。为了安定众贼之心,还是安下心来说:"尤将军,莫长他人志气,灭自己威风,咱巨县不比长寿,咱靠近广安州旱山根据地,高山茂林,山洞十弯九曲,退可守,进可攻。咱协力打下此战,拿下吴英之头,祭奠杨善。如不能取胜,全军退入旱山,仍作贼王,清兵怎奈我何!"说罢,遂令探子打探清兵消息。

再说吴英率清兵由长寿出发,一路秋毫无犯,重颁律令,严禁官兵抢掠,沿途宣传清廷的"招民垦荒"政策。百姓拥戴,有的拿出羊酒犒尝清兵,吴英令所部尽谢绝之。不几日,清军侦探报说已见贼军营盘,遂令清兵在巨县城外二十里安营,与帅九经贼兵对垒。

贼首帅九经同尤德苑参议曰:"清兵初到,兵士疲惫,应趁其立营未定而破之。尚延时日,他们内外夹攻,那就危之。咱不能如杨善坚守长寿而待毙,尚胜之万幸,如败之,你我分路引兵往广安旱山,再作良图!"尤德苑曰:"此计甚妙,咱今夜当趁其不备而击之。"

吴英令部属安营已毕,随骑马视察一下地形,遂拍马回营,招集众参将,统领在帐中议事。随后吴英说:"众参将统领,今我军远来,我观看巨县贼军已有防备,急攻不下,而且贼军以逸待劳。目前他们宜速战速决，延迟时日对其不利。我想今夜定来劫我营盘，大家宜防之！"吴英说完附在梁万营耳边交代几句，又在马子云及诸营统领耳边嘱咐一番。诸位读者，吴英是文韬武略之人，平时勤学《孙子兵法》，怎会无考虑军队急行之忌。但他将计就计，叫"请君入瓮，瓮中捉鳖"！

是夜，吴英假装疲惫，在帐中熟睡，诸部将都做到备战准备。二更时分，帅九经同尤德苑分兵两路，各率二千贼兵，手执火把杀出，直抵清军中帐。师九经挥兵直捣中营，以为帐中吴英在沉睡，欢喜异常，想只要擒杀吴英，清兵将知难而退。谁知杀近中营，吴英一动不动，原来帐中沉睡的是士兵乔装，只见四面火把照耀如白日，喊杀之声震动夜空。真吴英、梁万营、马子云分三路从两边杀出，帅九经见中计，遂拍马回头，杀开一条血路，落荒而逃。后面清兵猛追，且听见喊声一片"活捉帅九经者，奖银五千！"帅九经如惊弓之鸟，本预定同尤德苑约定的如兵败退入广安旱山，此时夜色茫茫，慌不择路，连人带马坠入江中而死。

收复旱山匪巢

话分两头，另说尤德苑率领的二千贼兵，见帅公误中吴英之计，而清兵早有防劫营之计，遂领本支贼兵二千往广安旱山方向而逃。吴英遂率领精兵随后掩杀，贼兵自相践踏而死者，或被杀者，或落水而死者不计其数。清兵大获全胜，最终只剩八百贼兵在尤德苑的率领下鼠窜逃入广安州旱山贼寨，困守多时的巨县之围遂解。

且说尤德苑等贼首带八百余贼兵逃入旱山，诸位读者，你莫小看此八百贼众，他们个个都是杀人不眨眼的魔头，个个凶狠无比，而且连妻儿亦住在山寨之中。官兵要平此寨，如果不是内部人透密，谈何容易。他们地形熟悉，山险路窄，有一夫守关，万夫难敌之势。吴英率军人不卸甲，马不离鞍，将旱山各出入路口尽行封锁。此时吴英回头对万营曰："梁将军，古人说：蜀道难，难于上青天！今日一观，才知果然不差。"万营曰："吴提督，更险也不比您澎湖一战之险！"吴英曰："梁将军，吾近日为那股贼寇未除而忧心忡忡，百姓如此受苦受难，我等若无能为民分忧，枉为官矣。"

梁万营云："将军急百姓之所急，救民于水深火热之中。末将有一计，但未知妥否？"吴英急问："有何妙策，但说无妨。"

梁万营云："敌居暗处，况山高林深，彼熟悉地形，我不了解，甚于贼窝都未从知道，焉谈得上剿灭匪寇？依末将愚见，重赏之下必有勇士，不如贴出告示，悬赏重金，凡能知情报告匪穴匪首者，重赏五十两银。此地百姓久恨贼寇，加上有赏，自当争相告密。或有参与为贼的家属，可借此摆脱匪爪，走上光明正道，并获奖赏。"吴英曰："就依汝之计而行。"

二天后，悬赏告示到处都是。

第五天，有一老者罩一面具来到营房，军士盘问，老叟曰："有要事禀报吴督。"军士将其领至大营，着人通报。吴英令其进帐，老叟跪下，吴英令人扶起看坐，老叟与吴英脸面相视良久无言，最后老叟眼尾一拖，吴英知会叫左右暂退。

老叟曰："久仰提督威名，今日一见，三生有幸，无以为报。谨呈一地图，望详察之。"吴英接过地图细细察看，甚喜曰："莫非大爷欲助一臂之力擒匪乎。"老叟曰："百姓度日如年，唯将军能解其水深火热，如蒙将军胜任，今夜可选精兵二千人，分三路围歼贼巢。吾有一子不幸被掳为寇，此图是他画的，冒九死一生带出来的。你引精兵征剿，我儿子内部策应，可获全功。"

吴英一面好生款待，一面调兵遣将，由梁万营统领征剿，吴英亲自策应。令各官兵竹筒贮水,自负行粮,掩旗息鼓,化装成川民。

夜幕低垂,老叟领梁将军并安排好马子云率领另一路进山。他们掩旗息鼓,连过三个岗哨,进入匪穴。此时已经是子时,贼兵已熄火,进入梦乡。

梁、马二将军令火把照明匪巢,一时间,火光冲天,"投降者免死,顽抗者格杀勿论"喊声震憾山谷。匪寇在睡梦中,六神无主,乖乖束手受捕。

此一仗,活捉匪徒计三百余名,供出以尤德苑为首的大小匪首十一名。遂下令斩首示众,其余顽抗者和一些大头目计五十三人,获器械印札无数。下令各犯责打六十大板关押候裁,其余残匪,遣返回乡。至此,匪寇屏息。

且说老叟父子,恐日后披露泄密之虞会惹来祸患。因此领赏之后,往外地谋生去了。一夜之间,残匪全部平息,吴英声威大震,也是吴英入川后的第三次交锋。

天刚微亮,吴英登上旱山,触景生情,回想往事,自言自语对天长叹云:"浮出历史的战场,多少哨烟弥漫,多少刀光剑影,生与死全在一瞬之间。悄悄然,看到多少生命的消逝过程,在那鏖战的角落里堆起了一座座坟墓。于月光如许的夜里,繁星见证了这没有哭泣,凄凉的标注,多少生命就那样在一个地方停留。那些为战争付出生命的无名氏,旋即无人提起,只是那样的地方,曾经留下了他们的血,染红了一片土地,也染红了一片海洋。只有他们的忠诚,他们的足迹连同他们的尸首也留在那里。这就是战争的情景,也是多少无辜的归宿。"突然一阵寒风吹来,吴英还未来得及暇思战后复兴的景象,竟就被风吹醒。遂走回大营,又进入治理蜀地的思索……

过了不久,有客商连续报案说:"他们某时某日在川省所通陕西大路汉州连山湾古店驿等处屡被贼劫。"又报说:"通湖广川江水路,凡往来客商船只亦常被盗劫掠。"吴英派人详查,自开川以来,凡盗劫案件，均隐匿不报。为严格执法，遂令各汛防缉捕，终无获。思曰："四川地广人稀，百里无烟，而且州县和乡村皆不建在沿江，而江岸又无防汛。如此形势，要断绝贼源实真困难。而且所通秦楚水旱二路，如人身气血二管，若不流通，四川终无起色。于是吴英遂令各镇协管，沿江安塘汛（哨所），二十里一小塘、六十里一总塘，计至湖广共二千八百余里。旱路各处又设立烟墩瞭望台，又悬赏购眷千人插入光棍为党羽。不数日，即缉捕一真贼，宽释其罪，招供为首者及窝家有十数人。英乘夜擒拿，随到随讯，供出城内城外远近共有三百余人，随分遣各处掩捕。一二日，陆续解到，英各人面讯，不用动刑尽已招供。随与姚巡抚商议，将所审原供，发交府县会审，各照原供并无改口。姚巡抚曰："此等积年大盗，害人甚多，应令文武官尽行处死。"英曰："此一伙强盗，皆是川中多年积久凑集，非是一时所作。内中查其害人最多者立即处死，余者分轻重各责数十大板，交地方看视。候其稍能行走，查问何省人氏，着府县官移交沿塘汛解该省安插，盗源自清。"时文武会审，内有积盗六十三人，皆令处死，余者陆续发回。从此川中水陆安堵，鸡犬不惊，夜门不闭。湖广陕西二省，扶男携女来川开垦者络绎不绝。

再查由川往陕者，俱从汉川监亭县保宁府一路而出，尽是高山峻岭，路难行，人迹稀少，所以易于藏奸。英访古时大道，乃由德阳、罗江而出昭化县，道路坦平又近，三百余里路途。英随与巡抚噶尔图（二任）合捐俸金，调动民力，修复古道。噶巡抚即会同题明移改中路，裁减驿站。后蒙皇上谕旨奖励。自此，四川与各省贸易往来者接踵而至，多年荒芜的田地尽皆开垦，五谷丰登，人民安居乐业。

真是九经投水巨县平，德苑被捉旱山静。欲知后事如何，请看下回分解。

诗曰：威镇四川十一年，深山勒马息烽烟。

抚剿并用秉公正，显赫功勋入史篇。

第四十八回　招民垦荒保新政　　　　　　　祭孔题匾铭忠心

上回讲到吴英入川后,与杨、帅二贼进行三次交锋。平定贼寇,使四川百姓得安宁。

本回要讲的是吴英在镇蜀期间如何协助督抚,治理四川的社会秩序和恢复社会经济。可惜其在川的十一年功绩,却鲜于记载。本书仅据其自传中不全的记述记之,希各读者共同深研。

吴英在四川提督任内总括有四大功绩,首先追剿吴、谭余孽,肃清川乱。

在其未上任前,吴三桂余部谭弘、谭天秘父子时降时叛,危害极大。因此清廷责成护军统领佟佳,于云阳等处,击败其余逆三万余众,并将其父子正法。事后佟佳受康熙嘉记二等功。经此一役,清廷对逃往山区相聚为匪的吴三桂余党在四川余寇进行严拿。吴英上任必须迅速追剿杨善、帅九经一部,破除他们对整个四川的威胁,必须把其余众进行遣散,或留营为兵,或垦田为民,使四川大股武装力量得到平息,使政局稳定。这是他第一步必须做到的。

第二,他必须严肃军纪,抚平地方。在追剿吴三桂余党之后,面对"川中存

严塘汛救灾保施政

经兵燹、千村荆杞、伏莽窃发"的严峻局势,尤其是数十年来因战争引起的匪患,严重地威胁四川政局的稳定。吴英郑重采取"严塘汛,悬赏购募"的军事策略,把在沿海地区困守郑军的军事战术,即以寨、墩等军事据点为中心,对所辖范围进行拉网式地排查战术应用于四川。同时,还采取悬赏的方式大量招募兵勇,以壮大军事实力,增强西南边疆的卫戍力量。

第三,协助督抚,恢复经济。作为提督,吴英迅速地扫清吴三桂余党及在川中横行了数十年的匪患,不仅有效的维护了清廷在四川的统治,也为康熙帝制定的"招民垦荒"政策,在四川的顺利实施提供保障。尤其是他协助四川督抚进行战后移民,为恢复四川经济作出卓特的贡献。

第四,业绩卓著,誉满巴蜀。在吴英任职的十一年间,平余逆、剿盗匪、严军纪,不仅为四川经济社会的迅速发展奠定了良好的社会环境,更是以他独特的政治地位,先后辅佐禧佛、图讷、葛思泰、佛伦、吴赫五任总督及姚缔虞、噶尔图、于养志三任巡抚。无论总督、巡抚如何变换,他一直成为康熙帝稳定四川政局,震慑西南各方的一员宿将。他也创造了连续十一年镇守四川的佳话,史载:"吴英驻镇四川十一年,靖边功绩显著。"

老百姓为了感念吴英将军的恩惠,在吴英驻地的街道称为吴英街,三百多年至今沿用。

吴英是一个军人,具有自信、豪爽、直率的武将品性。他对部属严励而体贴,一生经近百战。之所以能克敌制胜,全在于他身先士卒,体贴部下,部属个个皆愿为其奋战不畏牺牲。在军事管理方面,严励是众人有目共睹的。在平定四川匪患时,他先严军纪、明赏罚、设塘汛、募兵勇,这一切措施不仅为以后的胜利提供保障,也体现了其治军的雷厉风行。据清《居易录》载:"四川提督吴英说,昔得扑打损伤秘方,虽重伤濒死,但一丝未绝,灌下立苏。其方以十一月采野菊花,连枝叶阴干,用时取一两,加童便,无灰酒各一碗,同煎,热服。"这一记载可证实吴英对于医学颇有研究。同时也说明他研制扑打损伤秘方,是为了救治更多伤兵,并缓解士兵伤痛的痛苦,也是他作为一个军事将领对于部下的体贴心情。是故他深得大家的敬仰。

吴英他发扬了军人的光荣传统,吃到老学到老,虽自小孤贫,无法就学,但他经过几十年的磨砺,勤学苦练,书法、诗词均有造诣。在四川他题"诸葛亮庙"的"明良千古"四字流传至今,在临回闽时上四川峨嵋山,亲写《金顶·峨峰》七律一首,还有后来重建晋江东石石佛寺,他也题了"南天禅寺"四字,书法和诗词皆有研究。在以前康熙帝御赐的珍品中,亦有墨砚的出现,说明康熙帝亦知道吴英会书法。

闲话少说,回归正传,吴英在四川提督任上的十一年,他在闲时,骑马往四川各地访察,有空闲《三国演义》之书不离案。熟读之下,深受诸葛孔明的为蜀汉鞠躬尽瘁,死而后已的尽忠精神所感动,虽说扶汉中王刘备是汉人,自己扶的是满人,而两人的宗旨都是为了天下的稳定,人民得安乐。他经过了明季战乱的洗礼,也明了清郑对抗中,多少无辜百姓和士兵遭受兵燹之灾、靡家靡室、妻离子散。他坚定的信念是:"只要能使人民安居乐业,使人民生活改善,谁就是救世主!"谁说当今皇上康熙是满人,但他是圣明之君,他做了很多的有利人民的事情,是自己亲眼所见的……他不觉朦胧入睡,忽然间,见一个文人秀士模样的人,坐在一辆逍遥车上,头戴纶巾,手执羽扇,身披鹤氅,面如冠玉,飘飘然有神仙气概。指着吴英曰:"此是吴英提督否?"吴英梦中答曰:"正是!"那秀士曰:"将军汝来四川十一年,帮朝廷平叛,川民得安。但汝任期已届,不久圣旨调汝回闽,今本人预来送行!"吴英上前施礼曰:"莫非汝是天下第一真军师诸葛亮矣!"那文士点了一下头,曰:"将军,不要如此称赞。"说完,羽扇一指,瞬间不见。吴英猛然惊醒,原来是南柯一梦,看案上灯火尚明,而《三国演义》之书正翻在第一○四回(499页)

的《陨大星汉丞相归天 见木像魏都督丧胆》。原来是孔明先生示梦。

隔日,吴英将军对众将曰:"昨夜诸葛孔明军师示梦,言余不久将回闽。今我欲备匾一块,香花、果品、庶馐、牲礼之仪,往诸葛庙以祭之。欲请诸将同往,未知诸位意见如何?"诸将曰:"诸葛先生乃千古奇士,既来托梦,机会难逢,愿随提督同往。"于是吴提督派人准备祭礼,令师爷写一篇祭文,届时致祭。但匾额四字,一定要自己找适当象征性内容的字眼来表达两人近似情况。最后以"明良千古"四字最适合,表示两人都同样遇明君,两人都为良臣,才能垂范千

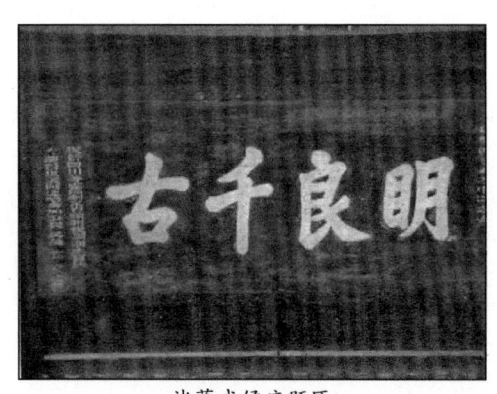

诸葛武侯庙题匾

古,既是对刘备诸葛亮这一对千古传颂的君臣典范的由衷赞叹和倾慕,也是对自己能遇康熙这个千古明君,决心效法武侯的自励和表白。但最后写好,细思几遍才知犯了一个大错,此明字要如何才不犯"明朝"这个明字的大忌,才在明字的日字多加一点,变作目字。而此匾至今尚挂在沔阳诸葛武侯庙。至于如何祭拜孔明,那全部按古礼进行,笔者无用细述。而后来不久,因福建水师提督施琅去世,康熙因海疆重地,遂调吴英为福建陆路提督。旋改水师,也应了诸葛亮预言。此是后话! 诸位读者,吴英最佩服的是诸葛亮出类拔萃的聪明才智,既有正确的战略决策,也有出人意外的神机妙算。他虽最终虽未能实现"北定中原,复兴汉室"的目标,但他忠心耿耿、一心为国、忘我工作、任劳任怨、严于法纪、赏罚分明等,特别是"鞠躬尽瘁,死而后已"都是吴英将军所钦服的。

正是保安辅政行法治,崇钦孔明题字匾。欲知后事如何,请看

下回分解。

　　诗曰：庙边旦鹊唱双嬉，树顶昏鸦声独悲。
　　　　　堂后奇花呈秀色，阶前碧草映晨曦。
　　　　　两朝辅政施谋略，三顾茅庐请国师。
　　　　　六出祁山躬尽瘁，七擒孟获奠川基。

第四十九回　莅泉州抚贼安民
　　　　　　　代水师厦门除逆

　　上回讲到"招民垦荒保施政，祭孔题匾铭忠心，孔明托梦预示将回闽。本回要讲的正是回闽后任福建陆路提督兼代水师提督时安民除逆的事绩。详情请看分解。

　　且说吴英祭孔题匾后，在提督府中静思，诸葛武侯托梦不久将回闽，未知是否有应验？康熙三十五年丙子（1696）三月二十日夜，吴英偶然走出提督府外，见西北方一道流星光划往东南方，吴英疑有主将去世。果然不久后，朝廷有钦差报说施琅将军逝世，吴英命在川各将士为施琅致哀。回忆自己的上司和战友去世，他深感遗憾。

　　话说康熙三十五年丙子（1696），福建水师提督施琅将军逝世。一时间，清王朝急需补缺，清皇早朝问众大臣曰："朕痛失施琅，福建乃海疆重地，不能一日无帅，各位贤卿务必极力为朕荐贤。"

　　其时，两班文武闪出一员大臣名曰李光地，上前奏云："臣启陛下吾皇万岁、万岁、万万岁！今靖海侯施将军初逝，福建乃海寇易生之地，非水陆兼通将领方可担此重任，海氛方可安宁矣。"

　　康熙皇帝曰："依李贤卿之见，何人堪担此任耶？"

　　大臣明珠近前奏曰："臣启万岁，四川提督吴英水陆精通，智勇可冠，且镇抚台湾有方，备受海岛推崇，堪当此任也。"

　　有其他大臣奏请，众论纷纷，或说蜀地重要，非吴将军镇守不可。十一年来，蜀地平安皆赖万岁洪福，也只有吴英将军镇抚方可无患。也有的赞同明珠大臣所奏，众说不一。康熙下旨退朝，明日再议。

翌日早朝，康熙再开金口，再曰："朕以为吴英将军调任，即可镇海疆又可抚台。或许很难寻找更佳人选，未知各位贤卿还有奏本否？"众大臣均无另外举荐的奏本，于是令钦差奉旨往四川。

且说吴英闻朝廷圣旨到，慌忙率家眷出迎。待至中厅，排上香案跪接圣旨。

调任福建陆路提督

钦差曰："奉天承运，皇帝昭曰：'四川提督吴英，镇抚蜀地十有一年，劳苦功高。本该委卿续任，但见福建海疆重地，急需吴贤卿镇驻。因特下旨，着吴英将军免去四川提督，改任福建陆路提督，即日赴任勿误。钦此。"

吴英领旨谢恩，款待送别钦差。其时七月间，姑且慢表。

吴英在四川十一年，颇受四川民众拥戴。今奉旨返福建，难免心情不一般。因此吴英抓紧时间，整理政务移交。一日，心情比较宽松，登高望远作赋一首《金顶·峨峰》曰：

巍峨崛耸擂云端，三月峰头雪未残。

雷洞烟开金殿阁，仙桥雾锁玉栏杆。

雨余树色增山翠，风过钟声渡水寒。

半壁当空天一柱，春光不尽眼中看。

其诗中饱含着对蜀地山山水水的眷恋之情……

十月初八日，吴英为了不惊动蜀地父老，率家眷及众将军等亲信、旧部一些人马，行至十里亭。正欲稍歇，但见四川老百姓携老带幼自四面八方蜂涌而来，要求送行，有的还将自己的儿子送来参加吴将军队伍。吴英甚是感动，谓百姓曰："各位父老乡亲，我吴英何德何能辱承诸位远送耶！吾在蜀一十有一年，已将四川作为我们第二故乡，诸位都是我的父老兄弟，我意在留守，与民同甘共苦共患难。但奈圣命在身，忠孝不能两全，今日忍痛割舍，敢望父老乡亲自重，愿蜀地自强富庶。天下无不散之宴席，吴英自此告别，各位请回。"

蜀地百姓依依不舍，直待吴英一行远去不见身影方散，真是蜀地平寇又救灾，百姓依依难忘怀。

诗曰：峨峰耸立插云端，十载官途此日还。
数重山峦依旧翠，将军骑马往回看。

话说吴英之返闽眷属，自十月初八日起程，一路日行夜宿，奔波拔涉，终于丁丑年（1697）二月初一日到泉州。泉州知府在接官亭接待。

吴英到闽数日间，尽废除前任提督在漳、泉二府设立的十三行。即凡民间诸项货物，俱归行抽税。人民深受苛捐杂税之苦，闻知革除，万民欢乐。

接着吴英率兵各地巡视，查得泉地有贼匪啸聚劫掠，其穷著者赖立、江孝等盘据山中已二三年矣。他乘马赴省会，与督抚参商对策。督抚二人问其有何高招除之，吴英答曰："此山寇抚之不敢来，剿之无定所，若不设法扫除，终为民害。惟今之计，只有宽免，以革从前之所犯，准其自新。查伊等各自亲属，给与免罪印牌，令其寻出，庶免扰害百姓。"二位督抚齐声曰："如此万分妥当，但此辈若如前抗拒，则如之奈何？"吴英曰："若复不来，我自有剿除之法。"吴英与督抚商酌之后，随回泉州，唤亲属往抚。时赖立、江孝、李服等闻网开一面，尽出山归伏。其党羽亦尽分散，泉州人民亦获安宁矣。

康熙三十六年丁丑（1697）冬月，福建水师提督张旺上密本，奏称福建海疆重地，非吴英将军难以坐镇。戊寅年（1698）四月，张旺进京陛见。郭总督咨吴英带理水师提督一职，二十二日到厦门代任。至六月间，密访得漳州奸徒杨俊、陈敬、蒋钦、洪辂等伪造印札，各处招党。吴英令亲信数人假投入伙,领有印札。

又据差员张国密报,贼党数千人,约在七月十六日夜,攻打漳州府。另有贼首在石码、海澄二处,约坐小船数十只,计划当夜到厦门劫船。吴英随遣亲丁扮作乡人,同张国往漳州。十六日早,在漳州东门外葱园地方擒伏蒋钦、洪辂、陈敬、杨俊等罪犯,搜出牌札、印信数百。随咨督抚,委海道甘国基到厦门会审。贼各供招谋反实情,欲究党羽,恐其扳累,故不追究,仅将逆首四人处死,分发厦门、漳州示众矣!真是刚见泉地江赖降,又探漳州杨陈反。欲知后事如何,请看下回分解。

诗曰:才离蜀地彩云间,又见漳泉贼占山。

　　　除叛安邦施策略,将军美誉满人间。

泉州笋江接官亭

第五十回　迁剑石瑞云恩雨　卜蔡岭别一洞天

前回讲到靖海将军施琅去世,清廷考虑福建乃滨海重地,非宿将难以弹压。故差钦差至四川宣读圣旨,调英回闽任福建陆路提督。到福建后,废除漳、泉二府买卖货物的苛捐杂税,招抚泉州贼匪赖立、江孝等,侦破漳州反贼蒋钦、洪辂、陈敬、杨俊谋反案。一日,在厦门提督府,闲暇无事,思绪万千。想到自己少遭变乱,双亲去世,被掳赴海从戎,至康熙二年癸卯(1663)归诚,转战南北疆场。后任兴化总兵,自己一心为国,哪有时间想到家,(顺便回忆往事)?时任兴化总兵,与晋江近在咫尺,便拍马回祖家大浯塘,只见家室庐舍尽废,族人皆流离失散无存。幸历代祖茔无恙,尚多可观。于是拾骸,将曾祖坟(宾吾夫妻)、祖坟(振泉夫妻),暂寄高浦(同安)之亲人坟旁。而双亲之坟,经请地理学家(山家)看后,言亦有伤,故其时已延山家同寻吉穴,在兴化辖区的福建之深山僻壤之中,无不历遍。虽严寒酷暑,不惮其劳,在康熙四年乙巳,得一穴于福清之资福寺的金龟山。因其穴场结束(榨小)不堪多附,仅迁祖骸(振泉夫妇)和亲骸(佩辉夫妻),择康熙五年丙午(1666)春安葬于其地。越康熙六年丁未(1667),吴英移驻浙江时,因曾祖考妣(宾吾夫妻)之骸未得其地,属族叔同堪舆家,择地予安葬曾祖灵骸。康熙十年辛亥(1671),堪舆家择资福寺北之南山,就田中一堆土名"出水莲花"而葬之。其时吴英天涯远隔,不及商酌,家中之人遂主意就此地安葬。越至康熙十三年甲寅(1674),出仕浙江,转战浙江沿海,平复耿精忠之叛。四年中,降荣春、歼飞熊、收黄岩、夺青田、破温州、夺宁波、降唯仁,一幕一幕战场重现眼前。至康熙十七年戊午(1678),郑经从海上进攻复炽,攻陷海澄,围困泉州。刘国轩断洛阳长桥以阻援兵,吴英以副总兵随康亲王。石提督援剿福建,改泉州围,平漳州十九寨,郑经、刘国轩退守台湾。时吴英才借军务之闲往观南山之地,见气脉俱无,讶其穴中有水,决意重迁。

但当时军务匆匆,无暇片刻。未几镇同安,调兴化,出师平台,勤劳于王事,无暇顾及曾祖墓之迁徙事宜。后镇抚台湾二年,随转舟山平洪焕之叛,升任四川提督,平剿吴三桂余寇杨善、帅九经等。镇蜀十一年,请旨入籍莆阳,即令儿辈极力寻觅吉地。时有陈堪舆择一穴于莆之溪上,又有一吕堪舆择一穴于莆之剑石。二师屡次致书,俱以此地非等闲,而族众及来川之人皆云,二地无真穴,皆言南山为佳,迟疑久之。(以上属回忆往事)及今康熙三十六年丁丑(1697年,吴英61岁),从四川调任福建陆路提督,借暇到莆,往观剑石之地,乃是一大乾龙。但所定之穴,乃在左足,向首亦差,其遂指定退后,坐深调向六字,授堪舆家。令人往南山迁骸,挖开墓土,果然瓦棺皆水,众人遂服其眼见不差。遂择丁丑年(1697)冬,就剑石奉曾祖考妣之骸安葬。开圹八尺,发现尽是金黄之土,左右前后皆沙石。方葬之时,青天炎阳,忽有瑞云腾盖此山。安葬完毕,遂有甘霖降临。此乃上天赐吉地,并感念吴英忠孝仁义之心,固葬毕祥云盖顶,甘霖滋福地之象也。随陪祭的钦差大人,及左右随从,乡亲族党,莫不称为奇异也。自丁丑年冬(1697),曾祖考妣安葬后,风水大发,添丁进财。从吴英六十三岁,至七十岁的七年中,连添五子。后又受皇帝无数赐奖,圣祖二次南巡(1703),御赐"作万人敌"匾。康熙四十四年乙酉(1705),圣祖三次南巡御赐燕翼诒谋。康熙四十六年(1707),圣驾四次南巡,御赐"世锦堂",加授威略将军,又赐御马一匹、貂帽一顶、八团五爪龙袍一件、八团五爪龙褂一件、靴袜各一双,黄辫珍珠寿字松叟石结荷包一对,恩待与施琅同。此是后话。

话分二头,前段讲到吴英于丁丑年(1697)冬,就剑石奉曾祖考妣(宾吾)之骸安葬,葬毕瑞云恩雨。下段要续的是卜蔡岭别一洞天。

且说同年阳月，吴英因公事顺途返家，想前已将曾祖考妣安葬于剑石，而陈堪舆曾择一穴于莆之溪上，自己军务倥偬，无暇亲视。今日欲往踏看，随偕次子应龙冒雨前往。吴英观地脉后，喜其形势甚佳，但所取之穴偏在左畔。遂步入中山，见有真穴在，就问应龙曰："吾儿，未知此

圣祖南巡嘉奖吴英

山有购得？"应龙曰："父亲大人，咱左右之山俱已购置，唯此处乃明朝张指挥之地，尚未曾向其亲人购买！"吴英看中此中山，同次子应龙返家后，遂向蔡夫人曰："咱家中所买溪上之地，四山皆土石，俱无用也。昨日我在中山见有一大乾龙，天成其穴，未曾向购，汝须遣人求之。若买得来，后代儿孙之福也！"蔡夫人随令家人王裕谋之张家，张家见是吴提督家要买，亦无舍论价便成之。并请中人立下买卖文书。

不久，吴英在厦门任所接差人报知，言已成交。吴英喜出望外，想到今日若非转任梓里，焉能得此佳城？后他因公到兴化，抽空亲点其穴。诸位读者，此一洞天张家旧地，今已为吴家所买，也就是七年后蔡英蚤夫人逝后安宿之地，十五年后吴英将军归天后的安宿寿域。此是后话。真是才葬剑石钟瑞云，忽报中山得佳城。

诗曰：风水人间不可无，亦须阴德两相扶。

世人叵解苍天意，强把心身着意图。

同年，康熙圣祖首次南巡，并召见吴英。欲知详情，请看分解。

康熙三十六年丁丑（1697）圣祖（康熙）南巡，时召见吴英，吴英奉旨，三呼万岁。礼毕，康熙谓吴英曰："吴爱卿，朕问汝，福建现今

尚有海寇否？"

吴英不敢怠慢答道："启奏万岁，海寇断然不至于蔓延，若有蔓延，任臣等有何用耶？但是，海中与城郭不同，一水汪洋，只凭驾一小船，随处可以飘泊藏匿。或许，曾经有骚扰过往商贾，此等个别的事，实不可谓之海寇也。"

吴英忠诚敢言，全无隐匿之词。康熙闻之，龙颜大悦，对吴英嘉许曰："贤卿笃实明达可嘉。"吴英跪呼："谢吾皇万岁嘉奖。"圣祖曰："卿平身。"

圣祖南巡，吴英迎来送往，自不必多说。

后来吴英以陆路代水师提督，统辖福建台湾。欲知后事如何，请看下回分解。

第五十一回　建石佛吴英还愿　应佳期六郎诞生

上回说到吴英迁祖考妣骸(振泉和林太夫人)、先父母骸(佩辉夫妻),于康熙五年(1666)丙午春月,安葬于福清资福寺的金龟山。于康熙三十六年丁丑(1697),迁葬曾祖考妣(宾吾夫妻)之骸于莆田剑石,以尽孝思之心。同年,圣主南巡,召见吴英,查询福建海疆事,赞扬其笃实明达可嘉。后吴英想到康熙十年癸巳(1653)同祖母、母亲往祖家浯塘安葬祖父(振泉)时,从东石登岸,至浒西坑地界遇守大盈千总林增带兵巡哨,凡见留有头发之人尽拿去。在千钧一发之时,石佛寺白衣大士引路逃脱,走入田坑乡,藏入草间得安。事后在石佛寺祷告佛祖的言语"余将来如有发迹之日,自当重兴寺宇"之愿未还,于是从厦门任所(时已由陆路提督转任水师提督)带领部下随从一行,马不停蹄,至东石石佛寺下马。入寺殿,虔诚叩谢佛祖当年救难之恩。正是佛祖预征于四十六年之前,食报于四十六年之后。

随后吴英捐俸禄,重建石佛寺,并延僧实哲和尚董率其事。经营相度,庀材备料,经二年细致谋划,终而成之。并亲题匾额及碑志,改石佛寺为"南天禅寺",几百年来沿袭至今。为证示史料,现附记于此:

清吴英《重修南天禅寺碑记》

岱山石佛岩,去城五十里,泉州晋江名胜也。宋嘉定丙子(1216),一庵净师过此,夜见峭壁灿光三道,知是山萃众岳之灵。遂募镌弥陀、观音、势至三尊,建造殿宇,因就石佛为号。后郡守王梅溪爱其山川之丽,勒"泉南佛国"四字以记胜游。迨元戊寅有废,崇会新之。至明季永乐甲辰(1424)，殿宇丘墟。成化乙酉(1465)，都纲迪庵师仿见香气如云，知废必兴。未几而南林颜公率诸善施，请迪庵主厥事而更新焉。经始于己酉，竣工于丙戌。殿庑峥嵘，榱题(梁)轮奂，瞻礼焚修，均为其所。岁次壬辰，余甫髫龄，从赠太夫人自鹭岛渡海，欲就祖家大浯塘葬亲，经其处。因世乱途阻，正在危急，遇一叟素衣跣足，手持卷书，示余从小径而前当有相引者，言毕不见。行不数步，果见一人引余，遂得身安。太夫人曰："适见左侧有佛寺，斯必佛脱我于厄。汝归，盍往拜谢。"越日，余诣寺顶礼，见西畔一佛慈容素体，手持卷书，如昨所遇。则知慈航默渡，若此其异也。嗣而辛丑播迁，寺亦委之蔓草者三十余春秋矣。余思佛恩未酬，在昔开节钺同，思所以振兴之。其

南天禅寺

如时值军兴，倥偬戎马。及建牙(建军营)兰水，席未暖而统帅跨海，进克澎台。越岁言旋，又内召入觐，移镇舟山。下车三月，忽奉提督西川之命。在蚕丛者一十余载，报赛(祭祀酬神)之诚，久而莫遂。丁丑(1697)仲春，适奉玺书，提督全闽陆师军务。间从阃政之余，躬历山陬，经营相度，庀材重建，延僧实哲和尚以董乃事。不周载，而招提僧舍，靡不毕具。厥工将竣，余又奉特简移旌鹭岛，统制水师。再过瞻光，已非复昔时之旧矣。爰更其额曰"南天禅寺"，亦犹之乎泉南佛国之意云尔。夫佛光显化，无处无之，而佛力昭灼于斯为最。故由宋迄今，三经尘劫，余起而复兴之。此皆如来显著，预征于四十六年之前，食报于四十六年之后，大非偶然也。遂为之镌石，以

志不朽云。

     康熙三十八年岁次己卯（1699）六月穀旦
        晋水吴英敬书

  且说康熙戊寅年八月初旬，吴英实授水师提督，前任张旺改调广西。自己遂带家眷于八月十一日上任于厦门。

  其年十一月，吴英侧室张氏有孕，预算己卯年润七月内当是分娩之期。是月初九日，他与星士（相命师）谈论命理，吴英问曰："尚在此月得男子，当以何日何时为佳？"星士按日推详答曰："惟此月廿三日巳时，乃是贵命。"听星士怎说，遂焚香告天曰："苍天在上，尚上天保庇，降一福子以应吉课，届时我吴英定备果品、牲礼叩谢！"果然，至廿三日巳时三刻"呱呱"数声，第六子坠地。为应星士所推测，特将此子取名应星，即预知此子前途不可限量也。他想此事千古所未有也，深感皇天降赐于吴家。十四日、满月、四个月、周岁，皆令家人备办丰厚酒筵以敬上苍。

  且说吴英欢喜得贵子，喜庆自不必细表。

  一日，在厦门住所，忽然想到自己当年落泊，被抓海岛，承郑成功之晋升。虽然今日受清水师提督之职，而心念故主，故奉奏本请求万岁恩准，诏台湾郑成功骨棺归葬南安之御踏埔。未知是否事实，待后人考证。以上乃《西山杂志》作者蔡永廉在嘉庆十五年庚午年（1810）便有此记载，这篇记载描述了吴英的忠义之心。

  真是重建南天答佛恩，又逢应星降乾坤。欲知后事如何，请看分解。

  诗曰：鹭岛南归欲葬亲，荒烟凄草缠平林。
     当前但觉途程尽，过此逢尼指迷津。
     寂寞台阶人悄悄，徘徊冷第夜沉沉。
     弱冠守制添惆怅，叩谢方知佛化身。

第五十二回　圣祖御赐万人敌　蔡妈逝葬一洞天

前回说到建石佛吴英还愿，应佳期六郎出世，正是喜事连续来，从吴英六十三至七十的八年中，又连添五子，更是人间少有。世上无双，此乃吴英祖上积阴德，及其母厚德所福荫也，也叫皇天赐福人。

本回要讲的是圣祖御赐万人敌，蔡妈逝葬一洞天。未讲之前，先述吴英三子应凤于康熙壬午乡试中式，再续正文。

且说康熙三十九年庚辰（1700），时吴英六十四岁，为减轻福建人民的修船负担，奏请改造战船（在五十五回述）。康熙四十一年壬午年（1702），吴英之三子应凤以莆田县学赴福建乡试，中式第五十九名。八月二十九日，捷报到厅署。吴英喜不自胜，想到自己自少遭乱，读书不成，学剑立功，一生东征西讨。虽暇时多少自学些微知识，深恨难登高峰。人说学海无边，今老来方恨自己学识浅薄。今逢太平盛世，才有时间教子。幸获成名，克振书香，乃自己一生最快乐的一项大事，也希望其儿日后能报效圣主之恩典也！正在驰思之际，忽报壬午科主考、礼科给事中许志进、大理寺索柱二位大人寄函恭贺小儿学识渊博，日后定是国家栋梁。吴英另复函答之，恭维之词无暇细表。

康熙四十二年癸未（1703）二月，圣祖二次南巡，调吴英往行宫觐见。

吴英于正月初三日自厦起身，至二月十一日到达苏州迎驾。十二日随驾，十五日到达杭州。本日，皇上亲临教场，令将军提镇都统演射弓箭，吴英连中三箭，龙颜大悦。十七日，皇上感念吴英为国尽忠，身经百战，有时一个抵敌数万人之众，随御笔亲书"作万人敌"之匾额与赠，并赐五爪龙袍、貂帽、外套，又赐人参、绵羊、哈密瓜、乳子酒，并各种食物。吴英十八日送驾，二十一日至苏州，沿途骑马观赏苏、杭二州的美好风光。万民敬仰，好不气派。想到自己童年落泊，今日有此荣耀，亦不枉此生矣！真是年少落难有尽期，富贵荣华古稀时。诸位读者，吴英将军回忆往事，不觉黯然泪下，这叫"欢喜到流眼泪"。吴英手中的"作万人敌"匾额是皇上亲书，想到此仿佛回到温州城下战曾养性贼兵数万的情景，塞提督和傅喇塔相拥的场景。傅喇塔抚着吴英曰："先锋一身当万众，彻夜骁战，非凡人可比，乃神护汝忠诚也！"随后又回忆塞白理提督对自己的举荐之恩，不想塞提督病死宁波，欲往答之知遇之恩亦无机会……沉思之际，忽后面一队人马奔驰而至，回头一看，乃皇太子也。吴英赶快下马拜见太子。太子用手将吴英扶起曰："皇上命我书七言诗一首，赠与提督。我一时想不出，故延迟至此时才赶来，请将军收起！"吴英叩首曰："多谢太子厚赐，吴某终生粉身碎骨也难答天恩也！"太子扶起曰："将军为国驰骋沙场四十余载，受此微赠，何足为奇！"说完上马回行宫而去。

太子赠的诗是：荣公昔日镇天雄，锁钥关门百二重。
北使也谙人物论，楼台天地仰高风。

吴英回厦署后，将匾额复模仿刻在石，悬挂在定庄牌坊、泉郡牌坊、枫亭牌坊之上，以示尊瞻。而太子所题赠的七言诗，及前所赐珍品，高建御书楼崇奉之，并世世代代当宝贵翰墨珍藏。

按民间传说，吴英的钦赐"作万人敌"大匾是在行宫制作成物，并赐横着行。由于匾额太长，而当时所过往街道较窄，若横着扛，恐伤许多民房和街道。为免伤沿途百姓的财产，免予拆除一路障碍，改为扛直行。其时，红绸金匾，沿途敲锣打鼓，一路上，凡遇官员骑马坐轿，皆必须下马停立于旁，并三呼万岁。吴英令人奉匾，一路谨慎，不敢扰民，百姓无不称颂之。

诗曰：褒封匾额横着扛，提督威名震四方。

太子题诗添厚赐，御书楼上永珍藏。

康熙四十三年甲申（1704）七月，忽家丁来厦，报说蔡夫人英蚤寿终内寝于定庄（终年六十四岁。蔡夫人病时，吴英曾数次回定庄看视）。吴英遂骑马带部将，从厦门任所回定庄。

因前在康熙三十六年（1697）丁丑，已向张家买地在莆田之溪上中山（前五十回有交代）作寿域，故

看视蔡夫人

吴英及吴府大小全部举哀挂孝，入殓在堂，延请佛教高僧，隆重超度外（吴英是佛教信徒），又即期令人开挖寿域。吴英亲自督促堪舆家仔细经营，不可打破太极图。开圹后，果然四圈皆石，中央天成一太极图，深阔一丈二。其土美如蜀锦，五色鲜明，暖气氤氲。造筑三圹，中央之处有生气，五物形如蛙，其五爪色黄绿而牵金条，忽不见。乃于十一月吉日吉时将蔡英蚤夫人安葬在左圹。至于出殡仪式，吴英皆吩咐从简。而此时蔡英蚤也已封一品诰命夫人，故朝廷亦派钦差大人前来祭奠，福建巡抚、总督、按察使、兴化知府、泉州知府、莆田知县、晋江知县、福建陆路提督，水师提督府的统领、参将一切人员，包括晋江浯塘的蔡氏姻亲、晋江大小浯塘的吴氏宗亲、定庄林姓乡贤耆老，尽来送行。虽说吴英欲从简，但此时亦由不得他了。

此时不只莆田道、佛二道师夫前来为蔡夫人超度，南天禅寺僧人全部齐到，为蔡氏英蚤夫人引魂上西天极乐界，阿弥陀佛之声响彻云霄。

诸位读者,蔡夫人逝时,吴英此时至少已有八个子(注:吴英从63岁到70岁生五子),女儿五人,孙男十二人,孙女十三人,曾孙五人,内外总计至少八十人。此外尚有乡朋好友部属雇来的笼吹、拍胸队、十音……等不可胜计,出殡队伍排成一条长龙,浩浩荡荡朝桂山三门里一洞天而去。

且说出殡灵队汇集在桂山,哀声、锣鼓声、音乐声震动山谷,人山人海,铭旌彩旗招展。后由钦差大人主持祭奠,祭文无闲细述,敬请原谅。

下面单述吴英祭妻文以飨读者(诗词组合)。

维

公元一七〇四年,皇清康熙四十三年甲申葭月吉日吉时,不德夫福建水师提督吴英,特以香花、果品、牲礼馐馔、金帛之仪

致祭于

亡妻一品诰命夫人英蚕蔡氏之灵前曰:

蔡夫人出殡队伍图

呜呼!琴停绝声弦,魂飞天外天。寒炉悲寂寞,破镜影凄凄。怎招离别苦,难堪老泪涟。今生长已矣,再续来世缘。呜呼!恩莫重于父母,义无过于夫妻。每想于此,怎不令人黯然而情牵。回忆咱童年,我浪子孤苦儿。汝闺房疾病缠,偶然来相会,悬殊缔姻缘。我逢难困海岛,汝九载艰苦无怨言。我几十年从戎路,汝抚养子女在堂前。我出生入死为社稷,汝满腹辛酸藏心田。汝替我养育许多子女,寂寂寒窗孤灯独自眠。时乎不再,命兮当归。金鸡惊报晓,妻将驾鹤西天。悲哉,痛哉!今才逢盛世,汝却

一梦赴黄泉。痛音容之远隔,欲晤面再无缘。品德留典范,家乡赞淑贤。仅卜桂山吉穴牛眠,祝千秋之不朽!一抔红土盖安然!三樽奠酒敬奉灵前。贤妻有知,来鉴丰筵。来品来尝,哀哉尚飨!

葬毕,吴英送完参祭的各位,随令吴家阖家大小为蔡夫人守孝三年,以尽孝思,并亲题匾额曰"蔡岭别一洞天",以志其地形之美。

真是才蒙皇恩来厚赐,又报蔡氏归天去,吴英一生喜悲参半。欲知后事如何,请看分解。

诗曰:婺星昨夜坠苍穹,忽报夫人此日终。
四德雍容蔡氏女,百年伉俪义深重。
疏灯影映灵堂外,清磬朝参尽鞠躬。
淑范长存垂后世,音容宛在定庄中。

注:《泉州府志》载曰:晋江人官提督吴英妻蔡氏英蚕,岁从戎远出。值寇乱,蔡流离颠沛中,必负累代木主以行。及英贵,入籍莆田,氏好施与,凡桥梁、寺观修造,皆力为之。丙子,莆大饥,尽发贮粟三千石,复捐金籴米数千石。散给饥民,全活数万。课子应麟、应龙、应凤、应鹏、应鲲,俱登仕籍。

第五十三回　赐世锦皇恩浩荡 加威略将军美名

上回讲到吴英三子应凤中举,圣祖钦赐"作万人敌"巨匾,太子赠诗。喜事连续来,不幸蔡夫人仙逝。这叫喜中有悲,悲中有喜,请看下文续说。

且说康熙四十四年乙酉(1705)二月,圣驾阅河,巡幸江、浙。吴英前往接驾,蒙圣恩叠赐左文渊鉴法帖、皇舆表、宝石大小砚、玻璃、各种玩器、宝墨、绵羊、乳酒,诸色品物,并祖宗祠堂匾额,御书"燕翼诒谋"四字,又字联一对"但使虎貔常赫濯,不教山海有烟尘"。七言诗一幅,五言诗金扇一握。随至杭州,皇上亲临教场,命各镇提射箭,吴英连中二箭,龙颜大喜,温旨垂问。会其随至苏州,再赐八团龙袍褂、晚帽、靴袜、项戴、孔雀翎等,这是圣驾三次南巡。

康熙四十五年,吴英以年届七十,思海疆任重,恐负圣恩。遂于六月十九日呈疏乞休,皇上不准。

康熙四十六年丁亥(1707),圣驾四次南巡,巡阅河工,南幸江浙。

二月二十九日,皇上驻驿三叉河。吴英自厦门前赴江南,恭迎

康熙南巡图

圣驾。三月初六日,随驾江宁。初八日,皇上亲临教场,三呼万岁后,帝开金口曰:"吴爱卿,汝今年享龄几何?"英曰:"吾皇万岁,臣托万岁洪福,年届古稀添一也!"帝曰:"古稀之龄,还如此矍铄,未知公之美髯如何养护?须发都是黑的,奏与朕听。""启奏万岁,臣之须发乃父母天生,并非养护之功。"听吴英奏称,帝龙颜大悦,又问曰:"吴爱卿,汝身经百战,玉体是否带伤?奏与朕知。"臣启万岁:"臣蒙皇上天威,水陆身经百战,从不带暗伤!"上答曰:"我们满洲当年亦有一将,各处冲锋陷阵,总不带伤。人问他如何不带伤,他说:'我若带伤,天下的贼就没有人杀了。'而像汝一样,都是自己带来的造化,不然你一人经过许多征战,岂有不带伤之理?"吴英曰:"万岁,臣百战不伤,皆蒙皇上福庇。"说完,皇上遂将御书"世锦堂"匾额及对联一副,联内书"国恩优渥褒成绩,臣职勤劳勉后昆",由内侍在行宫转赠,吴英随在行宫谢恩!

初九日,吴英会总督具奏,请换渔船,唯以双篷,越省采捕,请奏旨准行。

后皇上传问浙闽总督梁鼎共商此事,梁总督曰:"渔船出洋必须双帆方能驾驶,若单帆即如骑马无扯手一样,难以回顾。"英曰:"福建山多田少,以海为生。自古以来,采捕渔船春冬在浙、福海洋取捕带鱼,至夏秋则往浙洋捕取黄鱼。若单帆,只好近山边行驶,难以越出重洋。"又曰:"渔船现在议要十船连环保,方许出海,如一船为非不报,则十船连罪。求皇上恩准其双帆,万民捕鱼有赖。"吴英奏曰:"现在商船俱准双帆,往来俱不防其为盗,希皇上恩准其一体连罪。"皇上准其双帆越省采捕,沿海百姓无不感吴英恩德。吴英四月初二日随至杭州,初四日蒙御赐人参一斤,绿端石砚一匣,砚盂玉匙各一,宝墨一匣,并诸般食物。初五日,又赐御马一匹。十一日再赐貂帽一顶、八团五爪龙袍一件、八团五爪龙褂一件、靴袜各一双、黄辫珍珠寿字松叟石结荷包一对。

四月十五日,吴英自杭州随驾到苏州。十七日下午,皇上宣进,垂问海上，及当年山海各处征战情况。吴英一一具奏，天颜大悦。十九日对中堂大臣发旨意，圣旨诏曰："提督吴英，行间效力四十余年，身经百战，九死一生。所奏言语很通文理，好个老提督，天下哪里有这样靠得住的人，边海是离他不得的。"即发上谕与兵部，加授吴英为"威略将军"，传大学士议封号。二十日，早赐"御书诗画金扇一枝"。大学士在行宫先宣上谕，谕兵部，国家绥缉，兵民必安，海峤必资威望素重之臣，以俾干城之寄。有能久镇严疆实彰劳绩者，则锡命酬，庸宜加显，秩福建水师提督吴英。当王师初定八闽，即亲履行阵，自偏裨以至大将，扬历四十余年。比任提阃以来，益殚壮谋，克修军纪。目前诸将中，明习水性，训练舟师者，罕与媲伦。是用特涣殊恩，俾膺异数。五月二十九日，着授为"威略"将军，仍管水师提督事务，以示朕优眷劳臣至意。尔部即遵谕行，特谕念一日传旨宣进。吴英跪奏曰："臣蒙天恩，加授威略将军，捐躯亦难图报。念臣自甲寅（1674）年起，至甲子年（1684）平台回师才卸甲，凡到处临阵，总是前无敌人，后无家。竭尽一身，以报国恩，怎敢料有今日安享四海升平之福。"皇上曰："你是有年纪的老功臣，坐着说。"吴英曰："臣不敢。"斯时，天颜和霁，问及国事、家事、妻儿，吴英一一对答，并将生平水陆血战情况一一廷对无遗。如此的宠遇，诚千载一时也。皇上曰："吴爱卿，尚有平生大事，尽管奏给朕知。"吴英曰："臣数十年征战，也算不得许多，只是三遭大要紧处，皆是天护国家才得成功。"上曰："哪三遭要紧事，奏给朕听。"英曰："臣当日曾养性

康熙南巡图

围困台州,四面危迫,臣献计贝子,领先锋,明修毛坪,暗渡凉坪。杀败刘邦仁,曾养性逃入温州,台州困遂解。丙辰年二月十七夜,曾养性贼兵数万分为几路,用火攻,烧我满汉营盘。臣见贝子言各处营盘,俱是草房,贼用火攻,自无不破。但生地宜守,死地宜战,速令各营兵马撤出,踞险拒敌。贼昏夜不敢进,天明咱方可破之。臣带领官兵八百余众,当头迎敌,同满骑数百,黑夜两次冲杀。那时臣对都统说,黑夜兵马乱,好乱杀俱伤,至天明无人可杀。今贼众出城必过五里平地而登山,需发大兵五百骑,埋伏在左边山下,其余满兵可尽搬上后山,候至天明冲开木马。前后夹攻,包管贼人片甲不归。都统不肯依,赵和尚转咨贝子,用臣之计至天明就破了贼。本夜杀到三更,臣骑铁青马、穿青甲、执弓箭,臣背后满洲兵,看见臣骑的是白马穿的是白甲,手里拿的是枪,若不是神灵护助,就是铜铁打的,经这一二万排枪,行营炮火也打得烯烂了。这是一奇异也。"

皇上曰:"且奏第二奇异。"英曰:"是打澎湖之时。"上曰:"打澎湖之时,若不是潮水涨足不退,你们也难得成功了!"英曰:"不但水涨奇异,六月十八日,澎湖各大澳都被贼船占了,我们的船有四百余号,泊在八罩福建海洋。六月十三至十八日,皆是大飓风之期。本日天上忽然黑云紫云四起,北风已经飘动,众兵一见,惊惧非常。忽空中一声天鼓响(雷响),云都散了,北风止了就转南风。这是天助吾皇成功也。"

皇上再问曰:"第三奇异是什么,请奏给朕知。"英答曰:"六月二十二日,战火非常剧烈,臣烧贼镇陈启明一只大船。因水退了,船与贼船一总相连焉,拦在石头上,贼船火起,有副将詹六奇摇小杉板来要请臣过船。臣说,我船上四百余众舍命破贼,要死则同死,生则同生,安有我一人逃生之理。众人痛哭跪求,臣总不肯。正说话间,臣的船又无风忽然退下深水二三箭地,与贼船分开。遂攻杀贼船,化危为夷。此也是神灵相助之奇异也!"皇上曰:"除去此三次奇异,尚有其他的吗?"英曰:"六月十六日,同施提督从东山率舟师齐到澎湖,不幸前锋七船先入港内,被郑军围困无援。余见七船临危,随驾双橹,单船救七船。其时余见天空有一条金蛇保护,余过后想到余之五世祖墓是水蛇穴,莫非祖先之灵助余成功也未可知也。但是主要是托皇上之洪福,而且皇上是大佛,天送下凡治世,不然自古以来帝王的天下,何曾有皇上的幅员广阔,四海如此升平。臣的身体也是天遣下来伺候并守门户,扫除尘埃的。"皇上闻英答说,龙颜大悦。又问曰:"你有几个儿子?"答曰:"九个儿子。"(志书写十个,未知何因?)上曰:"都做什么官?"英曰:"长子布政使司参议、江西督粮道,次子刑部郎中、候补副使道,三子户部郎中,四子福建水师提标游击,五子辛卯举人,其余的尚年少。"上又问:"你的女人是结发吗?"英奏说:"是结发夫妻。"又问曰:"九子都是结发妻生的吗?"英曰:"一、二、三、四是正妻生的,其余的是妾生的。"上又问曰:"你的结发妻健在吗?"英奏曰:"前年六十四岁去世了。"上曰:"也享寿六十四了,看来你是一个多福多子多孙又夫妻到老,身经百战,九死一生不带伤,年纪七十多的福禄寿星。"英曰:"多谢万岁褒赞。"上又曰:"天下武官对朕的重用有感激吗?"英曰:"皇上如此大恩大德,天下大小武官无不舍命报国。但托皇上洪福,四海升平。自古以来,周朝天下八百年称之最久,皇上如此之法,传与皇子皇孙都是如此,江山就是八千八万年。"上又问曰:"你在四川做几年提督?"答曰:"十二年提督,经过五个总督,三个巡抚。臣之仰遵皇上教诲,文武和衷,兵民相安,凡事与督抚商量,大事化小事,小事化无事,不敢致烦皇上天心。赖皇上洪福,十二年四川都是太平的。"上又问曰:"经你管过的官,做提督的有几个?"答曰:"有八个了!"上曰:"封你将军是应该的。"

接着吴英曰:"吾皇万岁、万万岁,臣蒙皇恩,特用提镇三十余年。今臣已七十一岁,恐筋力渐衰,有误海疆。去年具疏乞休,蒙皇上天恩加奖,臣虽粉身碎骨亦难图报。"皇上曰:"汝是久经历练的老将,正要用汝,怎么辞得。如今亦不用汝身出力,只用汝心与口指挥调度就是了,何必告辞。"吴英奏毕,退辞行宫,皇上起驾回京,吴英五月回署。

诸位读者,吴英老来受皇上如此厚宠,真是老马展鬃,秋花更香。欲知后事如何,请看下回分解。

诗曰:圣祖亲封威略名,大臣议号赞贤声。

行宫御赐忠良将,海峡宣威见太平。

行宫奏请渔船换双篷,越省采捕。

第五十四回　兴化赈济救百姓　荐子随标报君恩

前回讲到定庄府第受封"世锦堂",吴英又恩加"威略将军",满门荣耀。本回要讲的是兴化赈灾,荐子随标图报,请看分解。

康熙三十五年丙子(1696)莆田旱灾,谷物失收,饥民载道,乞丐成群。他一日回定庄府上,见一群乞丐挨家踏户求乞,有所感慨。想到自己过去曾过的苦难生活,现在虽然荣华富贵,但一幕一幕的往事浮上心头。看到众多乞丐,沉吟不语。蔡夫人几乎看透吴英的心腹,对英曰:"提督相公,莫非您见他们饥饿忍心不过吗?何止本处如此,听说兴化灾情更惨重!"其五子应鲲在旁赞口说:"父亲,咱何不捐出一部分俸银,籴米粮,在兴化公开赈灾。此必引起兴化知府重视,开仓协赈,救济灾民。"英曰:"真是我的好囝,洞悉父心,就照你说的办。"于是吴英写好一函,吩咐部属奉送兴化知府。兴化知府拆函开读,大受感动,亦将灾情上报,自己亦捐出部分俸银,拨出仓库存粮,全郡齐赈灾民。吴英此举,使兴化郡灾民不至饿殍遍野,兴化人民感其恩赐。单吴家拨出的赈灾粮米,便全活兴化郡男妇老幼计三万余人。

康熙四十六年丁亥(1707)莆田、仙游二县灾

三百年前的吴英将军兴化郡赈灾图

荒，百姓饥饿。时吴英迎驾归来，目击惨情，遂同小蔡夫人及众子媳商议，倾竭仓粟，逐名散给。因灾民众多，自己仓中存粮不敷赈，为使灾民人人有粮可分，特从市场籴粮以益之。全活二县灾民数万之众。

且说吴英于清康熙三十五年和四十六年，前后二次在兴化莆田、仙游赈济，救活近十万民众，慈善家芳名赞于道。转眼之间，过了二年，屈指一算，已是康熙己丑（1709）初春。一日，吴英从厦门回定庄，将整个"世锦堂"四周堪踏一遍，发现来龙与坐向俱不相符合。

诸位读者，吴英虽说自少被抓海岛，学文时间短促，学武时间较多。但他天生不凡，过眼不忘，后来他文韬武略齐全，而且对于医学、地理学亦深有造诣。更让人不可相信的是，吴英还为"南天禅寺"和四川"诸葛庙"题匾，在吴英的遗作孤本《行间纪遇》和《清威略将军事略》中，文彩风流，笔法舒畅，书法字体有的飘逸，有的浑厚凝重。如果说此两书是吴英亲笔所书，那么吴英可称是军事家、文学家、堪舆家、书法家、医学家，也当之无愧。这说法只代表作者本人的观点，因本人尚用如果……那么……的假设，最主要是读者大家的鉴评为准。

话说吴英一日返定庄，视察整座世锦堂，发现定庄府第来龙与坐向不符，因鉴于军务倥偬，无暇顾及。事情应从头讲起，吴英自前者驻扎兴化，已经将先人坟茔迁葬福清。他便欲就近择一阳居聚族，不致于隔离坟茔过远。因此于兴化所属之地，四处寻遍，最后于康熙庚申年（1680）看中莆田定庄，属林姓祖居。因其姓六七百年来科甲连登，在兴化称为望族。

后又赖上苍保庇，购得此地，于康熙辛酉年（1681）兴工。建宅未几，吴英调任四川提督。在四川提督任内，疏奏请入籍于兴化定庄。但所建府第，因远隔未及指点，起盖二十三载，经费开去数万金。至康熙丁丑年（1697），吴英转任本省陆路提督，往宅后观来龙去脉，来龙与坐向俱不相合，始知从前之谬。乃于己丑年一尽拆卸并改向，遂择日重新起盖府第五座。当临竖梁之时，众人见中府一连三夜毫光炳灿，俱称异。又建家庙在府第之东。按此地之地脉，乃从仙游发祖，逶迤而来，开窝列帐，三十六坑之水尽归会明堂，砂护重重包裹。更有壶公山尖秀插入云霄，常倒影于门前，堪称至美。算来也是天要赐给吴英之子孙后代之福地也！

康熙四十九年庚寅（1710），时吴英七十四岁，定庄吴府初步改建完工。他又奏本曰："我皇万岁、万万岁，前望皇上圣谕，言不必告老。今不用臣之力，只用臣之心与口，圣谕深切，臣未敢再为乞休。但臣今年七十有四，目下虽可勉力支持，但筋力衰迈，诚恐精神不周，益滋圣负。今伏读上谕，知我皇欲广东、福建二省之武进士、举人、生监或兵民人等，有熟谙水性，练习水师事宜，愿于出洋巡哨，船只愿随官兵效力者，如果能有皇上慎重海疆作养人才，无所不用其心。臣有第四子吴应鹏，乃系候补行人司司副。但观其举动形象可从武，所以臣俱随带营中，令其习学戎马，操练水务。前在虎丘，微臣亦经面奏，以臣所得的阿达哈哈番世职，日后付与承袭。他练习有年，颇堪任使。因思臣标五营，历任提督，皆有挑设精壮兵丁六百名，俱系委令领旗，管领巡防。臣任内更加挑练精悍以成劲旅，不揣仰恳天恩因才器，使将臣子吴应鹏行人司司副，改赐一偏裨武职。仰有束兵之责，得以带领前项标兵出洋哨捕，总不须添设兵船，略如江南奇兵游兵之营。一则臣力已衰，得资臂指；二则臣子乘此壮年，可效犬马之劳。兹令臣子吴应鹏赴京叩见天颜，如蒙恩准，得以改职报效，臣父子感皇恩当永矢于生生世世矣。"即遣应鹏奉本赴京，时在其年四月。皇上亲考于校场，令应鹏试射弓箭兼马骑术。陛见骑射精熟，龙颜大悦，不发部议，准以游击之任，管理内标。遇提标五营缺出，遂补用。至辛卯年（1711）七月内，奉部文以吴应鹏授水师提标前管游击，随于同年八月十八日赴任视事。

在吴英七十五岁这一年，他荐子随标图报。父子伏念皇恩优渥,敢不鞠躬尽瘁,日以勤劳,以勉后昆焉。

　　正是才闻兴化赈百姓,又见荐子报皇恩。欲知后事如何,请看下回分解。

　　诗曰:荐子随标报帝君,忠诚义气震乾坤。

　　　　虚心学习低头竹,矢志安民代代春。

荐子随标报君恩

第五十五回　省军费改造战船
　　　　　　　发令牌招徕远商

　　前回讲的是吴英兴化赈济,改建定庄府第,荐子随标图报。欲知接下如何,请看分解。

　　且说吴英自康熙二十二年癸亥(1683)与施琅平台澎,同年施琅班师,留吴英镇抚台湾近二年。其时,吴英奉旨将大乌船十只留守台澎,按条例皆三年一修,五年重修。每当修船之期,通省百姓俱受科派,计需维修银三十余万两。圣旨下达,是顷刻难缓。富者尤能完纳,贫者如迟缓,即关押鞭挞,甚至破衣敬被变鬻交县。当时吴英因自己是穷人出身,也耳闻目睹穷民百姓为交维修费无法完纳,卖厝、卖产、卖儿而家破人亡者许多。他确实是痛心,但欲助也无能为力。

　　他深念此修船一事,与天地同久,贫民之苦若待何时才得休？此等船只一年修竣,驾驶至厦门,间搁在澳里,船身高大,一应出哨,俱用不及,置之风吹日晒。再过一年,又欲题明再派银两重修。吴英深知这是劳民伤财的大事,长叹一声,待我为民请命。遂于康熙庚辰年具奏本陈奏,请以大乌船改造赶缯船,使一船得备一船之用。奏本上,康熙与众文武大臣参议,一致认为吴英的请求,实利于民又利于国家长久之计,遂依其所奏请。吴英遂下令,废除福建省百姓修船科派之制。

　　在吴英任福建水师提督十余年,除废除福建原科派征收船只维修费外,他为了使厦门港口成为贸易、海运为一体的城市和港口，特发令牌，招徕远商。以下转录厦门大学历史教授连心豪在《兼论闽海关与清初海外贸易管理体制》一文中，转载王庆成《稀见清世史料并考释》开篇收录了一则重要的清初对外贸易史料——《康熙朝威略将军福建水师提督吴英招徕外商令牌》。

令　　牌

　　威略将军、管福建水喷提督事务、世袭阿达哈哈番、加五等又加二级吴　　为广布皇仁，招徕远商事。

　　照得本将军统制闽疆，建牙鹭岛，经今一十余载。凡外域梯航来厦贸易者，本将军仰体朝廷柔远德意，无不加意优恤。查近年彝商罕到，或因从前牙行负尔财本，稽尔货物，以致尔等疑畏不前，亦未可知。

　　今本将军清厘夙弊，所到彝商，皆选择殷实行家。公平交易，无有挂欠，俾得乘风返国。在尔彝商，业皆稔悉矣。今尔等船只返掉（棹），所有彝商，合行给牌招徕。

　　为此，牌仰该船主遵照事理，即便赍执令牌，广行招徕。尔等彝商，务体本将军恤远之怀，招谕各商相率赴厦。一切贸易诸事，本将军更有加思优待。着诚实之人，择行料理，慰尔彝商。慎勿疑阻，致负本将军一片柔远之至意可也。须牌。

　　右牌仰网礁月劳　库主霞儿准此。

　　康熙四十九年十二月廿一日给

　　威略将军　　　　　　　　　　定限　日缴

　　此令牌由王庆成先生1984年在英国剑桥大学图书馆无编号箱中发现。原件高约90公分，宽约65公分，纸质坚厚，周边刻印四爪龙戏珠图案。"令牌"二字、"威略将军、管福建水师提督事务、世袭阿达哈哈番、加五等又加二级吴　　为"一行,"右牌仰"、"准此"、"康熙　年　月　日给"及篇末"威略将军"、"定限　日缴",均为刻印。正文墨书,有朱点。"令牌"字样处和　年　月　日处,均钤盖满文汉文合璧"威略将军"阳文篆字方印。

"令牌"发布者为"威略将军、管福建水师提督事务、世袭阿达哈哈番、加五等又加二级吴"。阿达哈哈番,系清朝爵名,顺治四年(1647)改甲喇章京为阿达哈哈番。乾隆元年(1736),定汉字为轻车都尉,满文如旧。《清世祖章皇帝实录》载:"顺治八年辛卯五月丁丑朔。辛卯,兵部会同内院遵奉太祖配天恩诏,议有功汉人大小世袭武职,俱以銮仪卫、外卫所用照新人八旗官员例,给与世袭。敕书酌定汉名、品级。一等阿达哈哈番,再一拖沙喇哈番称为外卫指挥使,正三品。一等阿达哈哈番称为外卫指挥副使,正三品。二等阿达哈哈番称为外卫指挥同知,从三品。三等阿达哈哈番称为外卫指挥副同知,从三品。从之。爵名也遵谕改定:昂邦章京改为精奇尼哈番,梅勒章京改为阿思哈尼哈番,甲喇章京改为阿达哈哈番,牛录章京改为拜他喇勒哈番,半个前程改为拖沙喇哈番。"康熙四十九年任威略将军、福建水师提督、阿达哈哈番者应为吴英。福建水师提督,康熙元年设置,原驻海澄,康熙十九年后移驻厦门。令牌中说:"本将军……建牙鹭岛,经今一十余载。"吴英于康熙三十七年(1698)任福建水师提督,至发布该令牌的康熙四十九年已十二年。吴英的经历与令牌所署衔名完全吻合。

令牌所涉威略将军、福建水师提督吴英招徕外商、管理外贸等内容,清宫档案、正史、地方志等官方文献与《墓志铭》等民间笔记文书均不见记载,尤显珍贵。

以上资料证明了吴英将军为减轻福建人民的修船负担,废除旧制,为繁荣厦门港口,发令牌招徕远商的事实。正是废除船税知民情,发布令牌为繁荣。欲知后事如何,请看下回分解。

诗曰:改造战船奏本呈,歌声载道赞贤声。

令牌发布招商至,港口厦门日日兴。

招徕远商

第五十六回　宿界乡延匠建第　造玉屏聘请元飞

上回讲到吴英在水师提督的任内，奏请免福建修船经费每年三十余万两，为繁荣厦门港口贸易发令牌招徕远商。欲知下文如何，请看分解。

且说吴英一生有史可载的最少娶三位夫人，原配浯塘蔡英畲夫人，侧室小蔡夫人（莆田人），三侧张氏夫人。身后十子五女，十二男孙，十三女孙，曾孙五人，计四十五人，加上自己与三位夫人及媳妇最少十人，孙媳及女婿外甥，内外总计近八十余口。而且应麟、应龙、应凤、应鹏、应鸥五子已出仕任职，受皇禄厚享。也可说是人间少有，荣华富贵、高官厚爵、丁财两旺。

在康熙五十年辛卯（1711）初春，告假几天抵莆田黄石定庄。至府稍息片刻，回顾二位夫人及众子孙、子媳、孙媳、曾孙，盈盈满堂，不觉喜上眉梢。但又一想，自己年届七十五了，人说人生七十古来稀，再享寿年能几多，也应该为身后事作一番筹划，方不使自己百岁之后，子孙无自己产业（旧时属私有制）以养活自己，产生贪赃贿赂，有损自己一生清正之名，遂对在府诸后裔曰："吾早年于枫亭陡门购置一田庄，又置惠安界乡、秀溪二庄山地田产，每年计收租粟三千石。

惠安界乡府第

想咱既已入籍莆阳,而三庄隔远,似难照管,必须就近择一阳居于十子之中分房,就业居住以便掌管,未知大家意见如何?"众子孙齐声曰:"仅遵严命!"吴英曰:"多年来遍寻未一合式之地,昨因公务,为省行程,住宿界乡,见其地土色如朱,诸山环抱,形势真可观。遂步后山,按龙一望,形若飞凤落洋,案堂对九峰,如九龙献珠之象,乃山朝水聚唇圆枕厚诚之一大地也。余亲定分金向首,因山前俱是佃农所居小屋,命管事之人照价赔偿,另择左边港西一带基地与其迁盖。正在议估之间,此地一古倭寨,忽然自动,有如地震。居人恐慌,将家中之物尽移出。刚移毕,其寨'哗啦'一声,整座倾倒,众皆骇异,以为此地当属将军起建之福地。遂欣欣领资移盖别地。"以上乃吴英讲述给诸子孙听的购地经过。时六郎应星在旁(13岁)曰:"阿爸,照您怎说,您不只是一个军事家、医学家,还是一个堪舆家!"吴英笑着摸着应星的头曰:"六郎出生就与众不同,只要勤奋攻书,日后是国家之栋梁也!"

吴英在康熙五十年辛卯(1711),在惠安界乡(现属泉港界山镇蚵寨村)起盖府第三座,其年已届七十五矣。但隔年,即康熙五十一年壬辰(1712),寿终正寝于厦门住所。按《清吴英将军事略》中吴英的自叙,界乡府第是分与四子(应鹏)、七子(应枢)、十子(应璋)三人居住。按吴英自叙中说,界乡与定庄相隔不过六十里之遥,往来亦便利。两处表里之势,互相连续,此亦是天恩所赐给后代儿孙之福地也!

2011年五月十三日,作者为证实吴英将军是否在界山

惠安界山天马山雨夜图(现属泉港区)

蚵(倭)寨建有府第,并其四子、七子、十子是否在蚵寨传衍子孙。故冒着绵绵细雨,从泉州乘公共汽车至界山镇路口下车。时大雨滂沱,余雇一辆二轮摩托从界山路口往东丘村而去,整条路红土泥泞,过天马山,到达东丘村。但据东丘村宗亲介绍,他们现人口400多,是从泉港区仙境村分析,并非吴英之后裔。但从他们口中得到一个消息,吴将军曾在天马山前蚵寨前建寨。

于是余又雇他们村中的一辆三轮车冒雨再回往蚵寨村,在村委会前巡逻队办公室,得到柯晨阳先生的支持,并领余冒雨到他们村中年龄较大,对吴将军有较了解的柯春林家中。柯春林热情地招待本人。柯晨阳因村中联防队有事先回,本人便自己留下采访柯春林先生。据他介绍,吴将军在蚵寨确实建有顶、下二府第,寨四周皆用古时三合土筑成的围墙。墙壁坚固而厚实,长约80米,宽约60米,顶、下两府第在围墙之中,非常壮观,气势磅礴。余问:"柯先生,现蚵寨遗址尚在否?"柯先生说:"顶、下二府第先坍,围墙留存,但不久前已为他们村中村民建厝盖没矣!"余又问曰:"现蚵寨是否有吴姓之人住居?"春林答曰:"据传说,吴姓挖的井水不能吃,只有他们柯姓挖的井之水才能吃。故吴姓因不适水土之缘故,而迁徙外出,不知迁何地!"余又问曰:"吴英自序中称的九峰山朝案堂,是在哪方?"春林给余指出在过公路东南方,而后山是天马横空连亘山峦。余详细一观,蚵(倭)寨此地形,正如吴英自序中所说的飞凤落洋,九龙献珠之势,山朝水聚圆唇之宝地。

诸位读者,吴英择的风水宝地,竟不适其子孙之发祥地,余也感到非常遗憾。但界山之行确有收获,终知吴英曾在蚵寨建有顶、下二府及围墙,可惜已被毁,不然又是定庄堡另一军事要寨的模式。

调查结束后,余赠柯先生一本《威略将军传》,柯先生非常高兴并表示感谢。另外,柯先生告及他们祖先约在康熙二十至三十年间至蚵寨肇址发祥。按此说,与《清威略将军吴英事略》中所称"佃农"

时间吻合,而蚵寨现住柯姓仍属"倭寨"原住民。最后余依依惜别柯先生,冒雨举伞,步行三公里往泉州方向走。在雨中,照下天马山照片,但九峰山照不到。后在公路边等到莆田开石狮的班车,返回泉州。

(注:作者编著此书的最终目的是使海峡两岸吴英十子后裔大团圆,以慰吴英将军在天之灵。相信作为神的吴英,定会保庇本人完成此愿望。)

且说吴英在水师提督任内,经常巡视海疆,关心水师将士日常生活和疾苦,深得大家拥护。看到厦门岛百姓安居乐业,他感到无比的欣慰。

一日,吴英将军巡视海疆,登上厦门玉屏山(后改虎溪岩),见其气势蓬勃,且有仙气。遂逐步登上高峰,观一刹,名"玉屏"胜景。时一秣陵将军胡真卿在上面建有"啸风亭",吴英看此山虽不高,但灵气非凡,正是所谓:"心有灵犀一点通。"因他是佛门信徒(已在晋江建南天禅寺),而且他也受晋江祖地元飞祖师高深的佛教理论所熏陶,便有心将此地扩建为佛门圣地,以弘扬佛教的为善宗旨。

虎溪岩鼻祖元飞祖师

他请来能工巧匠曰:"玉屏古刹,乃唐朝所建。吾有心扩之,汝等各自设计一方案图纸。看谁设计精巧,经高僧评价而取之,报酬由本督处付。"众人未敢怠慢,日夜操作,各献图纸。最后聘请晋江黄檗山万福寺曾赴日本传教的隐元和尚之四代徒孙元飞来观看设计的图纸。经吴英和元飞共同参考,稍微改动,就付之实施。吴英留下元飞大师在厦主持基建事宜,大兴土木,精雕巧琢满玉屏。现为厦门八景之一,而元飞祖师亦被虎溪岩寺尊为开寺鼻祖。

他曾题诗一首《岁首游虎溪岩》云:

杓斗回寅转一年,郊游改换旧山川。

桃开嫩蕊含珠露,柳发新枝舞翠烟。

岐海霞光瞻日近,鹭江风暖占春光。

虎溪形胜冲霄汉,砥柱东南半壁天。

吴英一生行善事迹,除建晋江石佛寺和厦门虎溪岩外,比较早的是在镇抚台湾的第二年(1684)负责将原明宁靖王朱术桂的府第改建成天妃宫。据季麒光《募修天妃宫疏》称,施琅班师后,改建工程由吴英负责。落成后,康熙御赐"辉煌海澨"龙匾一方,悬挂庙中。吴英改建天妃宫有三个目的:一来了结宁靖王的遗愿,以安台湾民众之心;二来借天妃助战的神功,来显示天命有归;三来使天妃娘娘的信仰世世代代流传,达到弘扬民间宗教的宗旨。

在四川任提督时,与巡抚噶尔图(二任)合捐俸金,修复从德阳罗江至昭化的三百里古道。

此外他还捐俸修建漳州白礁的吴夲真人庙,捐俸银六千金参建莆田熙宁桥、宁海桥,捐银参建泉州文庙。据《兴化府莆田县志》记载,吴英"敦族睦邻,置义田,赈凶荒,修兴化熙宁桥、宁海桥。其居乡之善,又有足称者"。兴化府《莆田县志·学校志》还有"提督吴英捐金二百重修棂星门"的记载。

还有他在清康熙四十年辛巳(1701),捐俸银修建莆田城厢区雷山左旁的梅峰光孝寺大殿。过九年,他又重修山门。现该寺是全国重点开放寺庙之一。吴英晚年除以上所述的行善事外,还在仙游枫亭,捐俸银许多,先后修复太平陂和三峰陂水利工程,并开发南庄洋(鸠林)、后洋、苍溪等地良田3000亩,深受枫亭人民的赞扬和传颂。按以上记载,吴英还应加上慈善家之雅称。正是解囊利群行方便,修宫建庙施慈善。欲知后事如何,请看下回分解。

诗曰：升平盛世行慈善，睦族敦亲任在肩。
　　赈济救灾施大度，弘扬佛法慨兑缘。

　　清康熙四十年，吴英捐俸银修建莆田城厢区雷山左旁的梅峰光孝寺大殿。过九年，又重修山门。

第五十七回　吴英梦游浯塘山　仙姑引路归星座

上回说到吴英宿界乡再建府第,造玉屏再聘元飞。欲知下文如何,请看分解。

且说吴英将军虽说晚年身体仍然矍铄,但终不及青壮年。又加上身经百战,身体和精神难免有损,又加上国事家事,事事需要关心。至康熙五十一年壬辰(1712)七月,身体感到疲惫,渐渐不支。虽医生告诫其多休息,少操劳为重,但他至终不忘政务,凡事必亲躬过问。

至七月二十三日晚,吴英伏案而睡,突然间梦见一只猛虎从后面扑来。吴英朦胧之中,喊声看尔何处逃!手起五祖拳对准那只白额斑毛虎击去,那只猛虎见吴英用真拳打来,一刹那之间跃起,往东北方而去。吴英随后猛追,不片刻,白虎不见,自己坠落在一个村落。这个村落乃是吴英将军生于斯、长于斯的晋江大浯塘村,也就是俗语所说的"摇篮血迹"。茫茫之中,吴英回到童年的思忆,自己在丙山边溪里抓鱼虾,装入竹卡中,蹦蹦跳跳,来到浯塘的路上,被一群恶少抢走。后再入溪划圈,鱼虾入网,黄昏回家,不敢真情告白母亲。而母亲摸着自己的头说:"惜儿,你今天去一日,害母牵挂,今后早去早回!"他恍惚又回到慈祥母亲的怀抱。忽然间,又好象自己睡在祠堂的砗角,一位恶少凶狠狠地说:"吴惜,还不给我睡近尿桶边去!"他卷起席子移近尿桶边,呼呼入睡,而那个占自己位置的人,已经给两个鬼子打得哇哇叫。一转身又想到自己小时候,从狗洞中伸手偷蔡员外熟花生的事。而为治贤妻蔡英畬小姐的病,答应缔姻。后因父母双亡,蔡家答应乘孝娶,蔡家姻亲给蔡小姐的嫁妆、梳妆镜匣、棉被、蚊帐等房内红齐全,后"上头"三下木梳、二下虱篦。自己因当时是一个孤苦伶仃的孤儿,双手空空,无花半分钱就将英蚤娶入门。而英蚤小姐无嫌自己贫苦,共甘茹苦。后来自己被捉海岛八年,英蚤在家养育应麟,吃尽苦楚。直至自己归诚,平金厦后升任都司,才用俸薪与英蚤补办婚宴。为答谢蔡家恩情,凡三下木梳者,建三落一座答之。凡二下虱篦者,建二落一座答之。自己此时仿佛回到大浯塘同英蚤补办婚宴,和和谐谐入洞房的欢乐之中……又想到母亲曾在此处告诫曰:"惜儿,汝宗族衰退至此,幸祖宗积德,生汝一身。汝母受尽千辛万苦,始抚养汝成人,全望将来做一番大事业,显祖耀宗。"其时吴英应曰:"母亲呀!汝若不幸先逝,儿愿随汝而去!"吴母曰:"不孝子,汝敢出此言!枉费为母平日的教示!"遂又曰:"惜儿,汝母三十八岁当终,前我有银两在厦门汝表姐夫处做生理,无论多少取来家用,限汝七日到家!"朦胧中,吴英仿佛又回到厦门。因表姐夫处银两延迟,不幸母已经于七月十一日逝于家。临死前,吴英尚无法见母一面,听嘱后事。这是吴英一生中最大遗憾,深感自己太不孝了。其时肝肠寸断,后泣血治丧,扶柩暂葬于高浦城东。

且说吴英梦中回忆母亲逝后双眼无合,定是恨自己临别世前,无法见到自己的独生子。此时的吴英,他的灵魂飘泊在晋江上空。突然又呈现十七岁时与母亲从厦门乘船至东石登岸,遇大盈千总林增抓壮丁,幸逢石佛救难逃入田坑契母王氏家中。自己的契母急中生智,将自己藏在草间中,避过危难。后为答谢王契母的恩情,自己在定庄建"慈恩楼"供奉契母。不幸契母亦先离自己而去,但其音容宛在自己脑海之中。

诸位读者,吴英此时年届七十六,距离母逝五十八载矣。但他是一个孝子,故无时不思报劬劳之恩,正欲叫声"母亲呀,孩儿无辜负汝的期望,今为水师提督。"突然大浯塘西北方天门忽开,旁列甲士,有一荷花仙姑乘一莲花而下,手握拂尘,指着吴英曰:"惜儿,吾

仙姑引路

乃汝母,前生系荷花仙子,因犯尘劫,下凡三十八载,养育汝成人。汝前生乃紫微星君,助康熙圣主统一中国,救人民于水火之中。今功果圆满,汝母奉玉帝旨意,引汝回归天庭,请儿随后同行!"此时吴英叫声母亲请受孩儿一拜,报答汝的养育之恩。荷花仙姑曰:"惜儿,大限已到,赶快登程不可延误,母去了!"随后吴英灵魂已随母回归天庭,只见满天香花异彩,仙乐阵阵。时在七月二十三日五更时也。正是仙乐阵阵响云霄,紫微归座在今朝。欲知后事如何,请看下回分解。

诗曰:报效轩辕志已酬,清廉宦绩史长留。

凡尘笑别归天去,留得精神耀九州。

第五十八回　巨星殒落将军祠　李绂奉旨承祭奠

上回说到吴英梦游浯塘山，仙姑引路归星座。之后如何，请看分解。

康熙五十一年壬辰(1712)七月二十四日清早五更，一颗流星划破夜空，坠落厦门将军祠。吴英将军寿终正寝于厦门任所，于是提督府上下挂白绫。

快马飞报朝廷，天天轸悼，着差官翰林院修撰李绂携旨祭葬。并诰封"勋崇山海"、"泽沛军民"，赴福建传旨，钦赐祭葬。

李绂奉旨至厦门，设祭于将军府大堂。

康熙帝御赐对联："但使虎貔常赫濯，不教山海有烟尘。"

"荡平山海，统制蜀闽；勋崇山海，泽沛军民。"

上下左右，四面皆有摆放文武百官，地方大小官员的挽联，挽幛数以百计。

李绂奉旨开读："奉天承运，皇帝诏曰：疏闻福建水师提督吴英尽忠职守，老终于位。今钦赐祭葬，谥封太子少保。钦此。"前吴英元配蔡氏已封一品诰命夫人，遗孀小蔡氏、小张氏皆封夫人。膝下十子，长子应麟曾任布政司参议、江西督粮道；次子应龙，曾任

吴英灵堂

刑部郎中候补付使道；三子应凤，康熙四十一年壬午举人，授九江江宁知府，升江西按察副使、户部郎中；四子应鹏，曾任福建水师提标游击；五子应鸥，康熙五十年辛卯举人，授灌阳知县，升户部郎中；六子应星，岁贡生；七子应枢，八子应权，九子应机（永州李总兵之婿），十子应璋。吴英生有五女，皆适名族。孙男十二人，孙女十三人，曾孙五人。皆候于堂前听旨。

举丧之日，李绂主持祭礼，祭文曰：

维

大清康熙五十一年丁辰八月初五日，李绂奉旨，谨以清酌 醴馐，奠告于威略将军之灵曰：

呜呼！星汉无光，悲乎寒云而失色。风侵梁木，哀致雨水以之冷。

将军武略，但使虎貔常赫濯；将军文韬，不教山海有烟尘。匡时硕望，疆场驰骋，征浙江而镇四川。海隅英姿，攻澎湖而屯台湾。列鹅鹳以成军，壁垒森严之气。或图维于先事，鸡犬销声。或规划于临时，虎狼匿迹。允矣烽烟尽息，涤风与碧汉同清。乘机权而独运，顽民向化；协机宜而肃号，赖兹方略。讵意大星坠垒，军民恸诸葛而衔哀。赤慧穿营，朝野失令公而动魄。嗟何堪也，恸何甚焉！

所幸天子轸悼，遗徽不没。钦赐祭葬，钟鼎镌铭。盛绩长传，旗常生色。史臣载笔，炳乎竹帛之光。父老怦思，卓尔勋崇山海。则是人虽往而功不朽，时虽易而名不泯者也！

李绂等气夹怒蛙，文惑祭獭。辱隶帐嶷之下，幸叨覆芘之私。何堪聚失瞻依，靡不同深悲愕。鹤游辽海，归华表其何年？凤去长林，度云层而无日。嗟乎！上天不遗元老，赋诛与悲，伤我下界忽萎哲人。擒词抒感，敢陈芜句。用佐清酤，尚飨。

其时祭罢，领跪毕，顿时凄风戚雨，一沛悲恸。百姓无不为之哀鸣。

翌日发往，沿途白幡素帏，哀乐阵阵。所到之处，店铺闭门谢客，设香案接送灵队。百姓携老带幼长跪路边啼悼。

　　闽浙沿海一带，追记开界之恩，在海疆设坛祭祀仰天长泣。台湾军民遥祭英魂，遂议建祠设庙，奉祀至今。

　　灵队至莆田下葬，英魂长眠，不胜言表。下面引述王元凤先生的吴英将军陵墓的原文，以飨读者：吴英陵墓规模宏大，占地五十多亩。陵墓坐西朝东，背靠松树苍郁的鸡公山，面向碧水长流的山门溪和桂岭，墓前开阔，气势恢宏。陵墓依山修建，逐层升高。墓道从低至高共五层，第一层中央矗立着一座巍峨壮丽的石坊，石坊为四柱三门，门楼式，通体用质地坚硬的花岗岩垒砌，稳固大方。正面中央嵌着"钦赐"匾额，左右龙柱绕椽。整座石坊飞龙舞凤，花卉人物，形神兼备，令人赞叹不已。第二层两旁分列石羊、石虎、石马等石雕动物造型。你看那石羊匍匐在地，温顺可人；石虎成蹲踞势，两眼雄视前方，十分威猛；石马昂首阔步，坚定而豪迈。石雕工艺十分精巧，栩栩如生。第三层两旁竖立着四尊高大威武的石雕文武翁仲，身着清朝服饰，犹如吴英将军属下的文官武将。第四层两旁各有一座飞檐翘角的石亭，亭柱盘龙飞升，张牙舞爪，活灵活现。亭内各竖立着一方石碑，石碑上镌刻着吴英将军简历，赞颂他一生的丰功伟绩。第五层两旁耸立着两根高大的望柱石，柱高九米，八角形。顶部雕刻着一对狮子，左雄右雌，东望吴英将军的故居黄石定庄。从墓道登上台阶，就是全部用花岗石铺就的墓埕。墓埕的后面是墓体。墓体呈"凤"字形，墓丘为寿龟形，用三合土修筑。墓碑为花岗岩，阴刻"绿溪山城"四个大字，字体为楷书，端庄秀丽。地下为墓室，是吴英将军及夫人长眠之地。陵墓右侧约100米处有一座坟墓，那是埋葬吴英将军的第四个儿子夫妇的。一块墓碑至今尚存，碑上阴刻"延陵氏佳城"五个大字，字体为正楷。

　　因陵墓后山似美人，面前一潭如镜，恰似美人晨起照镜梳妆，故时人应景而称之为"美人照镜"。

在那"文化大革命"的年代,吴英将军陵墓被作为"四旧",也难逃被毁的恶运,实在令人痛心!所幸的是,作为标志性建筑物的一对望柱至今尚存,俨然在墓前对峙着,犹如威严的门卫,忠诚地守护着吴英将军的英灵。真是天子轸悼赐祭葬,百姓含悲送英魂。欲知后事如何,请看下回分解。

　　诗曰:是星昨夜殒南城,讣报将军此日倾。
　　　　帐内无闻领号令,庭前鸦雀空悲鸣。

莆田灵川桂山三门里一洞天之吴英墓及墓前高耸入云的望柱

第五十九回　恤英贤魂归定庄　追元勋光地撰铭

上回话说李绂奉旨祭奠吴英，并与孝眷一道扶灵柩至莆田下葬，沿途百姓悲歌迎送，至莆田。后事如何，请看分解。

话说大学士李光地时在京都，年迈未能亲临执绋，心甚不安。遂快马将撰写之墓志铭送至莆田，着李绂代为办理镌刻之事。

李绂撰文

李绂何许人也，上回不及交代，附记于此。

李绂（1675-1750年）字巨来，号穆堂，方志学家，1700年进士，翰林编修、广西巡抚、直隶总督。曾任礼、吏、工、兵、部侍郎（吴英第九子应机为李绂叔父永州李总兵之婿。算来与吴英为亲戚，也称吴英为亲翁）。

李绂身为朝廷命官与吴系亲戚，此次一来传旨祭葬，二来奔丧。因此自始至终俱在襄理吴英丧务，大学士李光地藉此委李绂代其镶撰墓志铭，全文如下。

诰授威略将军福建水师
提督吴公墓志铭

公讳英，字为高，号愧能。世居福建泉州之黄龙，后徙大浯塘。

曾祖曰宾吾，祖曰振泉，父曰登！并以公贵，累赠荣禄大夫。妣皆赠一品夫人。公早孤，值海滨抢攘用将才，起家随大师克平金、厦，功授都司金书，隶浙江提标。岁甲寅，三孽并兴，耿精忠遣伪帅出仙霞关，犯金华、衢州，旁入江西。海寇回应，东南震动。官兵进剿，公在行间。或间公闽人不可信，提督塞公独深契之，授公左营游击。公奋励，甫视事，三日退宁海、梅坑贼。进兵双门，解台州围。复破水贼张拱垣于三门港，歼伪帅朱飞熊于毛头洋，军气大振。既镶蓝旗贝子富公至浙江视师，提督首荐公，即命为前锋。公引兵扬言修毛坪路，阴袭凉棚。取之，斩贼帅刘邦仁，遂复黄岩。贝子奇之，寻令复太平、乐清等县。抵土塘，遇贼兵二万众，奋击之，斩数千级。贼将许奇保残卒据绿帐，隔河而阵。公下令，人负草一束，夜乘潮填河而济，大破之。遂由猴孙岭夺其堡，引大兵直至青田。伪帅连登云以十万众围处州逾二载，闻青田破，饷道阻绝，遂夜遁。曾养性者，耿逆之枭将也，拥贼兵数万据温州。乘王师初至，分五路夜烧我营。公急白贝子，令诸军弃营据险，军以不乱。公自率精兵据大羊山，阻其要道。复请分兵五百，抄伏敌后。是夜，贼冲杀数四，公力战达曙，身中数创。士不伤者才五十人。天明，单骑突之，大师继进，伏兵并起。贼自相践踏，斩获无算。公逐贼至温州城下，铳伤马颠，复奋起，刃十余人，夺贼马以战，贯其众，由将军桥以归。初，贝子收兵，失公所在，大骇。既见公，喜且泣曰："以一身当数万众，战终夜不殆，神卫汝忠耶！"是役也，曾养

钦赐祭葬

性仅以身免,耿氏精锐尽矣!未几还守宁波中军,适贼船盯余艘,直临定关。公侦得定关守备方俊,受伪札为内应,请提督立斩以示贼。贼遽退守象山,公复请兵破之。旋奉檄收捕大岚山寇,搜斩数百人,余党溃散。时耿逆已输诚,而松阳、遂昌山寇游魂出没。贝子驻师石塘,召公捕之。贼首冯公辅屯戴火山,素营公威名,出就抚。其别魁林惟仁、黄太相等拥众黄鼻山,左倚悬崖,右临深潭,以独木为桥。山广数十里,莫可踪迹。前督抚遣人招之,辄为所杀。公令诸军持三日粮,夜腰绳,鱼贯上,席草而下。至杨梅滩遇贼,破之,降其众,山寇悉平。而海孽复炽,陷海澄、困泉州,洛阳长桥以阻援兵。公以副总兵官从康亲王救剿,自仙游,分兵两路,出间道,解泉围,夺江东桥守之。破寨十有九,遂复海澄。己未秋,擢同安总兵官。明年,率舟师合大军进攻金门、厦门。贼弃两岛,遁回台湾。施公琅来提督海疆事,议进攻澎、台,引公自助。遂以癸亥六月某日,发铜山,取八罩,直抵澎湖。贼势盛,前至被围,公单船拔出之。翌日进攻,杀贼先锋,烧其船。公所乘船,忽为潮水冲着石上,贼船火烈,将及公,副将詹六奇驾小舟,挽公避再三。公以众军住船,义不独存,坚却之。船忽浮起,士气益厉,战弥力,贼大败。毁贼船百九十艘,歼伪官将三百余员,杀溺贼兵五万计。余者皆纵遣使归,谕以恩信祸福。整众临之,贼势穷,纳款举土降。施侯凯旋,留公镇抚其地。自海逆负险造乱,思世历六十年,所公与施侯合谋,七日举之。天子嘉公功,眷待与施公埒。寻调镇舟山,海贼洪焕等二千余人,闻风归命。再擢四川提督,破吴三桂余党杨善、帅九经等,散其众。川中洊经兵燹,千村荆杞,伏莽窈发。公严塘汛,县赏购募,获积盗三百作人,毙其魁六十三人于杖,盗贼屏息。镇蜀十有一年,施侯既座,上念闽海反而,非宿将莫能镇抚。遂调公福建陆路提督,旋改督水师。凡十余年,前后如京师朝行在者。再御书"作万人敌"四字以赐,加号威略将军,优以世职。请老锡公,命诸王以下大学士扈从诸臣皆属和。盖追念元功,所以褒崇之意甚备。而公已于七月廿四日终于位矣。疏闻,天于轸悼，下部议恤。其孤应龙等将于某年月日葬公于某县某地之兆。状公事绩、官阶，乞余铭其幽隧。吾闻攻毒之饵，恒出于瘴疠之区；乱之兴也，其受乱之地必存人焉。足以还自救也。闽之乱亟矣！莫甚于耿与郑。耿之平也，公既力诸原；海氛之靖，则施侯为主，而公实赞之。盖公所至，以功业自显，而造功于闽为万大。余于公同为闽人，又姻好也，知公深，志其可以辞乎？公于前丁丑十月初七日，得年七十有六。配夫人蔡氏，前公卒。子男十人：应麟，布政使使司参议、江西督粮道，早公卒；应龙，刑部郎中、候补副使道；应凤，壬午举人、户部郎中；应鹏，福建水师提标游击；应鸥，辛卯举人；应鹤，岁贡生；应枢、应权、应机、应璋，俱幼。应机，余叔父永春总兵公婿也。女五人，皆适名族。孙男十二人，女十三人，曾孙五人。持身宽厚谨恪，居于家门，不纵不苛，乡人久安焉。待族姻、朋好有恩礼，虽勋高爵大，异于古名将怙侈骄暴者，故能以功名终。著《行间纪遇》一编，所建录皆实，余尝序而行之。兹复志公之概，而系以铭曰：

云雷之屯，君子经纶。天造草昧，以启厥勋。敌王所忾，绥我乡人。保斯土者，人亦保焉。塑公松楸，孰敢不尊？千秋万岁，式固汝原！

真是英雄一生堪称颂，作古墓铭学士题。欲知后事如何，请看六十回（甲子）大结局。

诗曰：皇天降下紫微星，保护清廷社稷宁。
　　　今日功成重复位，翰林李绂撰生平。

（注：原书李光地撰铭，实光地托绂代撰）

第六十回　七言律诗褒贤将　一代英名贯古今

上回说大学士李光地委命翰林院修撰李绂代镌吴英将军墓志铭，本回应该来说说我们理应如何发扬和崇敬历史英雄人物及其维护历史遗迹。

话说吴英将军去世一年，圣祖仍念念不忘其"忠孝仁义"精神和功绩。

康熙五十二年癸巳（1713）夏，圣祖康熙于热河行营御赐七律诗一首追赠吴英，诗曰：

水陆封疆六十年，曾经百战驾轻船。
蓬台远涉鲸鲲浪，岛屿平开烽火烟。
将老偏宜立壮志，宸襟每注施恩延。
波涛有作须先靖，黾勉防微截未然。

圣祖命诸王以下、大学士、扈从诸臣皆属和。盖追念抚功，所以褒崇之者甚备。

满朝文武百官奉圣上旨意，纷呈赞章。由于年代久远，均无载入文献，因此无考。

嗣后各地纷纷建祠立庙，祭祀威略将军。作者略知一二，附记于此。

吴将军出生地，晋江大浯塘，民众在当地建一座约占地1800平方米的二落三

开张式（带有左右护厝）的吴英将军衙，前面有地藏王庙宇一座。大浯塘祭祀迄今已逾三百年，年年演社戏，周边翁、蔡两姓尽皆奉祀。

台湾记载，台湾在东安坊，康熙二十六年郡人建，祀总兵吴英钦赐"作万人敌"之额。祠后有楼曰"仰止"，乾隆五十三年，知府杨延理修。今圮。

后来，台湾东安坊吴将军祠曾多次修葺，直至日寇入侵，遭美机轰炸倒塌。今残墙尤存，乃祀尊称"台湾公"。

厦门将军祠路是厦门人耳熟能详的地名，历史上这里有一栋恢宏壮观的吴英将军祠，而它的消失与日军的罪行有关。

厦门日报2009年8月10日第十六版如是报导，报导还载有吴英将军祠原貌，同时写道："原来，过去这里有两座建筑都被称为将军祠。文史专家郭坤聪先生告诉我们，清朝康熙年间，现在将军祠路一带还是山野之地。这里古村名为西滨（现为西边社），皇帝表彰在厦门的吴英将军，为他题写匾额并赐联，风光一时，因此建了一栋气势巍峨的将军祠。周边还立了许多牌坊，成了厦门岛上一处独特的牌坊群景观。从此民间就把这一带的地名称为将军祠路，一直流传到今天。"

厦门日报接下去报导："郭先生说：施琅的生祠坊到清末就荒芜了，而威略将军吴英的祠堂，因有皇帝题匾，并建于吴氏集居地，一直保护完好。清代鸦片战争之后，厦门辟为通商口岸，吴英祠的周边的牌坊群经常吸引着来厦洋人摄影师的目光，留下一些珍贵的历史画面。热心读者曾先生给我们提供的有关将军祠和牌坊群的老照片，不禁让我们眼前一亮，画面上的将军祠显得宏大精美。郭先生说，抗战初期，将军祠仍保存完好。抗战爆发后，厦门吴姓的码头工人抵制日军的海上运输，日军心怀不满。厦门沦陷后，日本鬼子发现吴英将军祠出现了抗日标语，而这一带又是吴姓聚居地。因此不由分说，放火烧了将军祠。日军的这一罪行使厦门失去了一座精美的古建筑。"

厦门日报卢志明记者接下去报导说："当地群众告诉我们，吴英祠虽然被日本放火烧了，但吴英却成了当地民众的偶像。民众为他造了一尊塑像，安放在大观院里。当地的汤先生说，这一带有一座有几百年历史的孚惠宫，解放初还曾经驻扎过解放军。这个古老的宫庙，还供奉保生大帝和妈祖。现在成了追溯两岸渊源的古迹。古代先民从这里把香火引至台湾，近日，还有一大批台湾香客来这里寻根。"报上还载着这么一句话："在吴英将军祠遗址一带，我们还是见到了一座带有中西合璧韵味的老祠堂。郭先生说，这也是吴氏的祠堂，但它建于晚清，风格和规模上都与吴英的将军祠不同。但它也是这一带历史人文的见证。"

厦门日报还有一段链结，由雷大荣记者撰文报导说："在将军祠的采访中，我们发现了一栋老祠堂，据说它已有百年历史，曾经也是吴氏的祠堂，现今已成了居民住家。这座祠堂虽然显得残破，但仍然难掩其历史风华。"

闽南的祠堂，一般是燕尾式的老厝，这栋祠堂则是西洋式的，在有关装饰上面则充分展示了中西合璧之美。在中国传统的象征权利的狮子和象征福气的蝙蝠图案边上，同时缠绕着西洋的花卉。墙头上还有胁生双翼的飞马和洋人骑狮的浮雕。可见当时的建筑已经将中西的特色糅合在一起。有关专家告诉我们，历史上将军祠靠近筼簹港的岸边，水上交通十分方便，民众中有许多人下南洋谋生，其中就有吴氏族人。他们在回故里的时候，把西洋文化也带回了自己的故乡，并应用在祠堂的建筑和装饰上，可谓是"洋为中用"。

历史的见证，让旅菲延陵总会全体理监事，面对即将泯灭的吴英将军祠深有感叹，还有台湾吴姓大宗祠的理监事也彼此同感。因此，他们荟集一批文人墨客，选择相关文献，采访了民间人士，参考了施琅将军传与有关林贤总兵的著作，他们说："汲取三百年的积淀，承载着一代爱国名将吴英历史文化的辉煌与荣耀，将史书、通志、府志、县志、方志、族谱资料、文史资料、民间传说、电脑下载，凡一切有关吴英将军的史料文献，撰写成书，把爱国名将吴英一生的业绩与丰富底蕴尽可能地展示存徽，作为了解一代精英的人文风情与峥嵘岁月的悠久史话。将他的文韬武略，英勇善战的光辉形象，编印为册，砥砺后昆，并启迪爱国主义精神。"

　　同时，海外侨社与台湾吴姓大宗祠还函电我驻菲大使以及厦门市领导，恳望确保厦门将军祠不受拆迁之影响，并表示竭力支持重修复建吴英将军祠。

　　据此，本书作者秉承菲律宾延陵宗亲总会和台湾同胞的强烈要求，从2007-2009年，连续三年搜索资料和编撰，边撰边改。至2009年菊月，爱就一部《威略将军传》，前已付梓。今（2010年）又按吴英二本遗著孤本内容，即《行间纪遇》和《清威略将军吴英事略》两书，并按吴英年谱次序下载编排，配一小部分前书情节，增编为六十回章回文学作品，也较为翔实。或许读到前书的读者会说："两书内容为何相差这么多？"那么作者必须在此声明，前者为抛砖引玉，今者多数按吴英二本自传内容编著，这也是作者近二年心血凝成的一部作品。但尚存许多不足之处和遗漏错字，敬请读者见谅。但它意在弘扬威略将军吴英的爱国主义精神，以完海外侨社，港、台、澳同胞和热心读者的夙愿。

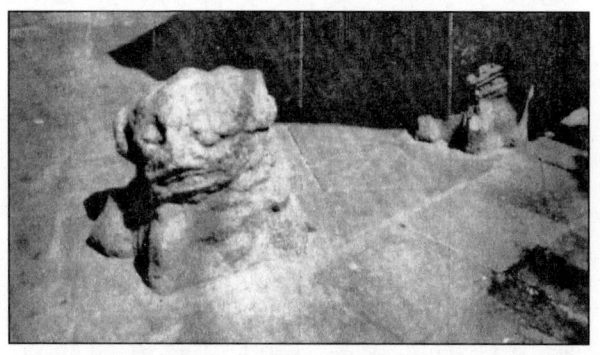

现埋在厦门将军祠地下的一对狮仔

吴英将军赞（七言古体）

公乃清代名将军，亦是延陵贤裔孙。
明季烽烟漫华夏，国家分裂陆台分。
康熙诏会群臣议，文武奏章乱纭纷。
是抚是剿谁定论，奏章出之施琅君。
平台将帅芳名定，副帅人选吴英尊。
奉旨专征辞朝阙，声威浩荡振乾坤。
校场召集诸名将，整船操兵泪沾襟。
铜厦两边大纛纭，英踪显赫海空存。
运筹帷幄南风潮，六月进兵建奇勋。
鼙鼓咚咚东海震，施吴握剑力千钧。
雄师浩荡千艘发，壮志凌云台澎吞。
炮火隆隆漫天际，刀光闪闪映沙滨。
乘风八罩兴兵速，凶斗虎井众将拼。
施琅号令军威震，吴英挥剑尽忠心。
澎湖海上传捷报，赤嵌城下布皇恩。
两边海峡瞳瞳日，一统江山代代春。
圣祖金銮排庆宴，升官赐袍沐恩深。
亲封御笔诗八句，延陵叨荣万世珍。
生前显爵趋丹墀，逝后恩封神道碑。
陵卜桂山风景美，脚沾溪水濯朝熙。

华表对对迎星月,榕柏双双洗露曦。
公您雄骓帮帝统,于今岭畔骨灰遗。
将军祠内享香火,平安境上护庶黎。
忠君爱国万人敬,伟绩丰功千古垂。

吴英将军像
(著名画家许耀进 绘)

福建列传卷三十五

清四

威略将军传

吴英字为高，泉州人，后入莆田籍。早孤，值海滨抢攘，用将才起家，随大师克平金厦，功授都司，金书隶浙江提标。岁甲寅三潘并兴耿精忠军出仙霞，驻金衢旁入江西。郑氏响应东南震动，或闲英闽人不可信，提督塞独深契之，授英左营游击。英奋励甫视事三日，退宁海梅坑，贼进兵双门解台州围，复破水贼张拱垣于三门港，歼伪帅朱飞熊于毛头洋，军气大振。既镶蓝旗贝子到浙，视师提督首荐英。即命为前锋，引兵扬言修毛坪路，阴袭凉棚取之，斩贼帅刘邦仁。遂复黄岩贝子奇之，寻令复太平乐清等县。抵土塘遇贼兵二万众，夺击之，斩数千级，贼帅许奇保残卒据绿帐隔河而阵。英下令人负草一束，夜乘潮填河，而济大破之。遂由猴孙岭夺其堡，引大兵直至青田。伪将连登云以十万围处逾二载，闻青田破，饷道阻绝，遂夜遁。有曾养性者，耿之枭将也，时拥大兵据温，乘大兵初至，分五路夜来烧营英急白贝子令诸军弃营据险军以不乱自率精兵据大羊山阻其要道复请分兵五百抄伏敌后是夜贼冲杀数四英力战达曙身中数创士不伤者才五十人天明单骑突之大师继进伏兵并起贼自相践踏斩获无算逐之至温州城下铳伤马颠复奋起刃十余人夺贼马以战贯其众由将军桥以归初贝子收兵失英所在大骇既见喜且泣曰以一身当数万众战终夜不殆神卫汝耶是役也曾养性仅以身免耿氏精锐尽矣未几还守宁波中军适贼船二百余艘直临定关英复请兵破之方俊受伪札为内应请提督立斩以示贼贼遽退守象山英侦得定关守备旋奉檄收捕大岚山贼党溃散时耿已输诚而松阳遂昌山寇游魂出没贝子驻师石塘召英捕之贼首冯公辅屯戴火山素詟英威名出就抚其别魁林惟仁黄大相等拥众黄鼻山左倚悬崖右临深潭以独木为桥山广袤数十里莫可踪迹前督抚遗人招之辄为所杀英令诸军持三日粮夜腰绳鱼贯上席草而下至杨梅滩遇贼破之降其众山

寇悉平而郑氏复炽陷海澄困泉州断洛阳长桥以阻援兵英以副总兵官从康亲王救剿自仙游分兵两路由闲道解泉围夺江东桥守之破砦十有九遂复海澄已未秋擢同安总兵官明年率舟师合大军进攻金厦郑氏弃两岛遁回台湾会靖海侯施琅来提督海疆事议进攻澎台引英自助英谓琅曰公与海上有父子弟侄之仇今日之事为国靖难不夹怨杀降英敢为惟命琅从之遂以癸亥六月某日发铜山取八罩直抵澎湖郑氏势盛前军被围英单船拨出之翼日进攻杀其先锋烧其船英所乘船忽为潮水冲著石上敌船火烈将及副将詹六奇驾小舟挽英避再三英以众军在船义不独存坚却之船忽浮起士气益厉战弥力郑氏大败毁其船百九十馀艘歼其官将三百馀员杀溺兵五万计俘者皆纵遣使归谕以恩信祸福整众临之郑氏势穷纳款举土降施琅凯旋留英镇抚其地寻调镇舟山海寇洪焕等二千馀人闻风归命再擢四川提督破吴三桂馀党杨善帅九经等散其众川中浑经兵燹千村荆杞伏莽窃发英

严塘汛悬赏购募获积盗三百馀人毙其魁六十三人于杖盗贼屏息镇
蜀十有一年施琅既卒上念闽海反侧非宿将莫能镇压遂调英福建陆
路提督旋改水师凡十馀年前后如京师者再御书作万人敌四字以赐
加号威略将军优以世职请老不许终于位赠太子少保子十人应麟布
政使司参议江西督粮道应龙刑部郎中应凤康熙壬午举人户部郎中
江南庐凤道应鹏福建水师提标游击应鹍康熙辛巳举人广西灌阳知
县应鹏袭世职曾孙元桂字馨治袭世职授广东雷州参将

穆堂初稿台湾志署道光旧志

吴英将军传奇故事
将军剑的传说

晋江吴燕辉及小浯塘吴氏宗亲讲述

据传吴英之佩剑,亦曰七星剑,是一支削铁如泥的宝剑。但何以流落大浯塘?那须从吴英少小被恶少欺侮的故事讲起。

明末清初,社会动乱,战火纷纷,人民生命财产朝不保夕,更谈不上建房住居。但凡小孩从七八岁起多数离开父母,晚上多睡祠堂砼及天井。因多数祠堂砼皆光滑无比,睡在砼上或天井石板上凉爽舒适。但大砼及天井亦有好坏位,有的通风,有的闷热。而在祠堂内多放一只或多只粗桶(尿桶),晚间小便要放在桶内,等到半桶,农户便渗水施用蔬菜作物,作肥料之用。因尿有酸味,故蚊子多数集于尿桶上及四周嗡嗡叫。因旧社会大小姓的偏见非常厉害,村中个别恶少,便欺侮吴英年少态直。如当夜吴英早到占好位置(通风),他们硬将吴英赶至尿桶边睡,幼小的吴惜亦无奈他何。但奇怪的是吴惜睡处,几乎连一只蚊虫都没有,他皆一呼噜至天亮,而睡通风的其他人均被蚊子咬得吱吱叫。蚊子不咬吴惜的事在大浯塘传开。有人不信,就与其睡在一处,果然当夜蚊子不咬之。有人占吴英睡处,当夜给鬼仔捆留二个巴掌在脸上,痛得呱呱叫。更有一位"八字"轻的看到两个鬼仔给吴惜扇风,并听鬼仔对答曰:"吴将军在此睡,咱们要小心侍候。"于是吴惜有鬼仔保护的事便在大浯塘传开了。

另说大浯塘宫口桥丙山脚下有一条小溪,溪水春冬长流不绝,溪中盛产"螃蟹鱼虾",据传说,吴惜(英)只要在水中划圈,鱼虾便自动入圈。故其只要下水半小时,便鱼虾满篓。但返回半路,被一群恶少抢光。吴惜忍气吞声,再回丙山溪再抓,又再满篓,回家路中,又再被抢。为怕再被抢,只得待中午或傍晚才绕道回家。明季清初,封建习俗非常盛行,大姓吃小姓,大柱欺小柱,当官吃百姓的现象比比皆是。生在此没落的时代吴惜,年幼被欺,怎奈他何!只有忍气吞声,真是虎未出岫被犬欺,信辱跨下有谁知?①

驹光如骏马过隙,吴英身经百战,由兵士升至同安总兵。小时被欺的事,时时记在脑海。于是吴英提其所部兵马,举起"吴"字大旗,由同安任所,浩浩荡荡向晋江大浯塘而来,想给大浯塘恶少一点颜色看看。虽然吴英并非真正要动干戈,诸位看官,如果说你小时给人家欺侮,至长大出人头地,你是否会想给恶人一点颜色看看,至少你也会给其明白说:"今日的吴英不是昔日的吴惜。"笔者行文至此,亦警告那些恶少们,"叫有时当星光,有时当月光,天下那些有些微权势的恶少,不要欺侮烂泥中无棘。或者是有了几块臭钱,便看不起世间的一切,为非作歹,自以为老子天下第一。"正是善恶到头须有报,只争来早与来迟。

且说吴英(惜)将军大队人马过安平,转瞬至大浯塘乡里墘,整顿队伍,准备动武,教训那些群小,突然间天黑地暗,雷鸣霹雳,伸手不见五指。吴英命部队暂缓行动,双膝跪下,插剑入土中,向天祷曰:"浯塘恶少如不应该惩罚,望天开云散,红日当空,本总兵部队调回。"须臾,果然云开雾散,吴英率部返同安任所。诸位,吴英将军是否真正要对恶少动干戈,相信不会,他只是借此教育后人"不要仗势欺人,穷人亦有出头天"。

吴英将其佩剑(七星剑)插在大浯塘乡墘田垄上,据说入土半尺。至兵回同安后,大浯塘里人才将宝剑抽起,收藏至今当作传家至宝,并交代世代子孙以此为戒,不得欺侮他姓或小姓,当作吴、翁、蔡和谐的象征。传说大浯塘或晋江近乡有碰到妖邪或纠纷斗殴之事难解决,只要请出吴英七星剑便平。据说现七星剑尚珍藏在香港某姓人家,称为传世至宝。

抢灰钱连棺材去

相传吴英之先祖是大理寺少卿,其后子孙几代人曾簪缨继世。至四世祖吴东国时,门第还相当显赫。传至五世祖(名未详),因体弱多病,家业渐渐没落,生计亦难艰。不久又染病不起,药石无效,竟逝在大浯塘吴府。五世祖妈林氏,马坪村人。因家贫如洗,遂唤子近前曰:"吾儿,汝父新逝,咱家中连买棺材之本亦无,母令汝立往马坪汝母舅处借几两银子买棺材,速去速回!"其子(六世)奉母命,向母舅借来四两银元,经过英敦街,动问棺材价格,棺材店老板报价四两。六世子心内盘算:"吾奉母命往母舅处告借四两银元,现单棺材要四两,那灰钱和出殡费用要何处借!"便将四两银元捏在手中,准备赶快回大浯塘同母亲商量。不料棺材店间隔二间是一赌坊,喝七吆六,热闹非常,顺便手中捏着钱走入赌坊。不一会儿,有许多赌脚赢钱,自己心内估摸曰:"四两银,够买棺材而无够买灰,今日只有孤注一掷,将此四两为本,尚父有灵,保庇连灰钱兼出殡费用全部赢回,父亲葬礼定风光一点!"谁知赌无片刻,四两银子全部输尽,两手空空,想投井而尽,但想到家母在家中等待信息,父亲尸体尚在堂,只得勉强支撑着身子回家,告诉"为抢灰钱连棺材去"的前后经过。林母看到儿子痛悔样子,亦不深责,只说一句:"真是天意!"遂含泪对其子曰:"阿囝,这或许是咱命中注定要受此折磨!汝同汝叔父商量一下,在今日午夜用草席将汝父尸体包缠,扛到丙山边收埋,咱穷人也只有这样了。"

当夜十二点,在林母帮助下,叔、侄二人先将草席卷尸,扛放在丙山西面,林母挑着先夫生前日用品,及锄头畚箕土铲,分放在一担瓷篮之中,遂后至丙山。谁知刚停下,准备动手挖穴位,突然西北方雷鸣霹雳,暴雨滂沱,三人只得拖着沉重步履返回家,想等凌晨开穴收埋。谁知天未亮,三人到丙山西田垄一看,大吃一惊,整个地形几乎变了样,丙山西畔缺了一角,夫(父)之尸体和日用陪葬品已全部深埋，泥土和红土浆把田垄混成一片。最后三人只得草草堆起一个墓形，权作五世祖墓，俗称水蛇穴。

诸位读者，吴英将军之五世祖的这个水蛇穴位，并非常人可寻觅得到。此水蛇穴之吉地，如用棺木下土，风水根本吃馀着。因水蛇一生生活在水草中，此时其五世祖因家贫无法买棺木入殓，无奈之下，叔、侄二人只得用草席包缠尸体，又逢天葬下土，故其风水宝地吴家独得之。后来吴英将军能身经百战，身不带暗伤，正是吃着五世祖的水蛇穴位。在战澎湖时，前锋七船被郑军围困，吴英单船救七船。单船架两橹冲入郑阵，其势如水蛇出阵，而空中曾出现金蛇如虹，正是其五世祖之水蛇现形护之成功。

注①：按大浯塘翁信汇和吴建源生前说法是振泉——吴英之祖父，卒藏丙山边水蛇穴。按大浯塘《吴氏世祖墓道碑》记载，是四世祖吴东国葬五仑山西北，穴名土角将军挂印。五世祖葬丙山之西，俗名水蛇穴，六世祖葬丙山之南俗称困狗穴，四世祖妣吕氏葬坑园。按以上记载，葬水蛇穴的是吴英之五世祖，并非振泉。故按常理，没有五世祖同振泉同葬水蛇穴之理，故重编后的版本，以历史为依据，改振泉葬鲤鱼穴。而吴英在自传中明确说明其曾祖墓、祖墓皆拾骸暂寄同安高浦（因其有伤），于乙巳年（1665），包括亲父母骸全部改葬福清资福寺金龟山。

将军衙的灵异传说

吴英将军衙位于闽南中部灵源街道大浯塘乡，属英塘社区，全村翁氏3000多人，蔡氏300多人。衙位于两姓中间地带，因英公奉旨入籍莆田定庄，300多年来，衙第经风雨飘摇，倒塌不堪，总面积1792平方米。因传说吴英归神（厦门城隍），时时显灵，故一寸土地任何人都不敢侵占。现将军衙虽破烂不堪，本乡里人非常信仰和崇拜，装雕吴将军和蔡夫人的金身在供奉，逢初一、初二、十五、十六大浯塘及近村之弟子信女,皆烧香、点烛。婚庆喜事、生男育女等,皆至将军衙祈求保庇。

吴英后裔进香举头旗

300多年来,大浯塘乡供奉保生大帝吴夲,每次进香都要往漳州角美白礁保生大帝庙,但都要吴英之裔孙举头旗。如果没有吴英的裔孙举香旗,出宫门,炉火便熄灭。如果吴英裔孙举,进香炉火便焰焰燃烧直到大浯塘帝君殿中。按传统说法,即炉火旺就是事业人丁旺。此习俗一直延续至今。

吴大王的传奇
（大浯塘翁姓人士翁忠执讲述,当年九十三）

吴大王,据传说是吴英之叔公,即振泉之弟,名振耀。按说,其自小天资聪异,称神童,能预知未来的事情,大浯塘称活佛。晋江农家在六月,称作三项赶,一赶刈稻谷,二赶打田土坢,三赶播稳稻。吴大王（吴英之叔公）在敲田头坢,突然心血来潮,出神起乩,倒在田中喊曰:"我今日助了江东,误了石佛。"据传说,漳州江东大桥安桥基与东石石佛寺同日吊中脊。江东大桥由于九龙江水来势汹猛,故下地基之墩位难定,传说造桥工程师正在选墩定位为难之时,突然一只猛虎,从桥北往南而跳,众人齐哗,猛虎跳步距离越大。后建桥者以虎脚落处为桥墩而建成之,故江东大桥亦称江东虎跳桥。据传说,那只猛虎乃吴大王所变者。田中干活之人不信,吴大王从袖中取出老花、果合,当场分散田中干活者止饿,众皆服之。由于吴大王化虎助江东,原准备二处皆助,因大桥过长,跳的时间过久,故耽误了助石佛吊梁时间。而石佛寺不幸一师傅从梁上跌下殒命,故后人传说吴大王助了江东误了石佛。（后石佛寺于1796年由吴英重建,改南天禅寺）

吴大王的故事便在浯塘邻乡传扬开来。后肉身坐化,大浯塘塑其金身供奉,香火鼎盛。

蔡氏夫人的传说

蔡氏一品诰命夫人,曰英螽,乃吴英(惜),幼年订婚之原配。吴英从戎,征战几十年,放下子女由夫人照管。含辛茹苦,教养子女成人。

英螽夫人生于明崇祯十四年辛巳(1641),卒于清康熙四十三年甲申(1704),享寿六十四岁。卒后葬于桂川蔡岭别一洞天,民间流传着很多的有关她与吴英的爱情故事,故事情节生动感人。据说卒后显灵,庇佑乡中妇幼安宁。乡人信仰之,塑金身供奉,香火鼎盛,灵验非常。

小浯塘三龟相执走的传说(吴燕辉)

小浯塘吴氏宗祠,坐辰戌乙申。宗祠有一对楹联,概括小浯塘的风水宝地:"营山回龙入地献,蟹石结穴朝案堂。"宗祠前临溪,后靠埔,背有一石,形如鸡蛋,人称印石。石上有一足迹,称为"仙脚迹"。北浮一石,体似鸡心,故曰鸡心石。再往北约四十米之遥,浮现三块石,与龟一般无二,各距十米。龟石旁边葬一个糖水灰墓,墓前百米处起一泡如螺形,据传说一位堪舆家曾看地形后说:"三龟相执走,田螺塞水口。谁家葬此地,官出九十九。"果不其然,自吴氏先祖吴彬山肇址小浯塘,卒后葬此灵穴。故因钟斯风水原故,数代簪缨继世,名人辈出。如其长子为大理寺少卿,次子为承务郎(后石)。二世少卿拓基大浯塘,即吴英将军之先祖、彬山次子后石(承务郎)为浯塘和古坑二乡之共祖。后石生二子,长致政分居古坑,次子刚直仍居小浯塘,后由小浯塘再析英墩山前和荆山吴氏。而少卿后裔吴英将军及其十子皆簪缨继美,而析出的各乡亦世代名士辈出,亦应了"官出九十九"之语。据古今传说,曾许多人目睹灵龟在夜里爬到田中食谷。而由于村东南地势低洼,按风水称缺失,故时任水陆提督的吴英将军诣小浯塘谒祖之时,亲栽十二株榕树以补风水之不足。旧时村前之苍松,枝繁叶茂,四季长青,鸟宿雀叫,蝉鸣鹃啼,如凡间仙境。片时宿息,令人心旷神怡。而十二株苍松环绕,势同蟠龙雄踞,给这个山村增添了无尽气派。至今尚存一株,形若车盖,有"雨伞松"之雅称。高约二十余米,环围亦二十多米,夏令之时,村民老幼尽在树下纳凉,讲述古今流传的"三龟相执走"和"吴英将军"的传奇故事。正是武石秀芳对东派,山龟两随看西流。

莆田传说

一、小姐招亲

吴英字为高,号愧能,晋江人,后奉旨定籍黄石定庄。自幼丧父,生活艰苦,胸怀大志,以挑私盐为生。与兰、马二位结拜兄弟,效刘、关、张桃园三结义,他们的结义誓言是:"有难同当,有福同享。"有一天,他们三人走过宁(龙)海桥,在北洋一个村庄贩盐。村里有个财主,有二个女儿,均生得天姿国色,如西施再世。但不幸的是至及笄之龄,长女未得配偶,犯了相思病,财主阖家误为妖魔缠身,请来道士为长女驱魔鬼。道士执法中,偶然见远处隐约走来三个人,便随机应变说:"外面来了三个圣人,其中一人能除小姐的病,但要用丰盛的酒肉招待他们。"听道士咋说,财主马上奔出门外,将三人请进屋曰:"三位壮士一路辛苦,如不弃嫌,请入寒舍暂憩,餐饭随意。"此时吴英兄弟三人奔波赶路,正在肚饥口渴之时,听财主有请,正中下怀。随后财主办了丰盛的酒菜宴请三位,财主见吴英身体魁梧,谈吐不凡,便请吴英为其女看病。此时的吴英忑忐不安,想到自己是一个挑盐的粗夫,不懂医理,如何能治小姐的病?但想到三兄弟到此,已经喝人家的酒、吃人家的菜,俗语说:"吃人饭,跟人钻。"加上道士在一旁赞嘴说:"壮士,救人一命胜造七级台阶,请高抬贵手。"在道士、财主和兰、马二兄弟的纵拥下,吴英勉强走入小姐的房中。谁知小姐一见吴英的脸,病情全无。但只要吴英走出房门,小姐又再奄奄一息,财主夫妇暗中思忖,莫非小姐与吴英有宿世前缘。于是商量于兰、马二兄弟,将欲招赘吴英的事告之,吴英当时推却,但二兄弟安慰吴英说:"贤弟你在财主家入赘,总比咱走私盐轻松,阮有时肚饥,才来给你请。"其时,吴英想想自己幼年父母双亡,孤苦伶仃,本无想娶妻,也没能力养活妻儿。但二兄弟极力赞同,于是顺水推舟,与财主大千金结成夫妻,成了财主家的入门女婿。财主宴请宾客,洞房花烛夜,免不了一夜温存,夫妻恩爱自不及细表。

财主长女招吴英为婿,次女后来配与晋江吴英邻村沙堤程甲化御史为妻。有传说吴英镇台二年后,吴英进京见驾面圣。吴英其时已经跪着,但由于身体高大,康熙以为吴英见驾不跪,遂开圣口曰:"吴英,你见朕不跪,何也。"程甲化御史代吴英启奏曰:"吴英人高体大,跪着和站着一样高。"康熙经程甲化一提,低头一观,原来吴英已跪着,是自己看错了眼。随后称赞不已,遂对众大臣曰:"咳咳! 天下总兵不及吴英。"至今民间尚流传这句话。后皇上颁旨褒奖,并赐鞍马战袍,调镇舟山。再阅月,升授四川提督。

二、放炮吓跑外国兵

吴英虽当乘龙快婿,仍与义兄弟挑盐走南闯北。有一天,至厦门挑盐,把盐担放在厦门海岸荒野地带,不见人,只见一排排大炮并列并装满火药,深感奇怪,抬眼望去,大海远处出现外国兵舰,气势汹汹,正朝码头驶来。吴英心里无名火起三丈,也是你们这些外国佬,欺侮中国无能人,把战舰开到中国国土,霸占中国台湾,挑唆中国内战,让我给他们一点颜色看看。于是吴英急中生智,走近大炮,用火柴点燃导火线,"轰隆隆"一大声,大炮齐轰,吓跑了外国兵舰。事后朝廷查找放炮之人,因吴英脚穿草鞋,点炮时慌忙逃避,不幸将一只大草鞋掉在土炮旁。后被查对,守炮将军发现吴英身材高大,出口不凡,便招募入伍,编进清兵大刀队为大刀手。此是后话。而其时兰、马二兄弟见吴英点炮,怕被抓,露出破绽,遂溜之大吉。

而吴英吉人自有天相,反祸为福,亦在日后战斗无数次立功,步步高升,直至总兵、提督。

三、三结义恩情深

吴英将军平台后,曾回莆田招兵,兰、马二兄弟亦来投军。兰兄对吴英说:"啊!看眼前你当提督,威风凛凛,想当年咱兄弟义结金兰,有苦同当,有福共享。回忆咱挑私盐,三人合穿二领(条)裤,三餐肚饿偷挖蕃茹芋,实在相差太多了,这叫天差地别。"吴英听了,哈哈大笑:"兄弟,你们只知当提督的威风,哪里知道小弟是从'铜斗铁阵'中打出来的。吴英说完,马兄却一语双关说:"想当初咱三人管(穿)两领(条)裤,打(摔)破肥州城(陶沙锅)、溜(流)了汤将军(汤水)、拿吃了番大王(番薯),还不及今日威风。"吴英听了马兄讽刺的一席话,真高兴,设宴盛情款待,并提为左右护卫。正是一人得道,鸡犬升天。

四、讨荆州的故事

吴英奉旨建府第于定庄,在动工建东府时,有林氏祠堂在府前。按说应该拆除(据说,其祠是七省公祠,可能是宋代林国钧、林一柱或林文俊他们之祖祠),但林姓不肯拆,又担心吴提督用权和武力解决。就用计,借给佛做生日,演一名戏,剧名《讨荆州》,并由林上煊秀才撰联,分两边,贴在戏台双边,曰:"天下三分原属汉,荆州寸土不属吴。"戏演后,有人将剧台联意告英,英知林姓不同意拆祠堂。因怕吴英之权势,故不敢当面讲情。吴英听后,便放弃拆除祠堂之举,不仗权势欺人,避免林姓后人同吴姓后人结怨,也是吴英将军有宽阔的胸怀。此美谈亦一代一代流传至今,一来反映吴英宽怀大量,二来表现出林姓亦算文明望族。至今林吴两姓和睦相处,而《讨荆州》的故事仍然在定庄世代流传。

厦门传说

吴金宝讲述

一、赖妈赠鞋

且说厦门大元路,旧地名赖厝埕,有一个富豪绅士名赖厝公(名未详)。一日,赖厝妈同女儿备三牲去妈祖宫,敬奉妈祖娘娘。母女叩拜、点香、焚金帛后,欲收三牲果品,发现三牲中的鸡已经不翼而飞。赖妈以为是妈祖显灵,真的收去享用。回到家中,女儿问赖妈说:"阿母,在烧香时,女儿发现一只虎脚从桌下伸向桌顶,将鸡抓走。"听女儿咋说,赖妈感到真奇怪,莫非桌下有人,抓走供鸡。为证明虚实,赖妈叫来赖府管家,当面交代曰:"管家,你到厦门妈祖宫供桌下,看看是谁在桌下,速来回话。"

管家看后向赖公、赖妈报告说:"禀告赖公赖妈,神桌下有一个衣服褴褛的大汉。约在二十多岁,龟缩在桌脚下呼呼大睡,不知是乞丐或流浪汉?"

随后赖公对管家曰:"你带上衣服一付,叫那汉子来赖厝埕一趟。"吴英穿上新衣服,随管家至赖厝埕叩谢赖公、赖妈赠衣服之恩。赖公见吴英身体魁梧,谈吐不凡,知日后定成大器,为国家栋梁之材。问吴英曰:"少年,你是何地人士,因何流落厦门?"吴英答曰:"鄙人乃泉州府晋江县大浯塘人氏,因随父飘流厦门,不幸双亲早逝。战乱之中,流落此处。"赖公说:"当今乱世之秋,百姓生命朝不保夕,家家三餐难度。另有一事相告,未知你肯允否?"吴英跪着向赖公说:"恩公如有差遣,吴英定万死不辞也。"赖公牵着吴英的手说:"吾府中欠一个干粗工的差杂,你暂居府中委屈几日,待日后有机会,定举荐你另图进取。"于是吴英便住赖府为帮杂,三顿亦算粗饱。真是英雄落难有尽期,只在来早与来迟。

一日,厦门清军王将军招兵,因王将军与赖公有一面之交,于是写一张举荐信，叫吴英至王将军处投军。王将军见吴英身高体壮，又粗略知晓一些武术套路，非常欢喜，便对吴英曰："余欲收你为义子，随吾征战，未知壮士意下如何？"吴英见王将军真情出于肺腑，便答应之。故吴英投军后，一直以王英名字入军籍，直至康熙十九年庚申（1680）始奏知康熙，恢复吴姓。

且说赖妈在临吴英从军前，用自己的双手给吴英绣一双布鞋，并仔细根据吴英的大脚尺寸而绣。临别前谆谆叮咛，交代要为国立功，帮助清廷平叛，给百姓一个安宁的生活环境。并嘱咐吴英说："见鞋如见赖妈。"吴英将赖妈的话牢牢记在心内，将赖妈的布鞋紧绑在腰间，比自己生命更珍贵。此是后话。

因吴英身高体壮，故王将军安排为旗手，即举头旗。初战时，吴英均赤脚上阵，冲锋陷阵，步履敏捷。只要吴英头旗指处，全军便随之而进。

时有福建耿精忠部下枭将李荣春在浙江谋反，民不聊生。王将军荐吴英随浙江提督塞白理平之。头战打输，贼军漫山遍野如洪水猛兽滚滚而来，清兵抵敌不住，节节败退。后无救兵，吴英举头旗反向而走。大约走了一百多步，吴英忽然发现赖妈布鞋丢失一只，此时恍惚赖妈在耳边说："见鞋如见赖妈。"于是也顾不得生命危险，举旗冲回贼营，大喊一声："救兵来了。"一瞬间，退败清兵全部回头，跟着吴英杀入敌营。贼兵以为清军救兵真到，皆调头落荒而逃。正所谓横扫千军如卷席，贼兵兵败如山倒，清兵大获全胜，李荣春败走入衢州。

浙江一战，吴英初露锋芒，塞提督将奏本报上康熙帝，康熙大喜，调吴英入朝见驾。由于吴英高大，跪着与站着一样高大，故康熙褒赞曰："天下总兵，不及吴英。"三百多年来，这句话一直流传至今。后吴英将军晚年十余年的福建水师提督任内，将赖妈的一双布鞋敬奉在厦门将军祠之龛中，至不久前始毁。吴英将军的不忘赖妈的恩义和传奇故事，一直在厦门、晋江、泉州、莆田一带流传。故事皆大同小异，主题皆提到赖妈赠鞋。

注：现鹭江剧场旧称"金城戏院"，也就是原"赖厝祖宅"。

二、吴英将军金身装塑传奇

2007年7月23日（六月初二日）

（将军祠大观院主持释果华禅师口述）

南安市埕尾师傅，因其子染病，久治难愈，药石无效，求医未遂。巧逢至厦门，听人介绍说吴英将军已归神，并有求必应，随点香、买香烟敬奉祈求曰："尚保庇吾子痊愈，定捐资装塑将军金身。"不久果应验，其子康复安泰。后陈姓伉俪聘名家重新雕塑吴英将军金身，即现在供奉在厦门将军祠路大观院内。如以上祈求保庇者多不胜举。后吴英将军显灵救助善信的传说驰名遐迩，海内外善士、信女因吴将军显应，固敬奉香、烟、酒、果品、金楮者无数矣，可称香火鼎盛。

三、吴焘治姑的金身装塑传奇

吴焘治姑神，系吴英将军的玄孙女（至几代孙未详），据说其卒后已归神，而捐装焘治姑金身乃方丽娟女善士。至于焘治姑如何显灵救丽娟，须从抗日战争时期讲起。方丽娟善女士原为基督教信徒，抗日战争时期，被日本鬼子抓去关在狱牢。突然一尊女神从天窗降落牢中，向其点醒曰："你出牢若能普度众生，我保你某日下午三时出狱！"于是方丽娟向神只叩拜曰："欲能出狱，有生之年定普度众生，并重塑你金身。"随后，丽娟叩问"你是何方神圣"？女尊神曰："吴英玄孙女，口下有天，毛下添水，水边有台是也。"方丽娟女士也是知识分子，经商量于各著名人士，解释为吴英将军之玄孙女吴焘治姑神灵。方丽娟女士后来依神指点的下午三点获释。出狱后，转信仰佛教和神明。其时，因抗战时期，后又逢国内战争及后来文化革命的破四旧、立四新。1976年,方女士早已旅居美国几十年。当其静思时,又回忆起吴耗治姑神救其命时的容貌。遂从美国专程至厦门,寻找雕刻神明的名家,按其所述容貌刻而成之,并安金身供奉,与地藏王菩萨同龛。吴英将军金身在地藏王菩萨右前,吴耗治尊神在地藏王菩萨左前。吴耗治姑同地藏菩萨、吴英将军一起,同在厦门将军祠路大观院内,受善男信女的虔诚膜拜,享受人间万世香火。(注:方丽娟女士为旅美华裔,现年101岁尚健在。吴英将军的祀日是农历七月二十四日)

注:吴英将军传奇故事,民间流传版本众多,故难免有些近似说法。编者无法达到一致,敬请读者原谅。

附:吴英派下字行:为孙谋治国齐家惟谦恭,
　　　　　　　　　思祖训持躬处世以勤俭。
家训:敬畏上天,遵守国法。体谅人情,谦仁恭让。

注①信,即指西汉韩信受辱跨下。

威略将军吴英年谱

曾祖 祖父 父亲 本人
宾吾 振泉 佩辉 吴英

朝代皇帝	年	公元干支	吴英年龄	纪　　事
明崇祯	10	1637 丁丑	1	母逢天门开,得天书。同年吴英诞生
明崇祯	11	1638 戊寅	2	
明崇祯	12	1639 己卯	3	
明崇祯	13	1640 庚辰	4	
明崇祯	14	1641 辛巳	5	蔡英蚕瑞生
明崇祯	15	1642 壬午	6	
明崇祯	16	1643 癸未	7	神人扇蚊入梦
清顺治	1	1644 甲申	8	
清顺治	2	1645 乙酉	9	
清顺治	3	1646 丙戌	10	仙妪治疮毒
清顺治	4	1647 丁亥	11	石佛负逃急难
清顺治	5	1648 戊子	12	
清顺治	6	1649 己丑	13	
清顺治	7	1650 庚寅	14	
清顺治	8	1651 辛卯	15	与双亲投白沙中表家。溺海得救,神医眸子
清顺治	9	1652 壬辰	16	其父佩辉于三月初七日卒厦门跶地,鹭门吸水,养母承欢
清顺治	10	1653 癸巳	17	回大浯塘葬振泉(拾风水),佛祖二次救难
清顺治	11	1654 甲午	18	母逝成孤儿,(七月十一日)乘孝娶
清顺治	12	1655 乙未	19	流落厦门赖妈收留
清顺治	13	1656 丙申	20	被陈霸掠至海岛
清顺治	14	1657 丁酉	21	

威略将军吴英年谱

朝代皇帝	年	公元干支	吴英年龄	纪事
清顺治	15	1658 戊戌	22	
清顺治	16	1659 己亥	23	郑成功率军围攻南京,败退厦门
清顺治	17	1660 庚子	24	
清顺治	18	1661 辛丑	25	郑成功收复台湾
清康熙	元	1662 壬寅	26	郑成功卒台湾,郑军内乱
清康熙	2	1663 癸卯	27	同郑鸣骏、陈辉(霸)等归诚,平金厦,任都司佥事
清康熙	3	1664 甲辰	28	延山家看风水
清康熙	4	1665 乙巳	29	延山家福清择风水,神火焚山点穴
清康熙	5	1666 丙午	30	从高浦迁祖骸、亲骸葬福清资福寺金龟山
清康熙	6	1667 丁未	31	移镇浙江,土地公示掷十圣筊
清康熙	7	1668 戊申	32	施琅在京任大臣十三年
清康熙	8	1669 己酉	33	
清康熙	9	1670 庚戌	34	浙江遇塞白理
清康熙	10	1671 辛亥	35	从高浦迁曾祖骨骸,葬于福清资福寺南山出水莲花
清康熙	11	1672 壬子	36	
清康熙	12	1673 癸丑	37	
清康熙	13	1674 甲寅	38	耿精忠反叛,吴英任左营游击,退宁海梅坑敌军,解台州围,降荣春,歼朱飞熊
清康熙	14	1675 乙卯	39	升中军参将,仍住浙江。破张拱垣于毛头洋

威略将军吴英年谱

朝代皇帝	年	公元干支	吴英年龄	纪事
清康熙	15	1676 丙辰	40	为先锋,斩刘邦仁,复太平、乐清。破上塘,伤许奇保
清康熙	16	1677 丁巳	41	收象山、青田,解处州围,围温州,败曾养性,降冯公辅、林唯仁、黄大相等
清康熙	17	1678 戊午	42	以副总兵随石提督入剿福建,解泉州围,夺江东桥,破十九寨。督标中军副将
清康熙	18	1679 己未	43	荣升同安总兵,复海澄。四子应鹏出世
清康熙	19	1680 庚申	44	找定庄府第,配合吴兴祚舟师,收回金厦。奏复吴姓,准百姓出界,救活万民
清康熙	20	1681 辛酉	45	镇同安
清康熙	21	1682 壬戌	46	迁兴化总兵,铜山誓师,定庄建第
清康熙	22	1683 癸亥	47	与施琅平澎,从澎湖遣俘回台
清康熙	23	1684 甲子	48	镇抚台湾,祭海魂
清康熙	24	1685 乙丑	49	宠赐骑马入京。移镇舟山,擢四川提督十一年
清康熙	25	1686 丙寅	50	平吴三桂余党杨善、帅九经、尤德苑等盗寇
清康熙	26	1687 丁卯	51	
清康熙	27	1688 戊辰	52	奏请入籍定庄
清康熙	28	1689 己巳	53	
清康熙	29	1690 庚午	54	五子应鲲出世
清康熙	30	1691 辛未	55	
清康熙	31	1693 壬申	56	
清康熙	32	1693 癸酉	57	
清康熙	33	1694 甲戌	58	
清康熙	34	1695 乙亥	59	

威略将军吴英年谱

朝代皇帝	年	公元干支	吴英年龄	纪事
清康熙	35	1696 丙子	60	施琅卒,调任福建陆路提督,代水师提督镇厦门。兴化赈灾(蔡夫人)
清康熙	36	1697 丁丑	61	圣祖一次南巡,重建石佛寺,迁曾祖坟葬剑石,买蔡岭别一洞天地
清康熙	37	1698 戊寅	62	八月,正式任水师提督
清康熙	38	1699 己卯	63	石佛寺竣工,吴英将寺改"南天禅寺",书碑志。同年,赍郑成功灵柩归葬于南安御踏埔(《西山杂志》记载)。六子应星出世
清康熙	39	1700 庚辰	64	奏请改造战船
清康熙	40	1701 辛巳	65	
清康熙	41	1702 壬午	66	三子应凤中式
清康熙	42	1703 癸未	67	圣祖二次南巡,御赐"作万人敌"匾(府第竣工)
清康熙	43	1704 甲申	68	蔡夫人仙逝,葬蔡岭别一洞天
清康熙	44	1705 乙酉	69	御赐燕翼诒谋,圣驾三次南巡
清康熙	45	1706 丙戌	70	
清康熙	46	1707 丁亥	71	圣祖第四次南巡,御赐世锦堂,加威略将军。莆田、仙游赈济(小蔡夫人)
清康熙	47	1708 戊子	72	编《行闲纪遇》和《清威略将军吴英事略》
清康熙	48	1709 己丑	73	重建改向定庄府第
清康熙	49	1710 庚寅	74	荐子随标图报
清康熙	50	1711 辛卯	75	建界乡府第,应鲲中式
清康熙	51	1712 壬辰	76	寿终正寝于厦门任所,钦赐祭葬于莆田灵川三门里一洞天
清康熙	52	1713 癸巳		圣祖御赐七律诗一首,追念吴英功绩,钦赐神道碑于大浯塘和莆田枫亭北门等处

李光地序"行间纪遇"

行间纪遇

增光丙午遗鋪

燃烛拈谋堂藏版

序

我

国家诞受多方集命既

固至我

皇上而内鉏叛乱远拓疆

索虽在窎岛之中绝

塞之外阻沧波限大

漠为兵威之所不至

使命之所不加莫不

连发专征亲颁

六御羁縻絷组前没置之

阙下稽造代文德武功

古之登於册府圖畫者不過數人而吾閩

威畧將軍水師提督吳公其一也

聖朝不自以為神武之力

底九域乂安

赫奕赫者七大勳既

之盛未有如是之楙

推恩酬勞久而彌篤

其在元廬

善念滋甚蓋歷指三十餘

年之間名績昭彰如

公自壯歲從戎兩浙即

偵三逆變亂當是時

滇廣之寇越嶺嶠涉

江湖其勢播遠而欣

贼之兵则已度仙霞，而驻衢婺旁出於西江沿海以分我师海挈助之结连摇煽如后六以闽开不守耿鄭破士滇粤遂以次诛滅則此其明效顯證也

浙江不守則東南財賦之地有呼喻之危故議者謂三微用兵獨此為門庭之急其公莅時初佐戎耳且以閩人之故頗有說撐之者而能以忠勇固著使

王将军制府提帅以下　朝大吏无争先进达
皆推诚任之无所疑　公之遗迹行间固已奇
矣　及为总兵闽中正
公又武向摧锋续效勤　庙堂经略海事之会时则
白举能枇海道之窾　自重臣宿将至秩道
以先霞岭之师用区　路之口言海可平者
区偏裨之职而姓名　百无一焉　靖海将
功次涛闻于　军龄公既衔

命而来乃函引
公来助
公兴施公里咸也言
无不尽而施公太
既路台湾之远抚澎
湖之阴舟楫便习风
潮飘忽晓之者大以
为沿官军之利及
委以聪之自有明天
启初戴而沛恵苗稼
至是六十余年矣四
世相继树本深坚又
二公断以不疑以六月
发铜山众又以为天
时地利尽两犯之然
二公筹既定谋既合自

始接至於破敵絕七日間盡燒其舟艦奪其島嶼海之驍桀精銳一朝殲焉又復大遂稽首納款舉土降附斯役也諭者謂自古海外立功蓋至我朝僅見也

天子嘉悅公功盡揆殷優賜賚重疊以東南既靖俾帥之還謝兵民勤以禍福一向為傾巢進取開恩信縱釋陣俘使於西控馭已蠻畫民針賊寇遂無所奔竄

帖服既又以濱海重任非公不可水陸二間公歷專之恭遇山海澐公具南脈制撫朝覲行宮恩禮便蕃彌加於昔公於是感眷顧之隆循平生之躓以暇日記憶戚編題曰行間紀遇以余為忝歲九重以江淮氓庶為憂間晏南巡察視河榜榆觀事使以數言序

其間端披讀終編其成功於艱危萬死一生之狀足令觀者驚愕悲喜而至於今日公此編不曰紀功而曰紀遇蓋上以儷述曠世遭逢之恩而下以無忝當日群

寵命始終儷極灌注則又使人慨然於功名之際而益知帥知待之意尤古人所謂勞謙君子厚之至也用是應命而謹

聖朝之盛德為難名故書之

序

《行間紀遇》一書,今威略將軍吳公所以敘述其平生本末,子既受讀以終篇威而興曰有是子

時康熙戊子仲春朔日文淵閣大學士兼吏部尚書同里年姻家弟李光地頓首拜撰

公功德之絫也夫自昔將帥
之臣鐫銘鍾鼎盟握河山
勳伐焯然未嘗不智且勇
也顧近戎不能全其功名
逮不足以裕其後昆豈非
無堅可謂大智且勇矣迺
若寧海營兵士陰持兩端
眷戀舊土莫肯移其累重
塞提背赫然瘈憤欲盡戮
千人殲之

其仁有闕與子歷考
公行蹟裕迩偏裨遽登大帥
始自淛東竟及我閩澎伏
公愾慨敷言開諭能奉將志
活其命而究其室家俟土
之民不至驚鋒刃以逃竄
樣鋮仁矣哉康熙十九年

夫子神聖威武料敵無遺策行
軍無誤舉百戰必勝所向
我閩大飢未戮之憤十倍

常時又適丁軍糈菊午之秋益以大囏

公請於當事以便宜許百姓出界外採捕而活千萬計

當是時澎金廈既平而紫

及乎決計東征攻破澎湖與靖海簽施公撐于前

眾不報仇不斬擦資遣停繫之賊俾歸播

國恩懷德慕義人無逆行拒

命之志頓賴內間師不血刃遂定臺灣

公之德而保全大矣博稽前史罕有比蹤然則

公所由力戰於艱難險隘之

朝廷仁明

令未寬邶遭遇

公幾不免於大戾然

公賞宵身任其責以極蒼生

於鋒釪之中蓋弗之恤也

中蒙霜雪犯硯矢卒莫之
傷害若有鬼神來陰相

天子神聖威武與
公之猷略俱矣于獨贊
公仁德厭以大芘其身而燾
裕於後者語天人徵應之
際以為後代之將帥譚兵
者法則民命其有賴乎是
子之志也
時康熙戊子南至之日左
春坊左庶子掌坊事無翰
林院侍讀同里年姻家弟

天之休受
皇之眷厚祿顯位名稱壽考蔑
荷
亭而罔缺而克家之彥文
武兢爽世紹令緒而揚顯
於無窮非有盛德其孰能
致之令 相國李公之序
頌遹

陈迁鹤顿首拜撰

序

今天子际中天景运之会揆文奋
武卑土御风大化翔洽斡念
闽省西北阻山东南濒海虽
赫赫濯之声蛩蛩者抵久
矣雒阳大而登枉席猶庐山

欹海荡挖叙艰难赖魁垒
耆旧世德元功重镇兹土庶
伻普天逢人举面洗心耕田
凿井欤与神州赤子同鼓腹
挥壤於尧天舜日中用昭一
道同风之治於是授
提宪兵公为威畧将军卷以奨
戎劳而绥夫荒服也
公承悉玤荒嘉与远方顾治之
永安养休息咏欤太平与诵
皙讴声微中外便於韬署之
暇述其生平建树之奇勲与

旷世遭逢之异数素为一编颜之曰行间纪过狩歌休哉何所过若斯之隆邪粤稽汉唐以来如伏波横海骠骑鹰扬卷铁行钩授鈇控鹤诸名将为庙廊之柱石为社稷之

非遇唐宗亦安必其金瓯罢名年成相业而况亲矢石躬甲胄试其身於艰危险阻之中而运筹决胜以展布其素兹霏悄乎若生假非所遇有世险为者将建一议而左右

金汤束西朔南无不畏威而怀德者未易数见也何也所过有幸不幸也大遇亦何尝之有昔司马相如词赋虽工非遇汉帝则上林子虚徒託空言房杜姚宋颇伊周

常制行一事而上下掣肘敢其勋业娓然兴日星川狱垂天壤永乎不能磨是编而兹扮欤

公之所遇为古今所稀觐也大思裡连下夔垔朝所將有若

公之來傳星趨入見
天子賜軒硯問溫慰獎勞
賜以曲宴
錫之車服珍玩且導遊
御苑罌籌畢之分講家人父子之
情誼之為福人旗之以世錦
何優以涯歟宜乎中朝士大
夫咸慶明良喜起之盛而知
國家之倚毗
公者正未有涯也
公于是一舉念而不歇志
恩一舉竿而不棄感而思奮此

紀遊所由作也洿以江左迁
偶應典邊後及傳員郎署昔
徐昇平凡
公之遊迹行間立功海外多不
及知即知之亦不能悉因與
長君荅瀋石苑先生共事西曹
側聞一二延頸跂踵堅風希
棠良有年矣嶽何幸而托庇
宇下親炙休光獲儕懷章紆
綬之傀宋翰獻袴裙之將士
共役遊於清委之餘仰藉
公之左扶右挈引之於太中室

王之轨以底几凫于陨越者岂港鲜哉今公既负天下非帝之名必事天下非帝之福叅德俯勔则业绸弘望愈尊则气愈欲盛石稀龄而莊欤日强楨明欤

怪有仟佰过少年辈者

圣朝扎穿心膂河山带砺

龙贲有加焉则纪过一编允足垂之太常纳千秋石光实禳也己不揣鄙随徼书此以弁之

时康熙戊子季冬 福建泉州府海防同知加五级龄下眷世姪黄浐顿首拜撰

恭惟我

皇上御宇以来威震万方化行六服卿承骓烈幸阙
有道之长林洼幸蒙圣爱卜无穷之庆张英重译
欣看欣柱千邦海若无波快观梯航万里贯顶

圣天子之威灵洪福柔椿
诸文武之戮力同心英虎韬初贯胃革空倭舌
绝域之为平每思定远信
主猷之光蹇非慕敌军挟羞锦以南征人愧司马犹
宵衣于北阙职矢焉平既瑆行间溯壮年而至老矣

吴英自序

承宠命徒感遇而衔恩匪敢自矜劳绩惟知益励捐躯每追昔而抚今徹胆忱而恩奋迄兹会欤叨□□□□永矢愚忠涓毖激博伏愿昔天来玉作明玉烛者德万斯年评注奠金瓯者百千令世云尔

福建水师提督事务世袭阿达哈哈番臣吴英谨序

时康熙四十六年岁次丁亥三月 日威略将军

《行间纪遇》序一
大学士李光地 撰

序

我国家诞受多方集命既固，至我皇上而内锄叛乱，远拓疆索。虽在穷岛之中、绝塞之外，阻沧波、限大漠，为兵威之所不至、使命之所不加，莫不遣发专征，亲烦六御，羁缨系组前后，置之阙下。稽近代文德武功之盛，未有如是之赫然巍巍者也。大勋既底，九域又安，圣朝不自以为神武之力，推恩酬劳久而弥笃，其在元庸眷念滋甚。盖历指三十余年之间，名绩昭彰如古之登于册府图画者不过数人，而吾闽威略将军水师提督吴公其一也。

公自壮岁从戎两浙，即值三逆变乱。当是时，滇广之寇越岭峤涉江湖，其势犹远，而耿贼之兵则已仙霞而驻衢婺，旁出于西江沿海以分我师。海孽助之结连摇煽，如浙江不守，则东南财赋之地有呼噏之危。故议者谓三徼用兵，独此为门庭之急。其后亦以闽关不守，耿、郑破亡滇粤，遂以次诛灭。则此其明效显证也。公是时初佐戎耳，且以闽人之故，颇有逸构之者。而能以忠勇自著，使王将军制府提帅以下，皆推诚任之无所疑猜。公又所向摧锋，绩效验白，卒能批海道之窾，以先霞岭之师，用区区偏裨之职而姓名功次洊闻于朝，大吏元戎争先进达。公之迈迹行间固已奇矣。及为总兵闽中，正庙堂、经略海事之会，时则自重臣宿将，至于道路之口，言海可平者，百无一焉。

靖海将军施公，既衔命而来，乃亟引公来助。公与施公里戚也，言无不尽，而施公亦委以听之。自有明天启初载，而海患萌蘖至是六十余年矣，四世相继，树本深坚。又既踞台湾之远，扼澎湖之险，舟楫便习，风潮飘忽，哓哓者大以为非官军之利。及二公断以不疑，以六月发铜山，众又以为天时地利盖两犯之。然二公算既定，谋既合，自始接至于破敌才七日间，尽烧其舟船，夺其岛屿。海之骁桀精锐一朝歼焉。又复大开恩信，纵释阵俘使之还，谕兵民动以祸福。一面为倾巢进取计，贼穷迫无所奔窜，遂稽首纳款，举土降附。斯役也，论者谓自古海外立功，盖至我朝仅见也。

天子嘉悦公功，尽接殷优，赐赉重叠。以东南既靖，俾帅于西，控驭巴蛮，夷民帖服。既又以滨海重任，非公不可，水陆二阃，公历专之。恭遇山海清晏，九重以江淮氓庶为忧，间岁南巡察视河务，公与南服制抚朝觐。行宫恩礼便蕃弥加于昔。公于是感眷顾之隆，循平生之迹，以暇日记忆成编，题曰《行间纪遇》。以余为枌榆亲串，使以数言序其简端。披读终编，其成功于艰危万死一生之状，足令观者惊愕悲喜。而至于今日宠命，始终备极渥注，则又使人慨然于功名之际，而益知圣朝之盛德为难名。故公此编不曰纪功而曰纪遇。盖上以备述旷世遭逢之恩，而下以无忘当日群帅知待之意，尤古人所谓劳谦君子厚之至也。用是应命而谨书之。

时康熙戊子仲春朔日
文渊阁大学士兼吏部尚书同里年姻家弟李光地顿首拜撰

《行间纪遇》序二

翰林院侍读陈迁鹤　撰

序

《行间纪遇》一书，今威略将军吴公所以叙述其平生本末。予既受读以终篇，感而兴曰："有是乎！"

公功德之懿也，夫自昔将帅之臣，镌铭钟鼎，盟誓河山，勋伐炜然，未尝不智且勇也。顾近或不能全其功名，远不足以裕其后昆，岂非其仁有关与！予历考公行迹，奋迹偏裨，逮登大帅，始自浙东，竟及我闽，凭仗天子神圣威武，料敌无遗，算行军无误，举百战必胜，所向无坚，可谓大智且勇矣！乃若宁海营兵士阴持两端，眷恋旧土，莫肯移其累重，塞提督赫然发愤，欲尽数千人歼之。公慷慨数言开谕熊参将，悉活其命而完其室家,彼土之民不至惊锋刃以逃窜,於戏,仁矣哉!

康熙十九年,我闽大饥,米谷之价十倍常时,又适丁军糈旁午之秋,益以大匮。公请于当事以便宜,许百姓出界外采捕,所活千万计。当是时,虽金、厦既平,而禁令未宽,非遭遇朝廷仁明,公几不免于大戾。然公实肯身任其责,以拯苍生于馑殍之中,曾弗之恤也。及乎决计东征,攻破澎湖,与靖海侯施公誓于有众,不报仇、不斩掠,资遣俘系之贼,俾归。播国恩、怀德慕义,人无逆行、拒命之志,顿赖内向,师不血刃,遂定台湾。

公之德所保全大矣,博稽前史,罕有比。纵然则公所由力战于艰难炽险之中,蒙霜雪,犯炮矢,卒莫之伤害。若有鬼神来阴相,荷天之庥,受皇之眷,厚禄显位,名称寿考兼享而罔缺,而克家之彦文武竞骞,世绍令绪而扬显于无穷,非有盛德,其孰能致之?今相国李公之序,颂述天子神圣威武与公之猷略备矣!予独赞公仁德,厥以大芘其身而垂裕于后者,语天人征应之际,以为后代之将帅谭兵者法。则民命其有赖乎,是予之志也!

时康熙戊子南至之日
左春坊左庶子掌坊事兼翰林院侍读同里年姻家弟陈迁鹤顿首拜撰

《行间纪遇》序三
泉州府海防同知加五级黄浧　撰

序

今天子际中天景运之会,揆文奋武,率土向风,大化翔洽,轸念闽省西北阻山,东南濒海,虽藉赫濯之声,灵蚩蚩者泯久矣!离汤火而登衽席,犹虑山陬海澨控驭维艰,端赖魁垒耆旧、世德元功重镇兹土,庶俾普天远人革面洗心,耕田凿饮与神州诸赤子同鼓腹击壤于尧天舜日中,用昭一道同风之治。于是授提宪吴公为威略将军,盖以奖成劳而绥义荒服也!

公承恩拜宠嘉，与遐方愿治之众，安养休息，咏歌太平，与诵榜讴声彻中外。复于韬略之暇，述其生平建树之奇勋与旷世遭逢之异数，汇为一编，颜之曰《行间纪遇》。猗欤休哉！何所遇若斯之隆耶？粤稽汉唐以来，如伏波横海骠骑、鹰扬卷、铁舒钩，投鞭控鹤，诸名将为庙廊之柱石，为社稷之金汤，东西朔南无不畏威而怀德者，未易数数见也何也？所遇有幸不幸也夫！遇亦何常之有？昔司马相如，词赋虽工，非遇汉帝，则上林、子虚徒托空言；房、杜、姚、宋颉颃伊周，非遇唐宗，亦安必其金瓯覆名，卒成相业。而况亲矢石、躬甲胄，试其身于艰危险阻之中，而运筹决胜以展布。其素蕴睿辑乎苍生，假非所遇有甚隆焉者，将建一议而左右牵制、行一事而上下掣肘，欲其勋业灿然与日星、川岳并垂天壤，能乎不能，读是编而益矜叹！

公之所遇，为古今所稀觏也夫！恩礼逮下，亦盛朝所时有。若公之乘，传星趋入见天子，临轩顾问，温慰奖劳，赐以曲宴，锡之车服、珍玩，且导游御苑，略尊卑之分，讲家人父子之情，称之为福人，旌之以世锦，何优以渥钦！宜乎！中朝士大夫咸庆明良喜起之盛，而知国家之倚毗公者，正未有涯也！公于是一举念而不敢忘恩，一举笔而不禁感而思奋，此纪遇所由作也！澪以江左迂儒，历典边缴及备员郎署。时际升平，凡公之迈迹，行间立功海外，多不及知。即知之，亦不能悉。因与长君参藩石苑先生共事西曹，侧闻一二，延颈跂踵，望风希景良有年矣！兹何幸而托庇宇下，亲炙休光，获偕怀章，纡绶之僚寀，韎韐袴褶之将士，共优游于清晏之余，仰藉公之左提右挈，引之于大中至正之轨，以庶几免于陨越者，岂浅鲜哉！

今公既负天下非常之名，必享天下非常之福。盖德弥劭则业弥弘，望愈尊则气愈敛。故齿届稀龄而庄敬日强，精明敏悍有什伯过少年辈者。圣朝托寄心膂，河山带砺，宠赉有加焉！则纪遇一编允足垂之太常、炳千秋而光奕祀也已！不揣鄙陋，敬书此以弁之。

时康熙戊子年季冬
福建泉州府海防同知加五级属下眷世侄黄澪顿首拜撰

威略将军吴英自序

恭惟我皇上御宇以来,威震万方,化行六服,显承谟烈聿开有道之长,赫濯声灵。爰卜无疆之历,旅獒重译。欣看欤衽千邦,海若无波,快睹梯航万里。实赖圣天子之威灵洪福,兼藉诸文武之戮力同心。英虎韬初习,马革空怀,喜绝域之荡平。每思定远,信王猷之允塞,雅慕终军扶辇锦以南征。人惭司马,慰宵衣于北阙。职矢羔羊,扬历行间。溯壮年而至老,叠承宠命。徒感遇而衔恩,匪敢自矜劳绩,惟知益励惕忱。每追昔而抚今,只扪心而思奋。恭逢嘉会,敬志殊荣,永矢愚忠、空惭报称,伏愿普天来玉帛,调玉烛者亿万斯年;率土奠金汤,巩金瓯者百千余世云尔。

时康熙四十七年戊子三月　日(1708年)

威略将军仍管福建水师提督事务、世袭阿达哈哈番吴英纪

行间纪遇卷之四

康熙十九年正月间水师万提督会同英巡抚督饬舟师撤乘北风进攻金厦，同安港整备八桨船八十号配载官兵攻攻厦门。

二月十八日姚总督同杨将军带精兵数十至同安东埔地方，别遣英往见姚总督曰：闻马浦与厦门相对，海面不宽，扬将军逸同来欲取高浦，海边筑起炮城二座，安大炮攻贼往来船只。英曰：此时贼势已经摇动，宪台可整顿官兵以

待早晚進取觀音山海澄何必作此無要緊之
事姚總督曰觀音山海澄賊人修船如斛整固
豈容易取戰英曰賊寨在廈門劉國軒閫戰水
師南下若不親身上船愿敕必退守廈門不然
賊船一敗棄穴使破賊人豈不盡死在觀音山
乎且我水師提鎮率領戰船二百餘號在閩安
鎮在早晚東北風而下聞有賊船三十餘號拋
泊海壇又有六十餘號拋泊崇武在廈門者多
是空船但賊有上下二策若出下策百無不敗

道臺灣若從上策勢甚難以此在大憑才酌道
科再至如海登觀音山數日內可以成功姚聰
督問曰賊何者為下策何者為上策觀音山海
登又何法可取之英回賊之下策聞我舟師出
海壇賊船必退回崇武合諸姚聰督曰海壇水
曹交鋒必肯退回崇武英回我師戰船二百餘
號來風而下海壇二三十隻之船安能抵敵賊
豈肯先敗一陣而後崇武再戰斷無是理也在
劉國軒聞我舟師南下必棄觀音山海登退守

厦门，我师一到，崇武乘巨舰佔上风，贼败已有八九。况沿海各奥俱是我陆路官兵聚毂大砲固守，不容贼人取水。岸船我舟师连可以战退。此为消在贼船一难。登岸取水亦无从消他误，可以消在贼船之道也。若以上乘之海壇脃船见我舟师一到彼即退避外洋候我船来风而下。贼船反佔上风随於我船之後，到围頭彼，观音山带兵舵坐厦门空船驾出金门以待荣。武贼船俟我舟师一到贼又退同围頭我师进，

到圍頭賊方交戰實有逆敵復有率兵助賊
圍軒三面夾攻我師欲决勝難英姚總督曰以
公所料海澄觀音山必有可取之機會乎英回
如意猜豫英請領精兵二千管取此數日內
幸得來姚總督善曰浙江同事兩三載公百戰
百勝料敵如神索所渙服如數日內取得觀音
山即是公之大功也姚總督以英言告楊將軍
遂停築高浦炮臺是日領兵回津姚總督到津
又以英言告知賴將軍二十一日姚總督飛撥

到同安令英挑选精兵二千连夜赴漳州取观音山英正在监督兵马间马提督从间安开船南下觅来行下东自海壇迤回崇武合榇守候与我师对敌二十三日英正欲处行接总督公文言到同轩二十一夜撤营回厦我官兵来粉迎破十九寨并海澄县令英不须到漳建复同安港进兵恢复厦门二十五日英进攻泅州伪官康腾龙奇率众迎降馀贼釜舟逃迳二十六日取浯尾二十七日英飞领官兵通海载马待整

入港船五十艘由排頭門取廈門戰艦泵見九艘
己到泉叛親離為藩鄭裡刀瑪勢窮率餘黨開
船逃回臺灣英飛報督撫二十八日姚總督吳
撫院同英至廈招撫徐冠出示安民會同
題疏報捷是時尚有援船鎮朱天貴船隻百餘現
灣泊銅山姚總督與萬提督遣官朱天貴即率眾投降
春同英長男應麟出海招撫天貢即率眾投降
總督將廈門金門海壇銅山交與水師提督分
防同守英肺回守同安四月間沿海各府大饑

每石米价腾至五六两无处可买百姓流离载我
道毙死甚多英等所以救之者适反贻伊见悯
督言各府百姓饥荒必须设法赈救姚总督曰
我每府已发银三千两眠济英曰饥民十万之
众一府三千金能济得多少人姚总督曰此不
过尽我之心耳公有何策英曰宪臺乃一省之
主为百万生灵所仰赖此时民命生死俱在抚
及之间宪臺若肯慨然任其责又奈俱可得生
亦无用捐金赈济英姚总督曰除赈济外有何

果可以救民何事須任其貪捕公教之其曰憲
臺若肯問恩煌夜發示沿海各府催百姓出界
外取著根捕魚蝦以一月為限一月後早禾已
登民命盡可得生矣姚總督曰連海未曾請
旨問界何取擅放關係重大此貢不易住也英曰向
來金厦各島被賊所踞拔分界内界外今海外
蕩平賊人追通臺灣金厦各島與俱是我提鎮
駐守名雖界外實是我官兵行走之界内今通
省民命在乎頃刻之間憲臺先放百姓出界然

先明方有事於生民日後倘有罪貢共甘任之

皇上交民如子必開天地之恩如此一舉勝於戰百萬金販齊間省百萬生靈皆受恩臺再生之恩

姚總督喜曰誓奉教從俊有罪總為惠救百姓之計我與公皆欣然願受此遠違夜出示曉傳沿海各所百姓聞知歡天喜地伏老攜幼盡赴邊海取耆根捕魚蝦民命俱得更生

康熙二十年五月間姚總督遂反交同安興英

议攻臺灣之计是否可行英曰有五事俱尽善可破也姚总督问曰是何五事英曰一战船修葺坚固方能航海衝風破浪二官兵要惯習水性者方能水戰三器械齊備每兵帶四五件方可退近應用四岁須糧草隨師而行按濟軍需此四事俱可力備惟有一事必須題請方可行之賊之船隻兵衆糧草戎械俱不如我但其所恃者有二一在險隘二在衆肯用命然彼衆之所以用命者令戏敗也今我師欲踏

海東征出于九死一生彼伎俩必不一不出刀用命不但功不成且恐進退兩難必先定一大賞大罰之例如有不向前用命有副將以下不待

題叅立刻斬首總兵不用命者即削其兵柄奏請明正軍法若五事俱臺灣可破矣姚總督曰前四事便可分行各府料理賞罰條目令英俄議英酌定條目總督具疏

題請奉

旨准行时水师万提督奉

旨改调陆路提督命施琅为水师提督至闽与姚总
督意议不合跳请只用英为副可破台湾不必
总督出师部议以进取台湾是总督先发其议
必须亲行

康熙二十一年五月间总督率领提镇官兵战
船至铜山会齐总督回军船不能进兵俟部
文奉

旨进攻台湾有真知灼见可攻则攻无如真知灼见

不必伏官兵海面度日總督遂止不行令水陸官兵各歸原汛以待截會七月間興化鎮林永病故總督

題裁同安鎮以英調補興化鎮部議不准蒙

特旨准英調補興化鎮施提督同與姚總督議仝

合

題請卑征親至同安浮尾與英商議同征英見督提未甚和睦不敢許

康熙二十二年三月間范提督咨請恩督歡笑

统兵弹压厦门辰战退则可战退则可守英统
兵到厦施提督时幸领舟师湾泊泉港闻英到
厦连开舟至厦再三邀英同征英回我受
国恩深重断欲减此剿食余总督肯后常怪弟与
公同心欲殿台湾甚忤其意故未敢邀先耳施
提督回弟出京之时曾家
皇上旨意在三藩反叛仅遣发官兵亦不过数千而
定只有福建海寇我官兵到剿贼船退我官兵
回则贼船来寇为

国家大恩今命汝为水师提督汝可传谕各官若有能同心竭力破台平海者朕断不负汝等尔在京时素闻公之才能智勇今日若肯与弟同力克平海外巨寇此乃不世奇功大丈夫为国家建功立业何必区区惟一总督也英曰遵闻总督欲到厦门揭宝官兵愿公倾心降气与总督和睦且言水师只可水战若攻彭台陆地必须总兵统领陆帅方可刻敌此乃国家大事总督不得不许如许愿许有汝战闲心

澎臺不足破也說提督吾曰公肯見招大事濟矣五月十一日總督親至廈門擒軍十四日飭提督剳總督言水師官兵可以水戰若到澎臺陸地必退一才能總兵就領陸師數十方能破敵計出萬全總督曰水陸俱是朝廷官兵出力用命理所當然但不知陸師總兵欲用何人說提督曰興化鎮吳總兵智勇雙全水陸熟練非此人莫可以破敵者總督曰吳總兵未經奉

旨彼恐未必肯行乾提督曰吴总兵素怀忠义在浙
在闽建立奇功挫折多今欲进攻彭壶乃是
国家大事责部院若先行文令其统师随後
题明抹级无不同心报
国总督许诺十五日照会到英随即遣调晓领水
陆副将林葵誉六奇林贾蒋懋勲遏擊平来题
邦贰手全信林翰郑兴许段王祚昌王朝俊守
备洪范廖国用郑桂陈斌辉進忠黄富奇挑選
精兵六千配船六十餘隻乾提督同水師各鎮

先来北风南下约在铜山会齐兴于五月十九日收拾齐备率师金舟二十日总督观到英船言曰我兴贵镇同雁行间自折至间贵镇百战百胜料敌如神今欲征剿澎湖所料事势若何英曰贼有上中下三策若行上策臣服影湖之东日贼有上中下三策若行上策臣服影湖之众退守台湾只需挺艄快哨数十只在澎湖候我师到攻贼船不来交战克出我之後来援我沿海阻我粮运台湾虚处背险可金年者只有二三是贼以兵民土番垫守百日易我船泊在

大海之中十天難必須先路澎湖然後發回我船追逐沿海賊綜澎湖多積種草以待時日相賊而進恐功難速成矣其中策者戰船合綜在澎湖以待我師敗則通追臺灣不敗則仍舊路守我雖盡力攻役豈能全㓕必須重兵守澎湖乘南風別分大兵進臺灣之北山上溪水鼓勵土番且進且止賊勢始分然後乘虛而破之奇行下萊盡臺灣之眾以作孤注分為水陸路守澎湖我主兵者須身先士卒用破釜沉舟之法

官兵不得不用命澎湖若破臺灣可不攻而定

英此行惟盡一身以報國恩若不滅賊亦斷不望生還之總督辭別而去英于二十二日在廈開駕本日至將軍澳遇南風威發不能前進故奔豪告天禱求此風旱查銅山禱畢見西北黑雲陡起立轉北風二十三乾即到銅山會齊廿八日英告施琅靜曰今玩同事生死共之但有一言雷以本告施琅靜曰今年同軍全交智略有以教我無不惟命英曰

公与海上有父弟子姪之誓但鄭家負嘱已久为誓者多逆报者不少今日进攻臺灣全恃
天意扶助
國家爾我為
國出力為民除害仰賴
皇上天心亦是我主兵者行仁積德之一則不可殺
私报誓二则不計殺降三則嚴禁搶掠兵准可
擇一日會各鎮侍齊大小將并以此三章告天
共誓則海島逆徹共戴

皇仁

上天無不助我成功也施提督依言就于六月初一日在銅山會各鎮傳集大小將弁告戒三軍立誓申明賞罰功條三軍將領莫不敢勵隨會議進兵之策施提督議欲先取花嶼貓嶼以海圖觀之花嶼在彭湖之西南八軍在彭湖之正南船多其少難以撐船入隨彭湖逼逆不如先取八軍以佔上風施提督曰此又佔其衰也六月十四日奉風開船十五日到八軍十

六日會戰英曰必須先撥快哨二十隻進入澎
參探有賊船多寡泊何處陸地有無駐守并
看港路寬狹水深淺其回報方可分兵而進時
泉將言曰今既到此即可齊進焉用探援
蔣曰我建總兵諸將之刀隨即開船進兵
永甯風使利順刻即到澎湖港口見賊船二百
餘號俱在港內揚帆排列兩邊山上大小煩炮
不計其數炮子猶如星多落我船見其防守
嚴密齊擠港口不能前進只有將官查理曾成

张胜趙邦武吴启勇并英阮兵為争敵船首先進港銜鋒鏖戰賊之船多我船無援英見事勢危急即单船駕雙櫓衝入賊艘偽水師總督林埋見英一船衝入重圍率領數船前来夾攻英船英巌督官兵衝戰齊發炮前林陣一船當先賊衆死傷甚多林陣左腿打斷各船賊兵不敵衆頭隨即敗逃退入内港英以单船前後無援姑退出港英即坐小船到施提督座駕船上見施提督而上有傷英問曰公面上何傷施提督

曰我见前锋敌船衝入重围又见公单船破入贼躁復挺曼橹深入贼阵时急呼众船愿援俱不向前我见时势愈迫即将令将官朱胡陈蘭二船欲来愿援回攻擊贼船被犯火所傷我船上官兵带傷十餘人将官益理张勝处邓跋俱带重傷今年公船救出攻败贼衆此乃國家之福也但今日見衆心不齐不肯向前此贼何能得破英曰我國家數十年來為此海寇屢興屡刾所貴兵馮錢

粮无虑千万沿海亦有被害百姓亦不啻千万今数十年通寇已极其凶若不破此贼日後再有何人敢言破台之事此行非容易到此今日我杀入重围所见贼船虽多而出头者只有大熕船二三十只果是凶猛馀者亦不过碌碌近押而已今日我师贤同船多彼此观望俟我愈见明早收船入军申明赏罚之令将不向前须尽行捆绑欲以军法从事待我会各镇保领令各立军令我将功赎罪我战船四百馀只

挑选大船四五十隻余船盡令在後架梁将各船精锐官兵盡行挑出要大船上面著站将二百人才艙瓜再藏伏二百人如對敵陽見一人即摇一人其鎗炮弓箭俱不許開用令各兵盡把火埇人確伏左右傍破逄各鎮有領前休或船道港賊大船必来迎敵我船深配已定或二船或三船攻焼一船敵船火起我官兵不許通船聴其自焼另攻別船賊之前伴大船一経焼盡余船無不就擒矣祝破賢曰公此来甚妙但

众人之心怯不似汝死之心英曰今日只因船多彼此观望所恃若挑定官兵船只无多各船逄上俱书姓名各镇领颈当先众将不敢不进不患此贼不破也拖梢曰如此则破贼之任全在於公再撥定走艇随在大海中拖胧十七日收回八罩即将不向前大小将领尽行刑郷欲正军法英会各镇保领各立军令状随即挑選船只官兵分配己定十八日天色胧变夜起飓风官兵尽皆鹜惶忽闻空中一声如在雲

臣敦即雲間寮啟北風隨止立轉南風八單與中只有一小井往時取水只供一二百人此時三萬人皆飲此井泉流不竭本日即進取虎井英二十一日施琅督會集各鎮言曰明日進兵願分壘前進今須同歉安當敦閣分拈次序虜不叅亂六鎮壓寫船排列當先而進谷將領船艾隨行今賊船泊在澎湖來邊山乾以來邉為第一閣時海壇鎮林賢拈第一閣平陽鎮來天貢拈第二閣英拈第三閣銅山鎮陳昌拈第四

阍全门镇陈龙拈第五阄厦门镇杨吉瑞拈第
六阄分派已定英对施提督言曰如此进兵明
日必定破贼二十二日巳时我船五十馀号驶
刻前进馀船俱随后架梁贼见我船进港贼船
齐齐衔出水陆炮声震天动地大小炮千如雷
轰雨洒烟敛散空山挺海沸我船乘风直进海
坛镇林贤先遇贼抬交锋我船火器齐铃贼人
势急跳投过船二三次林镇身被前伤官兵十
去七八毙于不饥幸吾船齐进又攻林镇之船

方得退出二阎平阳镇来天责竟欲交锋朱镇
即中砲身亡其船亦退出英见时势危即督
领各营船隻英船当先杀入其烧贼大船数隻
时英右耳被铳伤裂忍痛率领众船奋力攻烧
贼兵亦殊死战时施提督全门镇陈能许领众
船齐到夹攻随将贼船尽行烧燬擒获彼又
救烧贼镇陈谷明大船一隻我船官兵只顾钩
搭攻烧而英船同贼船俱被潮水溺石上贼
船已经着火英殷不能同脱势在危迎时副将
—345—

詹六奇坐船相近親出杉板過船勸英速下小船以避火勢英曰我船四百餘衆與我同心血戰用命銜銕今生則同生死則同死我豈肯捨衆而獨生哉火燒將近衆人痛哭求英過船英再三不肯正在危急之際英船忽然浮水向北自開走有數前之地此非賴朝廷威福鬼神祐助英一船四百餘命焉能保全耶其後餘賊船兵丁並守澎湖陸地數千餘衆盡已投降是役也澎湖賊衆全軍覆沒英計燒燬

及獲賊船一百九十餘隻盡死投降偽官將三百餘員賊兵斬殺投降共一萬餘衆劉國軒坐小船逃回臺灣是脫收入澎湖天妃宮泊船英次日領陸師各營官兵登岸分到營盤所有各營搶獲晚傷落水之賊數百餘人英與施提督議曰所擒之賊投之無益可與醫藥調治給糧撥船送回臺灣俾彼處兵民咸仰仁恩賊心自亂施提督依言而行聞劉國軒回臺欲調兵分守各口回送回各賊人人相傳曰我等對敵被

伤落水遇拯不行殺偽給我種食與我醫藥復送我回臺善陸思思不過如此因此臺地兵民心愛想望王師速至為幸劉國軒見事勢瓦解隨遣員赴澎辦議納款投降正在躊躇之間施提督請英密言臺灣有偽鎮將二百餘員列名遣人前來請給令牌旗號不用我師到後伊等會東舉事擒獻巨魁此舉若行我無亡矢遺鏃之費公意如何英曰賊之強梁善戰者前已盡沒殆盡臺灣

馀寇不過釜底遊魂且朕可定奪我未出師時
已當天立誓陣偷之賊尚且不赦今若輕聽妄
動致害生靈是汝我有欺天之罪也此事斷斷
不可如輕聽小人之言内中豈無愛海上之恩
者恐一允許人多易淺說有一二違禍風隙鄭
家兄弟子姪登舟颶遁別國而去我等欲從何
處追尋縱得臺灣亦難班師矣施琅奏善曰公
言甚是題不允許即公議准其投降題
題本令侍衛吳啓爵進京報捷

聖上龍顏大悅我師議進臺灣英面辭施提督曰今巨寇蕩平臺灣投順大事已定可以不用陸師官兵公進台安撫弟就此帶領陸師回汛施提督曰此行賴公大展智略三日登舟一月功成掃除數十年海外之巨寇為國家建不世之奇功弟豈敢忘也英曰此乃朝廷共福豈公謀度有方弟何能之有施提督曰今台灣雖降俾必須同住商酌遣發投誠偽官交母共收全功遂於八月十三日同施提督齊進臺

安抚兵民即发饷首领疲海入京九月间施提督

陛炎

圣恩授为靖海将军靖海侯十月间施提督欲回厦

门叛将台湾交英弹压英辞曰今彰台大事就

定愿令水师镇协同守本镇所领陆师自当回

汛施提督曰台湾虽定投降官兵数万未移

动此处非尔我二人不能弹压但我不得不进

回安抚投诚进报功间销再致种此处须倩公

弹压方保无虞若安辑不得其人恐前功俱废

矣施提督率象班师英在台湾弹压

先少保公起家軍旅奮迅偏裨當耿藩叛亂之日由閩趨浙勢輕揭驍出九死一生之計搗其無備攻其不逮阻虜瀕於危用能摧曾養性十數萬頑悍無前之衆羣台庭二郡之圍斫浙米門庭逐阮阡鄆尊搗墩復隨大軍入閩恢復金廈二島俊乃佐施將軍來夏令南風用舟師破澎期遂受

台灣降海波安貼煎頌赫英眉

聖祖仁皇帝龍眷三任總兵用爲四川提督復用爲

福建水師提督光後凡二十八年晚戒居
駕蘇門授威略將軍
恩遇之隆在溪人中為罕覯走書其記遇之作也日
久版盡書俊先府君心覬在日搜求不獲見
儒珍亦履尋之今儒珍年八十矣始聞水南
校貢生陳君閩亭得於殘書之中急修束往
求久乃見哥宛然全軼雁字畫間有殘缺急
為校對重抄付梓彥識顯木俾世世子孫之
知所實責云道光乙巳夏六月元孫儒珍識

識

吴英元孙儒珍编后序

先少保公起家军旅,奋迹偏裨。当耿藩叛乱之日,由闽趋浙,势极猖獗,出九死一生之计,捣其无备,攻其必救,不避险阻,屡濒于危。用能摧曾养性十数万犷悍无前之众,释台、处二郡之围,平浙东门庭之寇。迨耿逆既降,郑孽犹炽,复随大军入闽。恢复金、厦二岛后,乃佐施将军乘夏令南风,用舟师破澎湖。遂受台湾降,海波安贴。勋绩赫奕,膺圣祖仁皇帝宠眷,三任总兵,用为四川提督,复用为福建水师提督,先后凡二十八年。晚岁扈驾苏门,授威略将军。恩遇之隆,在汉人中为罕觏。是书,其纪遇之作也。日久版蠹书佚,先府君心岘在日,搜求不获见,儒珍亦屡寻之。今儒珍年八十矣,始闻水南拔贡生陈君陶亭得于残书之中,急修柬往求。久乃见寄,宛然全帙,惟字画间有残缺。急为校对,重抄付梓。爰识颠末,俾世世子孙之知所宝贵云!

道光乙巳年(1845)夏六月
元孙儒珍谨识

吴英将军为姻家林贤撰祭文

　　皇清诰授荣禄大夫镇守福建海坛等处地方总兵官、左都督,仍带世职余功先考尊一林公行状。

　　呜呼!不孝梦赉等不缴縠彼苍不殒灭,自受祸延,先大人于六月十八日巳时疾终正寝。哭踊自绝,泪继以血。兄弟稚拙,未解公家事,何能为先人状?但念椿德不彰,萱命尤切,不得不仰溯一二,以抒何怙之哀鸣。

　　先君讳贤,字克希,号尊一,祖贯晋江马坪人也。曾祖得所公携王父茂田公择里于兜率而居焉。王父有隐德,拙家计,乐施与里间,翕然称之。再传生伯仲三人,父居其季。学书学剑,年未弱冠,而躯貌欣然伟也。遭乱飘舶于重译之外,倍蓰什伯,所向辄利。诚信靡他,外国之人,爱之重之。

　　我皇清定鼎,父因弃去而自归于朝。是时,山海尚阻,声教禁旅,宿卫络绎闽郊。攻城略野,徒疲奔命。父以舳舻赴省,抚军吴公,即今两广制台也。思靖蜃窟,必借楼船,父智略足当大任,遂启。康亲王设立水镇,题请以父专制之。出上竿塘,擒渠魁章元勋等。执汛获丑,覆没其全军,泉围立解。又统舰为提督万公前驱,于旬月之间,戡平金、厦两岛。论功独多,爰有迁镇海坛之命。

　　癸亥六月,大集舟师,荡平澎、台。提督施公,肃队分股,父首先援,桴鼓冲锋直入。贼见父孤舟,遂四面合围。奔腾突杀,死伤枕藉。父身中二箭,纵火欲自焚,奋厉将士,无不以一当十。左冲右突,自午至申,历三时,鏖战方尽,歼其所围四舟者。施公至,登舟见积血盈踵,泣劳曰:"公血战破敌,功莫并矣。"露布云:"冲锋陷阵,鏖战覆寇者,乃海坛镇臣林某也。"密疏云:"如海坛镇臣林某,当先破敌,舍命陷阵,诸将无出其右。"缘此一战,澎破而台平。海疆底定,天朝酬庸,复有世职加优之典。旋而奉旨陛见,召入正殿,面询战功,改容嘉劳。较射内廷,连中三矢。御赐貂套朝服,鞍马筵宴,随驾东巡。咫尺乘舆,顾问款洽,如家人父子。侍从围猎,并赐所获鹿兔等物,格外遭逢。盖亘万古,天下未有之殊荣者也。年来征战,心血为枯,积屙日甚一日,常谓臣子致身之外,何所他求,第恐髀里肉生,无福消受安荣耳!岂意旧创复发,不旬日,竟弃不孝等去耶!

易箦之际,不一言家事,第曰武人从事疆场,马革裹尸为轰轰烈烈,仅子便得其正,何必死于妇人、女子之手乎?今者,四壁徒立,二稚即永诀叮咛呢喃,瞻恋终为痴腐也。呜呼痛哉!彼苍者天,曷其有极。至于追溯父德,严以治军,宽以处世,周贫恤苦,人能知之;禁掠止杀,人能道之。即家庭之内,雍雍睦睦;外亲内戚,待以养成,食齿难数。此皆生平大者,卓卓可传。胡天不锡遐年,降割我家,亦已太甚。谨抆泪述其梗概如斯,非敢仰乞大人长者之言,以为华衮之锡也。

  提督四川全省军务总兵官左都督姻弟吴英顿首拜填讳
  不孝孤子林梦松、林梦赍全泣稽颡谨述
  出继降服子林达同稽首拜

林贤画像

注:林贤次女适吴英子刑部主事应龙,吴英与林贤即姻家也。

施琅与吴英对台湾海峡的影响
——实施国家战略,维护国家核心利益

施能忠

摘要:从施琅涉台的八篇《奏疏》看吴英将军对台湾的贡献,从《台岛最早之石碑》、《台岛次早之石碑》吴英著作《行间纪遇》、《台湾府志》和《泉州府志》看澎湖决战,台湾不战而下的减税其半政策,禁止军队扰民,"有犯民间一丝一臬者,法无赦!士无乱行",严肃军队纪律。吴英又在屯军、开垦、平定金门、厦门两岛立奇功。在战场上奋勇争先,指挥上献策、筹划。登陆台湾,坚决执行国家的法令,减半税政策、公平交易、市井不惊,优抚台湾少数民族。巡防台湾南北路军,增建设施,严防"红毛夷"卷土重来。受到施琅的推荐,朝廷予晋封、赏赐御用品等。赐"作万人敌"匾,赐籍等荣耀。

清军东征澎、台,吴英是首位受命留台处理军务、政务的将领。

康熙二十二年(1683),施琅率吴英为副帅,林贤、蓝理为先锋,整肃福建水师二万五千余人,大小战船近六百余艘。经澎湖一战,歼敌一万二千余,招降四千八百余名军士,为和谈奠定基础。历经一个多月的招抚谈判,副帅吴英同名将林贤、蓝理等随施琅从鹿耳门港登陆台湾。当时的福建水师办公地点,在台南的天后宫内。处理军事防守调动,人员安抚,民生以"安民告示"《严禁犒师示》为实施。施琅搬师回厦门时,台湾事务处理交由吴英将军。扩建台南天后宫,吴英也按时完成,有《重修天后宫碑记》等三个石碑记载。吴英将军的事迹,留下永久的历史记忆。

附录 平台纪略碑记(清朝施琅所立——台岛最早之石碑)

台湾远在海表,昔皆土蕃、流民杂处,未有所属。及明季时,红彝始有筑城,与内地私相贸易。后郑成功攻占,袭距四世。岁癸亥,余恭承。

讨澎湖一战，伪军全没，势迫请降。余仰体皇上好生之仁，以八月望直进鹿耳门，赤嵌泊舰，整师登岸受降，市不易肆，鸡犬不惊.乃下令，今者提师跨海，要在平定安集。纳款而后，台人即吾人，有犯民间一丝一臬者，法无赦！士无乱行，民不知兵。乃礼遣降王入京，散其难民尽归故里，各伪官兵载入内地安师。公事勾堂，遂以子月班师，职不载。天威遐播，遂入版图，推思陶俗……

　　清初，清廷因台湾攻战二十多年未下，福建、广东、浙江、江苏四省沿海实行严厉的"迁界"和"禁海"。下令三天内迁15~25公里为界，挖壕沟，树"奉旨迁界"石碑，有的刻在岩石上。界外房屋、祖祠一概焚毁，良田荒废。督查官一到，放火烧厝，丈夫携父母，遍野哭呼妻儿，卷起包袱，带少量粮食外逃。有的受到饥饿、恐惊，病倒在途中，为数不少。据地方史记载，平定台湾后，回归家乡的，只有原来的十分之二。

　　第二条严厉举措，清廷实行禁海近三十年，"片木不得下海，犯者杀头"。对台湾实行禁运物资、药品等，边界设寨、挖沟、派兵防守。数万公顷良田不能耕种，数千艘商船、渔船被焚。禁止下海讨生活，生活困苦，偷渡又要冒"杀头之罪"。《浔海施氏族谱》《钱江施氏族谱》记载这一段悲壮的历史，吴氏、洪氏、张氏、李氏、许氏等50多姓氏族谱也记载的这段历史。

　　保留至今的迁界石碑有厦门翔安区石碑、晋江市的永和镇石碑、岩刻惠安县的泉港区的迁界、奉旨迁界碑八处，界外形成无人区，农作、渔业、商业停止。当然国家在这片废墟内没有税赋收入，而且派重兵防守。被迁出界的人们，对美好故乡的思念，对失去的亲人，只能埋在痛苦的心里，遥远的祭奠，形成闽南"祭奠仪注"。印成册，绵延不断，"礼生"从东西两班，2人发展成8人唱礼。后来撰修的谱牒皆记载着这段民不聊生的悲惨历史。今逐步纳入"非物质文化遗产的保护"申请项目。历史是割不断的，人们祈盼社会稳定、繁荣，祈盼国家统一，须数代人的努力、奋斗和牺牲。吴英将军在澎湖大战中出谋献策,而且身先士卒、驰风涛、冒炮矢,《靖海记事》记载吴英:前锋左股兴化镇臣吴英被鹿铳轻伤左耳朵(P84、P86)仍不怕炮火连天,指挥作战、鼓舞士气,直至战役结束。康熙知其是历次战役的良将,御赐"作万人敌"匾额,对智勇双全的吴英封为"威略将军"是对其功绩的肯定和褒奖。

郑克塽为了保证南明王朝官员的日常开支,经常增加税收项目和金额度,增加台湾汉人和少数民族人民的田赋,产品的税收数额。至"鲁王"的随从官员日常朝廷费用,日渐增,朝内的冯锡范等争权夺利,增加台湾同胞税赋负担。入台后,施琅根据当时的形势,明朝遗留官员内迁大陆,发遣安抚,三年后,军队可自供自给,马上建议朝廷减税四成,得到批准。施琅班师回厦门府第,吴英留在台湾巡守台湾南、北两路军事防务,仍然执行减税政策。旨在使台湾同胞受到减税的利益,增加生产资料的投入,提高人民的温饱水平,社会稳定。不久人口增长数倍,两岸贸易也翻倍的增加。吴英将军在海峡两岸重归一统的过程中起着"承前启后"重大贡献。

施琅与吴英积极地实施康熙皇帝的"因剿于抚"的国家战略决策。澎湖决战后,优抚伤病人员,愿意回台湾的准许归台湾,愿意回大陆与妻子团聚的发给凭证和白银,让其自购耕牛和粮种。

安抚郑氏及南明官员,施琅在八月廿五日亲自撰文到郑成功庙祭奠:"自同安侯入台,台地始有居民。逮赐姓启土,世为岩疆。莫可谁何。今琅赖天子威灵,将师之力,克有兹土,不辞天国之诛,所必忠朝廷而报父兄之职分也。独琅起卒伍,于赐姓有鱼水之欢,中间微嫌,酿感大戾。琅与赐姓,剪成仇敌,情犹臣主。芦中穷士,义所不为,公义私恩,如此而已……"

施琅率士入台,受册印,荐主将刘国轩为天津总兵伯爵,加赐住宅。冯锡范封伯爵,郑克塽封公爵。不久,其他郑氏家族成员多被授予于官爵。据《石井本宗谱》记载,郑成功二子郑聪授三品官职,三子郑明、五子郑智、七子郑裕、八子郑温、九子郑柔都授四品官职。

郑经三子郑克举、四子郑克均也授四品官爵,五子郑克塙、六子郑克都仕骁骑校,八子郑克塙仕佐领等官职。

　　军事上,施琅交代吴英将登陆台湾的水师第一个办公地点,即台南妈祖宫加以扩建。同时施琅与吴启爵、吴英巡视台湾军务,在澎湖设驻军二千多名,台湾设南北两路,军队各驻四千将士,合计驻军屯田一万将士。吏治设一府三县管理。实施减税四成的税赋,减轻汉人和少数民族的税赋负担,休养生息。根据《台湾省通志·人口篇》记载,郑氏末期,台湾有汉人人口数约十二万。至嘉庆十六年(1811),台湾汉人人口数已达一百九十四万五千人。可见一百三十年的时间里,台湾汉人人口增加了一百八十多万,相当于原人口数的十六倍左右。由于台湾是男多女少,自然增长率少,所以增加的人口大多是从大陆移入的。

　　台湾四季如春,雨水充足,"地土膏腴"、"一岁所获数倍中土"、一岁蓄,三岁畲,对生活于山多田少的闽、粤沿海的民众来说,无疑有极大的吸引力。因此他们采用各种办法偷渡台湾,有的群贿船户,冒顶水手姓名挂验。女眷则用小渔船夜载出口,私上大船。有的贿买守口官兵私放赴台,混入兵差船潜渡台湾。按清廷规定,台、厦之间只许在安平港和厦门互通船只。但据台湾地方志记载,实际上,"又有自小港偷渡上船者,如曾厝垵、白石头、大嶝、南山边、镇海、岐尾或由刘武店至金门料罗、金龟尾、安海、东石外,可供大小船出入停泊。港口遍布南北,有六十余港之多"。这使守汛官兵顾此失彼,防不胜防,给偷渡者提供了可乘之机。

　　连横说台湾"归清后,农业愈兴,旧额正供征谷九万二千一百二十七石。至雍正十三年(1735)新垦田园增征八万零七十五石"。

　　《道光厦门志·兵制考》载:水师提督统辖福建全省水师军务,驻扎厦门,节制金门、海坛、南澳三镇,兼台湾、澎湖;领水师提标中、左、右、前、后五营。中军参将一员、游击四员、守备五人、千总十人、把总二十人,一年亲巡南洋、铜山、南澳等处;一年巡北洋海坛、闽安、三沙、烽火门等处。二年而遍。巡阅台湾隔二年一次,与将军、总督、巡抚、陆路提督分年轮巡。水师提督和将军、总督、巡抚、陆路提督分年轮巡,是在乾隆五十三年(1788)才制定的制度,康熙时还未有这个规定。不过,从以上的记载可知,福建水师提督管辖甚广,责任非轻,施琅在福建水师提督期间,尽于职守;吴英在后任福建水师提督期间,也尽于职守。闽海疆宁静,他们为巩固发展当时海峡两岸的安定局面,作出了积极贡献。

当时台湾处于台湾曾是荷兰人"住处",他们"无时不在涎贪",总想寻找机会重返台湾。所以对他们的企图都保持高度的警惕性,如果对船只出海"审势立规",就可以从制度上堵塞海防方面的漏洞,使荷兰人无法"乘隙以图"。同时由于我方制度健全,措施周密,他们也就不敢轻举妄动。这是施琅的海防思想核心所在,吴英先后二次戍守台湾,始终如一。也得到康熙皇帝的嘉奖,钦赐御用品等。

福建水师还有第三个任务,台湾平定后第二年,康熙二十三年(1683),施琅奏请厦门关,设立后,由水师兼管,《鹭江志·关津》记载:清廷派一员官员在厦门"总理"关务,饷银作四季解京。大馆,在岛关路头。凡洋商南北等船出入,皆到馆请验。惟米粟免饷,余俱有例。其自外来者,洋船则官亲登其船上封仓,命丁兵日夜看守,防其偷渡捩处,验明正饷;商船则遣人持大尺测深浅,计算所载多重,分别征饷。自本地出者,则批大馆税,给单出水;小馆则随潮时,命巡丁遍查渡船,验其有无遗漏。其或隐匿不报,察出即执解大馆,以凭送究。小馆,一在厦门港玉沙,稽查金门、烈屿、安海及浯屿、岛关等地渡货物;一在鼓浪屿,复稽查漳州、石码、澄海及漳属各小舟等渡货物;一在牛家村,稽查同安、内安及澳头、鼎美等渡货物;一在石码街,稽查龙溪、漳浦等处往泉州各项货物。通商贸易,有利于发展社会经济,提高人民的生活水平,也有利于国家财政收入。但对外贸易,事关海关。所以对贸易船只加强检查,监管也是必要的。而在如此之多的港口码头巡查船舶,看验货物,征收税项,是需要投入许多水师官兵，可见当时海关事务也是施琅职责所系。

施琅任福建水师提督十九年，时年76岁患病去世，康熙加赠"钦赐祭葬"。陵园面积百亩，加谕祭三次，世袭罔替（至第十二代孙）。追增太子少保，祀祭入北京"贤良祠"。吴英参加台湾决战后，驻守台湾。又往浙、川平寇，升四川提督，镇守四川11年，威德并著。康熙南巡，又调吴英为福建水师提督，兼管澎台水陆官兵事务，再次为海峡的军事、经济、文化交流奠定基础。后来蚶江与台湾鹿港对渡，为海峡两岸文化交流提供更多的方便。如今的厦门市将军祠公交站就是施琅将军石牌坊、吴英将军的石牌坊、吴英将军祠的所在。古老的将军祠在受人们的瞻仰和崇拜的同时，也成为两岸交流的亮点。

资料来源：
《浔海施氏族谱》二十三册，九十三卷。
《泉州府志》，乾隆版。
《台湾府志》，乾隆版。
《施琅研究》，1~8册。

作者单位：晋江市施琅纪念馆副馆长
地址：晋江市龙湖镇衙口村浔江区15号
电话：0595-85282363　13906092895

台海战役主要人物简介

李光地 （1642-1718）字晋卿,号厚奄,安溪湖头人,康熙九年进士。后升兵部尚书、直隶巡抚、吏部尚书,文渊阁大学士。

姚启圣 清汉镶红旗,浙江会稽人,字熙之,号忧庵。康熙十七年至二十二年任闽浙总督。

吴兴祚 （1632-1698）字伯成,号留村,浙江绍兴人。康熙十七年至二十年,任福建巡抚。

万正色 晋江人。康熙十八年至二十年,任福建水师提督。康熙二十至二十五年,任福建陆路提督。

杨捷 清朝义州人。康熙十七年至十九年,任福建陆路提督。

郑成功 南安石井人,生天启四年（1624）卒1662年,享年39,民族英雄,驱逐荷兰,收复台湾。

施琅 晋江衙口人,生明天启元年（1621）,卒康熙卅五年（1696）,字尊侯,号琢玉。初为明总兵郑芝龙部将,顺治初年,随芝龙降清。官至水师提督。以平台功高,封靖海侯。

吴英 晋江大浯塘人,生明崇祯十年丁丑（1637）,卒1712年,享寿76。后奉旨入籍莆田定庄,官福建水陆提督。

林贤 晋江马坪人,海坛总兵,字克希。生明崇祯壬申年（1632）,卒康熙二十六年（1687）。

朱天贵 莆田人。原郑经部将,后降清,任平阳总兵,殁于澎湖。

蓝理 漳浦人,署右营游击。康熙廿二年参与平台,四十五年升福建陆路提督。

李绂 （1675-1750）字巨来,号穆堂,江西临川人。康熙四十八年（1709）进士。历任翰林院编修,礼、吏、工、兵部侍郎,广西巡抚、直隶总督。

刘国轩 汀州人,台海战役郑军总督。有卓著的军事才能。澎台战场失利后,主张归诚。授天津总兵,封伯爵。

菲律濱延陵吳氏宗親總會
PHILIPPINE YAN LING GO FAMILY ASSOCIATION, INC.
566-A Juan Luna St., Manila, Philippines

台北市郵政信箱
第249號
中國國民黨總部
吳主席伯雄 收

TaiPei City
TaiWan

菲律濱延陵吳氏宗親總會 IR MAIL
PHILIPPINE YAN LING GO FAMILY ASSOCIATION, INC.
566-A Juan Luna St., Manila, Philippines

中國國民黨中央委員會：
吳伯雄主席閣下：
吳教義秘書長閣下：

　　敬啟者：敬維鼎棋安燕、履祉吉祥！曷傾私頌！

　　日前敝會吳建民宗長專程回國探索，考察有關清福建水師提督吳英將軍史跡，深為感歎。

　　歷史名將吳英繼鄭成功之后，與施琅一起為收復台湾作出了特殊的貢獻。其足跡遍及福建、浙江、四川，功勛尤以收複澎湖，臺灣安撫民生為著，時任福建水師提督、鎮守鷺島，在廈門時雖已年逾六十，還把清廷薪俸建造《虎溪岩寺》等文化古蹟，其體現了一名愛國將領的非凡大志，廈門人曾在將軍祠路（現名）為其建祠立廟，該將軍祠經過近二個世紀的風雨洗刷，現已瀕於泯灭，為此，敝會日前請求廈門市府當局予以作為"非物質文化遺產"或請示福建省政府將其作為文物保護單位加以重修保護，以昭後世，啟迪後昆，愛國熱情，對此，敝會正在做出不懈努力，曷待您們予以聲援與支持，承蒙為之題寫《吳英將軍祠》或為之題寫，寄意鈞諭，曷胜欣幸！

　　　　　　　　　　　專際奉候
　　敬請臺安

　　　　　　菲律演延陵吳氏宗親總會
　　　　　理事長：吳奕輝
　　　　　副理事長：吳榮辨　吳宜旺
　　　　　　　　　　吳章焘　吳世洋
　　　　　　　　　　吳兇旭
　　　　　秘書長：吳彥连
　　公元二〇〇九年七月廿八日於崐尼拉

菲律濱延陵吳氏宗親總會

中國駐菲使館：
大使先生閣下：

欣悉中國國務院發佈關於福建加快海西建設的《意見》和《文化產業振興規劃》，特別是對非物質文化遺產的保護等一系列政策大大鼓舞了包括菲僑在內的海外華人、華僑和"兩岸"同胞對祖國的向往。實踐政策則是各級政府取信於僑、取信於民的體現。

此次，敝會聯袂臺灣地區吳氏民間社團，為探索尋找近代中國著名歷史名將，清‧福建水師提督吳英將軍的勳跡，特委俊敝會吳建民理事專程回國對莆田、泉州、晉江、廈門一系列的考察。我們特別為廈門"將軍祠"瀕臨倒踢而傷感與遺憾。

歷史名將吳英繼鄭成功之後與施琅一起為收複臺灣作出了特殊的貢獻，他的功績與鄭成功、施琅並列。尤其是他在廈門時任福建水師提督，年暮之時，用清廷給予的俸祿建造《虎溪岩寺》等事跡、歷經多次修膳，在二十世紀八十年代、新加坡名僧宏船法師感歎捐資再修，現為廈門八景。備受當地市政所推崇。

然而，位於廈門將軍祠路 50-58 號的《將軍祠》是時為紀念愛國名將而建造的一處紀念館式古跡，它昭示後人愛祖國、愛廈門、英勇奮進，前期為廈門市政所保護，連其街名也被授予"將軍祠路"，可見其祠之重要，保存其祠的之意義之重大與歷史之價值。今瀕泯豈不令人痛心疾首矣（附以前現場拍照於後）。

綜上，經敝會與臺灣地區、新、馬等地社團研討，一致認為有必要由敝會出面與祖國當政有關方面領導商討，致函貴館大使案前，表明僑社強烈訴求：廈門市政府當局全力以赴，保證《將軍祠》不受泯失，並作為非遺項目或報請省府予文化保護重加整修。可作為愛國教育基地啟迪後昆，《將軍祠》的重修在於惠及兩岸、在於惠及大眾、在於證明祖國統一的重要性和必然性。也將進一步促進海峽兩岸民間交流。

大家知道吳英將軍非但在廈門"大觀寺"供奉，在臺灣地區亦有建祠立廟，由此，海峽東岸的臺灣同胞對吳英將軍的崇敬已經神化。他日《將軍祠》重光，必將引來海內外信眾的敬仰與奉祀，成為廈門一重要文化產業、亦可作為觀光景點，對促進祖國和平統一起到一定作用！

祈希照准請求，曷待批示、感泐莫銘！順頌

公安

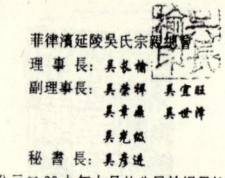

菲律濱延陵吳氏宗親總會
理事長：吳長檳
副理事長：吳榮輝　吳宣旺
　　　　　吳章鹿　吳世澤
　　　　　吳光啟
秘書長：吳彥進
公元二〇〇九年七月廿八日於岷尼拉

菲律濱延陵吳氏宗親總會

厦门市委于伟国书记先生阁下：
厦门市人民政府刘赐贵市长先生阁下：
厦门市人民政府吴凤章副市长先生阁下：

敬啟者：敬維鼎祺安燕、履祉吉祥！曷傾私頌！

日前敝會理事吳建民宗長奉派專程回國探索、考察有關清·福建水師提督吳英將軍史跡，深為感歎。特別是在貴市《將軍祠》已瀕泯滅的原址上，更感痛心。

歷史名將吳英繼鄭成功之後、與施琅一起為收復台灣作出了特殊的貢獻，其足跡遍及福建、浙江、四川，功勳尤以收復澎湖，臺灣安撫民生為著，時任福建水師提督、鎮守鷺島，在廈門時雖已年逾六十，還把清廷薪俸解囊建造《虎溪岩寺》等文化古蹟，其體現了一名愛國將領的非凡大志，廈門人曾在將軍祠路（現名）為其建祠立廟，該將軍祠經過近二個世紀的風雨洗涮，現已瀕於泯滅，深為傷感與遺憾。為此，特此奉函請求廈門市府當局能予作為"非物質文化遺產"或請示福建省政府將其作為文物保護單位加以重修保護，以昭後世，啟迪後昆愛國熱情。承蒙

市长先生鉴照现行政策，照准所请，曷胜欣幸！

專肅奉候

敬請臺安

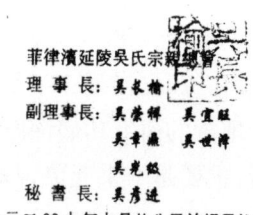

菲律濱延陵吳氏宗親總會
理事長：吳根栳
副理事長：吳榮輝　吳宜庭
　　　　　吳幸鼎　吳世澤
　　　　　吳克紋
秘書長：吳彥廷
公元二〇〇九年七月廿八日於岷尼拉

大浯塘的地理传说和吴英武术精华的延伸

中国民间历来讲究风水,古代的都城、村落、民居,差不多都按风水布局。为的是人丁兴旺,钱财丰盈,人才辈出,光宗耀祖,世代平安。风水实际上是结合了地理学、气象学、景光学、生态学、城市建筑学等学科的综合自然科学。

话说泉州晋江大浯塘村,宅西依灵源山,东瞻灵秀山,而且是一个地形地貌十分奇特的乡村——村庄东侧有小山坡,名叫丙山;西侧有一小山坡,名唤红山尾。南侧称南埔头,全都是浅红色的小山丘。北侧地势低洼,且较平坦。这种地形给人的感觉是整个村庄向北倾斜,形成一个伞状,却又不是正伞形,而是倒三角。

按风水先生之见,伞状地形应该是东西北偏高,南侧偏平坦、宽阔,视野宽广,这才是正伞形地貌,属风水宝地。而大浯塘村地形与此相反,这种地貌极不利人才的成长、精英的出现。这村庄两侧各有一条小溪,均由南向北流淌。这二条小溪均发源于南埔头两侧,水流缓缓,溪水清澈,小鱼畅游,孩童戏水,景观秀美。

村庄地形属西侧偏北较高,水流直向南泄。南侧又没有出口,向东直流,不利于生财发家致富。按风水先生之意,属不太吉祥的地形,不会聚财,也不会大发展。

明朝初年,朱元璋皇帝敕封江夏侯周德兴为泉州知府兼巡视东南沿海。江夏侯是一个军事地质工程专家,对地理十分有研究,对地形地貌的研究功底深厚,是名符其实的风水专家。江夏侯这次东南行,主要是奉朱元璋旨意,要破闽南十八块天子地和防倭寇的骚扰,保大明江山万万年。在他视察崇武时,提出建城墙。在洪武二十年(1387)始建崇武、永宁之石砌城墙。他布防完毕后,又巡视晋江县域。他认为皇绩山是金交椅,是一个极好的风水宝地,对紫帽山、清源山、灵源山、桃花山、宝山及罗裳山也作出论述。看完这些山之后,江夏侯认为晋江是名山名水,会出真命天子。于是江夏侯来到大浯塘村,从南埔头向村庄一观,让他万分震惊,认为这个村庄,人口仅有500多人,属风水宝地,天子气从南埔头向里中直奔,日后一定会出天子,对明朝会构成威胁。江夏侯为进一步了解实情,进入村庄的各个角落,走了一遍,对村庄地形进行论证,这才发现村里邪气十足,天子气进村,已被这种邪气吞食,全部夭折。他最后认定大浯塘不会出天子,但自己是泉州人民的父母官,总不能让地势来影响住民的人丁发展和生活的贫苦。于是他对村民进言,村的西侧或偏北侧,地势高于东南,雨水直接向东流,极不利村民聚财。雨水直射南边,村民才能发家致富。但南边没有出水口,如向南边奔,雨水积在南边,就会成为一个泽国,祸害一方。江夏侯想了想,如何才能使水慢慢向南流?他提出一个变通之法,开挖一条水渠。这条水渠迂回曲折,使水由南流出,然后向东直流。在水流的各个关键的地方,即水直射的地方填上一块大石头。石的正中央,设一个凹陷的形状。这块大石块被村民称为石臼石。这个凹陷的形状使水缓冲,留守财源,减少财源流失。并建议在水流的关键处竖起一对狮,狮口要朝西或朝北,不能朝东。这对石狮会将流失的钱财吞食腹中,又能吞食西边和北边的邪毒,钱财以后会从狮口释放,让村民慢慢享用。

祖祠的建筑,大门要朝西,不宜直接朝南。祖祠朝南的,要在大门前设立一块障碍。向西的地方设立一个假大门,可以避免文人才子气直接冲进大厅,与祖宗同龛。现在大浯塘的祖祠都按江夏侯之意所建。

江夏侯还建议,在村北或偏东北建三个塔。这三个塔,可以改变村貌,成为旗锣鼓地貌,在历史长河中,可以出现三个将军级人物。这三个塔具有镇风、驱邪作用,也可让村庄背后有靠山。三座大塔,全由几十斤或上百斤的花岗岩石块一层一层垒起来,高约20

米，基座 5×5 米，成正方形。塔尖直冲云霄，石塔的石块有的雕刻佛像，十分雄伟状观。该塔巍然，风吹不动，雨淋不倒，雷电摧不垮。1957 年，有一位贵人到大浯塘村做客，参观村容村貌，十分欣赏。在观看了四棵大榕树之后，又直指榕树后面有一个塔，这个贵客对这个塔十分欣赏，赞叹不已。当村民向这位贵客介绍，偏东还有二个同样的塔，贵客更惊奇，并问说："这三个塔是明朝所建吗？"村民答曰"正是"。他屈指一算，说："这样应该有 500 多年历史了。"当时大浯塘村总人口只有 500 人左右，要建三座这样大塔，也实属不易，可见当时人心齐，泰山移。为了子孙后代着想，克服各种困难，耗费多少心血、多少资财，他们的辛劳可想而知。大浯塘有三塔，实为大浯塘村的骄傲，可让人们自豪。这三个塔在闽南，乃至福建也不多，即使江浙也只有县城所在地才有一座塔竖在县城的正中央。它标志着县府所在地，也征象着该县政治、经济文化中心的文明。当时大浯塘有三塔，也标志着该村文明之程度，经济之发达，财力之雄厚，实力之强大。当然三塔与风水命脉息息关联，这位客人说他不是风水先生，说不出所以然来，既然是江夏侯周德兴的主意，绝对离不开风水之说。他说江夏侯对风水和地理学造诣极深。村民还向他介绍，江夏侯要把大浯塘改造成旗锣鼓的地形时，这位客人即醒悟，这三个塔代表着旗、锣、鼓，坐落在北偏西为旗，将出现第一个大将军。偏东的二个塔，紧相邻，应该是锣将军出现，随后鼓将军也出现。这个客人自称不懂风水命脉，其实他对风水有很深的研究，是一位颇有影响的风水名士。他还分析旗将军，是举旗冲锋陷阵，旗开得胜。吴英将军就被人称为举旗大将军。第二个将军应该是鸣锣开道，促军前行，鸣锣收军的将军。第三个将军应该是击鼓，指挥冲锋陷阵的摧军前行将军。这三个将军各有特色。第一个将军已在 300 多年前出现，他是清康熙年间的威略大将军吴英。据传他在当旗手时，在一次战斗中，部队大败。由于丢了厦门赖妈赠的布鞋，举旗返回冲向敌军，想拾回这一双鞋。结果被敌军误认遭埋伏，急忙收军。吴英举旗直追，取得战斗的胜利。江夏侯也明示，由于地形之故，大浯塘村不会出现文官，但武将一定会出现，江夏侯认为武将在历史长河中有三个将军产生。这三个将军的出现，应该在东南或南方，不可能出现在村庄的西北方向。第一个将军吴英就诞生在村庄的东南方，这正被江夏侯言中。从地形地貌分析，江夏侯也明示，大浯塘村是一个武术之乡，武术人才辈出，且有一代胜过一代的可能。从明清以来，大浯塘村确实武术长盛不衰，而继吴英之后，再无出现如吴英大小的正式朝廷命官。但按作者主观看法，蔡玉明和翁朝言亦可称为二位锣鼓将军的近似人物，而近现代武术队的辉煌业绩，也印证了江夏侯的高超的远见和预言。

　　大浯塘村武术始源于何时，众说不一，是明呢？还是清？各有所传。现在只能说起源于明，是以威略将军吴英为传承人，他的武技、拳术堪称一流。吴英小时就酷爱武术，小时在故乡学武，承袭其父佩辉衣钵。由于吴英悟性高，在众多的比武中练就一番功夫，数次得到第一。又在赖公的精心指导下，武功特别有进步。嗣后在王将军门下，又接受王将军的指导，武术功夫大有长进。后被抓海岛，在陈霸门下，学武、学水性，使他的武功更上一层。吴英善于总结他人的丰富经验，发挥他们的长处，自立少林门派。这为他从伍后，能发挥专长，在各次战役中，能冲锋陷阵立下汗马功劳，创造了必备的武术条件。

　　以下将吴英以后几位传承人列下：

　　一、吴英内弟蔡碧聪，他勇力过人，性情刚直，曾与姐夫吴英学艺。后又到白莲寺拜师，器械、拳艺百般精通。他不愿充伍，优游自适。那时海盗猖獗，山盗凶悍，危害百姓，他力除强盗，安定一方。他的拳艺，渊源于吴英。他自立门庭设会馆，收徒弟，门庭若市。助穷扶弱是他本性，敢与恶势力为敌。他虽不充伍，但他确保一方平安，在当时确实受到人们的夸誉。吴英之后，大浯塘武术沿袭他的套路，一代传承一代。

二、到了清道光年间，大浯塘又出现一个武术精英，他是店边房翁元挖。他生于公元1845年，被当时称为晋邑拳王。他的武拳套路仍承袭吴英将军的武技，但他有较大的发展，快攻、快击堪称第一。他在大浯塘村创立狮队，狮队技巧灵活，舞起拳来无踪、去无影，且是以柔克刚之特点。这在当时极少见。鉴于时局，他的武术受人崇拜，受人赞誉。

三、蔡玉明（邦尾河），大浯塘人，他生于清咸丰癸丑（1853），卒于宣统庚戌年（1910）享年57岁。蔡玉明三岁移居邦尾上寮，从小酷爱武术。父亲让他拜师学武，父亲训诫："欲学拳术，需学善性；欲求善性，修身为本。以邻为善，以友为乐，不贪淫、不贪杯、不贪财。以拳为人所用，为人所求，不欺贫弱，不以拳谋私为宗旨。"蔡玉明遵循其父的教诲，父亲为他广聘名师。凭借聪颖灵活，18岁就精通各种套路。嗣后他又四处求师觅友，与各种拳派切磋拳术特点。他吸取各门各派的武术精华，还拜访河南大师鹤阳师，学习北派拳脚功夫。在光绪年间，他把毕生所学的五祖拳与鹤阳师北派拳脚融为一体，去之糟粕，取之精华。经过精心的磨练，精心研究，练成五祖鹤阳拳，是创派始祖，世人赞为"拳打八法矫似神龙戏水，脚踢四门捷如猛虎翻山"。

在成人之后，他把父亲留给他在漳州七间酱油店面——怡丰，让他人经营。他带着鹤阳的遗骸到河南吸收各门派的功夫，练就十二种功法，41个徒手套路、18个兵器套路的五祖特技等。他的拳技流传甚广，在闽南或东南亚各国的拳艺，均渊源蔡玉明。当时收的徒弟很多，有的颇有名气，如魏文貌、翻天豹尤祝三、尤俊岸、陈京铭、翁朝言、杨捷（不同于前面讲的杨捷）等著名拳师。

五祖鹤阳拳是福建武术的一个大流派，它是由清末福建泉州武术家蔡玉明结合了太祖、达摩（罗汉）、玄女、白鹤拳、猴拳五大拳种的精华，发展、创编出来的一个拳种。

五祖鹤阳拳的风格，古陋、简洁，不尚花巧，出击直截了当。因此在演练时比较不起眼,而真正看出五祖鹤阳拳功力深浅、拳术造诣的地方,就是"摇身震胛"的发劲,连绵不断的手法,以及灵活转换的脚法、功法、手法。这三者正是五祖鹤阳拳武技的三大支柱。

尽管蔡玉明编创出这一新拳种,但蔡玉明还是延用了五祖拳的叫法,而不是什么"蔡家拳"或"玉明拳"来标榜自己。之所以统称为五祖拳,表示这个新拳种并没有脱离它的母体——原来的五种流派拳法。现在流传在民间的拳谱,多数套路名称后还注明该套路沿于"五祖"当中哪一"祖",如二十拳又名曰习拳,就是太祖拳法。打角是罗汉拳法,千字打是鹤拳法,三角摇是达尊拳,头扎是猴拳法,朕头是太祖拳法,连环八卦是鹤阳拳法,地熬是凤阳拳法等不胜枚举。蔡玉明又整编了"三十六天罡,七十二地煞"的完整体系,共编成了七十二个拳械套路。根据拳谱内各个拳路的风格,学武者可根据自己的体能来操练不同的拳术套路。能徒手单练,又能徒手对练,形成具有攻防技击意思的操练方式,还能按拳种的风格使弄各种古兵器,如川耙、月牙枪铲、方天画戟、齐眉棍、丈二棍、朴刀、宫刀、开山大斧、柳叶刀、剑、双锏、双铁鞭、三节棍、柳工拐等长短兵器。还有民间常用的器具,如锄头、雨伞、板凳、扁担,等等。

关于蔡玉明的门徒,有关资料是这样记载的:"蔡玉明在五祖拳初步形成后,曾多次与武林高手较量技艺并获胜。早期蔡玉明设立了'圣公会'、'龙会馆'后公开授徒,在发展过程中先后收服泉州一带号称五虎的名人为徒。后期又培养出五位杰出的门徒,号称后五虎。有记载的著名衣钵传人,有泉州的林九如(外号狗师)、魏南山(外号翻天豹)、翁朝言(外号大鼓坊),官桥的尤祝三(清末武举人),此人于1917年著有《中华柔术大全》一书。泉州的陈京铭(外号金翼大鹏,清末武秀才)、何海狮(外号凤尾手)、陈魁(外号钻天鹏)、狐狸仔(外号落地金蛟)、官桥的柯彩云、南安的沈阳德(外号玉面虎)。林九如为头届徒弟,沈阳德为关门弟子。这二位师兄弟曾经与泉州崇福寺的妙月法师较技,沈阳德获胜。后来由师兄林九如收纳妙月法师为门徒。就这样,从泉州晋江一直扩展到整个闽南地区,一时让闽南一带武风大变,习武人士以练五祖拳为荣。闽南一带五祖拳显得一枝独秀。"

四、翁朝言,他生于清同治丁卯年(1867),卒于共和丁酉年(1957),享年91岁。他是五祖鹤阳拳创始人蔡玉明的徒弟,他比蔡玉明少14岁。他是五祖鹤阳拳的传播者,是闽南及东南一带的名师。他独创"松筠堂"药酒,"松筠堂"三字是孙中山为其撰写。他既是拳王,又是骨伤科良医,更是商业精英。翁朝言体壮如牛,力气非凡,数百斤大石,也能抬举。他在大浯塘辈分最高,相当多的人称他为朝言伯,更多的人称他为大鼓坊。

福建武术五祖鹤阳拳是以蔡玉明为一世开山鼻祖,二代传承人是翁朝言(大股坊)、翁忠烧,第三代传承人翁忠祖、翁悌荣、翁金主,第四代传承人翁奕水、翁忠抛、翁长生。而现大浯塘武狮队的三位教练兼队长翁加尚、翁清山、翁文市,他们尽是蔡玉明大师之第五代传承人,他们皆尊至今年160周岁的蔡玉明为五祖拳鼻祖。随着时代的发展,练武者日益倍增,海内外华人及世界各国热心武术者,皆热衷于五祖拳的演练,而蔡玉明这个武术大师也被全世界爱好者尊为共同鼻祖。

2008年,日本、澳大利亚、菲律宾、新加坡、泰国、中国等九国及香港、台湾、澳门地区之五祖拳代表集中在蔡玉明大师墓塔前拜谒,并当场磋商交流武术,盛况空前。

余与大浯塘武狮队的巧缘是,本人与吴树林合编的《闽南四句精品集》与《大浯塘武狮队》,同在2009年被批准为晋江、泉州市级非物质文化遗产项目。余欣慰《闽南四句》与《闽南武狮》同样能得到各级政府的重视,今又欣悉大浯塘武狮队在近几年的"海峡两岸传统武术大赛"和"晋江市农运会"上荣获金奖、银奖、一等奖、二等奖、三等奖等奖项,而其盛名更名扬遐迩。余借《威略将军传》完篇之际,顺便介绍吴英故乡——大浯塘——武术之乡近况,并作为

"武术大师蔡玉明诞辰160周年"之纪念文章。作者愿同大浯塘全体村民及武狮队全体队员,借《威略将军传》出版之机,共同来缅怀吴英这位智勇双全的将领和蔡玉明此位大浯塘的武术大师,并预祝《吴英故居》能在吴翁蔡及至德宗亲的共同携手下,完满落成。此是作者编撰此书的最大心愿。

附录大浯塘武狮队历次参赛成绩表

1980年,大浯塘人翁信辉在日本的拳击赛夺冠。嗣后,又在美国夺魁。

2009年5月16-20日,在厦门举行的海峡两岸传统武术大赛上得奖队员:

金　奖:翁思淼

银　奖:翁良亮、蔡垂瑜、翁嘉威、翁加元、翁良俊

铜　奖:翁文权、翁振溪、翁燕云(女)、蔡垂瑜、翁炎辉

优秀奖:翁金宝、翁文市、翁燕云(女)

2010年2月26-28日,在泉州举行的首届海峡两岸闽南文化节国际南少林武术邀请赛上得奖队员:

金　奖:翁思淼、翁嘉威

银　奖:翁思淼、翁嘉威

2010年6月18日-23日,在泉州举行的第二届传统武术大赛上得奖队员:

金　奖:翁清义、翁长安

银　奖:翁永通、翁炎辉、翁长安、翁杂(2块)

　　　　翁德圣(2块)、翁文权、翁清义、翁再生(2块)

银　奖:对练,翁国取与翁清义合一块,翁永通与翁炎辉合一块。

2010年晋江首届农民武术比赛荣获"舒华杯"奖项的队员:

一等奖:翁加尚、翁思淼、翁佳谱、翁振溪、翁清义、翁燕云(女)、

翁炎辉、翁清义、翁德圣

二等奖：蔡垂瑜，翁杂(2项)，翁文权、翁德圣、翁富贵、翁良俊、翁再生(2项)、翁国取、翁清义(2项)、翁嘉威(2项)、翁家溢、翁思淼、翁恭彪、翁佳旺(2项)、翁良亮、翁志忠、翁进行

三等奖：翁家溢、翁振溪、翁国取、翁英杰、蔡垂瑜、翁永通、翁文启

还有漳州海峡两岸武林大赛，翁加尚荣获南刀金牌。

作者预祝大浯塘武狮队在四位教练兼领队——翁加尚、翁清山、翁文市的率领下，全体队员戒骄戒躁，勤学苦练，定会创造出更好的成绩，将中华传统武术发扬光大。

附录：

　　为让读者了解在顺治年间至康熙七年明清泉南战场的波澜壮阔的场面，了解在明清战乱中，泉南百姓是生活在怎样的水深火热之中，现将清嘉庆年间蔡永廉著的《西山杂志》中记载的以飨读者。

东石郑成功之抗清

　　郑成功初名弘，避弘光福王之号，更名曰森。明末时，其父芝龙以海盗被抚，擢封南安伯。唐王朱聿键在福州称位时，芝龙傲功，偕文臣不和，迫使唐王迁延平。黄道周出江右募军，芝龙镇仙霞关，闻清兵至杭州，震惧，疏奏南方海贼起。诏未下，擅自撤兵，驻安平镇。仙霞关二百里外，无一兵一卒，清兵长驱入闽，执唐王。

　　清兵略泉州，清源守将徐光、薛宣备战。方严泉府，倪善麟率军民修堑濠，演兵备守。安平郑芝龙却奉表降清，成功叛父，率所部遁入海，据金、厦。当时晋江、南安、同安、漳州俱戍兵，海滨扎九营，以匡明。立东石寨作帅台，以检兵，招募英杰志士，施琅、黄梧、甘辉、万礼、于化、陈豹、魁奇、冯云、苏鹤辉、蔡可义、吴全、粘恩、粘义、颜武、王默、李温、许纯、刘开芳、杨继祖、郭洋、萧通、吴安国、周翔飞、丁龙、曾纪荣等，此所称五虎十二佐六骑尉者。文有柯振枢、刘国轩、蔡秉元、谢道元、邱玉、黄英、吴少春之徒，郑彩、鸿逵、芝豹俱策中军。

　　诸将分守寨营，东石寨东西二寨，东为主帅府，西为水师训操场。扼龙而遏北来之敌。后湖寨踞高北瞭，有古桥，彦曰倒桥，乃清攻明守之要道，有三日之清五日之明也。独角寨扼东方，铜钵应岩置兵以接应。芦山、岱峰联兵扼守，保护北古桥。其五之安平寨遏止清师之北下，尤为扼守西桥要堡。大营、新营制其西，与安平寨相呼应。小营岭、洪峒埔，备守以策应九营，联络环绕金厦，水师立营前。蚶江通乌龟屿，特造沙头城，水道可通东石与金厦。嶝圭造烟墩以联络九营。清来而明警，自顺治至康熙二年匡守二十年。

倒桥之战

　　唐王既亡，桂王朱由榔称帝于肇庆。郑成功遣使入朝，桂王嘉其忠，封延平郡王，赐姓朱。故成功又曰国姓，祝其为国成功也。桂王永历五年，郑成功率将士会鲁王以海夹攻博洛，清兵大败，收复全闽，漳泉汀潮版属，成功兴福州、延平、建宁、邵武、温州、台州则皆属鲁王。永历十年，建宁邵延泉俱失守。清顺治勒命沿九营十里村庄迁居，南迁广南，北迁浙东、福宁。

　　永历十六年，成功收复泉州、兴化、延平、建瓯、福清，出兵取温州、台州。临出师之时，九鲤湖求梦，梦得神人占曰："欲破南京须用铁人，又占寿至泉城。"成功大兵所到城邑，父老郊迎。既至会稽，会稽城总兵张禹武略善战，开关用连环铁甲骑兵当前交锋。明军数败，设堑陷铁骑，伏兵伸镰钩，获其甲骑，破会稽。所向披靡，直取南京。围三月而不下，五虎死已大半，南京城中粮将罄，文武官员议降与守，纷议莫解。巡抚何吾安议晋谒成功，以珠宝、币帛、孩童子女、茅土，遣使奉礼至明营呈献。成功词卑而币重，成功许其在百日之中来降，收其珠宝、子女、币帛，委归茅土。南京城中官司以成功要财物不爱于土地。

　　顺治十八年，委贝勒顺亲王率军至金陵。时值施琅叛，招诱黄梧献全闽。郑成功闻报，星夜兼程入分水关，从海道至厦，厦已由施琅取替。成功率将士欲登海澄而黄梧叛，伏兵海门，万弩齐下，郑成功将士负创者甚众。海门港深，两岸堤高，成功之舟既入，而出又非易，势必全军覆没。事在危急，成功默祝之天，皇天若全明江山，海水增三尺，如欲灭郑氏，箭穿吾身，毋射吾士卒。时潮汐反潮三尺高，郑成功身披铠甲，执剑当前。退出海门，指海门黄梧，大骂不共戴天之仇，退居吴屿。同将士议进退之策，谋士蔡秉元言其先世俱商于台，今台被红毛所据五十余年，应航渡以取之。于是厉兵秣马，操演士卒，集百舟誓师，由金门喽罗湾渡海。蔡秉元之舟作一队，由

围头湾出师。此时委大将冯云父子留守东石寨，吴全守蚶江，吴安国守围头，苏鹤辉守独角寨，丁龙守安平寨，周翔飞守大营，曾纪荣守新营，萧通、颜武守小营岭，于化、杨继祖守洪峒，郭洋、王默守营前，李温、许纯守吴屿，其余将士随征，发兵二万伍千，航舟百艘。至澎湖，有杨武者系蔡秉元之姑子，来军前献台湾地理图。引导取赤嵌城，即台中港湾狭长，而岸高，泥土炮垒森立。明军舟至两畔，弹雨齐飞，舟不能入，郑成功大军三战三却。最后祝天台湾是中国明土，不许红毛荷兰在，海水速添五尺。如其不然，弹加我身。海潮骤增，明舟师直捣赤嵌城，将士以铁甲大刀冒奔于枪林弹雨之中，将武术打败荷兰。荷兰军受沉重之创，迫使总督揆一郎求和撤出台湾。康熙元年，郑成功为家事呕血崩。郑经嗣位，施琅招安九营不至，分兵两路，东路自督大兵取东石。康熙二年元宵之夜，使萧达领军攻破烟墩堡，守者俱死。突袭龙江寺，寺原名西山寺，戍兵身遁。值冯云夜巡，率军夺回寺观，增派戍防。二月末，清施琅派将贾廉攻芦山。守将洪明败岱峰，守将王嘉往救，而萧达乘机取龙江寺。寺东西忽鼓噪，明冯云执双刀砍入，萧达军溃。三月初三，南安县海滨清明，西路清兵攻大营，周翔飞战死，冯云航舟往水头港救之，增兵戍守。贾廉已取龙江寺，冯云遣归，守据烟墩。冯云子锡范夹攻贾廉，冯云杀贾廉于赤金山坡，萧达抢回尸。三月二十八日，夜雨蒙蒙，施琅将徐祥袭岱峰，杀王嘉。萧达攻龙江寺，守者发火龙射击。值冯云巡击逐之，再袭岱峰，杀徐祥。四月初旬，清兵将陈拱、施昱，连日岱峰山下战冯云。伍士达、冯云闻龙江寺被围，芦山失守，伍士达双战彼转马至寺，洪明亦随至，追击清兵。冯锡范率兵救伍士达，会师攻夺芦山。端午夜，清兵攻破营前，王默、郭洋死之。许纯由吴屿来救，大战于溪东。清攻吴屿，李温死之海。冯云舟来救，许纯退保回洪山。东路陈拱攻入龙江寺，杀僧尼。值冯云师至，洪明夹击，大败清兵于凉亭坡。连日清兵攻新营大营，曾纪荣力战失守，退保鸡笼山。清将覃烟破洪峒，于化死之。杨继祖会颜武、萧通于小营岭。五月十八日施琅大破蚶江寨,吴全力战八将,杀施之雄。吴安国自围头入援,舟出蚶江。蚶江失守,海上麇兵。吴全力杀八将,身负重创,全师尽覆于海。吴安国披靡据福全。五月二十日西路清兵攻安平,丁龙力擒姚义,悬首高竿,清兵攻更急,冯云自东石舟师入援,清兵以硝矿束刍,夜焚安平寨,守将丁龙保金铺,清兵焚龙江寺、伏兵斗门堤。冯云自安平舟至,被萧达之箭负重创,犹斩陈拱之海。翌日冯云尸现于旧垒南,里人哀之,为之立祠,名曰大将爷之宫。龙江寺既失,清兵长驱至陈双沟,夹攻芦山,洪明退入岱峰。清将施昱、施旻四面攻岱峰。铜钵守将卢远、钟薰入援。施昱火烧陈厝涂沙街,攻杀洪明。岱峰失守,清兵夹攻倒桥。六月十二台雨骤至,施琅派将姚泰率兵偷越倒桥,西沟守堑者悉死。明将洪永力杀数十人,清兵始却。是夜萧达攻陷倒桥,杀洪永、欧纶,直捣祀宫。铜钵守将卢远率兵截其后,冯锡范从庵坪山直攻祀宫,萧达退守陈家涯。中元节,萧达增兵攻倒桥,连日不休,萧达骑白马往来驰骋,清兵同明军搏斗、格杀之声,战鼓闻十里。东石六乡老幼妇孺荷负瓦石援军,蔡延赓背弓而助阵,冯锡范骑赤马执大刀直击萧达,延赓弯弓射之,萧达中咽仆地,清兵拽尸遁去焉。施琅使施信,廉允,刘侗夹攻铜钵。应岩卢远死于虎巷石畔、身被百创,立不仆,小平坑祀卢远宫。铜钵应岩失守,马源捣鳌江之极乐堂,守者孙立蔡瑶俱死,明兵溃退。白沙城守将郑芝豹伍雄率军与战铺中山。施昱刘侗攻锦亭,守者邱利死之。清兵火烧柿涂街,倒桥不能守。清将廉允施旻攻后湖寨,守将安君设弩射之,清兵焚竺世庵西廊。东石明威将军蔡邦宪道引清兵入东石后湖寨。东石寨不能守,冯锡范舟师集白沙城东门窟。八月初八丁龙自金铺舟来会,曾纪荣失鸡笼山,怆猝走江崎,清攻小营岭,明军久困乏粮,杨继祖取粮于后涪,归途被清兵截杀。萧通、颜默、颜武弃小营岭奔石井。八月十五施琅亲攻独角寨,寨中弩矢齐下,清兵夜扒云梯入,士兵搏格死者迭如丘,故独角寨之英雄也,守将苏鹤辉,东石东井人,百战不挠,卒于尽忠,士卒俱亡,冯锡范援已不及矣,清兵从海道包抄白沙城,吴安国失守福全,退保围头,许纯自四洪山舟师来救,白沙城曾纪荣自江崎来,会师石井,偕萧通、颜默、颜武分两道海上夹击清兵。八月十五、十六、十七连战江中,明军发炮,清军亦发炮,舟楫横江,将士阵亡。九月重九日,冯锡范舟逼百屿,潘福来会,称东石蔡秉元府第、宗祠被清所毁,石井郑族流亡,锡范仰天痛哭。适吴安国来会,舟抵金门,偕沈佺宸固守。康熙六年,施琅遣将攻金门。七年冬十月失守,冯锡范、沈佺宸东渡台湾。

东石明清古战场

参 考 文 献

抄本《莆田定庄吴氏家谱》

《清代林贤总兵与台海战役研究》，王尊旺、方遥、刘婷玉编著，陈支平作序，厦门大学国学研究院资助出版丛书之八，2008年版。

《施琅将军传》，施伟青著，2006年版。

《施琅与台湾》，施伟青主编，社会科学院文献出版社出版，2004年版。

《施琅攻台湾》，谢碧连著，台南市政府印行。

《晚明七十年》，十年砍柴著，陕西师范大学出版社，2007年版。

《大明风云》，葛剑雄总主编，长春出版社出版，2005年版。

《大明王朝的最后十七年》，佶树志著，中华书局，2007年版。

施琅:《靖海纪事》，福建人民出版社，1983年版。

《福建列传》、《泉州府志》、《晋江县志》。

《莆田志》、《厦门志》、《安海志》、《澎湖县志》。

清蔡永廉:《西山杂志》，手抄本。

网络《施琅与吴英——兼论澎湖海战》辨析。

莆田荔城黄石定庄申报"定庄堡"为莆田第四批文物保护单位的申请资料，荔城文管办，2009年3月19日。

《行间纪遇》，手抄本，宣纸，160页320面。吴英遗著孤本。

《清威略将军事略》，手抄本，宣纸，61个小故事。吴英遗著孤本。

清江日升:《台湾外纪》，卷之六。

《大浯塘蔡氏族谱》，手抄本。

再 版 编 后 语

　　《威略将军传》于2009年11月成书,在灵源山泰伯庙初次印行。及2010年3月8日,在旅菲延陵宗亲总会三大庆典时,当作礼品向全世界吴氏各国宗亲代表馈赠。引起一片轰动,那段尘封了三百多年的英雄业迹,终于问世了。同时也掀起了一场对吴英文化研究的热潮,也拉开了海峡两岸、海外华侨华人广泛参与吴英文化研究与文物保护活动的序幕。由于大家对吴英文化的热爱和追求,故三十二回版的《威略将军传》在菲律宾发行时,便告罄。作者必须借此次重刊之机,向全体读者表示歉意,因初版时资料短缺、时间紧迫和经验不足,故无法全面地写出吴英的一生经历。同时也存在片面性和衔接不当等诸多缺陷。但编者何敢大胆出版,是仅将前书作为抛砖引玉而已。

　　2010年下半年,作者承蒙广大读者和海内外侨胞的要求,希望能再版,使本书能更全面、更系统、更翔实地反映吴英将军的爱国爱民的崇高精神,使演义小说更具可读性和艺术性。但反过来说,要完成一部历史演义小说,必须最少具备70%以上的史实,再加30%的塑造润饰方能成篇。而这些史实要从什么地方去查觅呢?必须从志书、传略、民间史话、历史文献、档案、族谱……但志书、传略皆太简,难以编成章回小说。为了取得这些历史资料,余走尽晋江、厦门、莆田、台湾、浙江各地查询资料,后按吴英将军生前著的《行间纪遇》和《清威略将军吴英事略》二书内容,首先编成吴英年谱后,才按战场先后次序编排。经近二年的日夜奋斗,绞尽脑汁,终成六十回初坯。后按回内容配诗,加插图说明,年谱、传奇、附录,前后修改至少一百余次。经反复推敲,方在近日告竣。后面这些附录,是为了让广大读者对吴英生平历史,尤其是对台海战役能有更深入的了解。

　　本书承蒙原中国国民党中央委员会主席吴伯雄先生为《威略将军传》题写书名,原福建省文化厅副厅长、正厅级巡视员庄晏成为本书写前言兼贺诗,莆田民革市委副主委林玉霖先生写序言。晋江市历史文化研究总会、莆田吴氏宗亲会吴永坤、原成都军区少将司令员吴剑云、参谋部正师职军官王永远、孔子第七十五代孙孔昉、中国著名女书法家兼书画院副院长邹子鹃、原晋江县县长吴彦南、石狮市政协主席吴清含、晋江市原副市长吴松茂、厦门大学军事教研室主任吴温暖、全国劳动模范吴助仁、石狮市慈善总会副会长吴清水、泰伯庙负责人吴为兴、吴燕辉为本书赞词,谨在此几言致谢。

　　《威略将军传》前后版能顺利问世,及大浯塘吴英故居的重建,有赖于旅菲延陵吴氏宗亲总会及创会会长吴长榆、吴英后裔吴建民、吴燿旭(台湾)的创始和资助。更有赖于泉南吴氏企业家吴健康、吴新民、吴金哲、吴建国、吴尚金、吴瑞彪、吴金煌、吴天赐、吴远康、吴远北、吴远场、吴玲玲(女)、吴秀冬(女)、吴火炉、吴新疆、吴清勇、吴国卿、吴建泰、吴金钻、吴友丁、吴孝小、吴健康(磁灶)、吴联荟、吴超群、吴广勇、吴长晓、吴清涵、吴长盾、吴贻炫、吴铅锡、吴国荣、吴良连等先生的鼎力赞助,还有热心吴英文化研究和吴英故居重建的吴氏志士吴燕辉、吴金鹏、吴乔生、吴端芬、吴天发(厦门)、吴国祯、吴金龙、吴谋强、吴金宝、吴荣旭、吴荣臭、吴华成、吴文棋、吴家谋、吴资友、吴清水(大坑园)、吴昭狮、吴昭育、吴新民(大坑园)、吴启昌、吴清泉、吴劲标、吴传快、吴清苏、吴惠民、吴志柏、吴天启、吴振霖、吴英伟、吴裕慈、吴松柏(钱山)、吴天恩、吴荣智、吴建星、吴连对、吴连涵、吴丽色、吴为汉、吴瑜、吴为兴、吴剑峰(莆田)、吴永坤、吴楠、吴长谋、吴清港、吴德政、吴金旋、吴仲义、吴亮顺、吴翼郎、吴再造、吴文坛、(浦边)吴建居、吴天转、吴我省、吴荣灿、吴裕拱、吴我展、吴阿明、吴文举、吴其昌、吴明政、吴伟大、吴文坛(古盈)、吴彦蚶、吴银河、吴清暖、吴贻铅、吴明筑、吴文明、吴嘉声、吴伟忠、吴建霖、吴水龙、吴宇宙、(安溪)吴连炮、吴家栋、吴荣团、吴声坂、吴文希、吴阿时、吴文设、吴解围等先生，及晋江市文体新局局长黄良、晋江市科协主席蔡育树、晋江市灵源街道办党委书记陈传芳、主任蔡少卿、宣委庄燕燕等领导，大浯塘两委会、浯塘全体村民的支持，海内外社会各界仁人志士，晋江方志办主任黄尤敏、副主任林莉莉女士，晋江历史文化研究总会会长王云传、厦门大学教授陈育伦、厦门大学文学院院长陈支平、施琅学术研究会秘书长施能忠、大浯塘蔡氏名贤蔡国富、印尼东爪哇三教庙宁联合会主席吴式建等先生的支持，比干学术研究会会长林荣登先生提供《清代林贤总兵与台海战役研究》一书，及著名画家许耀进为吴英将军画神像，在此一并郑重地鸣谢！

  本书中因为连贯、全面性和史实的需要，个别地方摘录和引用其他专家学者的相关书报大作，敬请各位名家恕谅。另本书中多数图片是作者走南跑北及有关吴英活动过的地方拍照，但也有一部分取材于旧连环画，作者与吴树林合编的《闽南四句精品集》和《一代贤相》之插图。还有几图取之龙湖镇廉政文化建设领导小组编的天下第一清官《施世纶故事集》，另"紫帽山"和"龙湖"二图取之于施清凉拍摄的《形象晋江》摄影集，"金门古渡头战场"和"后浦古屋"取于好友金门著名画家吴鼎仁的《金门风情画》画册。凡引用以上单位或个人之大作，余均在此表示感谢。

  这次编著此书，多按《行间纪遇》和《清威略将军吴英事略》吴英二本自传为依据，溢美之辞可能难免。但这正如厦门大学文学院院长陈支平教授在《清代林贤总兵与台海战役研究》一书之序言中所说的："对于林贤总兵及其功绩的描述，不能排除有某些溢美之辞。这也正如吴英的《行间纪遇》和施琅的《靖海纪事》中都有存在某些自我溢美之辞一样，不足为奇。也许正是有了这些不同的文献记载，我们才得以相互对照、相互映证，可以从不同的角度和视野来观察当时历史真相。"从陈教授的这段话中,说明台海战役最主要三个主角之千秋功过,由于他们各自在自传中的不同写法,留给热心台海战役研究的专家学者更多研究的价值。而作者编著此书,亦如吴英将军自传两书一样,功过留与后人评。而为撰此书,作者已尽力而为,奈因时空跨度大、涉及面广,虽多方征集、考索,但也有挂一失百、拾零遗珠之误。且由于素养、精力、文化水平及种种原因,故疏错在所难免,希冀方家、学者及广大读者指点迷津,俾今后更为臻其善美。

作者于泉州鲤城区展览城
声雄书斋
公元 2013 年 3 月 3 日

图书在版编目(CIP)数据

威略将军传/吴绵普著. —厦门:厦门大学出版社,2014.8
ISBN 978-7-5615-5060-1

Ⅰ.①威… Ⅱ.①吴… Ⅲ.①历史小说-中国-当代 Ⅳ.①I247.5

中国版本图书馆CIP数据核字(2014)第077105号

厦门大学出版社出版发行

(地址:厦门市软件园二期望海路39号 邮编:361008)

http://www.xmupress.com

xmup @ xmupress.com

晋江长兴印刷有限公司印刷

2014年8月第1版 2014年8月第1次印刷

开本:787×1092 1/16 印张:25 插页:9

字数:320千字 印数:1~2 000册

定价:65.00元

本书如有印装质量问题请直接寄承印厂调换